Susana López Rubio

DAS SCHÖNSTE MÄDCHEN HAVANNAS

Susana López Rubio

DAS SCHÖNSTE MÄDCHEN HAVANNAS

Roman

Aus dem Spanischen übersetzt
von Anja Rüdiger

THIELE VERLAG

Für meinen Großvater – dafür, dass er mir für den Helden seinen Namen zur Verfügung gestellt hat.
Und für Alberto, immer.

ERSTER TEIL

1

1947
Patricio

Das Erste, was ich feststellen musste, als ich den Landungssteg im Hafen von Havanna betrat, war, dass ich für das kubanische Klima absolut falsch angezogen war. Keiner von uns, die wir das Schiff verließen, trug die passende Kleidung. Meine Hose und mein Wolljackett klebten an meiner Haut, und unter der Mütze, die mich in Asturien so oft vor Kälte und Schnee geschützt hatte, begann nun, in der tropischen Sonne, mein Gehirn fast zu schmelzen. Im Vergleich zu den Kubanern in ihren Leinenanzügen und den Kubanerinnen in ihren bunt bedruckten leichten Kleidern wirkten wir wie eine Herde verschwitzter Schafe. Voller Neid betrachtete ich den Zöllner, dessen weißes kurzärmeliges Hemd mir der Inbegriff der Bequemlichkeit zu sein schien. Während wir mit unseren Papieren in der Hand warteten, erntete die Sekretärin, eine schöne Mulattin, die keine Strümpfe und ein schulterfreies Kleid trug, bewundernde Pfiffe von den Männern in der Schlange. Und das wollte etwas heißen, wenn man bedenkt, wie erschöpft und ausgehungert wir waren, nachdem wir mehr als vierzig Tage, in winzigen Kabinen zusammengedrängt, nichts als unsere tägliche Ration Brei zu uns genommen hatten.

»Wenn diese Pfiffe nicht aufhören, werde ich auf eine Art, die Ihnen nicht gefallen wird, für Ruhe sorgen!«

Der Galicier neben mir fasste meine Gedanken in Worte.

»Ay, *carallo!* Hier haben die Frauen mehr Temperament, als die Polizei erlaubt.«

Der Zöllner winkte mich zu sich heran.

»Name?«

»Patricio.«

»Nachname?«

»Rubio Gamella.«

»Alter?«

»Neunzehn.«

»Spanier?«

»Ja.«

»Grund der Reise?«

Ich war versucht, die Wahrheit zu sagen: »Wissen Sie, der Grund ist, dass in Spanien so ein Elend herrscht, dass wir trockenes Brot in Pfützen einweichen müssen und dass es in meinem Heimatdorf keine Katzen mehr gibt, weil wir die Ratten alle gegessen haben. Dass meine Mutter von den Republikanern getötet wurde, weil sie in ihrem Haus eine Cousine versteckt hatte, die Nonne war, und mein Vater von den Nationalisten, weil er sich geweigert hat, vor einem Bild des Caudillo das Knie zu beugen. Dass ich nun keine Familie mehr habe und keine Lust, den Rest meines Lebens in der Mine zu schuften. Dass ich den Trauring meiner in Frieden ruhenden Großmutter verkauft habe, um mir ein Schiffsticket dritter Klasse leisten zu können und am anderen Ende der Welt nur mit dem, was ich am Leibe trage, noch mal von vorn anzufangen. Der Grund meiner Reise ist einfach nur der, dass ich überleben will.«

Ja, vielleicht hätte ich das sagen sollen. Aber auf dem Schiff hatten viele erzählt, dass die Kubaner inzwischen öfter spanische Emigranten zurück nach Hause schickten und dass es besser sei, ihnen keinen Grund dafür zu liefern.

»Grund der Reise?«, wiederholte der Zöllner ungeduldig.

Also schluckte ich mein Elend herunter und gab mit einem breiten Lächeln die gleiche Antwort wie alle anderen Passagiere des Schiffs.

»Ferien. Ich mache hier Urlaub.«

Ich verließ die Zollstation und blickte mich um. Vor mir erstreckte sich der Malecón voller Menschen, Automobile, Lärm und Leben. Und vor dem strahlend blauen Himmel zeichnete sich das Castillo de los Tres Reyes del Morro ab, das über die Stadt und ihre Einwohner zu wachen schien.

Mir war ganz schwindelig von der Hitze, und ich musste mich einen Augenblick hinsetzen. Die Reise war so anstrengend und meine Chancen, überhaupt nach Kuba zu gelangen, waren so gering gewesen, dass ich nicht einen Moment darüber nachgedacht hatte, was ich in Havanna tun sollte. Sicher war, dass es nicht leicht sein würde. Mein ganzer Besitz reduzierte sich auf fünf Dinge: einen Anzug aus Wolle, eine Mütze, ein Paar Schuhe, ein Foto von meinen Eltern und eine Dose eingelegte Sardinen, die mir ein portugiesisches Ehepaar auf dem Schiff geschenkt hatte.

Zudem verfügte ich über fünf Eigenschaften, die durchaus von Vorteil waren. Die erste: meine Ungezwungenheit. Schon als Kind hatte ich keine Verlegenheit gekannt, und meine Devise war stets, lieber nachher um Verzeihung zu bitten, als vorher um Erlaubnis zu fragen. Die zweite: meine blauen Augen, die ich von meiner Mutter geerbt hatte, und dazu das gute Aussehen meines Vaters. Die dritte: ein heller Kopf, den ich nicht dazu genutzt hatte, die Liste der gotischen Könige auswendig zu lernen, sondern mir

Entschuldigungen auszudenken, warum ich die Schule geschwänzt hatte. Die vierte: mein jugendliches Alter. Ich war gerade neunzehn Jahre alt geworden, was mich frei von Angst und äußerst abenteuerlustig machte. Und zuletzt die fünfte und wichtigste: meinen Hunger. Hunger nach Leben, nach Zukunft, nach bunten Farben. Es heißt, dass der Glaube Berge versetzen kann, und der Hunger steht dem in nichts nach. Der Hunger hatte einen Jungen aus einem kleinen asturischen Dorf den Ozean überqueren und zur Perle der Karibik gelangen lassen.

Der Schwindel war verflogen, und ich stand auf und ging los. Die ersten Stunden in Havanna machte ich genau das: mit angesichts der Wunder, die ich vor mir sah, weit aufgerissenen Augen herumzuspazieren. Über den Paseo del Prado, die Plaza de la Catedral, den Malecón am Meer entlang … Die Stadt brodelte: Familien mit Kindern, Touristen, Schuhputzer, ambulante Zahnzieher, fliegende Händler, die erotische Bilder verkauften, und sogar Wahrsagerinnen, die mithilfe von großen Muscheln die Zukunft vorhersagten.

Allerdings war die Stadt in all ihrer Buntheit nicht nur ein Augenschmaus, sondern auch das reinste Hörvergnügen. In Havanna spielte an jeder Ecke Musik. Sie schallte aus den Türen der Bodegas, aus den Radios, die in den geöffneten Fenstern standen, aus den Trompeten und Gitarren der Straßenmusiker, die alle Straßen und Plätze als Bühne zu benutzen schienen.

Als ich mich dem *barrio chino*, dem Chinesenviertel, näherte, blieb ich an der Kreuzung Calle Zanja und Calle Galiano stehen und starrte derart verblüfft auf ein Plakat des Tropicana – mit den halbnackten Tänzerinnen und ihren echten Pfauenfedern –, dass ich die Straßenbahn nicht bemerkte, die direkt auf mich zufuhr.

»Aus dem Weg, Idiot!«, schrie der Fahrer.

Obwohl die Straßenbahn noch rechtzeitig bremste und mich nicht erwischte, setzte ich mich vor Schreck auf den Hosenboden. Ein elegant gekleideter Mann blieb stehen, um mir aufzuhelfen.

»Alles in Ordnung?«

Ich nickte beschämt. Viel mehr als mein Hinterteil und mein Stolz ob des lächerlichen Sturzes, den ich hingelegt hatte, waren ja nicht verletzt.

»Haben Sie denn nicht gesehen, dass der junge Mann mit den hübschen Beinen der Tänzerinnen beschäftigt war? Sie hätten ihn ja fast geradewegs zum Columbus-Friedhof befördert!«, rief der Mann dem Straßenbahnfahrer zu. »Verdammt, sind Sie von allen guten Geistern verlassen?«

Es war unbestreitbar: Die Kubaner waren in der Lage, sich äußerst gewählt auszudrücken und gleichzeitig wie ein Bierkutscher zu fluchen.

»Tut mir leid, Junge«, entschuldigte sich der Fahrer. »Aber pass beim nächsten Mal etwas besser auf.«

Mein Streifzug durch die Stadt endete am Meer. Ich setzte ich mich in den Sand und verschlang die eingelegten Sardinen, während das Wasser über meine müden Füße schwappte. Die Sonne war eine karmesinrote leuchtende Riesenmurmel, die von ein paar Möwen umkreist wurde, die wie schwarze Punkte den Horizont besprenkelten. Und noch bevor die Sonne unterging, schlief ich mitten am Strand ein.

Am nächsten Tag wurde ich von den Rufen eines fliegenden Händlers geweckt.

»Ein Eis am Stiel, Señor? Kokos, Zitrone oder Ananas? Wunderbar erfrischend, Señora!«

Verwirrt öffnete ich die Augen und stellte fest, dass ich von Badegästen umringt war, ganzen Familien, die den Tag am Strand verbrachten und mich mitleidig und verwundert ansahen. Ein Mädchen mit tiefgebräunter Haut ließ ihren Ball links liegen und kam zu mir herüber.

»Hola«, sagte sie. »Bist du ein Schiffbrüchiger?«

Ich wusste nicht, was ich antworten sollte. Und so lächelte ich nur, in dem glücklichen Bewusstsein, dass hier in Havanna, wie bei einem Schiffbrüchigen, den die Wellen angespült hatten, mein Leben neu beginnen würde.

2

Nachdem ich den Strand hinter mir gelassen hatte, wusch ich mir an einem Brunnen das Gesicht und machte mich dann auf den Weg zum Stadtviertel San Isidro. Vor meiner Abreise hatte mir der Besitzer der Milchbar in meinem Heimatort erzählt, dass der Freund eines Freundes, dessen Cousin in Havanna lebte, gehört hatte, dass die gerade angekommenen Asturier sich im El Popular, einer Bar in der Calle Porvenir, trafen, die von einer Witwe aus Avilés geführt wurde. Allerdings hatte ich keine großen Hoffnungen, diese Bar zu finden. Möglicherweise war sie inzwischen geschlossen, oder sie befand sich in einer anderen Straße, oder der Besitzer der Milchbar, der Freund seines Freundes oder der Cousin des Freundes seines Freundes hatten irgendwelche Märchen erzählt. Doch entgegen meiner Erwartungen fand ich die Bar ziemlich schnell.

Als ich eintrat, glitt mein Blick über ein halbes Dutzend heruntergekommene Tische und Stühle, die von einer verdreckten Theke überragt wurden. Es war eine ziemlich düstere Spelunke, doch als ich die Sidra, den typisch asturischen Apfelwein, in dem Regal hinter der Bar sah, musste ich lächeln.

Die Wirtin, die jenseits der fünfzig war, schlaffe Wangen hatte und ihr graues Haar zu einem Knoten geschlungen trug, sah mich mit gerunzelten Augenbrauen an.

»*Bonos díes*«, grüßte ich im asturischen Dialekt, um ihre Sympathie zu gewinnen, »*qué bona mañana fai* – was für ein schöner Morgen!«

Doch der Frau genügte ein Blick, um zu erkennen, in welcher Lage ich mich befand.

»*Va ser desgraciáu* – der kann nur besser werden! Komm mir bloß nicht so!«, schnaubte sie verärgert und trocknete sich die Hände an einem Lappen ab. »Gerade angekommen? Sicher mit dem Schiff aus Lissabon gestern. Also du kannst gleich wieder abhauen, das hier ist nicht die Internationale Rote Hilfe, kapiert?«

Ich nahm an, dass sie die Nase voll hatte von halb verhungerten Leuten, die hierherkamen, um ihre Unterstützung zu erbitten. Und damit sie mich nicht gleich wieder rauswarf, versuchte ich sie zum Lachen zu bringen.

»Nein«, entgegnete ich.

Die Frau zog überrascht die Augenbrauen hoch.

»Nein?«

»Ich bin mit dem Flugzeug gekommen«, erklärte ich im Brustton der Überzeugung. »Erste Klasse. Sagen Sie, können Sie ein Geheimnis für sich behalten?« Ich senkte die Stimme.

Es war offensichtlich, dass sie mir kein Wort glaubte, doch meine Frechheit gefiel ihr, sodass sie auf das Spiel einging.

»Und um welches Geheimnis handelt es sich? Lass mal hören.«

»Ich bin ein Baron.«

Die Frau musterte meine Kleidung, die nach der Nacht am Strand voller Sand war, und verschluckte sich fast vor Lachen.

»Der Baron von Münchhausen wahrscheinlich – das glaubst du doch wohl selbst nicht!«

Ihr Lachen machte mir Mut.

»Doch, doch. Ich bin der Marqués de Miradoiro.«

»Nie gehört.«

»Eine wunderbare Gegend im Valle del Naredo. Mein Vorname ist Patricio, sehr erfreut.«

»Und warum bist du dann angezogen wie ein armer Schlucker, Patricio, he?«

»Ich bin inkognito hier – wegen einer Frau«, improvisierte ich. »Sie ist die Liebe meines Lebens, aber ihre Eltern wollen nicht, dass wir heiraten.«

»Wie kommt's? Immerhin bist du von Adel!«

»Ja, aber mein Titel ist nichts im Vergleich zu ihrem. Es handelt sich um die Prinzessin von Neu Celemina.«

»Und wo ist das?«

»Uff. Weit weg. Sehr weit weg.«

Die Frau lachte wieder.

»Darf ich Sie nach Ihrem Namen fragen, werte Dame?«, erkundigte ich mich mit meinem schönsten Lächeln.

»Constantina … Tina«, korrigierte sie sich selbst sofort.

Ich hielt es für ein gutes Zeichen, dass sie mir ihren Kosenamen nannte, und ging zum Du über.

»Tina, bitte verrat mich nicht. So als Bettler verkleidet, konnte ich die Leibwache der Prinzessin täuschen. Und jetzt muss ich sie davon überzeugen, mit mir zu fliehen. Aber bis dahin darf niemand wissen, dass ich doch kein armer Schlucker bin.«

»Keine Sorge, deine Verkleidung ist perfekt.«

»Darf ich dich um noch einen Gefallen bitten?«

»Mal sehen.«

»Eine Mahlzeit.«

»Ach was!«, sagte sie eher spöttisch als verärgert.

»Wie du dir sicher vorstellen kannst, gehört es zu meiner Verkleidung, kein Geld bei mir zu haben. Aber ich schwöre dir bei meinem Adelstitel, dass ich wiederkommen und meine Schulden begleichen werde.«

Tina seufzte verächtlich, was sie jedoch nicht davon abhielt, mir zur Freude meines hungrigen Magens ein großzügiges Stück Tortilla vor die Nase zu stellen. Sofort lief mir das Wasser im Mund zusammen.

»Greif zu, bevor ich es mir anders überlege.«

Ich schlang die Tortilla herunter und nutzte die Zeit zwischen zwei Bissen, um weitere Fragen zu stellen.

»Du hast nicht zufällig eine Idee, wo ich übernachten könnte?«

»Ich nehme an, das Hotel Nacional, das beste Haus der Stadt, kommt nicht infrage.«

»Richtig. Dann wüsste ja gleich jeder, dass ich doch kein armer Schlucker bin.«

Tina steckte sich eine lose Haarnadel fest und wies auf einen jungen Mann, der an einem Tisch hinten im Raum saß.

»Sprich mit Grescas. Aber komm ihm nicht mit der verrückten Geschichte von dem Marqués, wenn du nicht willst, dass er dir gleich eine reinhaut.«

Angesichts des Spitznamens des Mannes, der so viel wie »Keilerei« bedeutete, hielt ich das für einen guten Rat. Also beschloss ich, es mit der Wahrheit zu versuchen.

»*Bonos díes.*«

Der Typ antwortete nicht einmal. Er kaute lieber auf einem Zahnstocher herum, als mit mir zu sprechen. Also nutzte ich die Gelegenheit, ihn näher zu betrachten. Er konnte nicht viel älter als fünfundzwanzig sein und wirkte wie ein Gorilla: hochgewachsen, extrem kräftig gebaut, Arme und Beine wie Baumstämme. Außerdem fehlte ihm ein Schneidezahn.

Ich schluckte meine Angst hinunter und ließ nicht locker.

»Ich bin Patricio.«

Grescas stocherte gefährlich schweigend weiter mit dem Zahnstocher in seinem Gebiss herum. Es war offensichtlich, dass er nicht an einem Gespräch mit mir interessiert war. Da fiel mein Blick auf das Wappen, das sein altes Hemd zierte. Ein himmelblaues Wappen mit einem von einem weißen Seil umschlungenen Anker, das mir den Mut gab, noch einmal den Mund zu öffnen.

»*Alza el rabu, marinín!*«, rief ich aus. »*Alabí, alabá, alabí, bon, ban!* Niemand gewinnt gegen Marino de Luanco, und wenn es doch passiert ...«

Ich ließ den Satz unvollendet im Raum hängen wie ein Fischer, der den Köder auswirft und darauf wartet, dass der Fisch anbeißt.

»... dann kann das nur Zufall sein!«, brummte Grescas, der der Versuchung nicht widerstehen konnte, die Hymne seines Fußballvereins zu vollenden. Er hatte angebissen. Ich zog die Schnur ein und fragte:

»Woher kommst du? Ich bin aus Santa Benxamina.«

Grescas kratzte sich am Kopf und spuckte auf den Boden aus.

»Mach dir nur keine falschen Hoffnungen. Dass wir aus derselben Gegend kommen, bedeutet nicht, dass ich dir helfen werde. In Havanna gibt es mehr Asturier als Fliegen.«

»Ich habe nur gefragt, woher du kommst, sonst nichts.«

Er spuckte erneut aus.

»So fängt es immer an. Und wenn ich es dir sage, werden wir bald einen gemeinsamen Verwandten, Freund oder Bekannten finden. Vielleicht stellen wir sogar fest, dass wir Cousins sind. Und dann wirst du sagen: ›He, wir sind Cousins, da wirst du mich doch nicht hängen lassen!‹ Und dann wirst du dir bei mir Geld leihen wollen oder dass ich dir eine Arbeit beschaffe oder eine Unterkunft, wo du schlafen kannst. Also kannst du dich auch gleich verpissen!«

»Ich gehe aber erst, wenn du mir gesagt hast, woher du kommst.«

Der Gorilla stand auf und sah mich drohend an. Er war so groß, dass er mich um einen ganzen Kopf überragte. Sich seiner beeindruckenden Schulterbreite bewusst, ließ er seine Fingerknöchel knacken, um mich einzuschüchtern.

»Ich mache dir einen Vorschlag, Kleiner: Ich sag's dir, und wenn sich herausstellt, dass wir einen gemeinsamen Bekannten haben, verpasse ich dir einen Fausthieb in den Magen. Willst du es immer noch wissen?«

Ein Fausthieb in den Magen war nicht gerade verlockend, aber was sollte ich tun? Es gab niemand anderen, an den ich mich hätte wenden können, und ich hatte keine Lust, noch eine Nacht am Strand zu schlafen.

»Ich wage es«, entgegnete ich mit zitternder Stimme.

»Ich bin aus Carabanzo.«

Ein Dorf, das nur wenige Stunden von meinem Heimatort entfernt lag.

»Also … Von dort kenne ich nur eine Person.«

Grescas griff mir in den Nacken wie bei einer neugeborenen Katze.

»Du hast es dir so ausgesucht.«

Mein Herzschlag wummerte in meinen Ohren, und ich redete weiter, ohne nachzudenken.

»Begoña García de Ron. Schön wie keine andere, aber die hatte mehr Kerle als ich Flöhe.«

Grescas lockerte den Griff seiner Pranke ein wenig. An seinem Gesichtsausdruck sah ich, dass er die Frau kannte. Plötzlich schoss mir ein beunruhigender Gedanke durch den Kopf.

»Du bist doch nicht etwa mit ihr verheiratet?«, fragte ich, das Schlimmste befürchtend.

Er schüttelte den Kopf, und ich atmete erleichtert auf.

»Gut, denn sie war wirklich das größte Flittchen im ganzen Dorf.«

Meine Erleichterung endete, als er die folgenden vier Worte sagte:

»Begoña ist meine Schwester.«

Oh mein Gott. Das konnte ich niemals wiedergutmachen, also kniff ich die Augen zusammen und bereitete mich auf den Schlag in den Magen vor. Als er kam, war er so heftig, dass ich mich stöhnend zusammenkrümmte. Aber immerhin hatte ich Grescas zum Lachen gebracht.

»Ich fass es nicht! Du bist Patricio?« Seine schlechte Launc war wie weggeblasen. »Der Patricio, mit dem meine Schwester vor eingen Jahren was auf dem Patronatsfest angefangen hat?«

Ich nickte, während ich mich hinsetzte, um mir meine schmerzenden Eingeweide zu halten.

»Den Schlag hab ich dir verpasst, um mich an die Abmachung zu halten«, erklärte Grescas ungerührt. Dann holte er erneut aus. »Und das ist dafür, dass du meine Schwester eine Nutte genannt hast«, setzte er hinzu.

»Ich hab nicht gesagt, dass sie eine Nutte ist, sondern nur, dass …«

»Sie *ist* aber eine«, unterbrach er mich. »Rammelt wie ein Karnickel, aber sie ist auch meine kleine Schwester. Kapiert?«

Ich nickte erneut, während ich gegen die Übelkeit ankämpfte und der Tortilla befahl, in meinem Magen zu bleiben.

»Begoña hat erzählt, dass du sie in jenem Sommer sehr glücklich gemacht hast. Dass du, wenn du nicht in der Mine arbeiten musstest, drei Stunden hin und drei Stunden zurück gelaufen bist, nur um sie zu sehen.«

»Das stimmt. Wir waren wie die Turteltauben, bis sie …«

»Dich für Tiburcio verlassen hat?«, vollendete Grescas meinen Satz. »Oder für Manuel?«

Ich holte tief Luft, um wieder zu Atem zu kommen.

»Na ja, ich glaube, für alle beide«, sagte ich.

»Das ist meine Schwester!«, rief der Gorilla aus und lachte dröhnend. »Wir García de Rons geben uns nicht mit Kleinkram ab.«

»Das kann man wohl sagen! Deine Schwester hat mir das Herz gebrochen und du mindestens eine Rippe.«

Grescas belohnte meine Schlagfertigkeit mit einem Klaps, der gleichzeitig kameradschaftlich sein sollte und mein loses Mundwerk bestrafte.

»Was macht Begoña denn inzwischen?«, fragte ich. »Geht's ihr gut?«

»Nicht übel. Sie hat geheiratet.«

»Tiburcio? Oder Manuel?«

»Keinen von beiden! Einen Fotografen aus Madrid, Paco. Er hat ein Fotostudio an der Gran Vía. Sie haben zwei Kinder.«

»Also ist sie zur Vernunft gekommen …«

»Na ja, wenn ich Paco wäre, würde ich nicht darauf setzen … Tiburcio war rothaarig, wenn du dich erinnerst, und Manuel blond, oder?«

»Wie Kupfer und Stroh.«

Grescas nahm ein Farbfoto aus seiner Brieftasche und zeigte es mir. Darauf war Begoña mit ihrem Ehemann zu sehen, der dunkles Haar hatte, und mit ihren beiden Kindern: zwei hübschen Jungen, wobei der eine blond und der andere rothaarig war.

Ich konnte nicht anders, als herzlich zu lachen.

»Ich freue mich jedenfalls, dass es ihr gut geht«, sagte ich und meinte es ehrlich.

Grescas steckte sich seinen Zahnstocher hinters Ohr.

»Na schön, Landsmann … Hör mal, ich wollte zwar nicht mit dir reden. Aber ich kann auch nicht zulassen, dass einer meiner Exschwäger auf der Straße schläft, oder?«

Und das war der Moment, in dem ich begriff, dass der große Kerl mit der harten Schale einen weichen Kern hatte.

Seine Geschichte war der meinen sehr ähnlich: Er war in einem asturischen Dorf geboren, im Schoß einer Familie, die so arm war, dass es nur selten Fleisch zu essen gab. Die Tatsache, dass er zu einem solchen Schrank herangewachsen war, war ein Wunder, wenn man bedachte, dass er seine ganze Kindheit über nichts zu beißen hatte. In seiner Verwandtschaft ging das Gerücht um, dass seine Urgroßmutter eine Romanze mit Agustín Luengo Capilla hatte, dem zwei Meter fünfunddreißig großen sogenannten »Riesen aus Extremadura«. Doch in Wahrheit rührte sein stattlicher Körperbau wohl daher, dass sein ausgeprägter Überlebenswille ihn dazu gebracht hatte, alles zu essen, was er mit der Schleuder erlegen konnte: Spatzen, Eichhörnchen und sogar Eidechsen. Er tat alles, um kräftig genug zu sein, dass er in der Mine arbeiten und seine Familie ernähren konnte.

Grescas nahm dieses traurige Leben auf sich, bis seine Eltern – beide mit vom Kohlestaub kaputten Lungen – ihm ihren Segen gaben, weit weg von all dem Elend ein neues Leben zu beginnen. Aus dem gleichen Grund wie ich hatte er beschlossen, nach Kuba auszuwandern: weil man dort die gleiche Sprache sprach und weil man sich in den Bodegas seiner Heimat Geschichten von spanischen Emigranten erzählte, die in Havanna so reich geworden waren wie die Eroberer von Eldorado.

Wovon dabei nicht die Rede war und was Grescas erst im Hafen von Havanna erfuhr, war, dass die kubanische Regierung inzwischen die Nase voll hatte von den vielen Schiffen mit halb verhungerten Spaniern. Nie um eine gute Idee verlegen, hatte er seinen Koffer mit Steinen gefüllt, um vorzugeben, einen beträchtlichen Besitz mit sich herumzutragen. Nachdem er die Zöllner auf diese Weise erfolgreich an der Nase herumgeführt hatte, warf er noch im Hafen seinen Koffer mit den Steinen ins Meer, um wie ich, ohne zurückzublicken, nach vorn zu marschieren. Die ersten Tage waren hart, bis Tina, die Wirtin der Bar El Popular, ihn in ihrem Lagerraum übernachten ließ, wenn er dafür Weinfässer, Olivenkisten und andere schwere Ware für sie trug. Ein paar Wochen später hatte er genug gespart, um den Boden im Lager gegen eine Matratze in einer Pension zu tauschen. Als wir uns kennenlernten, war Grescas bereits seit drei Monaten in Havanna und lebte von Gelegenheitsarbeiten. Er war der geborene Lebenskünstler, und er war sich für keine Arbeit zu schade, die ihm ein wenig Geld einbrachte.

Auch wenn ich seinen richtigen Namen damals nicht kannte und ihn erst viele Jahre später erfahren sollte, hatte ich soeben einen der beiden besten Freunde meines Lebens kennengelernt. Und am selben Tag noch begegnete ich dem anderen.

3

Die Pension Trocadero, die auch als Pension de las Chinches bekannt war, befand sich in der Calle Trocadero mitten in der Altstadt von Havanna. Es handelte sich um ein himmelblau gestrichenes, schmales dreistöckiges Gebäude aus dem neunzehnten Jahrhundert, das vormals eine medizinische Praxis für Geschlechtskrankheiten beherbergt hatte. Aus jener Zeit stammte wohl noch die Aufschrift an einem der Balkone, die die »Behandlung heimlicher Leiden« versprach.

Der Spitzname Pension de las Chinches rührte nicht daher, dass das Haus von Wanzen bevölkert war – obwohl die sich in den alten Matratzen pudelwohl fühlten –, sondern bezog sich auf die beiden Schwestern, die die Pension führten: Patria und Norma, zwei Zwillingsschwestern von etwa siebzig Jahren, die so klein und verhutzelt waren wie Wanzen. Die beiden alten Frauen waren stets äußerst knapp bei Kasse, was so weit ging, dass sie nur ein Gebiss hatten, welches sie abwechselnd trugen. Montags, mittwochs und freitags speiste Patria als Erste, und dienstags, donnerstags und samstags durfte Norma vor ihrer Schwester zu Mittag essen. Sonntags gab es dann *puré de frijoles* – Bohnenpüree –, und das Gebiss ruhte in einem Wasserglas.

Im Inneren war die Pension recht pittoresk, um es wohlwollend auszudrücken. Wirkte das Mobiliar noch wie eine Mischung aus Trödelladen und Segelschiff, so waren die Flure und Zimmer derart mit Nippes und Pflanzen vollgestellt, dass man das Gefühl hatte, sich in einem Hexenhaus zu befinden. Die Pension de las Chinches war eine Anlaufstelle für zerlumpte Immigranten, wie ich einer war, doch wir waren nicht die einzigen Gäste. Genauso häufig bezogen kubanische Bauern, sogenannte *guajiros*, dort Quartier, die dem Landleben den Rücken gekehrt hatten, um ihr Glück in der Stadt zu versuchen. Und einer von ihnen war Guzmán.

Guzmán teilte sich mit Grescas und mir das Zimmer und wurde schon bald unser *compay*, ein guter Freund. Klein und schmächtig, war er zusammen mit seinen acht Geschwistern in einem kleinen Bauernhaus aufgewachsen, bis seine Eltern ihn, angesichts der drückenden Last der Schulden, in die Obhut einer ledigen Tante gaben, die in Cienfuegos lebte. Allerdings erwies sich die notgedrungene Trennung schon bald als Glücksfall, denn die Tante war Lehrerin und bot ihm nicht nur Kost und Logis, sondern auch ein gewisses Maß an Bildung. Guzmán war sehr schlau und hätte sicher einen guten Abschluss gemacht, doch als die Tante starb, war er aus Geldmangel gezwungen, nach Havanna zu gehen und sich Arbeit zu suchen. Und der Zufall wollte es, dass er in der Pension de las Chinches landete und mein Zimmergenosse wurde.

Ich werde nie vergessen, dass ich ihm, als er mir zum ersten Mal die Hand reichte, nicht ins Gesicht, sondern ganz fasziniert auf die Füße blickte.

»Was für tolle Stiefel … Rindsleder mit dickem Zwirn und Wildlederzungen?«

So erfuhr ich, dass mein neuer Freund eine besondere Eigenart hatte: Er hatte ein Faible für Schuhe. Dies schrieb er der Tatsache zu, dass er während seiner Kindheit auf dem

Land nie welche gehabt hatte und sein erstes Paar Schuhe erst bekam, nachdem er zu seiner Tante gezogen war. Obwohl es nur billige Mokassins waren, hatte er sich damit wie ein König gefühlt. Da war es nicht verwunderlich, dass er sich seinen Lebensunterhalt als Schuhputzer verdiente. Von morgens bis abends gebückt Schuhe sauber zu machen war ein hartes Brot, aber Guzmán sagte immer: »Eine Arbeit, ohne von einem Chef herumkommandiert zu werden und ohne Stempelkarte. Und man lernt noch interessante Leute kennen … Nichts als Vorteile!«

Und als er hörte, dass weder Grescas noch ich eine Arbeit hatten, überzeugte er uns davon, dass auch wir unser Glück als Schuhputzer versuchen sollten. Er machte uns gleich mit zwei alten Schuhputzern im Ruhestand bekannt, die bereit waren, uns gegen eine Kommission ihre Ausrüstung zur Verfügung zu stellen, die aus einem Stuhl, Bürsten und Schuhcreme bestand.

Es waren gute Zeiten. Jeden Morgen standen wir früh auf und machten uns auf den Weg durch die Straßen. Üblicherweise begannen wir im Parque de la Fraternidad, um die Angestellten zu erwischen, die ihr Büro mit frisch geputzten Schuhen betreten wollten. Um die Mittagszeit, wenn es so heiß war, dass die Absätze der Frauen auf dem weichen Asphalt Abdrücke hinterließen, flüchteten wir uns für ein paar Stunden in die Bodega El Popular. Von dort aus machten wir uns am Nachmittag auf den Weg in die Eingangshallen der Hotels, die voller amerikanischer Touristen waren. Oder in die Innenhöfe der Bodegas, in denen es ebenfalls von Ausländern wimmelte, die im Schatten der Bananenstauden ihre Piña Coladas tranken. Gegen Ende des Tages versuchten wir unser Glück dann vor den Bars wie dem Sloppy Joe's oder dem Floridita, wo die gut gekleideten Männer hingingen, die bereit waren, ein paar Münzen dafür zu zahlen, ihre teuren Schuhe auf Hochglanz polieren zu lassen. Und unsere letzten Putzdienste verrichteten wir immer in der Bodega Complaciente, weil Grescas sich in La Tacones verguckt hatte, eine schwarze Schönheit, die Boleros sang und meinen Freund mit souveräner Hochmut abblitzen ließ.

Bei unserer Stammkundschaft hatten wir bald unseren Namen weg. Sie nannte uns die drei Musketiere, weil wir immer zu dritt unterwegs und ein außergewöhnliches Trio waren: Grescas mit seiner Gorillafigur, Guzmán mit seiner Pygmäen-Größe und ich, der ich weder das eine noch das andere zu bieten hatte. Alle drei hatten wir unsere Stärken und Schwächen. Grescas beispielsweise hatte trotz seiner rauen Art die Gabe, überall Freunde zu finden. Er war nicht gerade ein begnadeter Schuhputzer, aber seine Kunden – meistens Spanier – bezahlten ihn gern für die lohnenswerte Unterhaltung.

»Hör mal, Grescas, du kennst nicht zufällig jemanden, der an einer Kiste Black Label interessiert ist?«

»Frag mal Pedro, den aus Santander, ein echt netter Kerl. Er arbeitet in einer Bodega im Viertel El Cierro. Sag ihm, dass ich dich geschickt habe, und wenn er dir den Whisky abkauft, gib mir zwei Pesos für den Gefallen, den ich dir getan habe.«

Guzmán war der Einzige von uns dreien, der ein wirklich guter Schuhputzer war. Er brachte die Schuhe zum Glänzen, dass es eine Freude war, und gab den Touristen dazu noch gute Tipps, was sie sich in Havanna ansehen sollten.

»Wenn die Holzsohle Ihnen Probleme bereitet, kann ich sie gegen eine Gummisohle austauschen … Übrigens, waren Sie schon in unserem Kapitol? Es ist mindestens so schön wie das der Amerikaner.«

Ich hatte überhaupt kein Talent, mit Schuhen und Schuhcreme umzugehen. Doch mein ansteckendes Lächeln und meine Vorwitzigkeit brachten mir ziemlich viel Kundschaft ein.

»Wie ich gesagt hab, Señor, ich hab sogar schon mal Errol Flynn die Schuhe geputzt. Mann, hatte der krumme Füße! Und Clark Gable erst – dessen Schweißfüße waren sogar durch die Schuhe zu riechen …«

Im Großen und Ganzen war das Leben als Schuhputzer zwar anstrengend, aber es lohnte sich. Zumindest dachte ich das. Was ich da noch nicht wusste, war, dass es auch äußerst gefährlich sein konnte. Denn wenn man dem falschen Kunden die Schuhe vermurkste, war es durchaus möglich, mit einer Kugel im Kopf zu enden.

4

Jener denkwürdige Tag begann wie jeder andere. Meine Freunde und ich beschlossen, uns an der Tür des Calypso zu postieren, Havannas neuem Nachtclub, der gerade äußerst angesagt war. Der Club umfasste einen ganzen Häuserblock, dessen Fassade smaragdgrün gestrichen war. Und tatsächlich wurde er auch so genannt: der Smaragd von Havanna. Nur ausgewählte Gäste verkehrten dort, und ohne angemessene Kleidung wurde niemand eingelassen: die Herren im Smoking und die Damen im Abendkleid. Da wir uns in Havanna befanden, wiesen die Smokings allerdings die unterschiedlichsten Farben auf, vom klassischen Schwarz, wie es meist von den Ausländern getragen wurde, bis hin zu gewagteren Tönen wie weiß, hellblau oder, passend zum Lokal, sogar grün. Und die Damen standen ihren Begleitern in nichts nach. Sie in ihren langen, enganliegenden schulterfreien Kleidern mit Feder- oder Blumenschmuck im Haar zu sehen war jeden Tag wieder ein Erlebnis.

Das Calypso war ein Paradies für Musikliebhaber, denn dort gab es ein Septett, das kubanische Son-Musik spielte, eine französische Kapelle für den eleganten Danzón und sogar eine Jazzband, die einen Foxtrott bot, der selbst Fred Astaire zum Jubeln gebracht hätte. An ganz besonderen Abenden taten sich alle Bands zusammen, um die Trompeten zu verstärken und mit einem zusätzlichen Klavier das Conjunto Calypso zu bilden, das für die gefragtesten Sänger spielte und sogar für extra eingeladene internationale Stars, die die wenigen Auserwählten erfreuten, die den Club betreten durften.

Dank des Gerüchts, dass die Tänzerinnen des Calypso noch schöner waren als die des Tropicana und des Sans Souci zusammen, ging die Schlange am Eingang einmal um den ganzen Block, was uns für die Suche nach Kunden gerade recht kam. Und jedes Mal, wenn wir ein paar Schuhe auf Hochglanz poliert hatten, erlaubten wir uns ein Schwätzchen.

»Wie heißt diese seltene Frucht noch gleich?«, fragte ich Guzmán.

»Guave.«

»Und die andere?«

»Graviola.«

»Und das ist sicher nicht die gleiche?«, hakte ich nach.

»Aber nein, du Dummkopf! Die haben nichts miteinander zu tun!«, rief Guzmán aus, der an meiner Unwissenheit verzweifelte.

»Also ich glaube auch, dass es die gleiche ist, genau wie bei den Erdnüssen und den Aschantinüssen«, wandte Grescas ein.

»Was sind Aschantinüsse?«, fragte Guzmán.

»Die, mit denen man Affen und Papageien füttert«, antwortete ich.

»Ah, Arachisnüsse …«

»Hast du nie einen Papagei gehabt, Guzmán?«, wollte Grescas wissen.

»Ich nicht. Aber eine Nachbarin meiner Tante hatte einen Wellensittich. Der konnte besser reden als wir alle zusammen und hatte sogar einen Zungenbrecher drauf.«

»Hier auf Kuba gibt es Zungenbrecher?«

»Na klar: *Camarón*, *caramelo*, *caramelo*, *camarón*, *camarón*, *caramelo* ... Das konnte der blöde Vogel aus dem Effeff.«

»Wenn ich den zwanzig Mal hintereinander schaffe, krieg ich von euch einen Peso«, forderte ich meine Freunde heraus.

»Na dann, los!«

»*Camarón*, *caramelo*, *caramelo*, *caram*...« Ich verhaspelte mich, und alle drei mussten wir lachen. »*Camarón*, *caramelo*, *caramelo camarón*, *came*... Mist!«

Wir waren sosehr mit unserem Spiel beschäftigt, dass ich gar nicht mitbekam, wie sich ein Mann auf meinen Schuhputzstuhl setzte. Das Erste, was mir auffiel, waren seine Schuhe. Oxford-Schuhe aus weißem Leder, die ein kleines Vermögen gekostet haben mussten.

»Guten Abend«, grüßte ich gut gelaunt, ohne den Blick zu heben. »Ich schlage Ihnen eine Wette vor: Wenn Sie zwanzig Mal hintereinandeer *camarón*, *caramelo*, *caramelo*, *camarón* sagen, putze ich Ihnen die Schuhe kostenlos. Und wenn Sie es nicht schaffen, geben Sie mir ein Trinkgeld dazu, na, was meinen Sie?«

Normalerweise kamen meine Späßchen bei den Kunden immer gut an, doch diesmal war es nicht so. Denn dieser Mann war kein Kunde der üblichen Sorte.

»Putzen Sie meine Schuhe und halten Sie den Mund!«, fuhr er mich an.

Als ich seine Stimme hörte, die mehr wie das Knurren eines angriffslustigen Tieres klang, lief es mir kalt den Rücken hinunter. Ich hatte ein ungutes Gefühl und hob den Blick. Der Mann trug einen grauen Anzug und eine Seidenkrawatte, die mit einer Elfenbeinnadel verziert war. Sein Gesicht war von der Krempe seines Huts überschattet und nicht zu erkennen, bis er an seiner Havanna zog und die Glut für einen Augenblick seine stechenden grünen Augen erhellte.

Jeder andere einigermaßen intelligente Mensch hätte die Klappe gehalten, aber ich war schon immer äußerst vorlaut.

»Ach, kommen Sie, seien Sie kein Spielverderber«, sagte ich. »*Camarón, caramelo, caramelo, camarón* …«

Ich konzentrierte mich derart auf den Zungenbrecher, dass ich aus Versehen nach dem falschen Lappen griff und einen seiner weißen Schuhe mit brauner Schuhcreme beschmierte. Wobei das, ehrlich gesagt, nicht das erste Mal war, dass mir so etwas passierte, denn ich war als Schuhputzer wirklich eine Katastrophe.

»Oh Mann! Das tut mir leid«, entschuldigte ich mich sofort. »Guzmán, könntest du mir den Fleckenentferner geben?«

Ich drehte mich um und bemerkte, dass meine Freunde totenblass geworden waren und den Kunden anstarrten, als wäre er der Leibhaftige. Irgendetwas lief gerade gar nicht gut. Eine Sekunde später spürte ich das kühle Metall einer Pistole im Nacken.

»*Cabrón*, weißt du, wie viel diese Schuhe kosten?«

Ich antwortete nicht. Vor Angst brachte ich kein Wort heraus.

»Ich sage es dir: Sie sind mehr wert als dein Scheißleben!«

Der Mann entsicherte die Pistole mit einem klickenden Geräusch, das sich für mich genauso schrecklich anhörte, als schlüge er den letzten Sargnagel zu meiner eigenen Beerdigung ein.

Grescas machte einen Schritt nach vorn, bereit, sich auf den Mann zu stürzen und ihm die Waffe zu entreißen. Der jedoch schnippte, in aller Seelenruhe und ohne seine Zigarre aus dem Mund zu nehmen, einmal mit den Fingern, woraufhin zwei Riesen im Anzug auftauchten und neben ihrem Boss in Stellung gingen.

»He, du! Ganz ruhig! Denkst du, es ist für mich ein Problem, zwei armen Schluckern das Licht auszublasen anstatt einem?«

Ich schloss die Augen und spürte, dass die Zeit stehen blieb. In meinem Kopf formte sich ein Gedanke, der verzweifelt herumschwirrte wie ein Schmetterling, der in einem Glas gefangen war: Das gibt's doch nicht, dass ich wegen eines Zungenbrechers mein Leben verliere! Doch dann erinnerte ich mich an meine Eltern, die beide wegen einer dummen Kleinigkeit ermordet wurden. War es nicht logisch, dass ich die Familientradition fortsetzte?

»Ich k-kann die-diesen Fleck entfernen«, stotterte Guzmán. Schweigen. Schweiß rann mir über die Stirn und tropfte auf den Boden. Der Asphalt war derart aufgeheizt, dass die Tropfen zischend verdampften. »Lassen Sie es mich versuchen, b-bitte. Denn was sich mit S-sicherheit nicht mehr entfernen lässt, sind Blutflecken«, beharrte Guzmán mit zitternder Stimme.

Nach ein paar unendlich langen bangen Sekunden, senkte der Mann die Waffe und machte seinen Leibwächtern ein Zeichen, dass sie einen Schritt zurücktreten sollten.

Als Nächstes verpasste er mir einen Fußtritt, der mich zu Boden streckte, und winkte Guzmán mit seiner Pistole zu sich heran.

»Bring diese Schweinerei in Ordnung!«, befahl er mit schneidender Stimme.

Guzmáns Hände zitterten derart, als wäre er plötzlich vom Veitstanz befallen. Doch trotz des Damoklesschwerts, das über ihm schwebte, gelang es ihm ruck, zuck den Fleck zu entfernen.

»Das wär's.«

Der Mann inspizierte seine Schuhe eingehend, und nach einem unendlich lang erscheinenden Moment der Stille lächelte er zufrieden.

»Dein Freund hat dir gerade noch mal das Leben gerettet, du Maulheld!«, sagte er zu mir, um dann mit einem warnenden Blick auf uns drei fortzufahren: »Aber lasst euch hier nie wieder blicken, verlaustes Pack! Denn wenn ihr mir noch einmal über den Weg lauft, hat euer letztes Stündlein geschlagen. Kapiert?«

Nach einem letzten Zug an seiner Havanna trat er in die dunkle Straße, und kurz darauf wurden er und seine beiden Männer von den schwarzen Schatten der Häuser verschluckt. Wir seufzten so erleichtert, dass man es wahrscheinlich noch auf der anderen Seite der Insel hören konnte.

Sobald der Mann verschwunden war, eilten Guzmán und Grescas zu mir herüber und halfen mir auf die Füße. Ich hatte noch immer so weiche Knie, dass sie mich noch eine Weile festhalten mussten, damit ich nicht gleich wieder hinfiel.

»Alles in Ordnung?« Grescas spuckte wütend auf den Boden. »Verdammte Scheiße! Der hätte uns beinah das Hirn weggepustet!«

»Auf nach La Tercera! Wir müssen diesen Verrückten anzeigen!«, schlug ich vor.

»La Tercera« war der Name der Polizeiwache in Havanna.

»Nein, bloß nicht!« Guzmán starrte uns entsetzt an. »Nur keine Polizei! Wisst ihr denn nicht, wer das war? César Valdés!«

Mir sagte der Name nichts, Grescas hingegen starrte unseren Freund mit schreckgeweiteten Augen an.

»César Valdés?«, wiederholte er. »César Valdés!?«

»Höchstpersönlich.«

»Wer, zum Teufel, ist César Valdés?«, unterbrach ich die beiden.

»Er ist ein Don. Du weißt schon, wie Al Capone oder Lucky Luciano. Ein Gangster.«

»Ein Mafiaboss?«

»Angeblich hat er mit Opium- und Marihuana-Schmuggel angefangen und sich damit einen Namen gemacht. Jetzt gehört ihm das Calypso, und er ist einer der mächtigsten Männer von ganz Kuba.«

»Aber so reich und mächtig er auch ist, kann er doch nicht einfach so Leute umbringen«, wandte ich ein.

Grescas schlug mir gutmütig auf die Schulter.

»Oh Mann, bist du naiv! Das ist die Mafia! Wenn ihm danach ist, kann er sich aus der Haut deiner Eier ein Portemonnaie machen lassen, und keiner würde einen Finger rühren. Kapiert?«

»Ja aber die Regierung und die Polizei müssen die Mafia doch bekämpfen!«

»Bekämpfen? Ha!« schnaubte Guzmán. »César Valdés war bei Batista zum Essen eingeladen, und jetzt trifft er sich zum Aperitif mit Grau. Die Regierung lebt vom Geld der Mafia. Und sie bewahren diese Mistkerle nicht nur vor dem Gefängnis, sondern schützen sie auch noch …«

In diesem Moment ertönte in unserem Rücken ein Knall. Wie auf ein Kommando warfen wir uns alle drei zu Boden und sahen wohl aus wie Marionetten, denen die Fäden abgeschnitten worden waren. Doch als wir vorsichtig unsere

Köpfe hoben, stellten wir fest, dass ein paar Leute draußen auf der Straße nur eine Flasche Champagner geöffnet hatten.

»Wir sollten hier verschwinden«, stammelte ich. Meine Nerven lagen blank. »Ich weiß nicht, wie es bei euch geht, aber ich bin froh, wenn ich endlich im Bett liege.«

Dieser Zwischenfall beendete meine kurze Karriere als Schuhputzer. Um genügend Schuhe zum Polieren zu finden, musste man sich unweigerlich vor den Türen der Nachtclubs postieren, und mir war meine Haut zu kostbar, um zu riskieren, noch einmal César Valdés über den Weg zu laufen.

5

Guzmán und Grescas sagten immer, dass Havanna eigentlich aus zwei Städten bestehe: Havanna alta und Havanna baja, die Stadt der Reichen und die der Armen. Und beide lagen direkt nebeneinander. Jeden Sonntag teilten sich die Millionäre, die ihr Geld in den Casinos verschleuderten, und die Kreolen, die sich auf den Kaffeeplantagen abrackerten, damit die feinen Damen in der Casa del Café con Leche in der Calle Obispo ihren Kaffee trinken konnten, die Kirchenbänke in der Kathedrale, um die heilige Messe zu hören. Während Marlon Brando sich bei Cuervo y Sobrinos eine Brillantuhr kaufte, saß vor der Tür der Manufaktur eine Bettlerin, die die Schnuller ihrer Kinder in Zichorienkaffee tauchte, weil sie kein Milchpulver hatte. Es waren zwei Welten, die miteinander verbunden und gleichzeitig durch unsichtbare Schranken voneinander getrennt waren.

Es gab nur eine Möglichkeit, dass ein armer Schlucker es schaffen konnte, von dem Kaffeesack, auf dem er schlief, zur Daunenmatratze zu wechseln: die Lotterie. Fünf Zahlen, die das magische Tor bildeten, um von einer Welt zur anderen zu gelangen. Und dank der Möglichkeit, Wunder zu wirken, war die Lotterie den Kubanern heilig – ein Kult, dem ich mich sogleich anschloss.

Eines Abends kehrte Grescas mit mehreren Stapeln Lose in die Pension zurück.

»Willst du dir was dazuverdienen? Der Schwarze, der im El Popular die Lose verkauft, liegt mit Blinddarmentzündung im Krankenhaus. Und er sagt, wenn wir für ihn diese Lose an den Mann bringen, dürfen wir die Hälfte der Einnahmen behalten.«

Das schien mir eine fantastische Gelegenheit … Bis ich die Losnummer sah: 85943. Das war gleich eine dreifache Unglückszahl, denn die meisten Lottospieler wählten die Zahlen nach der *charada*, einem anderen Zahlenglücksspiel, aus. Und dabei war die Acht die Zahl des Todes, die Neunundfünfzig die des Verrückten und die Dreiundvierzig die des Skorpions.

»Grescas, ist dir klar, dass man eher unter einer Leiter eine schwarze Katze und einen zerbrochenen Spiegel an den Mann bringt, als diese Lose zu verkaufen?«

»Genau das ist ja die Herausforderung, Mensch … Es wird hier auf der Insel ja wohl ein paar Leute geben, die nicht abergläubisch sind.«

Doch da irrte er sich. Wir versuchten unser Glück zunächst auf der Plaza de Cuatro Caminos, einem der bedeutendsten Großmärkte der Stadt, einem wahren Fest der Sinne.

Der Markt befand sich in einem riesigen Gebäude, in dem es so geschäftig zuging wie auf einem Ameisenhaufen. Die Mauern umschlossen einen riesigen Innenhof und umfassten drei Stockwerke voller Marktstände und Lagerräume. An den unzähligen Ständen wurden alle Nahrungsmittel angeboten, die man sich vorstellen konnte: Manioks, Süßkartoffeln, Malangas, Avocados, Äpfel aus Kalifornien, Mangos und Bananen in jeder Größe, Spanferkel oder Lämmer am Stück, lebend herumkrabbelnde Hummer … Die

Marmorstufen verliehen dem Gebäude etwas Aristokratisches, was die Verkäuferinnen mit ihrem Geschrei jedoch gleich wieder Lügen straften.

»Hühner, Truthähne und Kaninchen! Diese Schweinsfüße sind eine Delikatesse, Señora!«, schrien sie sich die Seele aus dem Leib.

Als wir versuchten, unsere Lose zu verkaufen, reichte allein der Anblick der Zahlen aus, dass sich sowohl die Händlerinnen als auch die Marktbesucherinnen auf der Stelle bekreuzigten.

»Weg damit, das bringt Unglück!«, riefen sie aus.

Also versuchten wir es bei den Händlern mit den Obstkarren und den Fischern, die ihren Fang brachten, doch auch sie lachten uns aus.

»Heilige Jungfrau! Mit solchen Losen würde ich nicht mal ein Feuer machen, um mir den Hintern zu wärmen!«

Bis kurz vor der Ziehung hatten wir noch nicht ein einziges Los verkauft, und unsere Aussichten wurden immer schlechter. Nicht einmal den Hermanas Chinches, den beiden Pensions-Schwestern, die beim Lottospiel keinen Tag ausließen, konnte ich eins aufschwatzen.

»Dieses Los gewinnt, das spüre ich! Dann könnte sich jede von euch ein eigenes Gebiss kaufen«, versuchte ich mich bei ihnen einzuschmeicheln.

»Wenn du dir so sicher bist, dann kauf es doch selbst. Und hoffentlich ist der Gewinn hoch genug, dass du uns die beiden Monatsmieten zahlen kannst, die du uns noch schuldest«, meinte Patria. Oder Norma, denn ich konnte die beiden einfach nicht auseinanderhalten.

Wir standen gerade in der Eingangshalle der Pension und dikutierten, da klingelte es an der Tür. Norma – oder Patria – forderte mich auf, sie endlich in Ruhe zu lassen, und ging zur Tür, um nachzusehen, wer da war. Allerdings war sie so klein, dass sie nicht durch den Spion schauen konnte, weshalb sie das Telefonbuch nahm, um sich daraufzustellen. Beim Anblick des dicken Wälzers kam mir eine Idee, und ich eilte sofort zurück in unser Zimmer.

»Hör mal, Grescas! Wie wäre es, wenn wir einfach die Leute mit den Telefonnummern anrufen, die mit acht, fünf, neun, vier, drei anfangen oder enden?«

»Wozu?«

»Na ja, weil die mit Sicherheit nicht daran glauben, dass die Zahl ihnen Unglück bringt! Vielleicht freuen sie sich sogar über den Zufall und kaufen uns ein Los ab.«

Grescas, der neue Hoffnung schöpfte, sprang auf und drückte mich an seine Gorillabrust.

»Du bist wirklich schlau wie ein Fuchs, Exschwager!«

Gesagt, getan. Einen nach dem anderen riefen wir jeden an, dessen Telefonnummer die Unglückszahlen enthielt. Der erste Anruf war gleich ein Reinfall, denn wir landeten bei einem erzürnten Mann, der sich gestört fühlte, weil wir seine Siesta unterbrochen hatten, woraufhin er gleich wieder den Hörer aufknallte. Doch dann hatten wir mehr Glück. Beim zweiten Anruf konnten wir ein Los verkaufen, genau wie beim dritten, und beim vierten brachten wir gleich mehrere Lose an den Mann. Das Ganze funktionierte so gut, dass wir Guzmán um Hilfe bitten mussten, damit wir genug Leute waren, um die Adressen der Käufer zu notieren und ihnen die Lose nach Hause zu bringen.

Nach den Telefonnummern versuchten wir es mit den Autokennzeichen. Der Plan war simpel und bestand darin, durch die Stadt zu laufen und nach Autonummern Ausschau zu halten, die die Zahlen eines unserer Lose enthielten, um dann die Besitzer des Wagens auf den Zufall anzusprechen.

Zum Glück musste ich nicht lange suchen. Direkt am Malecón stieß ich auf einen Chevrolet mit der Nummer achthundertneunundfünfzig, den ersten drei Zahlen. Der Wagen stand vor einer Bodega, und ich nahm an, dass der Besitzer dort eingekehrt war, um einen Aperitif zu nehmen. Ich entschied, dass es sich sicher lohnen würde zu warten, um ihm dann ein paar Lose aufzuschwatzen.

Zum Zeitvertreib setzte ich mich auf die kleine Mauer, die die Straße begrenzte, und blickte auf den Strand. Dort lag eine äußerst hübsche junge Frau in einem ziemlich gewagten Badeanzug in der Sonne und las in einer Zeitschrift. Als sie die Lektüre beendet hatte, stand sie zur Freude der anderen Badegäste auf, reckte sich wie eine Katze und drehte einige Pirouetten. Zweifellos war sie eine Tänzerin, und ich wettete mit mir selbst, dass sie im Shanghái auftrat, einem Club, in dem sich die Tänzerinnen hüllenlos zeigten. Die Tatsache, dass sie allein an den Strand gegangen war, sprach für meine Theorie, denn anständige Mädchen ließen sich dort nur in Begleitung mehrerer Freundinnen sehen, damit nicht schlecht über sie geredet wurde. Unter den männlichen Bewunderern der jungen Frau betrachtete einer sie besonders entzückt. Braungebrannt, wohlgenährt und gut aussehend wie er war, konnte man ihm sogar in Badekleidung ansehen, dass er aus einer guten Familie stammte. Und an der Art, wie er sich jetzt durchs Haar strich, war auch aus der Entfernung zu erkennen, dass er gerade all seinen Mut zusammennahm, um die Tänzerin anzusprechen.

In diesem Moment unterbrach das Auftauchen des Autobesitzers meine Strandrevue. Ein Mann mit grau meliertem

Haar, der einen weißen Leinenanzug trug, schlenderte auf mich zu. Da er sympathisch wirkte, beschloss ich, ihn anzusprechen.

»Guten Tag, Señor! Heute ist Ihr Glückstag, denn ich bin hier, um Ihr Leben zu verändern.« Ich zog mein Losbündel heraus und zeigte es ihm. »Sehen Sie, Ihr Autokennzeichen … Ist das nicht ein außergewöhnlicher Zufall? Ich bin gerade hier vorbeigekommen und sehe, dass Sie dieselben Zahlen haben wie die Nummer der Lose, die ich verkaufe. Das kann doch nur ein Wink des Schicksals sein, meinen Sie nicht?«

Der Mann musste sich das Lachen verbeißen, als er mir zuhörte. Er hatte glänzende, wache Augen und schien nicht der Typ zu sein, der sich leicht einwickeln ließ.

»Ein Wink des Schicksals, hm? Ich habe dort auf der Terrasse einen Kaffee getrunken und gesehen, dass du schon eine ganze Weile hier gesessen hast«, meinte er.

Er hatte einen leichten asturischen Akzent, wie ich mit großer Freude hörte.

»Na ja, manchmal muss man dem Schicksal ein wenig nachhelfen … Sind Sie etwa aus Asturien?«

»Ja, aber inzwischen fühle ich mich fast schon als Einheimischer«, sagte er, »denn ich lebe schon seit Jahrzehnten hier.«

»*Paisanu*, ein Landsmann, das ist ja beinah *cosa de bruxes*, Zauberei! Jetzt müssen Sie mir aber wirklich ein Los abkaufen.«

Der Asturier schüttelte freundlich den Kopf.

»Es tut mir leid, aber ich denke, die einzige Art, reich zu werden, ist zu arbeiten und nicht aufs Glück zu setzen.«

»So denke ich auch. Aber würde es Ihnen nicht trotzdem gefallen, von einem Tag auf den anderen Millionär zu sein?«

»Die Wahrscheinlichkeit, dass das Los gezogen wird, liegt bei eins zu einer Million.«

»Sie haben es gesagt: Es *gibt* eine Wahrscheinlichkeit! Stellen Sie sich mal vor, wie Sie sich fühlen werden, wenn die Nummer gewinnt und Sie mir das Los nicht abgekauft haben! Ich sage es Ihnen …« Ich ließ meiner Fantasie freien Lauf und fabulierte drauflos: »Sie würden sich furchtbar schlecht fühlen und es Ihr ganzes Leben lang bereuen. Sie hätten keine Freude mehr am Leben und würden vielleicht zur Flasche greifen. Und dann würden Sie Ihre Arbeit verlieren und Ihre Frau würde Sie verlassen und so weit weg wie möglich gehen, nach Cochinchina zum Beispiel. Am Ende müssten Sie noch Ihr Haus und Ihr Auto verkaufen, um sich ein Flugticket leisten zu können und sie zurückzuholen. Aber dafür wäre es bereits zu spät, weil sie sich inzwischen in einen Cochinchinesen verliebt hätte. Und zu guter Letzt würden Sie sich auf dem Rückweg zum Flughafen im Dschungel verirren und von einem Tiger verschlungen werden. Und da sage ich … Ist es dann nicht besser, die lächerliche Summe von fünf Céntimos in ein Lotterielos zu investieren und heute Nacht ruhig zu schlafen?«

Der Mann lachte.

»Du willst damit also sagen, dass ich, wenn ich dir kein Los abkaufe, von einem Tiger gefressen werde?«

»Oder von einem Löwen. Im Dschungel kann man nie wissen.«

»Du gibst wohl niemals auf, was?«, meinte er, immer noch lachend.

»Ich habe keine andere Wahl. Wenn ich diese Lose nicht an den Mann bringe, habe ich heute Abend nichts zu essen.«

Der Asturier machte mir ein Zeichen, ihm zu folgen, öffnete den Kofferraum seines Wagens und nahm einen Koffer heraus.

»Ich mache dir einen Vorschlag, junger Mann. Hast du schon mal von El Encanto gehört?«

Ich nickte, denn natürlich kannte ich dieses Kaufhaus. Jeder kannte es. In Havanna war es eine Institution. Das eleganteste Geschäft, um Haute-Couture-Mode, französische Parfüms und andere Luxusgüter zu kaufen. Schon lange hegte ich den Wunsch, es mir einmal von innen anzusehen, aber für einen armen Schlucker wie mich war ein Einkaufsbummel im El Encanto genauso unmöglich wie eine Reise zum Mond.

»Wir haben das Verkaufsgebäude vergrößert, und in dieser Woche ist die Neueröffnung des nun größten Kaufhauses in ganz Amerika. Wenn du wirklich so clever bist, wie du behauptest, könntest du dich dort sicher irgendwie nützlich machen.«

Eine feste Arbeit! Wie bei einem Straßenköter, dem man ein saftiges Kotelett vor die Nase hält, spürte ich, wie sich sämtliche Muskeln meines Körpers anspannten. Und nicht nur das … Eine Arbeitsstelle in dem berühmtesten Kaufhaus Kubas! Das konnte ich mir nicht entgehen lassen!

»Was muss ich tun?«

»Mir beweisen, dass du genauso gut bist wie unsere Verkäufer.«

Der Asturier öffnete den Koffer, der mit Winterkleidung gefüllt war, und wählte einen Schal aus dicker Wolle aus.

»Ich komme gerade aus Paris zurück. Wenn es dir gelingt, diesen Schal in weniger als zehn Minuten zu verkaufen, bist du eingestellt.«

In Havanna einen Wollschal verkaufen? Bei einer Außentemperatur von vierzig Grad im Schatten? Das konnte er nicht ernst meinen.

»Hier? Jetzt?«

»Wenn du denkst, dass du dazu nicht in der Lage bist …«

»Doch, das bin ich auf jeden Fall!«, fiel ich ihm ins Wort. »Was soll das Ding denn kosten?«

»Fünf Pesos.«

Der Mann reichte mir den Schal, lehnte sich an die Motorhaube seines Wagens und sah auf die Uhr.

»Ab jetzt zehn Minuten«, verkündete er grinsend.

Ich sah mich um. Es war Mittag, und die Straße war menschenleer. Was sollte ich tun? Ich überlegte, in irgendeine Bodega zu gehen, um mir einen Käufer zu suchen und eine meiner Geschichten zu erzählen. Vielleicht sollte ich einfach sagen, dass der Schal magische Kräfte verlieh. Aber fünf Pesos waren viel Geld, um sie für irgendeinen Blödsinn auszugeben. Ich atmete tief durch, um meine Gedanken zu ordnen. Die Leute kauften sich Dinge, die sie brauchten, und kein Mensch braucht bei vierzig Grad im Schatten einen Schal. Es sei denn … Mein Blick fiel auf den jungen Mann aus guter Familie, der es immer noch nicht gewagt hatte, die Tänzerin am Strand anzusprechen – und mir kam ein wahnwitziger Gedanke: Wenn der Bedarf nicht vorhanden war, musste man ihn eben schaffen. Ich eilte zu der jungen Frau hinüber.

»Guten Tag, Señorita. Möchten Sie sich ein paar Pesos verdienen?«

Sie runzelte die Stirn, zeigte jedoch auch den Anflug eines Lächelns. Ihrem Gesichtsausdruck war anzusehen, dass sie zwischen Neugierde und Misstrauen hin- und hergerissen war.

»Wie viele Pesos?«

Sie war definitiv eine Tänzerin. Denn ein anständiges Mädchen hätte das Gespräch an dieser Stelle abgebrochen.

»Fünf.«

»Wofür?«

»Einen Kuss.«

Sie zog überrascht die Augenbrauen hoch, war jedoch nicht schockiert und verpasste mir auch keine Ohrfeige.

»Nur einen? Auf den Mund oder auf die Wange?«

»Auf den Mund.«

»Aber nur einen kleinen.«

»Ein filmreifer Kuss wäre besser, aber auch ein ganz kleiner hilft mir weiter.«

»Soll ich dich küssen?«

»Nein. Den ersten Mann, der dir mit einem Schal um den Hals begegnet.«

Dann ging ich zu dem schüchternen jungen Mann hinüber.

»Ich habe eine Nachricht von der schönen Frau da drüben. Sie sagt, dass sie dich gern küssen würde. Aber nur unter einer Bedingung ...«

Als nur noch weniger als eine Minute bis zu meinem Zeitlimit verblieb, zahlte mir der junge Mann zehn Pesos für den Schal, von denen ich fünf der Tänzerin gab. Beiden war durchaus klar, dass es wohl eigene Interesse waren, die mich dazu bewegten, sie miteinander zu verkuppeln, doch sie spielten mit. Denn auf diese Weise hatten sie einen perfekten Vorwand, um sich kennenzulernen.

Nachdem ich zu dem Asturier zurückgekehrt war, sahen wir uns gemeinsam das Ergebnis meiner Aktion an. Zum Erstaunen der anderen Strandbesucher ging ein junger Mann in Badehose und mit einem dicken Schal um den Hals auf eine junge Frau zu, die ihn dafür mit einem filmreifen Kuss belohnte. Ich freute mich darüber, dass sich nach dem Kuss ein lebhaftes Gespräch zwischen den beiden entspann. Die Tänzerin hatte augenscheinlich Gefallen an dem jungen Mann gefunden, der jetzt meinen Blick suchte und in Siegerpose beide Daumen reckte.

Der Asturier lachte und gab mir einen kameradschaftlichen Schlag auf die Schulter.

»In meinem ganzen Leben habe ich noch nicht zwei derart zufriedene Kunden gesehen! Du hast die Stelle. Sei morgen früh um Punkt acht im Kaufhaus. Hier hast du meine Karte.«

Mit diesen Worten schwang er sich in sein schickes Auto und fuhr davon. Ich sah ihm nach und las dann den Namen, der auf der Visitenkarte stand: *Aquilino Entrialgo. Miteigentümer und Mitbegründer von El Encanto*.

An diesem Abend verfolgten Grescas und ich die Ziehung der Lottozahlen mit besonderem Interesse. Wie zu erwarten war, brachte unsere grässliche Unglücksnummer nicht einen Centavo ein. Doch mit der Visitenkarte von Señor Entrialgo in der Tasche hatte ich den Hauptgewinn gezogen.

6

La Esquina del Pecado, die »sündhafte Ecke«, lag an der Kreuzung der Calle Galiano und der Calle San Rafael. Sie wurde wegen ihrer unwiderstehlichen Läden so genannt, die die eleganten Damen Havannas anlockten wie der Honig die Bienen. Man sagt, dass es der beliebteste Zeitvertreib der Frauen von Havanna ist, einkaufen zu gehen … Und der beliebteste Zeitvertreib der Männer ist es, die schönen Señoras zu bestaunen und ihnen Komplimente zu machen. Insofern war die berühmte *Esquina del Pecado* in Wirklichkeit die Ecke der kleinen Sünden: Die Frauen sahen sich die Schaufenster an, die Männer sahen sich die Frauen an, und alle waren glücklich. Die begehrtesten Geschäfte dort waren Woolworth's – auch Ten Cents genannt –, das Schuhgeschäft La Moda und das Café La Isla, wo die Menschen einkehren konnten, um ein Eis zu essen und neue Kräfte für ihre Einkäufe zu sammeln. Doch das erlesenste Juwel in der Krone war zweifellos das Luxuskaufhaus El Encanto.

Das Gebäude umfasste einen ganzen Häuserblock und die Fassade war mit großen quadratischen Marmorblöcken verkleidet. Die Schaufenster auf der Vorderseite lagen im Schutz einer ausladenden, von dicken Säulen getragenen Galerie, damit die Kunden sich auch bei Regen ungestört die Auslagen anschauen konnten. Und über dem Haupteingang formte ein riesiger Schriftzug die Worte *El Encanto*.

Es war der Morgen meines ersten Arbeitstages, und schon auf der Straße spürte man die allgemeine Aufregung und die freudige Erwartung, die herrschte, weil das Kaufhaus seine neuen Verkaufsräume eröffnete. Diese heiligen Hallen endlich sehen zu dürfen war *das* Thema in der Stadt. Bereits eine Stunde vor der Eröffnung drängten sich die Menschen vor der Eingangstür.

Wie Señor Entrialgo es mir aufgetragen hatte, erschien ich um Punkt acht am Seiteneingang des Kaufhauses. Eine überaus freundliche Angestellte öffnete mir die Tür.

»Guten Tag«, grüßte ich. »Mir wurde aufgetragen, mich hier zu melden. Heute ist mein erster Arbeitstag.«

Die junge Frau forderte mich auf, ihr zu folgen.

»Bitte kommen Sie mit.«

Ich trat über die Schwelle und staunte. Eher als ein Kaufhaus hatte ich den Eindruck, einen Palast zu betreten. Die Böden und die Wände glänzten, dass es eine Freude war. Alles war mit erlesen gekleideten Schaufensterpuppen und tropischen Pflanzen dekoriert. Plakate, die von der Decke hingen, warben für alle möglichen Produkte, eines verführerischer als das andere, und auf allen war das Logo des Geschäfts zu sehen: ein elegantes Paar aus der Zeit der Jahrhundertwende, das auch auf die edlen Papiertüten gedruckt war, in welche die Einkäufe der Kunden gelegt wurden.

Was mich jedoch am meisten beeindruckte, waren die angebotenen Waren. In jenem Meer aus glänzenden Fliesen waren sie kleine Inseln voller Wunder. Die Möbel, in denen die Ware präsentiert wurde, wirkten an sich schon wie Kunstwerke, die unten aus edlem Holz gefertigt und darüber mit gläsernen Regalen ausgestattet waren. In verzücktem

Staunen taumelte ich wie ein Somnambuler durch diese wunderbare Welt und folgte der Angestellten zum Aufzug.

»Sie müssen in den vierten Stock. Dort befinden sich die Büros. Fragen Sie nach der Personalabteilung.«

Die Aufzugführerin schloss die Tür und drückte auf den Knopf mit der Nummer vier. Sie trug eine sehr hübsche Uniform: ein schwarzes Kostüm und Seidenstrümpfe. Sie war etwa in meinem Alter, hatte eine Ponyfrisur und eine Stupsnase und sah mich mit aufgeweckten Eichhörnchenaugen an.

»Gleich heben wir ab, drei, zwei, eins … Jetzt!«, scherzte sie.

Während der Fahrstuhl in die Höhe sauste, musterte das Mädchen mich von oben bis unten.

»Der Anzug ist wohl geliehen, was?«, fragte sie.

Ich nickte. Meinen guten Anzug aus asturischer Wolle hatte ich ein paar Wochen zuvor verkaufen müssen, um die Miete in der Pension bezahlen zu können, und mit dem wenigen Geld, das übrig blieb, hatte ich mir ein Hemd mit Blumenmuster und kurze Hosen zugelegt – nicht gerade der richtige Aufzug, um eine seriöse Arbeit zu verrichten. Und wie Guzmán so treffend bemerkt hatte, bestand der erste Schritt, nicht mehr arm zu sein, darin, nicht mehr arm auszusehen. Zum Glück besaßen sowohl Grescas als auch Guzmán einen Anzug und eine weißes Hemd, das sie mir leihen konnten. Aber natürlich war mir der Anzug von Grescas viel zu groß und der von Guzmán zu klein. Am Ende blieb mir nur, beide Anzüge zu kombinieren, sodass ich ein Hemd von Grescas trug, das die Größe eines Bettlakens hatte und das ich unter Guzmáns Jackett versteckte, welches ich nur mit Mühe schließen konnte. Und aus der Hose musste ich den

Saum rauslassen. Das Schlimmste waren jedoch die Schuhe, ein Paar Mokassins, die mir zwei Nummern zu klein waren.

»Fällt das so auf?«

»Ja«, sagte sie ehrlich, aber frei von böser Absicht. »Du siehst aus wie eine Vogelscheuche. Was wirklich schade ist, weil du wie ein Filmstar aussehen könntest. Deine blauen Augen sind wunderschön.«

Das Kompliment freute und überraschte mich im gleichen Maße. Ich wusste nicht, wie ich darauf reagieren sollte. Die Aufzugführerin lachte glockenhell und zauberhaft.

»Das muss dich nicht bekümmern, du bekommst sowieso eine Uniform. Du musst nur freundlich lächeln und zu allem Ja sagen, und danach kommst du zu mir, und ich erkläre dir alles, was du nicht verstanden hast. Ich stehe dir ganz zur Verfügung.« Sie zwinkerte mir zu.

»Das ist sehr nett, danke!«

»Du musst dich nicht bedanken. Lad mich lieber ins Kino und zu einem Stück Schokoladenkuchen ein, wenn du dein erstes Gehalt bekommen hast.«

Erneut fehlten mir die Worte. Wollte sie mit mir flirten? Seit ich in Havanna angekommen war, hatte ich an alles Mögliche gedacht, aber nicht daran, mir ein Mädchen zu suchen. Da hatte ich wirklich dringendere Bedürfnisse. Ich musste zusehen, wie ich überlebte. Doch in diesem Moment erschien mir die Vorstellung, die hübsche Aufzugführerin mit dem zauberhaften Lachen ins Kino einzuladen, äußerst verführerisch.

»Wie ich merke, redest du nicht lange um den heißen Brei herum.«

»Was bleibt mir anderes übrig? Ich verbringe den ganzen Tag in diesem Aufzug, und zum Reden bleibt mir höchstens eine Minute. Wenn wir erst noch Höflichkeitsfloskeln austauschen würden, hätten wir keine Zeit mehr, zum Wesentlichen zu kommen ...« Mit einem leisen Glockenton öffnete sich die Aufzugtür, als wir jetzt im vierten Stock ankamen. »Siehst du? Schon sind wir da.«

Bevor ich den Aufzug verließ, fragte ich noch rasch nach ihrem Namen.

»Wie heißt du?«

»Nely – und du?«

»Patricio.«

»Vergiss nicht, dass du mich in dem Aufzug ganz links findest«, sagte sie und lächelte mir zu.

Leider waren im El Encanto nicht alle Leute so nett wie Nely. Als ich zur Personalabteilung kam, wurde ich von einem etwa fünfzigjährigen Angestellten empfangen, der ziemlich streng wirkte, hervorquellende Augen hatte und über seinen schmalen, sich ständig kräuselnden Lippen einen Schnurrbart trug, der an die Schnurrhaare eines Katers erinnerte.

»Kann ich dir helfen?«

»Ich sollte mich hier melden. Heute ist mein erster Arbeitstag.«

»Das ist nicht möglich. Wir erwarten niemanden.«

Ich zeigte ihm die Karte, die Aquilino Entrialgo mir gegeben hatte. Sein Mund verzog sich zu einer unwilligen Grimasse, und sein Schnurrbart bebte empört. Der Mann war mir sofort unsympathisch, und ich taufte ihn heimlich Don Gato.

»Señor Entrialgo hat mich für heute herbestellt.«

»Das kann nicht sein. Wo hast du diese Karte her?«

Eine der Sekretärinnen hörte unser Gespräch mit und kam zu uns herüber.

»Entschuldigen Sie, Señor Duarte. Aber Señor Entrialgo hat eine Nachricht hinterlassen für den Fall, dass ein neuer Angestellter vorspricht ...«

Sie reichte ihm einen Zettel. Ich nahm an, dass das, was darauf stand, meine Geschichte bestätigte, denn nachdem Don Gato die Nachricht gelesen hatte, warf er der Sekretärin einen bösen Blick zu.

»Danke, Dulce. Sie können gehen.«

Señor Duarte hielt es nicht für nötig, sich für seinen Irrtum zu entschuldigen. Später erfuhr ich, dass es sich um den leitenden Verkäufer des *salón inglés*, des englischen Salons in der Herrenabteilung, handelte und dass ich nicht der Einzige war, der ihm einen Spitznamen gegeben hatte. Unter den anderen Angestellten des Hauses war er auch unter den Namen »Draculín«, »Señor Hueso« – Knochenmann – und »Caradoble« bekannt, wobei Letzteres am ehesten zutraf, da er tatsächlich zwei Gesichter hatte: Zu den Chefs war er katzenfreundlich, und einfache Angstellte behandelte er wie Dreck.

»Du wirst als Laufbursche anfangen.«

»Äh ... Wie meinen?«

»Laufbursche, Botenjunge, Junge für alles«, schnauzte er mich an. »Du erledigst alles sofort und im Laufschritt, verstanden?«

»Verstanden.«

»Dann besorg dir eine Uniform und zieh dich um.«

Ein paar Minuten, nachdem ich meine Uniform angezogen hatte – schwarzes Jackett, Kummerbund, dazu passende Hose und das Beste: alles in meiner Größe –, wurde das Kaufhaus geöffnet. Alle Verkäufer hatten hinter den ausgestellten Waren Position bezogen. Es war ein aufregender Moment wie in den letzten Sekunden vor dem Anpfiff eines

Fußballspiels, oder wie der Augenblick, bevor man einen Kuss erhält, oder wenn es, bevor es zu regnen beginnt, bereits nach feuchter Erde riecht.

Um fünf vor neun erschienen die Eigentümer des Kaufhauses – die Brüder José und Barnardo Solís, in Begleitung von Aquilino Entrialgo und ihres Cousins César Rodríguez – und begrüßten die Angestellten persönlich.

»Wie schön, Sie zu sehen, Indalecio …!« »Wie geht es, Julita? Und den Kindern?« »Catalina, Sie sehen wunderbar aus …« »Juan Andrés, wie steht es um Ihre Mutter und ihr Rheuma?«

Ich war äußerst beeindruckt, dass die Herren die Namen all ihrer Angestellten kannten. Wobei es, da sie die Chefs waren, durchaus auch möglich war, dass sie die falschen Namen sagten und niemand es wagte, sie zu korrigieren, schoss es mir durch den Kopf.

»Patricio!« Aquilino Entrialgos Stimme, die meinen Namen rief, strafte meine Theorie Lügen. »Jetzt sag nicht, dass diese Lottozahl gewonnen hat!«

»Nein, leider nicht. Es war eine gute Entscheidung, mir kein Los abzukaufen«, antwortete ich.

»Dann werde ich also doch nicht im Urwald von Cochinchina von einem Tiger gefressen werden?«, scherzte er.

»Nein, Sie können ganz beruhigt schlafen.«

Aquilino Entrialgo schlug mir freundlich auf die Schulter und winkte die anderen Mitinhaber heran.

»Freunde, das ist Patricio. Er kommt aus der Heimat, aus Asturien und ist ein derartiges Verkaufstalent, dass er Schnee an die Eskimos verkaufen könnte.«

»Nun ja – Not macht eben erfinderisch.« Ich hob verlegen die Schultern und wiegelte ab.

Alle schüttelten mir die Hand. Ich war derart nervös, dass ich befürchtete, furchtbar verschwitzte Hände zu haben, doch wenn dem so war, ließen die anderen es sich netterweise nicht anmerken.

»Freut mich, Patricio. Ich bin José, aber alle nennen mich Pepín. Und das sind mein Bruder Bernardo und mein Cousin César, Don Cesáreo.«

»Vielen Dank für Ihr Vertrauen.«

»Keine Ursache. Das, was dieses Haus zu etwas Besonderem macht, sind nicht wir, sondern unsere Angestellten.«

»Ich verspreche, Sie nicht zu enttäuschen.«

Aquilino Entrialgo blickte auf seine Armbanduhr und machte einem der Verkäufer ein Zeichen, zum Haupteingang hinüberzugehen.

»Es ist so weit! Don Eduardo, wenn Sie so freundlich sein könnten ...«

Der Angestellte öffnete die Tür, und ich hielt den Atem an. Ein Meer an Kunden strömte herein. Das El Encanto erwachte, und der Verkauf begann wie beim Start einer gut geölten Maschine. Die Absätze der eleganten Señoras, die von einer Vitrine zur nächsten schritten, hallten auf dem glänzenden Fußboden, und das klappernde Geräusch mischte sich mit dem zarten Klingeln der Schlüssel, wenn die Verkäufer die Vitrinen aufschlossen.

Zur Feier der Neueröffnung spielte ein kleines Orchester mit einer Sängerin, die mit seidenweicher Stimme ihren Song zum Besten gab.

I've just found joy
I'm as happy as a baby boy
When I met my sweet Lorraine ...

Ein Teil von mir, der, der am meisten unter dem Hunger und der Armut gelitten hatte, warnte mich, mich von dieser eitlen Welt nicht blenden zu lassen. Schließlich war El Encanto, so schön es auch war, nichts als ein Kaufhaus, in dem sich gelangweilte reiche Leute Dinge kauften, die sie eigentlich nicht brauchten. Doch wenn der größte Teil der Kundschaft auch aus gut betuchten Leuten bestand, waren doch auch ganz normale Menschen darunter, die nur gekommen waren, um sich die Zeit zu vertreiben. Und das war der Moment, in dem mir eines klar wurde: Egal, ob die Kunden reich, arm, Männer, Frauen, jung oder alt waren, hatten sie doch etwas gemeinsam: das Leuchten in ihren Augen, als sie das Kaufhaus betraten. El Encanto brauchte kein elektrisches Licht, denn allein das Lächeln der Kunden ließ das ganze Kaufhaus erstrahlen. Es war einfach ein Traum!

Und dann verstand ich es.

In jedem Leben galt es, mit mehr oder weniger großen Schwierigkeiten fertigzuwerden. Mit gesundheitlichen Problemen, Geldnöten oder Liebeskummer. Zum Beispiel war es durchaus möglich, dass die Frau in dem grünen Kleid, die wie hypnotisiert auf die Lippenstifte von Revlon starrte, zu Hause ihre kranke Mutter pflegen musste. Und vielleicht ging der Mann, der die italienischen Borsalinos anprobierte, einer Arbeit nach, die ihm das Leben vergällte. All die Menschen, die hier hereinkamen, brachten auch ihre große und kleinen Nöte mit – vom abgebrochenen Fingernagel bis hin zur unheilbaren Krankheit oder einer enttäuschten Liebe. Doch solange sie sich in diesen Räumen befanden – egal, ob sie sich einen Anzug kauften, der mehrere Tausend Pesos kostete, oder eine Kleinigkeit für ein paar Céntimos oder ob sie einfach nur so durch das prächtige Kaufhaus bummelten –, vergaßen sie ihren Kummer zumindest für einen kurzen Moment. Und darin bestand die Magie des El Encanto.

Ein Befehl von Don Gato riss mich aus meinen Gedanken.

»He, Laufbursche! Geh ins Lager und hol einen Keil, um diese Vitrine zu fixieren.«

Ich ging sofort los. Zum Glück dachte ich daran, den Aufzug auf der linken Seite zu benutzen, sodass Nely mir helfen konnte, den Weg zu finden.

»Pass auf! Das Erdgeschoss ist die Etage mit den meisten Abteilungen: der Schmuckabteilung, der Parfümerie, der Kosmetikabteilung, dem Buchladen, den Schuhen und den Fotoartikeln. Im ersten Stock befinden sich die Geschenkeabteilung und die für Radios und Plattenspieler, außerdem die Schneiderei und der *salón inglés*, also die Abteilung für Herrenmode. Im zweiten Stock ist der *salón francés*, der französische Salon, für Damenmode untergebracht sowie die Abteilung *Teen Age* für junge Mädchen. Im dritten Stock findest du Spielzeug, Kleidung für Jungen und die Kinderschuhabteilung. Im vierten Stock werden Küchenartikel, Wohnaccessoires und Matratzen verkauft. Dort befinden sich auch die Büros. Und das Lager. Wenn du oben bist, die dritte Tür rechts. Kannst du dir das merken?«

»Zur Not improvisiere ich einfach.« Mir schwirrte schon jetzt der Kopf.

Irgendwie gelang es mir, meine Mission zu erfüllen. Ich fand einen Keil und fixierte die Vitrine. Und kaum hatte ich mich wieder aufgerichtet, rief ein anderer Verkäufer nach mir.

»He, Laufbursche!«

In den nächsten Stunden konnte ich feststellen, dass der Ausdruck »Junge für alles« nicht treffender hätte sein können. Meine Aufgaben bestanden darin, neue Ware aus dem Lager zu holen, den Boden zu fegen, das Glas der Vitrinen zu putzen, die Bücher alphabetisch zu ordnen und auf Pudel und andere Schoßhündchen aufzupassen, während die dazugehörenden Frauchen Hüte anprobierten.

Als ich anschließend die Hundehaare und den Sabber von meinen Hosenbeinen entfernte, rief mich eine Verkäuferin zu sich.

»Bring diese Kiste in die Spielzeugabteilung. Und danach kannst du eine Viertelstunde Pause machen und etwas essen.«

Ich nahm die Kiste und trug sie nach oben. Die Aussicht, anschließend einen Kaffee und einen kleinen Imbiss zu mir zu nehmen, ließ meinen Magen erwartungsvoll knurren. Tatsächlich war ich derart in meine Fantasie von einem Teilchen mit Guavengelee und Frischkäse versunken, dass der Zusammenstoß vollkommen überraschend kam. Ich bog um die Ecke und prallte mit jemandem zusammen, der mir, ohne aufzupassen, entgegenkam. Die Kiste fiel mir aus den Händen und krachte mit dem Geräusch zerbrechenden Porzellans auf den Fußboden.

Bitte lass es Metallteile oder Spielzeug aus Gummi oder irgendetwas anderem Unzerbrechlichem sein!, flehte ich stumm. Doch leider war dem nicht so. Meine schlimmsten Befürchtungen bestätigten sich, als ich die Kiste hastig aufmachte und feststellte, dass sie Porzellanfiguren enthielt.

Ich hob den Blick, um den Tölpel anzufahren, der mich über den Haufen gerannt hatte.

Und da sah ich sie zum ersten Mal.

7

Ihre Augen nahmen mich auf den ersten Blick gefangen. Sie waren wunderschön haselnussbraun und goldglänzend wie Honig. Ihr seidenes pechschwarzes Haar hatte sie zu einem Pferdeschwanz zurückgebunden. Ihre geröteten Wangen waren voller Sommersprossen, die ihr hübsches Gesicht noch hübscher machten. Sie trug ein rotes Kleid, das ihre perfekte Figur umschmeichelte, mit dazu passenden hochhackigen Sandalen. Und die Brillantohrringe, die an ihren Ohren schaukelten, durften mehr wert sein als viele Häuser meiner asturischen Heimat. Mit einem Wort: Sie war das schönste Mädchen, das ich in meinem ganzen Leben gesehen hatte.

Besorgt kniete sich die junge Frau in dem roten Kleid neben mich, und gemeinsam begutachteten wir den Inhalt der Kiste.

Wie durch ein Wunder waren die Porzellanfiguren heil geblieben. Alle bis auf eine, ein Zebra, bei dem die Beine abgebrochen waren. Ich schluckte. Mein erster Arbeitstag hätte nicht übler verlaufen können. Wenn man mir den Wert der Figur vom Lohn abzog, würde ich mindestens einen Monat umsonst arbeiten müssen. Falls sie mich nicht gleich rauswarfen.

In diesem Moment ergriff die junge Frau das Wort.

»Ich kaufe die Figur«, sagte sie mit fester Stimme. »Es war meine Schuld.«

»Das werden meine Vorgesetzten nicht zulassen«, entgegnete ich und dachte an Don Gato, der mich von Anfang an nicht hatte leiden können, »der Kunde ist König.«

»Damit haben Sie absolut recht«, antwortete sie mit einem komplizenhaften Lächeln. »Und ich möchte dieses Zebra kaufen und alle Figuren aus der Kiste.«

»Ich bin wirklich dankbar für Ihr Angebot, Señora, aber ich fürchte, dass meine Vorgesetzten nicht zulassen werden, dass Sie ein Zebra mit abgebrochenen Beinen kaufen.«

Ich spürte, wie mir der Schweiß ausbrach. Von einem Moment auf den anderen sah meine Zukunft äußerst düster aus.

Als ob sie meine Gedanken gelesen hätte, unterbrach die junge Frau meine Horrorvisionen.

»Aber du bist doch nicht einer von denen, die gleich aufgeben, oder?«, sagte sie sanft.

Dann hielt sie mir die Hand hin, unschuldig wie ein Kind, das seinen Freund vor den Folgen eines Streichs bewahren will.

»Ganz ruhig. Komm mit«, flüsterte sie.

Was sollte ich tun? Ich nahm ihre Hand und ließ mich führen.

Kurz darauf, nachdem wir ein paar Treppen hinaufgegangen waren, gelangten wir zu einem kleinen Wartungsraum. Wir traten durch eine Tür, die in dem gleichen Grauton gestrichen war wie die Wände, und befanden uns in einer Kammer, in der Besen und alle möglichen Werkzeuge aufbewahrt wurden. Die junge Frau setzte sich auf einen Korbstuhl und wühlte in den Schubladen eines klapprigen Schreibtischs, bis sie eine Tube mit Leim fand. Auf einen kleinen Tisch gestützt, setzte sie ganz behutsam die zerbrochenen Teile des Zebras wieder zusammen, wobei ihre Wangen vor Konzentration gerötet waren.

Ich betrachtete sie und konnte noch immer nicht glauben, was gerade geschah. Es war, als hätte sie mein wahres Wesen erkannt. Als hätte diese junge Frau meine Fassade durchdrungen, um auf den wahren Patricio zu stoßen. Natürlich war ich keiner von denen, die gleich aufgaben. Deshalb fühlte ich mich so lebendig wie nie zuvor, und die Tatsache, dass wir uns in diesen Wartungsraum geschlichen hatten, war wie der Beweis dafür, dass Regeln dazu da waren, sie zu brechen.

Ich musste unbedingt mehr über dieses so besondere Mädchen herausfinden, zumal ich bisher noch nicht einmal ihren Namen wusste.

»Wieso kennst du dich hier eigentlich so gut aus?«, fragte ich.

»Das Kaufhaus hat gestern vorab schon für ein paar besondere Stammkunden geöffnet. Dabei ist mir ein Absatz abgebrochen, und ich habe gesehen, dass eine der Verkäuferinnen hier hineingegangen ist, um eine Tube Leim zu holen«, antwortete sie, ohne den Blick von dem kleinen Porzellanzebra zu heben.

»Und du bist eine besondere Stammkundin?«

»Ja«, zwitscherte sie wie ein kleiner Vogel.

Sie sah mich mit traurigen Augen an, und mein Herz begann zu flattern. Diese Augen waren wie Treibsand: Sie nahmen einen sofort gefangen und ließen einen nicht mehr los.

»Wie heißt du?«

»Gloria.«

»Ich bin Patricio.«

Wir verbrachten eine Weile in einvernehmlichem Schweigen. Gloria pustete die Beine der Figur ein paarmal an, damit der Kleber trocknete.

»Was denkst du – sind Zebras schwarz mit weißen Streifen oder weiß mit schwarzen Streifen?«, fragte ich.

»Weiß mit schwarzen Streifen«, entgegnete sie, ohne zu zögern.

Ich war derartig verblüfft, dass Gloria hinter vorgehaltener Hand lachen musste.

»Es geht darum, die Löwen zu täuschen«, erklärte sie mir mit leiser Stimme. »Das Auge des Löwen ist nicht in der Lage, Streifen zu erkennen. Und durch diese optische Täuschung tarnen sich die Zebras.«

»Wieso weißt du so etwas?«

Dieses Mädchen faszinierte mich immer mehr.

»Ich hab es in einem wissenschaftlichen Buch gelesen«, entgegnete sie.

»Interessierst du dich denn für Wissenschaft?«

Gloria nickte.

»Ich dachte immer, dass Wissenschaft nur etwas für ganz besonders intelligente Menschen ist – jedenfalls intelligenter als ich«, fügte ich hinzu.

»So ein Unsinn! Die Wissenschaft ist doch überall«, widersprach sie mit fester Stimme. »Einstein hat gesagt, dass Wissenschaft nichts anderes ist als die Neugierde, mit der man versuchen soll, das Leben in den alltäglichen Dingen zu bestaunen. Also können wir alle Wissenschaftler sein.«

»Einstein? Ist das der Typ mit den weißen Haaren?«

»Ja, genau, der mit der Relativitätstheorie.«

»Was ist das?«

»Sie besagt, dass Raum und Zeit variabel sind und dass beide in einer untrennbaren Einheit, der Raumzeit, vom jeweiligen Bezugssystem abhängen.«

Mit diesem Spiel vertrieben wir uns die Zeit in dem kleinen Wartungsraum. Und wie es aussah, hatten wir beide dabei unseren Spaß. Was mir allerdings nicht aus dem Kopf ging, war ihr trauriger Blick. Gloria war gleichzeitig zauberhaft und geheimnisvoll.

»Ich hab kein Wort verstanden von dem, was du gesagt hast«, erklärte ich lachend.

»Das tut mir leid, aber ich habe nicht oft die Gelegenheit, mit jemandem zu reden, und schon gar nicht mit Leuten meines Alters.«

Diese Antwort überraschte mich. Welche Geschichte verbarg sich hinter diesem Mädchen? Sehr strenge Eltern vielleicht? In Spanien, auf Kuba oder in Cochinchina war es kein Geheimnis, dass die Töchter aus gutem Hause häufig in Elfenbeintürmen eingesperrt wurden.

»Erzähl mir mehr von dieser Relativitätstheorie«, bat ich.

»Ich gebe dir ein Beispiel: Eine Stunde mit einem hübschen Mädchen verfliegt, als wäre es nur eine Minute, aber eine Minute an einem heißen Ofen zieht sich in die Länge, als wäre es eine Stunde. Das ist Relativität.«

»Damit bin ich absolut einverstanden«, sagte ich mit voller Überzeugung.

Der Relativitätstheorie entsprechend, hätte ich mein ganzes Leben mit Gloria in dieser kleinen Kammer verbringen können und es wäre mir wie eine Sekunde erschienen. Und mit einem Mal durchfuhr mich die Erkenntnis wie ein Blitz: Ich war verliebt. Hoffnungslos, irrsinnig und unheilbar verliebt in diese junge Frau.

Ohne meine Gefühle zu bemerken, sah sie auf ihre Armbanduhr und schrak zusammen.

»Ich muss gehen, mein Mann wird schon nach mir suchen«, flüsterte sie bekümmert.

Mein Mann.

Die Worte fuhren wie ein Dolch in meine Seele. Ich hatte das Gefühl zu sterben, versuchte jedoch, es mir nicht anmerken zu lassen. Ich hatte an einen Vater gedacht, der sie nicht aus den Augen ließ, aber natürlich konnte das auch ein Ehemann sein. Wieso sollte diese Frau nicht verheiratet sein? Und selbst wenn dem nicht so gewesen wäre, hätte ein armer Schlucker wie ich niemals eine Chance bei einer so eleganten jungen Dame. Meine Überlegungen waren absolut vernünftig, verhinderten jedoch nicht, dass ich litt, als trampelte jemand auf meinem Herzen herum.

»Gehen wir?«

Irgendwie brachte ich ein Nicken zustande. Wir legten das reparierte Zebra wieder zu den anderen Porzellanfiguren in die Kiste und kehrten in die Verkaufsräume zurück.

In der Geschenkeabteilung fiel niemandem der Schaden auf, und Gloria kaufte, wie sie gesagt hatte, gleich den Inhalt der ganzen Kiste.

Zum Abschied kam sie mit dem Paket in den Händen noch einmal zu mir und flüsterte mir ins Ohr.

»Es war wirklich schön, mit dir zu reden.«

Doch ohne dass mir die Zeit blieb, mir den Veilchenduft ihrer Haut und die Süße ihres Atems einzuprägen, ließ uns eine laute Stimme hinter uns zusammenzucken.

»Gloria! Wo, zum Teufel, hast du gesteckt?«

Als ich diese Stimme hörte, stellten sich mir die Nackenhaare auf. Sie war unfreundlich und grob. Und auch wenn ich noch nicht realisiert hatte, wem sie gehörte, spannten sich meine sämtlichen Muskeln an und versetzten meinen Körper in Alarmstimmung.

»Ich habe mir ein paar Kleider angesehen«, sagte Gloria leise.

Mit gesenktem Kopf versuchte ich mich aus dem Staub zu machen, als ich plötzlich etwas sah, was mich erstarren ließ: ein Paar weiße Oxford-Schuhe, die mir bekannt vorkamen. Nein, nein, nein, oh mein Gott, bitte nicht, das darf nicht sein!, dachte ich, während ich den Blick hob und der schlimmste meiner Albträume Wirklichkeit wurde.

Glorias Ehemann war César Valdés.

8

Gloria

Ich heiße Gloria, und an dem Tag, an dem ich sieben Jahre alt wurde, hat Albert Einstein mir einen Hut geschenkt. Das ist meine letzte schöne Erinnerung, und das Ganze ereignete sich am 22. Dezember 1930, als ich noch ein glückliches, sorgloses Kind war. Bevor mein Leben sich änderte und unerträglich wurde.

Der berühmte Wissenschaftler war einen Tag zuvor in Havanna eingetroffen, wo sein Schiff Station machte, bevor es nach San Diego in den Vereinigten Staaten weiterfuhr. Die Zeit, die Einstein auf Kuba verbrachte, wurde von der Presse genau dokumentiert. Gleich am Morgen stand ein offizieller Besuch beim Staatssekretär auf dem Programm. Anschließend ging es zum Mittagessen mit den Angehörigen der Akademie der Wissenschaften ins Plaza-Hotel. Es folgte ein Spaziergang über die malerischen kreolischen Felder, ein Besuch des Flughafens Rancho-Bayeros, des Mercado Único an der Plaza de Cuatro Caminos und des Acueducto de Albear mit seinen Wasserinstallationen. Obwohl es ein Tag im Dezember war, litt Albert Einstein sehr unter der Sonne, die vom Himmel herabstrahlte, weshalb seine Gastgeber beschlossen, ihn in das Kaufhaus El Encanto zu führen, wo José – Pepín – Solís ihm einen Panamahut schenkte. Dieser Moment wurde durch Gonzalo

Lobo, genannt Van Dyck, dem besten Porträtfotografen Havannas, verewigt.

Was jedoch nicht in der Zeitung stand, ist, dass Albert Einstein, bevor er zu seinem Schiff zurückkehrte, einen letzten Abstecher in der Confiserie La Golosa einlegte, die meinen Eltern gehörte.

La Golosa war das schönste Geschäft von ganz Havanna und so hübsch wie eine Bonbonière. Es befand sich in der Calle Galiano, genau zwischen den beiden bekanntesten Kaufhäusern: dem Fin de Siglo und dem El Encanto. Die Vitrinen am Eingang hießen die Kunden mit süßen Leckereien willkommen. Kuchen wie die *panetela cubana*, Puddings, Baisers, *raspaduras* aus Rohrzucker, Süßkartoffel-Gebäck, Kürbisflan, Eierplätzchen, Kokosmakronen oder Grapefruit-Confit waren nur einige der Köstlichkeiten, die dort zum direkten Verzehr oder zum Mitnehmen angeboten wurden. Wenn der Kunde zu seiner süßen Verführung einen *cafecito* trinken wollte, war er herzlich willkommen, dies in dem zum Geschäft gehörenden großen Teesalon mit den prächtigen Kronleuchtern und den mit rotem Samt bezogenen Stühlen zu tun. Dieser Salon war der Augapfel meiner Mutter, die ihn mit so viel Liebe ausgestattet hatte, als handelte es sich um eine zweite Tochter.

Wie in den Pariser Teesalons des neunzehnten Jahrhunderts gab es in einem Regal eine Sammlung handbemalter Teekannen zu bestaunen, die mindestens genauso hübsch waren wie die kleinen, die typischen Gassen des Montmartre darstellenden Bilder an den Wänden. Außerdem trugen Töpfe mit Bougainvillea mit ihrem Blütenduft ihren Teil zum Zauber dieses winzigen Palastes im Zentrum von Havanna bei, sodass die Kundinnen und Kunden sich wie Prinzessinnen und Prinzen fühlten.

Doch auch wenn die Einrichtung an die französischen Teesalons erinnerte, konnte man mit Stolz behaupten, dass La Golosa eine typisch kubanische *dulcería* war. In einem der Regale stand ein altes Transistorradio, das mit den Melodien von kubanischen Bands wie Sonora Matancera, dem Conjunto Saratoga oder dem Orchester Antonio Arcaños für die perfekte Begleitmusik zum Genuss der kubanischen Leckereien sorgte. Als Kontrapunkt zu der französischen Eleganz hatte mein Vater ein Klavier und mehrere Volieren mit kleinen Papageien zur Einrichtung beigetragen, die wie im Dschungel ihr fröhliches Kreischen ertönen ließen. Unter diesen Vögeln war der Liebling meines Vaters ein Papagei namens Raimundo, dessen Käfig strategisch geschickt direkt am Eingang des Geschäfts platziert war, um die Kunden willkommen zu heißen.

»*Quiero un dolcecito! Quiero un besito en el piquito!*«, waren die Lieblingssätze, die Raimundo sprach, womit er um etwas Süßes und einen Kuss auf den Schnabel bat.

Dieses wunderbare Geschäft gehörte meinen Eltern, und ihre Liebe war genauso süß wie ihre Kuchen. Gregorio – Sohn galicischer Einwanderer – und Dorita – eine Kubanerin aus Vertientes, einem Dorf in der Provinz Camagüey – stammten beide aus Familien des Mittelstands und waren ohne Luxus, aber auch ohne Entbehrungen aufgewachsen. Schon als Kinder hatten meine Eltern beide ihre Begeisterung für das Kochen entdeckt, und das Schicksal wollte, dass sie sich auf einer Hotelfachschule kennenlernten, wo sie sich einen Preis für ihre köstlichen Milchreis-Rezepte teilen mussten. In der Zeit, die ein Soufflé zum Aufgehen braucht, hatten sich die beiden ineinander verliebt, geheiratet, die *dulcería* eröffnet und mich als ihre einzige Tochter bekommen. Sie nannten mich Gloria, weil mein Vater gerade die süßen Röllchen zubereitete, die auf Kuba *pan de gloria* heißen, als bei meiner Mutter die Wehen einsetzten.

Genauso wie ich wuchs und gedieh unser Geschäft, das seit seiner Eröffnung mit mehr als einem Dutzend Angestellten das schönste in der ganzen Straße war.

Die galicischen Brüder Sisto und die asturischen Brüder Solís, denen jeweils die beiden eleganten Kaufhäuser nebenan gehörten, waren gute und treue Kunden. Wenn etwas für den guten Charakter der beiden Brüderpaare sprach, dann, dass sie sich, obwohl ihre Kaufhäuser miteinander konkurrierten, immer als Kollegen sahen und äußerst respektvoll miteinander umgingen. Meine Eltern waren mit allen vieren befreundet, sodass in meiner Kindheit die Calle Galiano mein kleines Königreich war und ich die Zeit, in der ich mich nicht in der *dulcería* aufhielt, in den Geschäften von *tito* Joaquín oder *tito* Pepín herumtobte.

Die *dulcería* florierte, was meinen Eltern erlaubte, mich auf eine amerikanische Schule zu schicken und eine neue Wohnung zu kaufen, die wirklich schön war, aber ein Geheimnis barg: Hinter den Wänden meines Zimmers lebte ein Monster.

Ich entdeckte es gleich in der ersten Nacht, die ich dort verbrachte, als ich am Morgen von seltsamen Geräuschen geweckt wurde. Ein Knacken und Knarren, das eindeutig von den Wänden kam. Aufgrund der Geschichten, die meine Großmutter mir erzählt hatte, wusste ich sofort, dass es sich um einen *chicherecú* handelte, ein dämonisches Monster mit roten Augen und spitzen Krallen. Meine Großmutter mütterlicherseits hieß Lala und hatte sich der *santería*, dem kubanischen Volksglauben, verschrieben. Sie kannte alle Arten von *güijes*, jene Kobolde, die die Insel bevölkerten, von den ungefährlichen wie den *babujales*, die die Menschen nur erschreckten und sich über ihre Angst lustig machten, bis zur *Muerta Viva*, dem lebenden Tod, einer furchtbaren Frau, die nachts in ihrer schwarzen Kutsche nach frischen Seelen suchte.

Lala war meine Lieblingsgroßmutter, weil man sich mit ihr niemals langweilte. Sie steckte ihr graues Haar wie die farbigen Frauen unter einen Turban und liebte es, bunte Kleidung zu tragen. Wie jede gute Hexe konnte sie immer mit irgendeinem Trank, Balsam oder Zauber aufwarten. Außerdem hatte ich keine anderen Großeltern, die mit ihr hätten konkurrieren können, da die Eltern meines Vaters bereits gstorben waren, als er noch klein war, und auch Lala ihren Ehemann wegen irgendeines Fiebers verloren hatte.

Als ich meiner Großmutter von dem *chicherecú* erzählte, stellte sie sofort eine rote Kerze unter mein Bett, um ihn zu verjagen, aber mein teuflischer Kobold war hartnäckig und quälte mich weiterhin jede Nacht. Doch noch während Lala und ich mit unseren Hexenkünsten beschäftigt waren, ergab sich auf unverhoffte Weise die Lösung des Rätsels.

Mister Einsteins Besuch in unserem Geschäft war reiner Zufall. Der Chauffeur seines Wagens musste an einer roten Ampel anhalten, und Elsa, Einsteins Frau, verguckte sich in unser Schaufenster und drängte ihren Mann, in unsere *dulcería* einzukehren, um einen *cafecito* zu trinken und etwas Süßes zu essen. Die Einsteins wurden von meiner Mutter bedient, die keine Ahnung hatte, dass ihr einer der berühmtesten Männer der Welt gegenüberstand, und ihnen ein *atropellado matancero* empfahl, ein Gebäck aus Eigelb, Kokosraspeln und Ananasstückchen. Während Elsa den

Kuchen kaufte, setzte sich Einstein an einen der Tische in unserem Teesalon und stellte überrascht fest, dass ein kleines Mädchen darunter saß, und zwar ich. Denn die Tische in unserem Geschäft zählten zu meinen bevorzugten Verstecken. Wegen der Angst vor dem Monster in der Wand meines Zimmers hatte ich mir angewöhnt, unter Möbeln Schutz zu suchen.

»Hi there, little girl«, begrüßte mich der Mann mit dem wirren weißen Haar.

»Good afternoon, sir«, gab ich den Gruß zurück.

Da ich die amerikanische Schule besuchte und dort Englisch lernte, kamen wir ins Gespräch.

»Was machst du denn da unten?«, fragte er.

»Ich verstecke mich vor dem Monster. Heute ist mein siebter Geburtstag, und weil ich jetzt groß genug bin, wird es mich in dieser Nacht fressen.«

»Ein Monster!«, wiederholte der Mann fasziniert. »Was für eins ist es denn?«

»Ein *chicherecú*, ein böser *güije* mit Vampirzähnen und Bärenklauen. Es lebt bei uns zu Hause in den Wänden.«

»Und woher weißt du, dass es dort lebt?«

»Weil ich es jede Nacht krachen und knacken höre.«

Der Mann mit dem weißen Haar begann zu lachen.

»Und du sagst, dass es nur nachts zu hören ist?«

»Ja, tagsüber schläft das blöde Monster wahrscheinlich, denn dann ist es still.«

»Bei dir zu Hause gibt es kein Monster. Das, was du hörst, kommt durch dehnen und zusammenziehen.«

Dehnen und *Zusammenziehen*. In meiner kindlichen Fantasie klangen diese Worte wie die Namen von guten Geistern.

»Was für Geister sind das?«, fragte ich.

»Das sind keine Geister, sondern physische Gesetze. Alle Materialien, aus denen Häuser gebaut werden, wie Holz oder Metall, werden in der Wärme des Tages größer und schrumpfen in der Kälte der Nacht wieder zusammen.«

Das klang in meinen Ohren derart außergewöhnlich, dass ich davon ausging, dass dieser weise Mann mit dem Schnurrbart zaubern konnte wie meine Großmutter und deshalb all das wusste.

»Sind *Dehnen* und *Zusammenziehen* Zauberei?«, fragte ich.

»Viel besser. Das ist Wissenschaft.«

Vorn im Verkaufsraum hatte meine Mutter inzwischen das gewünschte Gebäck aus dem Kühlschrank genommen und verpackt. Daraufhin rief Elsa nach ihrem Mann, um zum Wagen zurückzukehren.

»Meine Liebe, schau mal …«

Einstein stand auf und machte seiner Frau ein Zeichen, noch einen Moment zu warten. Bevor er ging, nahm er sich den Panamahut vom Kopf und setzte ihn mir auf.

»Wenn du Angst hast, dann setz meinen Hut auf und denk daran, dass die beste Art, Monster zu vertreiben, ist, wissenschaftliche Bücher zu lesen.«

Von da an bin ich *Mister* Einsteins Rat gefolgt und hatte immer ein wissenschaftliches Buch in meiner Nähe. Dank dieser Lektüre lernte ich, dass ein Mensch, der auf einer Leiter steht, wegen der Gravitationskraft schneller altert als auf dem Boden oder dass es mehr Sterne im Universum gibt als Sandkörner an allen Stränden der Erde. Dass Tintenfische drei Herzen haben und dass unser Universum in etwa fünftausend Millionen Jahren nicht mehr existieren wird.

Die Wissenschaft gab mir die Antworten, die ich im abergläubischen, der *santería* verbundenen Kuba nicht bekam. Und für mich verfügten meine Mathematik-, Physik- und Astronomiebücher über viel mehr Magie als die alten Wahrsagerinnen mit ihren Muscheln, zu denen die Habaneros gingen, um sich die Zukunft vorhersagen zu lassen. Die Wissenschaft wurde zu meiner Art und Weise, die Welt zu verstehen, und meine Angst vor dem *chicherecú* in den Wänden unseres Hauses verschwand.

Eigenartigerweise war die Person, die mir die meisten Lehrbücher kaufte und sich am intensivsten mit meiner neuen Art zu denken beschäftigte, ausgerechnet meine Großmutter Lala. Dieselbe Frau, die in ihrem Volksglauben dachte, dass der Horizont des Meeres der Rücken der »Mutter des Wassers« wäre – einer Schlange, die jeden Abend die Sonne frisst und am nächsten Morgen wieder ausspuckt –, war fasziniert von meinen spannenden wissenschaftlichen Erkenntnissen.

»*Nana*, wusstest du, dass das Zentrum der Erde genauso heiß ist wie die Sonne?«

»*Mijita*, das liegt an Oyá, der Königin der Toten, der Herrin der Flammen und Schutzpatronin der Friedhöfe und einer von Changós Favoritinnen, denn jedes Mal, wenn sie wütend ist, wird sie zu Feuer.«

Seit ich mich als Frau der Wissenschaft sah, stand ich dem Aberglauben meiner Großmutter äußerst skeptisch gegenüber.

»Das sind doch Gruselmärchen, *Nana*.«

»Von wegen Gruselmärchen! Ich werde den Geist deines Großvaters fragen, was er davon hält.«

»Es gibt keine Geister«, beharrte ich deutlich irritiert.

Meine Großmutter lachte und sah mich völlig arglos an.

»Wer sagt das?«

»Die Wissenschaft. Man kann nicht gleichzeitig an die Wissenschaft und an Geister glauben!«

»Natürlich kann man das, *mijita*, sicher.«

Leider erwiesen sich nicht alle Schrecken meiner Kindheit als eingebildete Monster. Nur wenige Jahre später sollte ich ein wirklich gefährliches Monster kennenlernen. Eines, das mein Leben für immer veränderte.

9

Das Monster trug einen leichten hellgrauen Anzug und eine teure Krawatte. Es roch nach Zigarrenrauch und Saffiano-Leder. Das glänzende, an der Seite gescheitelte schwarze Haar und das freundliche Lächeln verliehen ihm etwas von Gary Cooper. Das Gefährliche an dem Monster war also, dass es, weil es so gut aussah, nicht wie ein Monster wirkte. Jede Frau hätte sich glücklich geschätzt, dass ein solcher Mann sich für sie interessierte. Jede Frau, jedoch nicht ein zwölfjähriges Mädchen.

Er sprach mich an der Ecke an, wo sich die Calle Zanja und die Calle Galiano kreuzen, dort, wo die Busse und die Straßenbahnen abfahren. Wie viele kubanische Mädchen in meinem Alter sammelte ich die Bilder aus den Zigarrenschachteln der Firma Susini, die man in ein Album mit dreihundert Feldern kleben konnte. Und in den Säulengängen an dieser Straßenecke trafen wir Kinder uns, um die Bilder, die wir doppelt hatten, zu tauschen. Normalerweise begleiteten mich mein Vater oder meine Mutter dorthin, doch an jenem Sonntag war in der *dulcería* besonders viel los, und ich hatte hoch und heilig geschworen, zum Mittagessen zurück zu sein. Nur kam dann alles ganz anders, als ich auf diesen Mann traf.

»Hallo, Süße. Ich mag deine Sommersprossen. Schenkst du sie mir?«

Ich antwortete nicht. In der Schule hatte man uns gesagt, dass wir niemals mit Fremden reden sollten.

»Ich heiße César … und du?«, ließ er nicht locker.

Auch diesmal reagierte ich nicht, in der Hoffnung, dass er gehen und mich in Ruhe lassen würde.

»Bist du stumm, oder hast du deine Zunge verschluckt?«

In den folgenden Jahren habe ich oft an diesen fatalen Moment zurückgedacht und mich gefragt, warum ich nicht einfach davongelaufen bin. Denn genau das hätte ich tun sollen: mich umdrehen und vor dem Monstermann davonlaufen, weit weg, ohne mich noch einmal umzublicken.

Doch stattdessen rührte ich mich nicht von der Stelle, naiv, wie ich damals war.

»Vielleicht bist du ja gar nicht stumm, sondern dumm.« Der Mann sah mich offen an. »Abgesehen von deinem dicken Hintern.«

Der Satz, den ich daraufhin sagte, sollte mein Schicksal besiegeln, und das meiner Familie. Aber ich konnte einfach nicht den Mund halten.

»Ich habe keinen dicken Hintern! Und ich bin auch nicht dumm. Ich will nur einfach nicht mit dir reden«, entgegnete ich rebellisch.

Der Mann lächelte, denn meine Aufsässigkeit gefiel ihm, und ich nehme an, dass sie ihn reizte wie einen Löwen, wenn die Gazelle sich wehrt, bevor sie gefressen wird.

»Aha. Darf ich denn fragen, warum du nicht mit mir reden willst? Was habe ich dem armen Mädchen denn getan?«

»Ich kenne dich nicht«, sagte ich.

»Das stimmt doch gar nicht. Wir haben uns gerade kennengelernt. Und damit du siehst, dass ich dein Freund bin: Wie wäre es, wenn ich dir etwas Süßes kaufe?«

»Nein. Ich habe ja schon gesagt, dass ich nicht mit älteren Männern rede, die ich nicht kenne.«

»Älter? Aber ich bin erst siebenundzwanzig. Vor gar nicht langer Zeit bin ich noch zur Schule gegangen. Ich denke nicht, dass einer deiner Lehrer so jung ist wie ich …« Ich schwieg, weil ich nicht wusste, was ich sagen sollte. Ich wollte nur so schnell wie möglich weg von diesem Ort. Doch er ließ nicht locker: »Komm, mach es uns nicht so schwer, Mädchen, sag mir, wie du heißt.«

»Ich will nicht.«

Als der Mann merkte, dass er so nicht weiterkam, änderte er seine Taktik.

»Es ist gar nicht nötig, dass du mir deinen Namen sagst, weil ich ihn schon weiß. Du heißt Bonifacia, und deine Eltern sind die Schrotthändler aus der Calle San Rafael.«

»Was für ein schrecklicher Name! So heiße ich nicht!«, rief ich wütend aus. »Ich heiße Gloria!«

»Aber deine Eltern sind einfache Schrotthändler, stimmt's?«

»Nein! Meinen Eltern gehört die *dulcería* La Golosa«, verkündete ich stolz.

»Na, dann verstehe ich, dass du nichts Süßes willst«, meinte er lachend. »Das hättest du mir früher sagen sollen! Aber keine Sorge, ich kaufe dir etwas anderes. Was du möchtest, wenn ich dafür deine Sommersprossen kriege. Denn wenn auch nicht heute, werden deine Sommersprossen eines Tages mir gehören«, fügte er mit einem Blick auf seine Uhr hinzu.

Und dann ging er siegessicher davon, wie Gary Cooper durch eine Stadt im Wilden Westen. Denn nun hatte der Löwe, was er wollte: den Namen und die Adresse der Gazelle.

Am folgenden Dienstag, als ich aus der Schule kam und unsere *dulcería* betrat, wäre ich vor Schreck beinahe ohnmächtig geworden. César saß an einem der Tische. Kaum dass er mich entdeckte, zwinkerte er mir komplizenhaft zu. Er trank seinen Kaffee aus und gab mir beim Hinausgehen, darauf achtend, dass keiner der Angestellten es sah, ein in Geschenkpapier verpacktes Päckchen. Darin befand sich ein Susini-Sammelalbum, in dem sämtliche Bilder bereits eingeklebt waren.

»*Quiero un dolcecito! Quiero un besito en el piquito* – Gib mir ein Küsschen auf mein Schnüsschen!«, kreischte Raimundo der Papagei und erschreckte mich damit zu Tode.

Dies war das erste Geschenk von vielen. Von da an kam der böse Wolf jeden Dienstag in die Konditorei, um dort einen *cafecito* zu trinken. Und dabei trug er seinen bezaubernden Schafspelz. Denn César verstand es perfekt, seine Ähnlichkeit mit Cary Cooper zu nutzen, um seine wahren Absichten dahinter zu verbergen.

Es vergingen mehrere Monate, und in der *dulcería* erwarteten ihn meine Eltern jeden Dienstag mit dem gedeckten Tisch. *Cafecito* und Gebäck für den eleganten jungen Mann. César war ein guter Kunde, aufmerksam, sympathisch und großzügig. Vor allem mir gegenüber natürlich. Jedes Mal brachte er mir irgendein Geschenk mit: eine Puppe, Perlenohrringe, Zuckerstangen und Seidenstrümpfe … Eine seltsame Mischung an Geschenken für kleine Mädchen und erwachsene Frauen, die deutlich machten, wie sehr er sich in mich verguckt hatte.

Und ich saß zwischen zwei Stühlen. Ich musste noch so viel über das Leben lernen. Der erste Eindruck, diese intensive Abwehrreaktion meines Körpers, die jedes Mal, wenn er auf mich zukam, die Alarmglocken schrillen ließ, wich allmählich dem vertrauten wöchentlichen Anblick. Doch hinter dem Rücken meiner Eltern zwinkerte er mir zu und raunte zärtliche Worte.

Und das war einfach verrückt, denn ich war noch ein Kind und spielte viel lieber mit Puppen, als mit Männern zu flirten.

Eines Tages, als ich ungefähr dreizehn Jahre alt war, nahm er mich auf den Schoß, strich mir den Pony aus der Stirn und sah mir in die Augen, wobei unsere Gesichter nur wenige Zentimeter voneinander entfernt waren. Er verführte mich, und ich ließ mich einwickeln. Er kam mir noch näher und flüsterte, dass nun der Moment gekommen sei, meine Sommersprossen einzufordern. Mein ganzer Körper geriet in Alarmstimmung, in einer ungesunden Mischung aus Angst und Erregung, Verlockung und Wut auf mich selbst angesichts dieser Unterwerfung, mit der ich armes Kind in den Fängen des Löwen mich bereits abgefunden hatte.

Wenige Monate später hielt César bei meinem Vater offiziell um meine Hand an. Meine Eltern waren völlig überrascht und erbaten sich Bedenkzeit. Damals hatten sie bereits erste Gerüchte gehört. Gerüchte, dass César mit Vorsicht zu genießen sei, dass er mit dubiosen Geschäften ein Vermögen gemacht habe. Mein Verehrer war ein Mitglied der Mafia, und einem Mafioso erteilte man nicht einfach so eine Absage.

»Gloria ist noch sehr jung. Vielleicht sollten Sie sich erst besser kennenlernen und der Liebe eine Chance geben«, meinte mein Vater, um Zeit zu gewinnen.

Doch nachdem César so viel investiert hatte, wollte er nun die Ernte einfahren. Und er ließ keinen Zweifel daran, wie weit er zu gehen bereit war, um das zu bekommen, was er als sein Eigentum ansah – in diesem Falle mich.

Dies war die letzte Nacht in meinem Leben, in der ich schlief, ohne von Albträumen gequält zu werden. Die letzte Nacht meiner Kindheit.

Drei Tage, nachdem César um meine Hand angehalten hatte, erlebten meine Eltern, als sie morgens die *dulcería* öffnen wollten, eine unangenehme Überraschung. Jemand hatte das Glas der Tür eingeschlagen, und die Scherben lagen glitzernd wie Schneekristalle auf dem Straßenpflaster. Das Schloss war aufgebrochen worden, und die Tür stand auf. Doch es kam noch schlimmer. Während die Angestellten meine Mutter trösteten, betrat mein Vater das Geschäft, wo sich ihm ein furchtbarer Anblick bot: Raimundo, der Papagei, und die anderen Vögel waren tot. Jemand hatte sie auf gemeine Art umgebracht, ihnen die Köpfe umgedreht und die Flügel ausgerissen. Es war grausam. Der Teesalon und die Lampen lagen in Trümmern, genau wie die Teekannen-Sammlung. Und die roten Samtsitze der Stühle waren mit dem Messer aufgeschlitzt worden.

Als mein Vater dies der Polizei meldete, sagte man ihm, dass solche Dinge nun einmal geschahen und dass man nichts dagegen tun könne. Mein Vater bot der Polizei die Stirn, wollte nicht glauben, was er gehört hatte.

»Man kann nichts dagegen tun? Sind Sie verrückt?«

»Es tut mir leid, mein Freund. In diesem Fall können wir Ihnen wirklich nicht helfen«, entgegnete der Polizist, ohne meinen Vater anzusehen.

»Ich möchte sofort mit Ihrem Vorgesetzten sprechen.«

»Mein Vorgesetzter wird Ihnen das Gleiche sagen wie ich. Wenn Sie in ein Wespennest stechen, kommen Sie nicht ungeschoren davon.«

Völlig verstört kam mein Vater zurück nach Hause. Denn nun musste er eine unmögliche Entscheidung treffen. Sollte er seine kleine Tochter opfern und einem Mafioso zur Frau geben oder zulassen, dass wir alle unter den Folgen leiden mussten? Dies hätte jedem das Herz gebrochen, und in seinem Fall war das wörtlich zu verstehen. Was ich nicht wusste, war, dass mein Vater schon seit jungen Jahren Herzprobleme hatte. Er war mit einem gesunden Herzen geboren worden, aber mit einem Herzklappenfehler. Dies war eines der Dinge, die mir niemand erzählt hatte, um mich nicht zu beunruhigen, bis ich auf furchtbare Weise davon erfuhr: Als mein Vater noch in derselben Nacht einen Infarkt erlitt. Don Gregorio Beiro Moreira, der liebste und zärtlichste Mensch, der je auf dieser Erde gelebt hatte, starb noch auf dem Weg ins Krankenhaus.

Als man uns von seinem Tod erzählte, brach meine Mutter auf der Stelle zusammen. Von einem Moment auf den anderen konnte sie sich nicht mehr bewegen, nicht mehr sprechen, nicht mehr essen. Die Ärzte sagten, dass sie wegen der seelischen Erschütterung einen schlimmen Schlaganfall erlitten habe. Und so wurde meine Mamita zu einem lebenden Gespenst. Sie musste wie ein Vogelküken mit Zuckerrohrschaum und in Milch eingeweichten Brotstückchen gefüttert werden und wie ein Baby eine Windel tragen. Tag und Nacht musste jemand bei ihr sein, der sich um sie kümmerte.

Und das war der Moment, an dem ich aufgab. Mich opferte. Denn ich konnte nicht zulassen, dass der Löwe die ganze Herde fraß.

Was wäre wohl aus meinem Leben, aus unserem Leben geworden, wenn ich nicht so schnell nachgegeben hätte? Doch der Frieden hat immer seinen Preis …

Zwei Wochen nach dem Tod meines Vaters wurde ich vierzehn Jahre alt und César Valdés nahm mich zur Frau.

Am 22. Dezember 1937 heirateten wir in der Kathedrale von Havanna. Alles war perfekt: das lange weiße Kleid als Zeichen meiner Reinheit, der Schleier, um die bösen Geister fernzuhalten, und das Hochzeitspaar auf der mehrstöckigen Torte. Da der Tradition nach die Ehe der Frischvermählten so viele Jahre glücklich sein würde, wie die Torte Stockwerke hatte, kaufte César einen Kuchen, der so hoch war wie das Castillo del Morro.

Als er mir den Ring an den Finger steckte, wusste ich, dass dies eher ein Fangeisen als das Symbol einer glücklichen Verbindung war. Und für das Hochzeitsfoto brachte ich kein Lächeln zustande, sosehr sich der Fotograf auch anstrengte, um die Panik aus meinem Gesicht zu vertreiben.

»Komm, meine Süße, sag einmal *cheese*. Chiessssss!«

Die Hochzeitsfeier fand im Calypso statt, sie war nur für geladene Gäste und dauerte so lange, dass ich schließlich auf einem Stuhl einschlief, völlig erschöpft von den Schmerzen in meinen Füßen – es war das erste Mal, dass ich Schuhe mit hohen Absätzen trug – und dem Widerwillen, den ich empfand. Ohne mich zu wecken, nahm mein frischgebackener Ehemann mich auf den Arm, setzte mich ins Auto und fuhr zu unserem neuen Haus. Einem Stadtpalast mit drei Stockwerken, der von einem großen Anwesen umgeben war und in Miramar, dem teuersten Viertel Havannas, lag.

Das Schmerzhafteste in meiner Hochzeitsnacht war nicht die Entjungferung, sondern die Worte, die er mir ins Ohr flüsterte, während er mir das Kleid und die Korsage auszog und mir den Slip abstreifte:

»Siehst du, du Dummerchen, ich habe dir doch gesagt, dass deine Sommersprossen irgendwann mir gehören werden.«

10

Es ist nicht meine Art, mich zu beklagen, und ich würde lügen, wenn ich behaupten würde, dass mein Eheleben die Hölle gewesen wäre. Oder wenn doch, war es zumindest eine ziemlich bequeme Hölle. César hielt Wort, und das Erste, was er tat, um mich zufriedenzustellen, war, für meine Mutter und Großmutter Lala ein hübsches Haus im Vedado-Viertel zu kaufen, in dem eine Krankenschwester und ein Dienstmädchen stets für sie da waren.

Das Haus für meine Familie war wirklich schön, doch im Vergleich dazu war unser Heim in Miramar ein Schloss. Drei Stockwerke, die mit den modernsten elektrischen Geräten ausgestattet waren – Herd, Kühlschrank, Waschmaschine – sowie jeder Menge Personal, das uns von vorn bis hinten bediente. César war stolz darauf, dass er selbst keinen einzigen Teller spülen musste und dass mein Ankleidezimmer – das größer war als so mancher Bezirk in La Habana Vieja – mehr Auswahl bot als viele Boutiquen. Meine Kleiderschränke waren so beeindruckend, dass jede andere Frau vor Glück geweint hätte. Das riesige Zimmer mit der Königspalmen-Tapete war komplett mit vom Boden bis zur Decke reichenden Schränken aus Caoba – einem Mahagoniholz, das sehr widerstandsfähig gegenüber Insekten ist – ausgestattet. Das Parkett war aus Cuajaní, dem gelblich rosafarbenen Holz des Sapotillbaums, und knarrte angenehm, wenn man darüberging. Außerdem gab es zwei kleine Sessel mit Samtbezug, falls der häufige Kleiderwechsel mich ermüden sollte, und eine Schneiderpuppe, an der ich die zusammengestellte Garderobe betrachten konnte.

In den Schubladen und Kisten war meine Kleidung nach Farben geordnet: Dutzende Unterröcke, Blusen und Kleider, die von den schwarzen Dienstmädchen sorgfältig gebügelt und parfümiert worden waren. Zusätzlich stand mir ein ganzer Schrank voller Accessoires zur Verfügung, dazu ein weiterer für die Nachthemden, zwei Schränke für Taschen und einer für maßgefertigte Schuhe, der eine ganze Wand einnahm. In zwei großen Spiegeln konnte ich mich von oben bis unten betrachten, und mein Schmuck war in einem eleganten französischen Toilettentisch untergebracht, an den ich mich setzen konnte, um mich zu kämmen und zu schminken.

Natürlich konnte mein Ehemann bei Gott nicht zulassen, dass ich studierte oder arbeitete, damit mein hübsches Köpfchen um Himmels willen nicht mit zu vielen Gedanken geplagt würde, denn meine einzige Aufgabe war es, ihm zu gefallen und gut auszusehen, wenn ich an seinem Arm spazieren ging. Ohne irgendwelche Verpflichtungen war mein Leben ein einziges langes Wochenende. Und mehr Schein als Sein.

Damit ich mich in meinem goldenen Käfig nicht langweilte, gab César mir jeden Tag ein Bündel Peso- und ein Bündel Dollar-Scheine und forderte mich auf, in Begleitung von Marita, seiner zickigen kleinen Schwester, ins El Encanto zu gehen und dort einzukaufen.

Mit ihren achtzehn Jahren war Marita die begehrteste Partie von Havanna und eine der am meisten beneideten Frauen auf der ganzen Insel. Sie war eine Schönheit mit goldbraunem

Haar und grünen Augen, die genauso grausam wirkten wie die ihres Bruders. Marita war wirklich sehr hübsch, aber auch ein Biest und ein übles Klatschmaul. Kindisch und verwöhnt wie sie war, wurde sie dennoch von einem ganzen Hofstaat an Bewerbern umschwärmt, die sie so schlecht behandelte wie eine grausame Katze, die mit den armen Mäusen ihr böses Spiel treibt, bevor sie sie zum Teufel jagt.

Marita hielt sich für die Königin der Esquina del Pecado, wo sich die elegantesten Geschäfte befanden, und es war ihre Lieblingsbeschäftigung, aufs Schönste ausstaffiert an meinem Arm an den Schaufenstern vorbeizubummeln. Der Unterschied zwischen uns beiden lag dabei darin, dass Marita es genoss, den Neid anderer Leute zu erregen, während ich es hasste. Ich wusste, dass mein Leben das reinste Paradies zu sein schien, denn schließlich hatte ich einen gut aussehenden, mächtigen Mann, der mich anbetete. Dass César ein Gangster war, wirkte auf viele eher aufregend als abstoßend. Die romantische Vorstellung, die die Menschen vom Leben eines Mafioso hatten, war tief verwurzelt, und niemand kam dabei auf den Gedanken, dass nicht alles, was glänzt, Gold ist.

Wenn es mir nicht gut ging, dachte ich an die Zeit zurück, als ich noch ein rebellisches, redseliges Kind gewesen war. An die Aufsässigkeit, die César auf mich aufmerksam gemacht hatte. Nach meiner Hochzeit hatte ich meine Lebensfreude verloren und war es nicht mehr gewohnt, mich mit anderen Leuten zu unterhalten. Marita war meine einzige Freundin, was nicht ich so entschieden hatte. Darum hatte sich César gekümmert. Machista wie er war, war er auf jeden Mann eifersüchtig, der sich mir näherte, und er war erst zufrieden, als ich außerhalb unserer Ehe kein Leben mehr hatte. Er durfte Freunde haben und es sich gut gehen lassen, wenn er das Haus verließ, aber wehe, ich käme auf den Gedanken, es genauso zu machen!

Manchmal dachte ich, dass die beste Art, ihn glücklich zu machen, wäre, wenn ich mich in eines der Elektrogeräte verwandelte, die er für unser Haus gekauft hatte. Wenn ich einen Knopf hätte, an dem mein Ehemann mich ausstellen könnte, wenn er das Zimmer verließ, um mich bei seiner Rückkehr wieder einzuschalten. Ein automatische Frau ohne Gefühle und eigene Wünsche, die nur in seiner Gegenwart funktionierte.

Das Schlimmste in meinem Leben waren jedoch die Nächte, in denen ich bei ihm schlafen musste. Genau wie Gary Cooper konnte César bezaubernd sein, und gleichzeitig versteckte er hinter dieser Fassade sein wahres Gesicht, das er mir an dem Tag gezeigt hatte, an dem wir uns kennengelernt hatten: das eines dominanten Mistkerls. Ein Tier wie ihn sollte man eigentlich mit Missachtung oder Gleichgültigkeit strafen, wobei mir dies nicht gerade leichtfiel.

Denn das, was er vorher schon getan hatte, verstärkte er noch. Mit seinen Geschenken wickelte er mich ein; mit dem Leben, das César mir bot, köderte er mich. Ich hatte, um es so zu sagen, einen Pakt mit dem Teufel geschlossen: In den Nächten ließ ich zu, dass er über mich herfiel, und am Tag vergaß ich mich selbst, genoss ich das Leben in Luxus und Bequemlichkeit.

Im Bett war César ein Egoist, der seine Befriedigung stets der meinen voranstellte. Und da ich mich bereits ergeben und auf seine Erpressung eingelassen hatte, war er frei, zu tun und zu lassen, was er wollte. Mein Körper sagte mir, dass etwas nicht so war, wie es sein sollte. Meine Haut gewöhnte sich niemals an die seine. Wenn mein Mann mit mir schlief, wünschte ich mir, eine lebende Tote zu sein wie meine Mutter, meinem eigenen Körper zu entfliehen, damit dieser hässliche Moment so schnell wie möglich vorüber wäre. In den ersten Jahren floh ich mit der Ausrede, ein Glas Wasser trinken zu müssen, direkt danach in die Küche – César ärgerte es, wenn ich im Bad verschwand – und wusch mir am Waschbecken mit einem Schwamm den ganzen Körper, um seinen Geruch loszuwerden.

Jene ersten Jahre waren die schlimmsten. Jede Nacht biss ich wütend die Zähne zusammen, während sein schwitzender Körper auf mir lag, und träumte davon, eine Machete unter dem Kissen zu verstecken, um ihm die Kehle aufzuschlitzen, doch hätte ich das getan, wäre es mein Todesurteil gewesen. Denn mein Ehemann war nicht nur doppelt so alt wie ich, sondern auch doppelt so stark. Daher staute sich mit der Zeit immer mehr Hass auf ihn in mir auf, aber auch und vor allem, wenn es auch seltsam scheint, Hass auf mich selbst. Denn meine Selbstaufgabe sorgte dafür, dass ich mich jeden Tag ein wenig mehr von dem Kind entfernte, das ich einmal gewesen war.

Wie Gott wollte, gönnte mir das Leben, als ich siebzehn Jahre alt wurde, eine Atempause. Als ich erwachsen wurde, eine richtige Frau mit runden Hüften und Brüsten, die endlich den Büstenhalter füllten, wurde Césars Interesse an mir geringer. Meine weiblichen Rundungen interessierten ihn längst nicht so sehr wie meine mädchenhafte Zierlichkeit. Gleichwohl verlangte er oft genug sein Recht als Ehemann.

Ich erinnere mich noch, dass ich eines Morgens, als ich Marita in die Iglesia de la Virgen de Regla – die Kirche der Jungfrau von Regla – begleitete, in der Kapelle der Schutzpatronin der Fischer innehielt, deren Türen aufs Meer hinausgehen. Dort kam mir plötzlich ein verzweifelter Gedanke: Spring. Jetzt. Wenn du es tust, wirst du nie wieder seine Küsse, seinen Speichel ertragen müssen. Diese Vorstellung erfüllte mich mit einem derartigen Frieden, dass ich bis an den Rand des Wassers trat. Doch während ich meinen Mut zusammennahm, überfielen mich derartige Bauchkrämpfe, dass ich mich, anstatt zu springen, in die Wellen übergab. Wieder zu Hause, nachdem der Arzt mich untersucht hatte, sagte er etwas, was meine Pläne, mir das Leben zu nehmen, ein für alle Mal zunichtemachte:

»Herzlichen Glückwunsch. Sie bekommen ein Kind.«

Einige Monate später brachte ich ein kleines Mädchen auf die Welt, Daniela, das kurz nach meinem siebzehnten Geburtstag geboren wurde. Nach der Niederkunft fürchtete ich, meine Tochter auf den ersten Blick zu hassen. Es gab Gründe genug, schließlich hatte César sie gezeugt. Doch sobald ich den kleinen warmen rosafarbenen Körper auf der Brust spürte, verliebte ich mich in meine Kleine. César wurde nicht müde zu sagen, dass er lieber einen Jungen gehabt hätte, um ihm später seine Geschäfte zu übertragen, aber seine Enttäuschung sorgte nur dafür, dass ich Daniela noch mehr liebte.

Denn Daniela war das süßeste Mädchen auf der Welt. Im Gegensatz zu ihrem Vater, der sich mit Geld oder Drohungen Menschen gefügig machte, eroberte Daniela alle Herzen dank ihrer Liebenswürdigkeit. Und ich hörte auf, mich mit Vorwürfen zu quälen, denn von nun an hatte ich in diesem Leben eine Aufgabe. Ich schwor mir, dass meine Tochter all das Glück, das ich nicht gehabt hatte, erleben sollte. Daniela war der einzige Grund für mich, nicht aufzugeben.

Bis im Kaufhaus El Encanto dieser junge Mann auftauchte und mir eine zweite Chance bot.

Es war ein heftiger Zusammenstoß. Ich lief eilig durch das Warenhaus, überglücklich, dass es mir gelungen war, César und Marita abzuschütteln, sodass ich endlich ein wenig Zeit für mich genießen konnte. Mein Plan war, möglichst schnell in die Buchabteilung zu gelangen, um mir dort die neue Ausgabe von *Mister* Charles Darwins *Der Ursprung der Arten* zu kaufen – César hatte mein altes Exemplar in den Müll geworfen –, als ich plötzlich mit Patricio zusammenprallte.

Dank eines Porzellanzebras lernten wir uns kennen. Eines zerbrochenen Zebras, was, nachdem wir es zusammengeklebt hatten, von außen wunderbarerweise nicht zu erkennen war. Wie bei mir.

Er gefiel mir sofort: seine leuchtenden blauen Augen, die gerade Nase, der volle Mund und das energische Kinn. Er war groß und schlank und hatte gelocktes Haar. Gott weiß, dass ich aus Angst vor meinem Mann niemals mit ihm gesprochen hätte, aber als ich seine Verzweiflung wegen des zerbrochenen Zebras sah, das ihn seine Anstellung kosten konnte, fühlte ich mich verpflichtet, ihm zu helfen. Und wie die Dinge nun mal sind, gab ich ihm den Rat, den ich früher immer befolgt hatte: dass man niemals gleich aufgeben darf.

In dem kleinen Wartungsraum sprachen wir, während ich die Beinchen des Zebras anklebte, über die Relativitätstheorie. Noch nie zuvor bin ich außer mit meinem Vater oder meinem Ehemann so lange mit einem Mann allein gewesen. Denn, ehrlich gesagt, machten Männer mir Angst.

Aber dieser hübsche Bursche war so jung und so nett, dass er kein übler Kerl sein konnte. Außerdem hörte er mir zu, als ich sprach, was für mich eine angenehme Überraschung war.

Dass ich für diese kurze Weile nicht aufzufinden gewesen war, brachte mir eine heftige Rüge von César ein, aber das machte mir nichts aus. Ich hatte das Zusammensein mit dem jungen Mann sehr genossen. Auf gewisse Weise hatte mir diese leicht chaotische Begegnung ermöglicht, zumindest für eine halbe Stunde so wie früher zu sein. Doch so schön unsere Begegnung auch war – mir wäre niemals in den Sinn gekommen, dass wir uns noch einmal wiedersehen würden.

Ich war ja nicht dumm. Viele Männer machten mir Komplimente und versuchten auf der Straße mit mir anzubandeln, bis sie herausfanden, dass ich mit César Valdés verheiratet war, und sich mit großem Getue entschuldigten. Doch Patricio war anders. Ich spürte es sofort, als ich ihm das erste Mal begegnete, doch einen Tag nachdem unser Hund gestorben war, wusste ich es genau.

11

Der Hund hieß Canelo und war hässlicher als die Nacht. Er hatte Triefaugen und sah eher aus wie eine Ratte denn wie ein Hund. Sein Herrchen Ernesto hatte für uns als Gärtner gearbeitet, bis er an einem Herzinfarkt starb und der Hund einfach bei uns blieb. Er wich meiner kleinen Tochter nicht von der Seite, die ihn sofort in ihr Herz geschlossen hatte, als er so allein zurückgeblieben war. Zum Ärger ihres Vaters ließ Daniela ihn immer, wenn sich die Gelegenheit bot, ins Haus. Sie hatte eine Schwäche für das Tier und teilte jeden Nachmittag ihr Frischkäse-Brot mit ihm. César schimpfte jedes Mal, wenn er das hässliche Ding auf einem der Teppiche liegen sah. Er ging davon aus, dass Daniela irgendwann seiner überdrüssig werden würde, doch sie liebte das Hündchen aufrichtig. Canelo seinerseits betete Daniela an und war ihr treu ergeben. Und er wich keinen Moment von ihrer Seite.

»Canelo, mach ein Tänzchen mit deinem Schwänzchen«, sang Daniela mit ihrer niedlichen Kinderstimme.

Und weil selbst das Hässliche irgendwie seinen Reiz hat, schloss auch ich das Hündchen ins Herz und es durfte offiziell bei uns einziehen. Bis es zu einem tragischen Ende kam.

Es geschah eines Abends, nach dem Essen. Als ob der Hund mit seinem Aussehen nicht genug gestraft gewesen wäre, litt er aufgrund seines beträchtlichen Alters auch noch unter heftigen Blähungen. An jenem Abend waren seine Gedärme besonders in Aufruhr, weil Daniela ihn mit den Resten ihres Essens gefüttert hatte. Wir saßen alle zusammen im Salon, als wir es zum ersten Mal rochen. Daniela und ich sahen uns an und unterdrückten ein Lachen. Die Fürze von Canelo waren lautlos, verräterisch und stanken wie die Pest. César rümpfte die Nase, aber da er in die Lektüre seiner Zeitung vertieft war, reagierte er nicht weiter darauf. Doch dann beging Canelo den Fehler seines Lebens und machte es sich genau vor Césars Füßen bequem, um dort zum nächsten Schlag auszuholen. Der Gestank stieg meinem Mann in die Nase, der in einem Wutausbruch den Hund an der Kehle packte.

»Dieser Hund stinkt wie Aas, verdammt! Du furzendes Mistvieh!«

Canelo blieb nicht einmal die Zeit zu bellen, da César ihm schon einen Tritt versetzte, der ihn gegen die Wand schleuderte.

Ob es an der Wucht lag, mit der das Köpfchen des Hundes gegen die Wand prallte, an dem Tritt in seine Eingeweide oder an dem furchtbaren Schrecken, dem sein Herz nicht standhielt, jedenfalls hauchte Canelo auf der Stelle sein Leben aus.

Daniela und ich waren vor Schreck wie erstarrt. Doch als die Kleine sah, dass das unglückselige kleine Tier sich nicht mehr bewegte, begann sie bitterlich zu weinen.

»Hör auf, Daniela«, schimpfte César, »das war nur ein blöder Straßenköter. Jetzt mach bloß kein Theater!«

»Er war kein blöder Straßenköter, sondern mein Hund! Und du hast ihn umgebracht!«, entgegnete die Kleine wütend mit tränenerstickter Stimme.

Ich stellte mich zwischen meine Tochter und ihren Vater, um mein Kind schützend zwischen meinen Röcken zu verstecken.

»Was, verdammt noch mal, hast du da gesagt?«, grollte César.

»Sie hat gar nichts gesagt«, antwortete ich an Danielas Stelle.

Daniela biss sich auf die Lippen, doch ihre Tränen hörten nicht auf zu fließen. Ich nahm sie in die Arme, um sie zu trösten. Wütend verließ César das Zimmer und knallte die Tür hinter sich zu.

»Du bist genauso verwöhnt wie deine Mutter!«

Auch am nächsten Tag war Daniela untröstlich, sodass César mir befahl, mit ihr einkaufen zu gehen.

»Nimm dir ein Bündel Scheine und kauf ihr ein Spielzeug. Oder zwei. Oder zwei Dutzend! Aber sorg in Gottes Namen dafür, dass sie aufhört zu heulen, sonst platzt mir der Kopf!«

Nachdem wir das El Encanto betreten hatten, gingen wir sofort in die Spielzeugabteilung hinauf. Diese war das reinste Paradies, und auch wenn sie speziell für die kleinen Kunden eingerichtet worden war und alles in deren Reichweite lag, waren die Puppen so hübsch und die Stofftiere so flauschig, dass auch so mancher Erwachsene der Versuchung nicht widerstehen konnte, das ein oder andere Teil mitzunehmen.

Die große Attraktion der Abteilung war eine maßstabsgetreu aufgebaute Szenerie, in der ein paar elektrische Modelleisenbahnen durch eine winzige alpine Berglandschaft fuhren, die mit kleinen Dörfern, Schafen und sogar Flüssen ausgestattet war, in denen anstatt Silberpapier echtes Wasser floss. Ein weiterer Vorzug der Spielzeugabteilung war, dass für jeden Geldbeutel etwas angeboten wurde. Es gab sowohl Puppenhäuser für mehrere Tausend Pesos als auch »Wundertüten« für zwei Céntimos, sodass kein Kind das Kaufhaus mit leeren Händen verlassen musste. Und um die Kunden zusätzlich zu unterhalten, trugen die Angestellten lustige Kostüme und beschäftigten sich mit den kleinen Besuchern.

An diesem Tag sah ich Patricio wieder. Er war als Pirat verkleidet und zeigte einer Gruppe Kindern mit ihren Müttern, wie ein Auto aus einem Meccano-Baukasten funktionierte.

Als wir auf ihn zugingen, sah ich, dass seine Augen aufleuchteten.

»Meine Damen und Herren! Liebe Kinder! El Encanto, das schönste Kaufhaus der Welt, präsentiert Ihnen hier das unterhaltsamste Spielzeug für Klein und Groß! Mit den Bauteilen von Meccano können Sie alles konstruieren, was Ihnen in den Sinn kommt. Nur zu, probieren Sie es selbst …«

Während die großen und kleinen Kunden neugierig diese Neuerfindung inspizierten, nutzte Patricio die Gelegenheit, uns zu begrüßen.

»Guten Tag, kleine Señorita.« Er hielt Daniela mit großer Geste die Hand hin. »Darf ich fragen, wie du heißt?«

Daniela schüttelte ohne Scheu seine Hand.

»Daniela«, antwortete sie artig.

»Soll ich dir ein Geheimnis verraten, Daniela? In Wahrheit bin ich gar kein Pirat.«

»Aber das weiß ich doch.«

»Wie hast du das herausgefunden?«

»Na, weil du kein Holzbein hast.«

Dieser Einfall brachte Patricio zum Lachen.

»Du bist nicht nur so hübsch, sondern auch so klug wie deine Mutter. Seid ihr hier, um Spielzeug zu kaufen?«

Daniela seufzte so traurig, dass Patricio sofort merkte, dass irgendetwas nicht stimmte.

»Was ist los?«

»Eigentlich ist mir zum Weinen, aber ich darf nicht«, entgegnete die Kleine mit zitternder Unterlippe.

»Warum denn nicht? Es tut gut zu weinen, und ich weine oft«, sagte er mit zärtlicher Stimme.

»Aber mein Papa hasst es, wenn ich weine, und ich darf ihn nicht verärgern.«

Als Daniela ihren Vater erwähnte, verzog Patricio kurz das Gesicht, als hätte er ein zu kaltes Getränk probiert.

»Warum bist du traurig?«, fragte er dann.

»Wegen Canelo.«

»Das ist ihr Hund. War ihr Hund. Gestern … ist er gestorben«, erklärte ich, ohne mehr dazu zu sagen.

»Und du vermisst ihn?«

Daniela nickte, und zwei Tränen stahlen sich aus ihren Augen.

»Ich habe Angst, ihn zu vergessen«, schluchzte sie.

Patricio dachte über Danielas Worte nach.

»Ich verspreche dir, dass du Canelo niemals vergessen wirst. Weißt du, warum?«

»Warum?«

»Schau mal. Gib mir deine Hände …«

Er nahm Danielas kleine Finger und bog vorsichtig die Daumen nach oben. Dann hielt er ihre Hände ins Gegenlicht, um einen Schatten auf die Wand zu projizieren. Und zu Danielas großer Freude hatte der Schatten, den ihre Hände an die Wand warfen, die Form eines Hundekopfes.

»Das ist ja ein Hund!«, rief sie glücklich.

»So hast du Canelo immer bei dir.«

Zum ersten Mal seit dem Tod ihres Hündchens lächelte Daniela.

Und da wurde mir, die ich das Geschäft in der Absicht betreten hatte, etwas zu kaufen, um meine Tochter aufzuheitern, mit einem Mal klar, dass die wirklich wichtigen Dinge mit Geld nicht zu kaufen waren. Patricio hatte es uns gerade gezeigt. Und in irgendeinem verborgenen Winkel meiner selbst wusste ich das auch. Es ist unglaublich, dass manchmal eine simple Geste ausreicht, um uns zu verändern. Ich glaube, an jenem Nachmittag wurde ich wieder ich selbst.

12

Patricio

Sobald es dunkel wurde, füllten sich die Straßen Havannas mit Menschen, die zum Tanzen gingen. Von überall her erschallte Musik: aus den offenen Fenstern der Häuser, von den Lippen der Angestellten, die in den Bussen auf dem Weg von der Arbeit zurück nach Hause Lieder von Celeste Mendoza pfiffen, und sogar das Klappern der Absätze verwandelte sich in eine Melodie, wenn die Frauen im Chachacha-Rhythmus durch die Straßen liefen. An den Stränden und in den Parks fanden sich Leute zu improvisierten Jazzbands zusammen, und auch wenn sie nur ein paar Trompeten, eine Posaune und Bongotrommeln hatten, spielten sie zum Mambo, zum Son, zum Afro, zur Rumba oder zum Bolero auf.

In einer Stadt mit so viel Musik wäre es eine Sünde gewesen, abends nicht tanzen zu gehen. Und wie die Gläubigen, die jeden Sonntag zur heiligen Messe pilgerten, hatten auch die Anhänger der Musik ihre Tempel, um dort ihrer Leidenschaft zu frönen. Tanzen war für jeden Kubaner erste Bürgerpflicht. Unser liebstes Ziel in jenen abendlichen Stunden, wenn die Schwalben den Fledermäusen den Himmel überließen, waren die Bodegas. Dabei muss man wissen, dass zu einer typisch kubanischen Bodega drei wichtige Dinge gehören: Rum, Musik und Leute, die sich amüsieren wollen. Zur nächtlichen Fauna zählten auch die *mujeres de vida*, junge Frauen in skandalösen Kleidern, die wie Paradiesvögel die Tanzflächen nutzten, um alle Blicke auf sich zu ziehen. Die *mujeres de vida* waren keine Prostituierten im eigentlichen Sinne, aber mit einer gelungenen Mischung aus Geschenken, Cocktails und Komplimenten konnte man sich für ein paar Stunden ihre Liebe erkaufen.

Für einen Jungen vom Land wie mich – der mit der asturischen Kälte in den Knochen aufgewachsen war und dessen Vorstellung von Amüsement sich auf ein Viertel sauren Wein in der Dorfkneipe nach einem harten Arbeitstag in der Mine beschränkte – waren diese durchtanzten tropischen Salsa-Nächte mit einem Mojito in der Hand und einem hübschen Mädchen am Arm das Paradies auf Erden. Und ich war mit einem derartigen Heißhunger auf das bunte Leben nach Havanna gekommen, dass ich die Stadt jede Nacht gierig verschlang.

Mein erstes Jahr im El Encanto verging wie im Flug. Es waren anstrengende Monate, aber für nichts in der Welt hätte ich sie gegen etwas anderes eintauschen mögen. Dank meines Postens als Junge für alles kannte ich mich schon bald überall bestens aus und fühlte mich wie zu Hause. Ich duzte jeden und wusste in jeder Abteilung bestens Bescheid. Wenn es nötig gewesen wäre, hätte ich mich mit geschlossenen Augen durch das Kaufhaus bewegen können.

Ich war davon ausgegangen, dass meine Faszination nach den ersten Monaten ein wenig nachlassen würde, doch dem war nicht so. Jeden Morgen, wenn ich durch das große Eingangstor des Kaufhauses trat, war ich aufgeregt wie am ersten Tag. Und wie sollte es auch anders sein? El Encanto war wie eine Einladung zu einem bunten Fest. Mit den stets frischen Blumen auf den Verkaufstresen, den Angestellten in ihren schmucken Uniformen und den Schaufensterpuppen in ihren glänzenden Seidenkleidern bot das Kaufhaus einen Rausch für die Sinne.

Mit meinem ersten Gehalt konnte ich meine Schulden in der Pension bezahlen und Nely, die Aufzugführerin, zum Essen einladen. Aber ich war nicht der Einzige, der plötzlich Geld hatte. Das Glück hatte auch meine beiden *compays* ereilt. Denn nur wenige Wochen, nachdem ich im El Encanto angefangen hatte, wurde Guzmán als Verkäufer in der Zapatería Garbo, einem Schuhgeschäft in der Calle del Rayo, eingestellt und Grescas als Kellner in der Bodega King Kong in Regla.

Da wir nun alle drei Geld verdienten, beschlossen wir, dass es an der Zeit für ein neues Zuhause war. Also mieteten wir eine Dreizimmerwohnung in San Isidro. Es war eine alte Dachwohnung, in der die Balken jedes Mal laut knackten, wenn wir die Türen öffneten oder schlossen, aber für uns war es ein Palast. Da wir gewohnt waren, uns einen Schlafplatz zu teilen, war ein eigenes Zimmer für jeden von uns der größte Luxus, den wir uns vorstellen konnten. Die Wohnung hatte jede Menge Macken: feuchte Flecken an der Decke, zerbrochene Fliesen im Bad und eine Küche, die aus einem prähistorischen Zeitalter stammen musste – doch all dies wurde durch die wunderbare Terrasse wettgemacht, eine versteckte Oase zwischen den Dächern der Stadt mit einem unvergleichlichen Ausblick auf den Rummel in den Geschäften und die Dachterrassen, auf denen die Wäsche zum Trocknen hing. Besonders reizvoll war der Blick auf das Fenster einer Mulattin, die wir La Cachita getauft hatten und die die angenehme Angewohnheit hatte, nur leicht bekleidet durch ihre Wohnung zu spazieren. Diese Terrasse war unser ganz privater Aussichtspunkt, wo wir jeden Abend in unseren Korbstühlen saßen und die atemberaubenden Sonnenuntergänge über dem Meer genossen.

Um uns bei den Hermanas Chinches, den beiden Pensions-Schwestern, für ihre Geduld mit uns zu bedanken, kauften wir ihnen ein zweites Gebiss und luden sie zu einem Bankett aus *vaca frita* – knusprigem Rindergeschnetzeltem –, Bananenchips und anderen schwer zu kauenden Gerichten ein, damit sie es gleich ausprobieren konnten. Und damit machten wir Norma und Patria so glücklich, dass sie uns unter Tränen verabschiedeten und uns mit ihren Taschentüchern hinterherwinkten.

Nachdem ich etwas mehr als ein Jahr als Laufbursche im El Encanto gearbeitet hatte, wurde ich zur Aushilfskraft befördert, bekam mehr Verantwortung und durfte manchmal sogar als Verkäufer arbeiten. Das Beste an meiner neuen Position aber war das mürrische Gesicht Don Gatos, als er mir meine Beförderung mitteilen musste.

»Na ja, die Chefs sind offenbar ganz zufrieden mit dir«, knurrte er zwischen den Zähnen hervor und sein Schnurrbart zitterte missbilligend, »aber fühl dich bloß nicht zu sicher, denn ich werde dich im Auge behalten.«

Das Schicksal meinte es gut mit mir, sowohl beruflich als auch in der Liebe. Denn seit unserem ersten gemeinsamen Essen zeigte Nely mehr als deutlich ihr Interesse für mich. Ich erinnerte mich noch gut an jenen Abend, als wir zusammen im Kino waren und im Cine Candilejas *Gilda* gesehen hatten. Beim Rausgehen wurden wir vom Regen überrascht. Es war einer jener typisch kubanischen Wolkenbrüche, die einen innerhalb von Sekunden vollständig durchnässten und die alten Frauen zum heiligen Isidor beten ließen, der einst das Wasser in einem Brunnen ansteigen ließ, um seinen Bruder zu retten, und nun wieder Sonne schicken sollte. Zum Glück konnten wir uns in eine kleine Kirche flüchten. Während wir darauf warteten, dass der Regen nachließ, entdeckte Nely eine Statue des heiligen Antonius.

»Weißt du, dass man hier auf Kuba sagt, dass ein Mädchen, wenn es den heiligen Antonius auf den Kopf stellt, einen Liebsten findet?«

»Glaubst du auch an solche Dinge?«

Sie schüttelte den Kopf.

»Dieser Hexenglaube macht einen nur verrückt. Ich bin da eher für die direkte Art«, flüsterte sie, während sie ihre Lippen den meinen näherte.

Das war unser erster Kuss. Ein Kuss, der uns beide zurückschrecken ließ, als wir den Priester, der aus dem Nichts aufgetaucht war, plötzlich vom Altar ärgerlich herüberrufen hörten: »Ay, *caraja!* Spart euch solche Schweinereien bis nach der Hochzeit auf! Ihr sittenloses Pack! Kommunisten!!«

»Wir sind schon weg!«, rief Nely zurück. »Und der, der ohne Sünde ist, werfe den ersten Stein!«

Lachend verließen wir die Kirche und rannten durch den Regen. Mit ihrem pitschnassen Pony und der Gänsehaut auf ihren nackten Armen sah Nely so entzückend aus wie nie zuvor. Wir küssten uns erneut, und der Geschmack ihrer Lippen mischte sich mit dem Regenwasser, das mir übers Gesicht lief.

»Wann fragst du mich, ob ich deine Freundin sein will?«, fragte sie.

»Zuerst müssen wir uns ineinander verlieben.«

»Ich glaube, ich bin ziemlich nah dran, mich in dich zu verlieben.«

»Ist das wahr?«

Nely blickte sich um. Dann stutzte sie, als wäre sie direkt auf die Antwort gestoßen, in dem Regenwasser, das die Straße überschwemmt und unsere Kleider durchnässt hatte.

»Wahr und klar wie Quellwasser«, erlärte sie mit ihrem glockenhellen Lachen.

Nely war zweifellos ein tolles Mädchen. Doch leider hat die Liebe ihre eigenen Regeln. Mit Nely genoss ich den Moment, das Leben, wie es gerade kam, sie war immer fröhlich und gut gelaunt. Bei Gloria jedoch hatte mich die Liebe wie ein Blitz getroffen, es ging mir durch und durch, von den Haarspitzen bis zum großen Zeh. Nely ließ mich die Gegenwart genießen, während Gloria mich erahnen ließ, wer ich in der Zukunft sein könnte, und mich zu einer schwindelerregenden Reise einlud. Und wir alle wissen, dass die Liebe sich nicht nach der Vernunft richtet. Auch wenn ich versuchte, es weit von mir zu schieben, war mir doch bewusst, dass die Würfel längst gefallen waren.

Die Vernunft sprach dafür, mich für Nely zu entscheiden, doch Gloria gehörte mein Herz. Auch wenn Nely Gloria gegenüber natürlich einige Vorteile hatte – vor allem, dass sie mich liebte und nicht mit einem Mafiaboss verheiratet war.

Es wäre also nur logisch gewesen, meine heimliche Leidenschaft für Gloria aufzugeben und mich auf Nely zu konzentrieren, doch ich konnte mich zu dieser Entscheidung einfach nicht durchringen. Um Zeit zu gewinnen, behauptete ich, in Spanien eine Freundin gehabt zu haben, mit der ich noch immer schrieb und die ich noch nicht vergessen hatte. Nely war verständnisvoll und bereit, zu warten. Wir belegten beide einen Englischkurs, der den Angestellten vom El Encanto angeboten wurde, und übersetzten mit viel Spaß spanische Lieder in unser radebrechendes Englisch, um sie anschließend laut auf der Straße zu schmettern.

Kiss me,
Kiss me a lot,
Como si fuera tonight la última vez.
Kiss me,
Kiss me a lot,
Que tengo miedo a lose you,
A lose you después …

Abgesehen von Nelys Sinn für Humor, der genauso kindisch wie der meine war, blickte sie doch oft beunruhigt auf die politische Lage Kubas.

»Der Staat ist einfach nur korrupt, und unsere Politiker sind so dumm, dass sie, wenn sie auf vier Füßen stünden, Gras fressen würden«, sagte sie immer wieder. »Sie sollten nicht so unverschämt sein und sich nicht nur für unser Geld interessieren.«

Ich, der ich in Spanien gerade den Wahnsinn eines furchtbaren Bürgerkriegs erlebt hatte, hatte mich noch nie besonders für Politik interessiert, doch nun begleitete ich Nely manchmal zu politischen Veranstaltungen und bewunderte die Leidenschaft, mit der sie von der aufstrebenden Orthodoxen Partei sprach, die sich auch die »Partei des kubanischen Volkes« nannte und von Eduardo Chibás angeführt wurde.

Neben den gemeinsamen Englischstunden, unseren Verabredungen zum Essen, den politischen Veranstaltungen und den Kinobesuchen küssten wir uns so, wie wir miteinander lachten, also dann, wenn wir glücklich waren und Lust dazu hatten. Doch weiter ging es nie. Ja, wir waren gute Freunde, sehr gute Freunde, aber mehr war es für mich nicht. Da ich spürte, dass Nelys Gefühle für mich tiefer waren als meine für sie, bemühte ich mich ständig, ihr nicht unnötig wehzutun. Auch als Freunde gingen wir niemals miteinander ins Bett, da Nely noch Jungfrau war, und das war meiner Meinung nach ein Geschenk, das sie nur mit jemandem teilen sollte, der wirklich verliebt in sie war.

Das Ganze brachte mir viel Spott von Guzmán und Grescas ein, vor allem, als ich ihnen an einem unserer Abende auf der Terrasse, an dem wir ein paar Daiquiris zu viel getrunken hatten, gestand, dass Nely und ich noch nicht miteinander geschlafen hatten.

»Was? Du hast die Kleine noch nicht flachgelegt?« Grescas sah mich erstaunt an. »Aber ihr wart doch schon was weiß ich wie oft zusammen im Kino! Bei meiner Schwester hat das doch auch nicht so lange gedauert, bis du mit ihr in der Kiste warst, oder?«

»Eine Stunde«, gab ich zu. »Aber nur, weil sie mich in den Wald gezerrt und sich den Rock ausgezogen hat!«

Guzmán fing an zu lachen, doch Grescas brachte ihn auf einen Schlag zum Schweigen, indem er ihn so fest in den Arm kniff, dass er vor Schmerz zusammenzuckte.

»Lachst du etwa über meine Schwester?«

»Na hör mal!«, protestierte Guzmán. »Du hast doch damit angefangen!«

»Und ich bin auch der Einzige, der Begoña kritisieren darf, verstanden? Schließlich ist sie *meine* Schwester!«

Da die beiden meine besten Freunde waren, wussten sie natürlich auch von meiner heimlichen Liebe zu Gloria und hatten dazu ihre feste Meinung.

»Vergiss diese Frau und nimm die Aufzugführerin. Nely ist ein tolles Mädchen und mehr als ein armer Schlucker wie du verdient hat.«

»Grescas hat recht, *compay*. Wie man bei uns in Kuba sagt: ›Hör auf hochzupissen!‹ Diese Frau ist außerhalb deiner Reichweite, die Sache ist unmöglich, deshalb schlag sie dir lieber gleich aus dem Kopf!«

Und das versuchte ich auch. Den Rat meiner Freunde im Ohr ging ich jeden Tag mit dem festen Vorsatz zur Arbeit, Nely ganz offiziell zu meiner Freundin zu machen. Ich betrat El Encanto, fuhr mit dem Aufzug nach oben, hörte ihr glockenhelles Lachen und dachte bei mir: heute. Heute ist der Tag, an dem ich sie frage.

Doch dann kam Gloria wieder in die Geschenkeabteilung, um noch eine Porzellanfigur zu kaufen, erzählte mir Dinge aus ihren schlauen Büchern und brachte mein Herz in Aufruhr. Mit Gloria blieb das Alltägliche zurück, mit ihr reiste ich in entfernte Galaxien, an einen Ort von einer solchen Weite, dass es nicht mal einen Horizont gab. Gut möglich, dass es völlig verrückt war, doch mein Herz irrte sich nicht: Sie und keine andere war die Frau meines Lebens.

»Patricio, weiß du, dass es auf dem Mond keinen Klang gibt? Zum Beispiel kann man dort nicht pfeifen. Ist das nicht unglaublich?«

»Das ist faszinierend. Und da wir gerade vom Mond reden: Wusstest du, dass Frauen elf und Männer nur einen Mondpunkt haben?«

»Ich habe vor allem Sommersprossen.«

»Aber deine Sommersprossen sind schöner als alle Mondpunkte.«

Unglücklicherweise wurden unsere Gespräche meistens von Glorias Schwägerin Marita unterbrochen.

»Glori, ich langweile mich. Könntest du bitte bezahlen, damit wir in die Kosmetikabteilung gehen können?«

»Ja, natürlich … Ich nehme den kleinen Braunbären aus Porzellan.«

»Aber du hast doch schon letzte Woche genauso einen gekauft!«

»Ja? Dann nehme ich eben den Eisbären.«

»Du liebe Güte, du musst ja schon einen ganzen Zoo zu Hause haben.«

Natürlich packte ich die Figuren im Schneckentempo ein, um noch ein paar Momente länger ihre Gesellschaft genießen zu können.

»Gloria, ich habe in der Buchabteilung ein Bilderbuch über die Planeten des Sonnensystems für Daniela reservieren lassen.«

Erneut unterbrach Marita unser Gespräch.

»Wie kommt ein Verkäufer dazu, eine Kundin beim Vornamen anzusprechen!«

»Entschuldigen Sie, Señorita.«

Marita hängte sich bei Gloria ein und zog sie fort.

»Meine Liebe, du bist viel zu nett. Du darfst nicht so vertrauenselig sein mit diesen Angestellten«, sagte sie, ohne ihre Stimme zu senken, damit ich es auch hören konnte. »In letzter Zeit ist das Niveau der Angestellten hier gewaltig gesunken. Es gibt einfach keinen Anstand mehr!«

Marita konnte mich absolut nicht leiden, was möglicherweise daran lag, dass ich gegen ihre Schönheit immun war oder weil ich wusste, dass sich hinter ihrem hübschen Gesicht ein übler Charakter verbarg. Vielleicht auch, weil sie wie ein Hund, der gewisse Töne wahrnimmt, die das menschliche Ohr nicht hören kann, die Vertrautheit zwischen der Frau ihres Bruders und mir erspürte, was ihr überhaupt nicht gefiel.

Dabei war ich längst nicht der einzige Verkäufer, der unter Marita Valdés zu leiden hatte. Sie war der Albtraum aller Angestellten im El Encanto. Die Gründe? Ihre spitze Zunge, ihr schlechtes Benehmen wie das eines verwöhnten Kindes und die Protektion ihres Mafia-Bruders. Jedes Mal, wenn sie durch die Tür trat, schluckten sämtliche Verkäufer und bemühten sich, sich ihre Angst nicht anmerken zu lassen. Bis der Tag kam, an dem das Schicksal für uns alle eine Lektion bereithielt.

13

Es war ein offenes Geheimnis, dass El Encanto das bevorzugte Kaufhaus der Filmstars und der bekannten Musiker war. Und es sollte nicht lange dauern, dass ich mich persönlich davon überzeugen konnte. Eines Tages, als ich noch der Junge für alles war, erhielt ich den Auftrag, die Hemden in der Schneiderei zu ordnen. Der *salón inglés* war *die* Abteilung für Herrenmode überhaupt. Die Räumlichkeiten waren äußerst elegant und im Stil der englischen *gentlemen clubs* des vergangenen Jahrhunderts eingerichtet. Die Wände waren mit Eichenholz verkleidet, und die Möbel, in denen die Kleidung aufbewahrt und ausgestellt wurde, waren dem Holz perfekt angepasst. Und um das edle Ambiente zu vervollständigen, waren die Lampen aus grünem Glas und die Sessel im Chester-Stil mit braunem Leder bezogen. Zusätzlich vermittelte die Union-Jack-Flagge, die eingerahmt über der Kasse hing, den Eindruck, dass man sich seine Kleidung tatsächlich auf britischem Hoheitsgebiet kaufte. An jenem Tag war ich vollkommen in meine Arbeit versunken, als mich ein Kunde ansprach.

»*Excuse me. Where is the restroom, please?*«

Ich blickte auf und erstarrte. Vor mir stand John Wayne, der Mann, der auf der Leinwand immer den harten Kerl spielte. Es war seltsam, ihn nun in einem weißen Baumwollhemd und ohne Cowboyweste zu sehen, doch sein Gesicht war unverwechselbar. Nachdem ich ein paarmal wie eine

Forelle auf dem Trockenen den Mund auf und zu gemacht hatte, riss ich mich zusammen. *Restroom?* Was, zum Teufel, war ein *restroom*? Verdammt, die Toilette natürlich, dachte ich, während ich dem Himmel dankte, dass ich diesen Englischkurs belegt hatte. Mit meinem furchtbaren Akzent gelang es mir, ihm den Weg zu erklären.

»*Gracias, amigo*«, bedankte er sich schließlich auf Spanisch.

Den restlichen Tag über war das dämliche Grinsen auf meinem Gesicht durch nichts zu vertreiben. Einer der berühmtesten Schauspieler aller Zeiten hatte mich »amigo« genannt. Ich musste plötzlich an die Relativitätstheorie denken, von der Gloria immer sprach. Für *Mister* Wayne war dies ein völlig belangloser Moment gewesen, für mich dagegen einer der Höhepunkte meines Lebens. Denn wer konnte schon von sich behaupten, dem legendären Westernhelden Ringo den Weg zur Toilette gezeigt zu haben?

Dabei war John Wayne nicht der einzige berühmte Kunde, der unsere Schneiderei aufsuchte. Die Liste war lang. Maurice Chevalier und Lucho Gatica waren zudem Stammkunden in unserer Sportmodenabteilung. Lana Turner, Nat King Cole, César Romero, María Félix, Ernest Hemingway und Tyrone Power hatten unsere Kundenkarte. Und Letzterem verdankten wir eine Anekdote, die man sich immer wieder gerne grinsend erzählte.

Marita Valdés, die eine unserer Stammkundinnen war und beinahe täglich das Encanto aufsuchte, kannte – und terrorisierte! – jeden Verkäufer. Es gab nur eine Etage, die sie so gut wie niemals betrat: die Herrenabteilung, die sie nur aufsuchte, wenn sie ein Geschenk für ihren Bruder kaufen wollte.

Eines Tages, Césars Geburtstag stand an, hatte sie beschlossen, ihm eine italienische Krawatte zu schenken. Mit dem für sie üblichen überheblichen Auftreten rauschte sie in den *salón inglés* und entdeckte einen Verkäufer im schwarzen Anzug und vornehmer Haltung, der gerade ein paar Seidenkrawatten in Augenschein nahm. Marita schnippte mit den Fingern, um seine Aufmerksamkeit zu erregen, doch der Mann schenkte ihr keine Beachtung.

»He, *caballero*!«

Der Verkäufer ignorierte sie und fuhr mit seiner Tätigkeit fort. Wütend baute sich Marita vor ihm auf.

»Sind Sie taub?«, schnauzte sie ihn an. »Ich erwarte, auf der Stelle bedient zu werden!«

»Sorry ma'am, I'm afraid but I don't speak Spanish …«

Das war der Tropfen, der das Fass zum Überlaufen brachte.

»Wie, Sie sprechen kein Spanisch? Was für ein Schwachkopf sind Sie denn? Wie kann es sein, dass ein Verkäufer im El Encanto kein Spanisch spricht? Ich werde mich sofort bei Ihrem Vorgesetzten beschweren!«

In der Zwischenzeit hatte Maritas Geschrei eine beträchtliche Anzahl an neugierigen Kunden und einige Angestellte des Hauses herbeigelockt, einschließlich Gloria und mir.

Nachdem wir uns den »Verkäufer«, den Marita gerade zur Schnecke machte, genauer angesehen hatten, tauschten Gloria und ich einen amüsierten Blick und mussten uns mühsam das Lachen verbeißen. Mir war sofort klar, wie Maritas Irrtum zustande gekommen war, denn der Mann trug einen dunklen Anzug, der unserer Arbeitsuniform sehr ähnlich war.

»Ich denke, du solltest sie aufklären«, flüsterte ich Gloria zu.

Gloria trat zu ihrer Schwägerin und nahm ihre Hände, um sie zu beruhigen.

»Marita, dieser Herr ist kein Verkäufer. Das ist *Mister* Tyrone Power, der Filmstar.«

Marita brachte kein Wort mehr heraus, aber das Kind war sowieso schon in den Brunnen gefallen. Tyrone Power hatte längst die Nase voll von der verrückt herumschreienden Frau, die ihn bei der Auswahl der Krawatte für seine nächste Filmpremiere gestört hatte. Er kannte zwar nur ein halbes Dutzend typisch kubanischer Worte, doch »Schwachkopf« war zufälligerweise eines davon.

»Did that woman just call me a moron?« Ich war gezwungen zu nicken. *»Can someone please tell the lady that she's a rude mule?«*

Seine Worte sorgten für allgemeine Heiterkeit unter den anwesenden Kunden und Angestellten. *Rude mule* bedeutete »unverschämtes Maultier«, was für eine der angesehensten Damen der Stadt eine heftige Beschimpfung war. Angesichts des breiten Gelächters nahm Marita das, was ihr an Würde geblieben war, zusammen und trat mit erhobenem Haupt den Rückzug an. Glorias Schwägerin hatte die Hoffnung, dass der Zwischenfall mit der Zeit in Vergessenheit geraten würde, doch die Anekdote war zu köstlich, um sie nicht weiterzuerzählen.

Die Geschichte, dass Tyrone Power Marita Valdés als unverschämtes Maultier bezeichnet hatte, machte in ganz Havanna blitzschnell die Runde. Sogar ihr Bruder César lachte schallend, als sie ihm zu Ohren kam.

Nur konnte leider auch die Tatsache, dass Tyrone Power dieser nervigen Person eine Lektion in Sachen Zurückhaltung erteilt hatte, keine Wunder bewirken. Das hielt sie nicht davon ab, auch weiterhin die Verkäufer des El Encanto zu tyrannisieren. Doch nun verfügten wir über eine geheime Waffe: Jedes Mal, wenn Marita uns schlecht behandelt hatte, imitierten wir hinter ihrem Rücken den Schrei eines Maultiers.

Aber das war nicht die einzige Folge, die diese Episode nach sich zog, denn wie Gloria mir erzählte, war ihre Schwägerin von da an nicht mehr in der Lage, sich einen Film mit Tyrone Power anzusehen, ohne rot zu werden wie eine Tomate.

14

Nicht alles, was sich in jenen Jahren ereignete, war so lustig wie diese Episode. Es gab noch ein anderes Ereignis, das traurige Berühmtheit erlangte und Césars Ruf in der Stadt noch gefürchteter werden ließ – so weit dies überhaupt möglich war. Ich erfuhr die Geschichte von anderen, da sie sich an meinem freien Tag ereignete. Und ehrlich gesagt, weiß ich nicht, was ich getan hätte, wenn ich dabei gewesen wäre …

Es ging dabei um einen armen Jungen von achtzehn Jahren. Er hieß León und hatte den Traum, eines Tages ein eigenes Geschäft für Guayaberas, jene typisch kubanischen Baumwollhemden, zu eröffnen. Und um alles, was er dazu brauchte, zu lernen, arbeitete er wie ich ebenfalls als Junge für alles im El Encanto.

León kam aus Curidos, einem Dorf, das sich auf der anderen Seite der Insel befand und unter dessen Einwohnern viele Haitianer waren, die über die Windward-Passage nach Kuba gekommen waren, um hier ihr Glück zu versuchen. So war Leóns Mutter eine Witwe aus Port-au-Prince, deren Ehemann beim Fischen von Rotbrassen und Gelbschwanz-Schnappern auf dem weiten Meer ums Leben gekommen war.

Bevor León nach Havanna kam, hatte er sozusagen weich gebettet geschlafen, da er auf einer Baumwollplantage aufgewachsen war, auf der seine Mutter arbeitete. Die arme Frau war sehr unglücklich, als ihr Sohn sich entschied, seinen Koffer zu packen, doch was blieb ihr anderes übrig, als ihn mit ihrem Segen in die Ferne ziehen zu lassen.

Zu seinem Pech war León zwar ein netter Kerl, aber so schlaksig und ungeschickt wie ein junger Hund. Ich mochte ihn gern, weil er wie ich in einem kleinen Dorf groß geworden war. Allerdings war der Unterschied zwischen uns beiden, dass ich auf dem Weg von Santa Benxamina nach Havanna viele Wochen auf einem Schiff verbracht und Zeit gehabt hatte, mich an das harte Leben zu gewöhnen, während León sozusagen gerade aus dem Kokon geschlüpft war. Doch genau wie ich hatte er ein ziemlich großes Mundwerk und das Pech, César Valdés über den Weg zu laufen, ohne zu ahnen, wie gefährlich er war.

An einem Tag, als Gloria und Marita im *salón francés* einkauften, schlug das Schicksal gnadenlos zu.

Das, was der *salón inglés* für den eleganten Herrn war, war der *salón francés* für die Damen. Es war ein Stück Paris mitten in Havanna. Allein die Verkaufshalle war eine Attraktion, da sie nach dem Vorbild des Schlosses von Versailles mit goldenen Uhren, kleinen Marmortischen, Kristalllampen und unzähligen Spiegeln eingerichtet war.

Diese Eleganz entlockte jeder Frau ein sehnsüchtiges Seufzen, doch konnten sich nur wenige erlauben, dort einkaufen zu gehen. Im *salón francés* befand sich auch der Haute-Couture-Bereich, wo edle Kleider entworfen und den Kundinnen auf den Leib geschneidert wurden. Im Unterschied zur Mode von der Stange, die mit Maschinen genäht wurde, wurde im *salón francés* alles mit großer Sorgfalt und Umsicht von Hand gefertigt, und man verwendete nur die feinsten Stoffe.

Der Star-Couturier und die Seele des *salóns* war Alberto Suárez, der seine Karriere im El Encanto als Plakatmaler begonnen und so viel Talent bewiesen hatte, dass seine Chefs ihn nach dem berühmten französischen Maler »Manet« genannt hatten. Mit der Zeit gelang es ihm, zum Couturier aufzusteigen, und er eroberte gleich die Herzen der angesehenen Gesellschaft der Stadt, die sich nach ein wenig Dekadenz sehnte. Zu seinen berühmtesten Kundinnen zählten Wallis Simpson, die Herzogin von Windsor, und auch die Ehefrau Ernest Hemingways trug seine Haute-Couture-Kleider. Die Warteliste für seine Modelle war länger und dicker als das Telefonverzeichnis. Seine Kreationen waren Kunstwerke und verwandelten jede Frau in eine Göttin. Und wie jedes Kunstwerk hatten sie kein Preisetikett.

An jenem schicksalhaften Tag hatte César beschlossen, seiner Schwester und seiner Frau ein neues Kleid zu schenken. Denn beide sollten etwas ganz Besonderes tragen, um von sich reden zu machen. Die Gelegenheit war es wert: María Luisa Gómez Mena, die Gräfin von Revilla de Camargo, hatte zu einem Fest in ihrer Galerie am Paseo del Prado eingeladen, bei dem die Crème de la Crème des kubanischen Adels anwesend sein würde. César war bereits einer der einflussreichsten Männer der Stadt, doch dass er mit der Aristokratie verkehrte, sollte seine Macht noch adeln.

Er leistete es sich also, für einen ganzen Nachmittag den *salón francés* zu mieten und für andere Kunden schließen zu lassen. Auf diese Weise würden sie völlig ungestört sein, und Manet hätte genügend Zeit für die letzten Anproben. Und falls sie sonst noch irgendetwas brauchen sollten, forderte César, dass sich die Belegschaft eines halben Stockwerks zu ihrer Verfügung hielt.

Nachdem sie bereits eine Weile bei der Anprobe waren, bekam Marita Hunger und wollte unbedingt etwas essen. Also beauftragte der zuständige Angestellte den nächstbesten Laufburschen – bei dem es sich zufälligerweise um León handelte –, Kaffee und Gebäck zu bringen. Natürlich machte sich der Junge sofort und voller Eifer auf den Weg.

Nur wenige Minuten später betrat er mit einem großen Silbertablett mit Kuchen und Getränken den *salón*. Und dann unterlief ihm ein fataler Fehler. Denn während León den Kaffee, einige Gläser Saft mit Rohrzucker und ein paar süße Teilchen auf einem kleinen Tisch anrichtete, trat Gloria in ihrem neuen Kleid aus der Umkleidekabine – einem exquisiten Modell aus kirschroter Seide mit einem U-Boot-Ausschnitt, der ihre zarten Schultern entblößte, und einer riesigen Schleife um ihre schlanke Taille. Sie war so wunderschön, dass León ein spontanes Kompliment herausrutschte:

»Mädchen, wenn der heilige Lazarus dich so sehen könnte, würde er seine Krücken wegschmeißen und die Beine in die Hand nehmen!«

Meine Kollegen erzählten mir nachher, dass nach diesem Kommentar erst einmal Totenstille herrschte. Es war ein völlig unschuldiges Kompliment gewesen; jeder, der León kannte, wusste, dass er dabei keinerlei Hintergedanken hatte und es ihm nicht an Respekt mangelte. Das Ganze wäre völlig harmlos gewesen, hätte es sich bei dem Mädchen, mit dem er gerade kokettierte, nicht um die Frau eines gefürchteten Mafiosos gehandelt, der unglückseligerweise auch noch anwesend war. Alle anderen wünschten sich in diesem Moment weit weg und warteten angstvoll auf Césars Reaktion. Die Verkäufer waren wie gelähmt. Und auch Manet verharrte auf der Stelle, die Stecknadeln für die nötigen Änderungen noch zwischen den Lippen. Gloria wurde blass, und auch César hatte es angesichts der Dreistigkeit des jungen Mannes zunächst die Sprache verschlagen. Dann aber sah er León an wie eine Dogge, der ein Chihuahua das Futter stehlen will. León senkte, sich seiner Entgleisung bewusst, den Blick und bat um Entschuldigung. Doch das nützte ihm nichts. César hatte nicht die Absicht, eine derartige Vertraulichkeit zu tolerieren, und schon gar nicht vor Publikum. Was dann folgte, war sicher nicht nur die Reaktion auf das unüberlegte Kompliment, sondern diente wohl auch der Abschreckung. César wurde zum Tier, wenn er seine Machtposition infrage gestellt sah. Oder das, was er für sein Eigentum hielt.

»Das wirst du büßen, du Rotzlümmel, dafür sorge ich!«, sagte er und trat auf León zu.

»Nein, bitte lass ihn«, flehte Gloria.

»Es ist nur gerecht, jedem das zu geben, was er verdient, meine Liebe«, entgegnete ihr Mann mit schneidender Stimme. »Und du bittest mich doch immer, gerecht zu sein, oder?«

Es waren Kleinigkeiten, die Césars Wut verrieten: das gefährliche Glitzern in seinen grünen Augen, die Fingerknöchel seiner geballten Fäuste, die weiß hervortraten, oder das Blecken seiner Zähne wie bei einem Raubtier, bevor es angriff.

»César, bitte, nein …«

Für mehr blieb keine Zeit. Mit einer blitzschnellen Bewegung verpasste César dem Jungen einen Faustschlag in den Magen. León fiel zu Boden und krümmte sich mit hervortretenden Augen und einem Ausdruck von Verblüffung im Gesicht. Doch César war noch nicht fertig. Obwohl klar war, dass er keinen ernstzunehmenden Rivalen vor sich hatte, sondern nur einen armen dummen Jungen, der gar nicht in der Lage gewesen wäre, sich zu verteidigen, setzte er seine Attacke fort. Er traktierte León mit Fußtritten, bis dieser ohnmächtig wurde. Und selbst das reichte ihm noch nicht. Ohne dass der arme Junge sich wehren konnte, krönte César sein grausames Werk mit einem Tritt gegen Léons Kopf, wobei – wie später erzählt wurde – das Knirschen des zerbrechenden Schädels auf der ganzen Etage zu hören war.

In diesem Moment lief, von den Schreien der Verkäuferinnen alarmiert, der zuständige Kundenbetreuer herbei und sah auf das entsetzliche Bild, das sich ihm bot.

César hatte sich wieder beruhigt. Er strich sich über das leicht wirre Haar, zog die Ärmel seines Hemdes zurecht und setzte sich wieder hin, als ob nichts geschehen wäre.

»Schaffen Sie ihn mir aus den Augen und lassen Sie uns weitermachen.«

Über das, was dann passierte, wurde Unterschiedliches erzählt. Manche sagten, Léon wäre ins Krankenhaus gebracht worden. Andere sagten, dass nicht einmal ein Krankenwagen gerufen wurde. Am Ende war es egal: Denn León starb nach Césars brutaler Prügelattacke, und niemand, absolut niemand, hatte etwas getan, um es zu verhindern. Ganz davon zu schweigen, dass der Mörder niemals angeklagt wurde. Die Mafia hatte die Polizei gekauft, und diese fraß ihr aus der Hand, so wie Guzmán und Grescas es mir immer erzählt hatten.

César Valdés war im Kaufhaus El Encanto immer ein bevorzugter Kunde gewesen, doch von diesem Tag an wurde er behandelt wie ein tyrannischer Gott, den alle fürchteten. Die Verkäufer bedienten Gloria, ohne es zu wagen, sie auch nur anzusehen, geschweige denn sie zu berühren. Schließlich kam ein einfaches Kompliment dieser jungen Frau gegenüber einem Todesurteil gleich.

15

Gloria

Ich habe schon immer gewusst, dass mein Mann ein Mörder ist. Denn es gibt keinen Gangster, der nicht mordet. Schon auf unserer Hochzeitsreise hatte ich versucht, ein wenig über das, was er machte, herauszufinden. César konnte sich nicht weit von Kuba entfernen, da seine Geschäfte seine Anwesenheit erforderten, weshalb er, um unsere Hochzeit zu feiern, ein paar Tage mit mir nach Santo Domingo reiste. Dort stiegen wir im Hotel Majestic in Boca Chica ab und bewohnten eine schöne Suite direkt am Strand. Doch die Dominikanische Republik hatte noch einen anderen Vorteil gegenüber Paris, New York oder jedem anderen Ort, an dem frisch Verheiratete ihren *honeymoon* zu verbringen pflegen: Die Leute stellten keine Fragen, wenn sie einen Mann mit einem vierzehnjährigen Mädchen zusammen sahen.

Trotzdem habe ich noch gut den Blick des Hotelpagen in Erinnerung, eines jungen Mulatten mit hohlen Wangen, der unser Gepäck aufs Zimmer trug, als César mir in den Hintern kniff. Sicher hatte der junge Mann angenommen, dass wir Vater und Tochter wären, doch das großzügige Trinkgeld meines Mannes sorgte dafür, dass er keine Fragen stellte. Der junge Mann versicherte sich, dass César ihm den Rücken zuwandte, bevor er mir einen mitleidigen Blick zuwarf und meinen Mann im Stillen verfluchte.

»Mieser Kinderschänder!«, formte er lautlos mit den Lippen.

Wenig später, als wir am Strand in der Sonne saßen, wagte ich es zum ersten Mal, meinen Mann nach seiner Arbeit zu fragen. Damals war es César noch nicht gelungen, das rebellische Mädchen in mir vollständig zum Schweigen zu bringen.

»Das ist nichts für Frauen«, antwortete er und gab mir einen sanften Nasenstüber. »Zerbrech dir darüber nicht dein hübsches Köpfchen. Deine Aufgabe ist es, hübsch zu sein und dafür zu sorgen, dass das Hausmädchen das Essen fertig hat, wenn ich nach Hause komme.«

Ich nahm eine Handvoll Sand und ließ ihn durch die Finger rieseln.

»Aber ich möchte gern mehr wissen«, beharrte ich und runzelte die Stirn.

César strich mit seinem Finger über meine Stirn, bis er die Falte zwischen meinen Augenbrauen geglättet hatte.

»Komm, Kleines, sei nicht so neugierig«, rügte er mich. »Wenn du dir deswegen Sorgen machst, bekommst du nur Falten und ich muss mir eine andere suchen. Das willst du doch nicht, oder?«

Nichts wäre mir lieber gewesen, als dass mein gieriger, schleimiger Ehemann mich in Ruhe gelassen hätte, doch aus Vorsicht schluckte ich meinen Stolz herunter und schüttelte stumm den Kopf.

»So gefällt es mir. Wenn der Mund geschlossen ist, fliegen auch keine Insekten hinein.« César stand auf, um das Thema endgültig zu beenden. »Wir sollten wieder ins Zimmer zurückgehen bei dieser verdammten Hitze!«

Von da an wurden alle meine Fragen zu seinen Geschäften ignoriert oder mit einem wütenden Brummen quittiert.

Erst Jahre später bot sich mir die Gelegenheit, etwas mehr darüber herauszufinden, was César eigtnlich machte. Es war an Silvester, mein Mann hatte eine Riesenportion Schweinebraten gegessen und zu viel Wein getrunken. Es war in den frühen Morgenstunden, wir lagen im Bett und hatten gerade miteinander geschlafen. César war so betrunken, dass er redete wie ein Wasserfall, und ich beschloss, die Gelegenheit zu nutzen.

»Ich möchte nur eines wissen: Hast du schon mal jemanden umgebracht?«, fragte ich mit plötzlichem Mut.

César brach in ein Gelächter aus, das mir das Blut in den Adern gefrieren ließ. Er wollte sich eine Zigarre aus dem Cabinet nehmen, war jedoch so betrunken, dass es ihm erst beim vierten Versuch gelang. Er zündete sie an und nahm einen tiefen Zug.

»Du immer mit deinen Fragen, du neugieriges Kätzchen! Überall musst du deine kleine Nase reinstecken!«, sagte er und paffte weiter. Seine Zigarre war ein leuchtender Punkt in der Dunkelheit des Schlafzimmers.

»Es gibt viele Arten, jemanden umzubringen«, meinte er schließlich. »Du kannst es mit einer Pistole tun. Oder mit einem Messer. Oder mit einem Seil. Du kannst es auch mit den bloßen Händen tun. Natürlich nur am Anfang.«

»Am Anfang?«

»Wenn du noch kein Geld hast, in einem miesen Dorf lebst und zu allem bereit bist, um den Platz in der Welt zu erlangen, der dir zusteht. Wenn du erst mal Geld hast, musst du selbst niemanden mehr umbringen. Dann kannst du irgendeinen armen Schlucker dafür bezahlen, damit er es für dich macht.«

»Ist es das, was du tust?«, fragte ich leise.

»Nein, ich nicht.«

César rückte näher an mich heran. Er machte mir Angst, doch ich wollte mich von ihm nicht einschüchtern lassen. Sein Atem, der nach Wein und Zigarrentabak roch, streifte mein Ohr. Mein Mann hatte das schöne Gesicht eines Filmstars, doch innerlich war er eine hässliche Kreatur.

»Ich töte noch immer mit meinen eigenen Händen«, murmelte er mit einer Stimme, der die perverse Freude anzuhören war. »Man darf nicht aus der Übung kommen. Wenn du es dir zu bequem machst, gibt es immer irgendeinen hungrigen Vogel, der dir die Krone stiehlt.«

Wenige Minuten später war er eingeschlafen. Am nächsten Morgen hatte er heftige Kopfschmerzen und konnte sich nicht mehr an unser Gespräch erinnern. Ich jedoch vergaß es nie. Und jedes Mal, wenn er mir über die Haut strich oder – noch schlimmer – wenn er Daniela in die Arme nahm, quälte mich die Vorstellung von den furchtbaren Dingen, die diese Hände, die nun mit meiner geliebten Kleinen spielten, getan hatten.

Das war der einzige Moment, in dem ich César überrumpeln konnte. Und es war der letzte. Von da an war aus meinem Mann nichts mehr herauszukriegen; er erzählte mir nie wieder etwas von dem, was er tat.

Dennoch forschte ich weiter nach. Ich versuchte mit Marita zu reden und auf diese Weise etwas herauszubekommen, doch die Beziehung zu meiner Schwägerin war schwierig. Ich wusste, dass César Marita unter dem Vorwand, dass sie in der Hauptstadt bessere Möglichkeiten hatte, eine gute Partie zu machen, aus ihrem Dorf auf dem Land nach Havanna geholt hatte. Dabei war dieser Vorschlag alles andere als die selbstlose

Geste des älteren Bruders gewesen. César ging es lediglich darum, jemanden zu haben, der mich überwachte, und seine Schwester, die im selben Alter war wie ich, war die ideale Begleiterin. Sie folgte mir auf Schritt und Tritt und wich nicht von meiner Seite, wenn ich das Haus verließ. Und selbstverständlich erstattete sie ihrem Bruder jeden Tag Bericht. Dafür, dass sie zu meinem Schatten wurde, zahlte mein Mann alle ihre Ausgaben und erfüllte ihr jeden Wunsch.

Marita ihrerseits konnte ihr Glück kaum fassen. Aus dem bescheidenen Umfeld in dem kleinen Dorf war sie zu einem Leben mit allen Bequemlichkeiten gelangt, und das für den geringen Preis, mein Kindermädchen zu sein. Ohne auch nur einen Moment zu zögern, ging sie auf den Handel ein. Und so wurde aus der ungebildeten Landpomeranze eine vornehme Dame, die alle anderen von oben herab behandelte, damit niemand merkte, dass sie nicht mehr als ihren Namen buchstabieren konnte.

Gott weiß, dass ich immer versucht habe, nett zu ihr zu sein. Doch Marita war César zu ähnlich, als dass wir Freundinnen hätten werden können. Meine Schwägerin war eine Egoistin und eine Schmarotzerin, sie konnte ein Biest sein, aber was ich ihr am wenigsten verzeihen konnte, war, dass sie sich niemals in meine Lage hineinversetzte. Niemals hatte sie die Tatsache hinterfragt, dass ihr Bruder ein blutjunges Mädchen zu seiner Frau gemacht hatte, einfach weil er es konnte. Durch Marita lernte ich, dass Frauen, die das üble Verhalten der Männer schweigend hinnehmen, nicht besser sind als diese.

Nur ein einziges Mal erlebte ich, dass sie sich ihrem Bruder widersetzte. Damals war sie siebzehn Jahre alt, und es ging um eine Jugendliebe. Das Ganze ereignete sich, kurz nachdem Marita in die Stadt gekommen war und César sie im Gästeflügel unserer Villa untergebracht hatte. Schon damals war Marita eingebildet wie eine Prinzessin und behauptete immer, dass es keinen Mann gebe, der sie in den Griff kriegen könne. Nun, in den Griff kriegen vielleicht nicht, allerdings wohnte im Nachbarhaus ein junger Mann, der sie stets zum Lachen brachte. Sein Name war Rubén Collins, und seine Eltern waren Amerikaner, die nach Kuba gekommen waren, um Kaugummi zu importieren. Sie waren sich sicher, dass in dieser nach Pfefferminz schmeckenden Süßigkeit, die so gummiartig war wie die Früchte des grünen Sternapfelbaums, die Zukunft lag.

Marita und Rubén verabredeten sich jeden Abend in unserem Garten an der halbhohen Mauer, die ihn umgab – und eines Tages überraschte ich sie, als sie sich einen Kuss gaben. Durch ein paar Küsse mehr ermutigt, kam Rubén eines Tages in unser Haus, um César um Erlaubnis zu bitten, seine Schwester besuchen zu dürfen. Doch dieser verweigerte ihm nicht nur sein Einverständnis, er warf den jungen Mann hochkantig raus und bedrohte seine Familie, sodass diese schließlich aus unserem Viertel wegzog und ihren Sohn zum Studium in die Staaten schickte.

»Hör mir gut zu, kleine Schwester«, sagte César, nachdem die Familie Collins Miramar notgedrungen verlassen hatte, »wenn du noch einmal zulässt, dass so ein Straßenjunge um dich herumschleicht, dann ist Schluss mit dem schönen Leben und ich befördere dich mit einem Tritt in den Hintern zurück aufs Land!«

»Rubén ist kein Straßenjunge«, verteidigte Marita ihren jungen Freund. »Er wird irgendwann das Unternehmen seines Vaters erben.«

»Er ist ein armer Schlucker, ein Habenichts!«, brüllte César. »Und eine Hochzeit mit einem solchen Hungerleider kommt nicht infrage. Wenn es so weit ist, werde ich dir einen Ehemann mit einem vernünftigen *business* suchen, einen, der eine Kaffee- oder Tabakplantage besitzt und nicht sein Geld mit so einer Schweinerei wie diesem Kaugummizeug verdient.«

»Aber ich liebe ihn.«

»Du tust, was ich dir sage, blöde Gans! Was weißt du schon? Du bist doch nur ein dummes Mädchen.«

Vor lauter Liebeskummer sagte Marita in diesem Moment das Dämlichste, was ihr in den Schädel kam:

»Gloria war ja auch noch ein Kind, als sie dich geheiratet hat.«

Was weiter geschah, konnte ich nicht mehr sehen, denn César sprang auf, packte seine Schwester am Arm und zog sie mit sich fort, in einen anderen Flügel unseres Hauses. Am nächsten Morgen erschien Marita mit einem blauen Auge am Frühstückstisch, und offensichtlich war ihr die Lust vergangen, weiter über das Thema zu diskutieren.

Eines Abends hörte ich sie im Garten weinen, ganz in der Nähe von der Mauer, wo sie sich immer mit Rubén getroffen hatte. Ich ging zu ihr und nahm sie schweigend in die Arme, um sie zu trösten. Doch nachdem wir einen Moment so verharrt hatten, machte sie sich brüsk von mir los.

»Wenn du César erzählst, dass du mich hast weinen sehen, kannst du was erleben!«, sagte sie, während sie sich mit dem Ärmel ihres Kleides die Tränen abwischte.

»César ist ein Teufel.«

»Red nicht so einen Blödsinn. Du bist ja verrückt!«

»Er ist ein Monster und ein Mörder.«

»Wie kommst du denn darauf?«

»Weißt du eigentlich, wohin er jeden Abend verschwindet? Um welche Geschäfte es geht, dort im Calypso? Glaubst du wirklich, wir würden in einem solchen Palast leben und hätten so viel Geld, wenn er ein ehrlicher Mensch wäre?«

Ich sah in Maritas Gesicht, dass ich recht hatte. Sie wusste es. Tief in ihrem Inneren wusste sie, dass ihr Bruder ein Gangster war, der notfalls über Leichen ging. Doch dieses Eingeständnis hätte ihr angenehmes Leben gefährdet, und so wählte sie den feigen Weg, sich selbst zu verleugnen und über alles hinwegzuschauen. Was das Auge nicht sieht, beschwert das Herz nicht.

»Davon weiß ich nichts und will ich auch nichts wissen. César liebt uns, und das ist die Wahrheit …«

»Genau«, entgegnete ich sarkastisch. »César liebt uns so sehr, dass er mir meine Familie genommen und dich von Rubén getrennt hat.«

Als Marita Rubéns Namen hörte, stiegen ihr erneut die Tränen in die Augen, doch sie fing sich gleich wieder.

»Rubén war nicht gut genug für mich. Ich habe etwas Besseres verdient und werde das irgendwann auch bekommen. Und du solltest Gott für das danken, was du hast, anstatt hinter Césars Rücken irgendeinen Quatsch zu erzählen«, fuhr sie mich an, bevor sie ins Haus zurückging.

Ohne die Unterstützung meiner Schwägerin blieb mir keine andere Wahl, als selbst etwas über die Machenschaften meines Mannes herauszufinden. Ich lauschte heimlich an der Tür, wenn er sich im Morgengrauen mit seinen Geschäftspartnern im Salon unseres Hauses traf oder seinen Männern Befehle erteilte. Doch César achtete sehr darauf, im Haus keine wichtigen Themen anzusprechen, und das Einzige, was ich erfahren konnte, war der Klatsch, den mir eine unserer Hausangestellten erzählte.

Mirta war anders als die anderen Dienstmädchen und das nicht nur, weil sie die älteste von allen war. César achtete streng auf sein Privatleben und stellte nur äußerst diskrete Frauen ein, die schweigend ihre Arbeit taten. Für meinen Mann war der größte Vorzug, den ein Dienstmädchen – sowie jede andere Frau – haben konnte, wenn es den Mund hielt und widerstandslos gehorchte.

Doch Mirta war anders. Sie sang vor sich hin, während sie ihre Aufgaben erledigte, etwas, was César hasste.

Und sie war auch keine Frau, die gern unbeachtet blieb. Sie war eine fröhliche Mulattin, die von Geburt an eine Pigmentstörung im Gesicht hatte, die ihre Wange und einen Teil ihrer Stirn bedeckte. Einen rosafarbenen Flecken in Form eines Stiefels, der auf ihrer dunklen Haut besonders auffällig war. Zum Scherz behauptete sie gern, dass ihre Mutter dafür verantwortlich gewesen wäre.

»Meine Mutter, möge sie in Frieden ruhen, war verrückt nach Italien. Es war ihr großer Traum, eines Tages nach Venedig zu reisen, und als sie mit mir schwanger war, hat sie ständig Spaghetti und Polenta gegessen. Kein Wunder, dass ich mit dem italienischen Stiefel in meinem hübschen Gesicht geboren wurde …«, erklärte sie mir lachend.

Ich mochte Mirta, und der helle Fleck in ihrem Gesicht störte mich nicht, doch César bestand darauf, dass sie sich möglichst nur in der Küche aufhielt, damit kein Gast sie zu Gesicht bekam. Dass er sie nicht einfach entließ, hatte zwei Gründe. Zum einen war Mirta bei der Hausarbeit nicht zu übertreffen. Sie machte die Betten und wusch die Wäsche in atemberaubender Geschwindigkeit und hatte die Kraft von zwei Maultieren. Und zum anderen war ihr *rabo encendido* – ihr geschmorter Ochsenschwanz mit Reis – unvergleichlich und genau so gewürzt, wie mein Mann es liebte. Es war also Mirtas Händchen für die richtige Schärfe beim Essen, was ihr die Arbeitsstelle rettete.

Dabei beruhte die Antipathie zwischen César und Mirta auf Gegenseitigkeit, auch wenn das Dienstmädchen ihrem Chef einen gewissen Respekt entgegenbringen musste. Ihre Ablehnung, die sie mehr schlecht als recht verbarg, weitete sich auch auf Marita aus, die sich gar nicht erst bemühte, ihren Ekel zu verbergen, wenn Mirta mit der fleckigen Haut an ihr vorüberging.

Mir gegenüber jedoch brauchte Mirta sich nicht zu verstellen, denn ich liebte sie so, wie sie war. Sie schloss mich ins Herz und wurde im Haus zu meiner Komplizin. Und sie war es auch, die mir von den Gerüchten erzählte, die in der Stadt über César kursierten.

»Es heißt, im Club Ihres Mannes werden Opium und Kokain verkauft …«

»Man sagt, dass Ihr Mann sich damit brüstet, in seinem Club Prostituierte zu beschäftigen, und dass alle Tänzerinnen für Geld zu haben sind …«

»Ich habe gehört, dass er mit seinen Casinos so viel Geld verdient, dass er es in Goldbarren umtauscht, die er in Särgen auf dem Friedhof verscharrt …«

»Er soll einen Mann getötet haben, weil der ihn im Domino geschlagen hat …«

»Und einen anderen soll er umgebracht haben, weil er ungünstig geparkt hat …«

»Angeblich hat er einen Kellner auf dem Gewissen, weil der ihm einen schlecht gemixten Canchánchara gebracht hat …«

»Es heißt, dass jeden Montagmittag einer von Césars Kassierern an einer Seitentür des Präsidentenpalasts Koffer mit Millionen von Dollar übergibt …«

Es heißt, es heißt, es heißt … Jeder in Havanna schien mehr über meinen Mann zu wissen als ich. Allerdings war es dummerweise äußerst schwierig zwischen dem, was stimmte, und dem, was erfunden war, zu unterscheiden.

Meine Frustration, niemals wirklich etwas zu erfahren, führte schließlich dazu, dass mein Wissensdurst nachließ und mit Danielas Geburt vollständig verschwand. Ich fand mich damit ab, dass mein Mann undurchsichtige Geschäfte tätigte, und versuchte nicht daran zu denken, was er tat, wenn er das Haus verließ. Es reichte mir, wenn er möglichst weit weg von mir und meiner Tochter war. Wie die meisten Frauen solch übler Kerle wählte ich die feige, aber wirksame Methode, einfach wegzusehen, um mich zu schützen.

Bis wegen eines Kleides alles zum Teufel ging.

Als César auf diesen armen Jungen losging, der mir im Kaufhaus sein kindisches Kompliment gemacht hatte, und ihn brutal zusammenschlug, war ich derart schockiert, dass ich nicht wusste, wie ich reagieren sollte. Patricio hatte an diesem Tag frei – glücklicherweise, denn ich schämte mich zutiefst für das, was im El Encanto passiert war, und war erschüttert. Das Schlimmste war, dass, nachdem mein Mann dem Jungen den Schädel eingetreten hatte, alles so weiterging, als wäre nichts geschehen. Der Junge wurde abtransportiert, und César, Marita und ich setzten unsere Anproben im *salón francés* fort. Und als mein neues Kleid fertig war, kehrten wir nach Hause zurück und aßen Rinderbraten mit Maniokpüree, als wäre es ein Tag wie jeder andere.

Die Polizei kam weder, um César zu verhaften, noch um ihn zu verhören. Die Tage gingen einfach weiter und schienen so normal, dass ich mich fragte, ob ich diese entsetzliche Szene vielleicht nur geträumt hatte.

Ich dachte erst wieder an den Vorfall, als das Fest in der Kunstgalerie stattfand. In der Einladung stand, dass es um Malerei gehe, doch alle wussten, dass die Kunst nur ein Vorwand war, um hemmungslos zu essen und zu trinken, zu plaudern und sich zu zeigen. María Luisa Gómez Mena, Baronin von Revilla de Camargo hatte die gesamte kubanische Aristokratie eingeladen, und für meinen Mann, der immer nach neuen Kontakten für seine Geschäfte suchte, war dieser Abend so verlockend wie ein Honigtopf für eine Wespe.

Als wir auf der Feier eintrafen, hatte diese gerade ihren Höhepunkt erreicht. Die Gastgeberin hatte zur Unterhaltung Benny Moré engagiert – den sogenannten »Barbar des Rhythmus« –, und als wir hereinkamen, sang der berühmte Künstler gerade hingebungsvoll den Refrain von *Desgraciado*.

Qué triste es vivir así,
en un constante sufrir,
mi vida es un crucigrama,
nos sé cómo resolverlo …

Wie traurig ist ein solches Leben,
in ständigem Leid,
mein Leben ist ein Rätsel,
das ich nicht zu lösen weiß …

Kellner im Smoking durchquerten mit Silbertabletts voller Champagnergläser den Saal, und das Buffet quoll über von erlesenen Speisen, die herzhaften Gerichte links und die Desserts auf der rechten Seite des Raums. Die weiblichen Gäste trugen so viel Schmuck, dass dieser im Licht des prachtvollen Kronleuchters, der an der Decke hing, glitzerte wie tausend Sterne.

Auch ich selbst war entsprechend herausgeputzt. Ich trug das rote Kleid, das der Designer Manet für mich entworfen hatte, und leuchtete wie eine Pfingstrose. Ich hatte meine tropfenförmigen Diamantohrringe angelegt und ein dazu passendes Kropfband mit Brillanten. Auch Marita war sehr hübsch in ihrem aquamarinblauen Kleid und den kostbaren Jadespangen in ihrem schwarzen Haar.

César ging zu den anderen Herren hinüber und ließ Marita und mich bei den Damen zurück, mit denen wir plaudern sollten. Ich nahm mir ein paar *buñuelos* vom Buffet und setzte mich mit meinem Gebäck an einen Tisch, um mich mit der Gastgeberin zu unterhalten. Als ich die Beine übereinanderschlug, entdeckte ich mit einem Mal einen erbsengroßen Blutfleck auf meinem Kleid. Er musste noch von dem Zwischenfall im Kaufhaus stammen, als César dem Laufburschen gegen den Kopf getreten hatte und das Blut hochgespritzt war.

Wegen der roten Farbe des Kleides war niemandem etwas aufgefallen. Doch dieser winzige Fleck traf mich mehr, als ich sagen kann. Mit einem Mal hatte ich die ganze furchtbare Situation wieder vor Augen, und auch wenn ich mir wünschte, dass ich mir das alles nur eingebildet hätte, so war es doch wirklich geschehen. Der winzige Fleck traf mich wie ein Fausthieb in den Magen, und ich war für den

Rest des Abends dermaßen verstört und geistesabwesend, dass Marita mich mehrfach fragte, ob mir die *buñuelos* nicht bekommen wären. Wenn ich an der Seite eines Mörders lebte, was sagte das dann über mich aus? Wahrscheinlich wäre ich die einzige Person gewesen, die den armen Jungen hätte retten können, doch ich war stumm geblieben und hatte nicht eingegriffen.

Es war eine schreckliche Nacht, in der mein Schuldgefühl und meine Machtlosigkeit mich quälten. Und am nächsten Tag beschloss ich, dass ich etwas unternehmen musste. Ich nutzte die Zeit der Siesta, um mich aus dem Haus zu stehlen. César war nicht da, und Marita hatte sich nach dem Mittagessen hingelegt. Mit Mirtas Unterstützung, der es nichts ausmachte zu lügen, um mir den Rücken zu decken, kletterte ich aus dem Fenster, suchte nach dem Fahrer und machte mich auf den Weg zu dem Krankenhaus, in das der arme Junge eingeliefert worden war, um mich nach seinem Zustand zu erkundigen. Ich fragte die Ärzte und die Krankenschwestern, wo ich ihn finden könnte, doch niemand wollte es mir sagen. Alle antworteten mir, dass sie die Ruhe des Kranken nicht stören könnten, doch es war klar, dass sie aus Angst schwiegen. Schließlich gelang es mir mit einem Bündel Geldscheine, eine Krankenschwester zum Reden zu bringen. Und sie erzählte mir dann, was wirlich geschehen war.

»Der arme Kerl, der zusammengeschlagen wurde? Der hat wenige Stunden nach der Einlieferung das Zeitliche gesegnet. Da war nichts mehr zu machen. Seine sterblichen Überreste wurden der Familie übergeben.«

Als ich das hörte, musste ich mich erst einmal hinsetzen. Mir war ganz schlecht. Mit ein paar weiteren Pesos Bestechungsgeld gelang es mir, an seine Akte zu gelangen. Der unglückselige Junge, der sein unbedarftes Kompliment mit dem Leben bezahlt hatte, hieß León, und neben seinem Namen war auch die Adresse seiner Mutter in Curtidos verzeichnet, die ich mir auf einem Stück Papier notierte.

Als ich nach Hause zurückkam, lastete die Schuld so schwer auf mir, dass mir speiübel war. Ein Mensch war gestorben, ohne dass ich etwas getan hatte, um es zu verhindern. Auch wenn ich nichts dafür konnte, dass mein Mann so ein brutaler Mistkerl war, fühlte ich mich für den Tod des Jungen mit verantwortlich.

Ich öffnete eine Schublade meines Schminktischs und nahm ein goldenes Armband mit einem Smaragd heraus. César hatte es mir zu meinem fünfzehnten Geburtstag geschenkt und wegen der Größe und des Gewichts des Edelsteins war es ein Vermögen wert. Ich steckte das Armband in einen Umschlag und schickte es, ohne einen Absender anzugeben, an Leóns Mutter. Dem Schmuckstück fügte ich eine kurze Notiz bei: *Mein aufrichtiges Beileid. Nichts kann Ihnen Ihren Sohn zurückgeben, aber ich hoffe, dass dies Ihnen helfen wird, wenigstens keine finanzielle Not zu leiden.* Anschließend gab ich Mirta den Umschlag, damit sie den Brief unauffällig von irgendeinem Postamt aus abschickte.

Später hängte ich das rote Kleid über die Schneiderpuppe in meinem Ankleidezimmer. Es sollte mich stets daran erinnern, dass mein Mann ein gefährliches Monster war. Und dass ich etwas ändern musste. Ich musste aus diesem goldenen Käfig entfliehen, um meinetwillen und meiner Tochter zuliebe.

16

Patricio

Im El Encanto rühmten wir uns, dass wir unseren Kunden mit Geschenk-Gutscheinen, Kreditkarten und anderen Vorzügen die Einkäufe so komfortabel wie möglich machten. Wobei es ein Zeichen des Fortschritts gab, das unter unseren Stammkunden ganz besonders für Furore sorgte, und das war der Einbau der Rolltreppen. Diese wunderbaren Treppen, die die Leute nach oben und nach unten brachten, ohne dass sie selbst auch nur einen Schritt tun mussten, waren allein schon einen Besuch des Kaufhauses wert. Viele Kubaner, die in die Hauptstadt kamen, betraten das Encanto nur, um einmal die Rolltreppe zu benutzen, die eine echte Attraktion war.

Jenes geniale mechanische Wunderwerk hatte Geländer aus Holz und Stufen aus Metall, die, während sie sich bewegten, hin und wieder ein wenig ruckelten oder quietschten, was das Ganze für Kinder und Erwachsene nur noch aufregender machte. Die Treppe wurde bei demselben Hersteller in Auftrag gegeben, der auch die Rolltreppen bei Macy's in New York eingebaut hatte, und ihre Einfuhr nach Kuba wurde von der ganzen Stadt mit Spannung verfolgt. Es gab sogar Werbeanzeigen in den Zeitungen mit dem Slogan *Im El Encanto werden Ihre Beine von der Rolltreppe in die Ferien geschickt*.

Es gab nur eine Person auf ganz Kuba, die sich nicht über diese sensationelle Erfindung freute: Nely.

»Wenn alle Leute jetzt diese blöden Rolltreppen benutzen, wer fährt dann noch mit meinem Aufzug?«, sagte sie und zog einen Flunsch.

Ich tröstete sie mit einem Kuss auf die Wange, während ich mir angesichts ihres Schmollgesichts das Lachen verbeißen musste.

»Es ist neu und deswegen interessant, Nely. Deswegen wird es trotzdem weiterhin Aufzüge geben.«

»Und wenn nicht? Wenn sie mich nun entlassen?«

»Die Leute werden auch in Zukunft mit dem Aufzug fahren, allein um dein hübsches Gesicht zu sehen.«

»Du auch?«

»Natürlich.«

»Dann bin ich beruhigt«, entgegnete sie so liebevoll wie immer.

Den Tag, an dem die neuen Rolltreppen zum ersten Mal in Gang gesetzt wurden, werde ich wohl nie vergessen. Kinder und Erwachsene standen Schlange, um immer wieder damit zu fahren, und es herrschte eine Feststimmung, als ob ein Zirkus in die Stadt gekommen wäre.

Doch die freudige Erregung, die das ganze Kaufhaus erfüllte, war auf einen Schlag verflogen, als César das Encanto betrat. Er schien furchtbar aufgebracht und zog Gloria wütend am Handgelenk hinter sich her. Ich hatte solche Angst um sie, dass ich den beiden unauffällig folgte.

César stürmte in die Schmuckabteilung und stieß seine Frau gegen den Verkaufstresen mit der Auslage. Die arme Gloria hatte vom Weinen gerötete Augen und unterdrückte ein Stöhnen, als sie gegen das Holz des Tresens prallte.

Die Schmuckabteilung war nicht besonders groß und lag ein wenig versteckt in einem kleinen Salon, um ihre Exklusivität zu betonen. Die Vitrinen hatten hier dickere Glaswände als die in den anderen Abteilungen und waren durch ein zusätzliches Schloss gesichert. Die wertvollen Schmuckstücke ruhten dahinter auf kleinen Samtpodesten und sahen so verführerisch aus wie exotische Früchte.

Der zuständige Verkäufer – Don Diego, ein Herr mit grau melierten Schläfen und dem Auftreten eines freundlichen Großvaters – näherte sich mit zitternden Knien, um den sichtbar erzürnten César zu bedienen. Ich schnappte mir einen Besen und tat so, als würde ich kehren, um dem Gespräch lauschen zu können.

»Guten Tag, kann ich Ihnen behilflich sein?«, fragte Don Diego atemlos vor Angst.

»Ja«, knurrte César, »wir möchten ein Armband mit einem Smaragd.«

»Ich brauche kein Armband«, murmelte Gloria.

César hieb derart heftig mit der Faust auf den Verkaufstresen, dass Gloria, der Verkäufer und sogar ich, der ich mich in einigen Metern Entfernung befand, vor Schreck zusammenzuckten.

»Und ob du es brauchst!«, brüllte César. »Und weißt du, warum? Damit du lernst, in Zukunft vorsichtiger zu sein.«

Der Verkäufer sah sich fieberhaft unter den ausgestellten Schmuckstücken um und wurde blass.

»Ich fürchte, wir haben gerade keine Smaragdarmbänder«, erklärte er dann.

César warf ihm einen derart wütenden Blick zu, dass Don Diego kurz vor einer Ohnmacht stand.

»Und was, zum Teufel, haben Sie mit Smaragden?«

»Ket… Ketten.«

»Dann geben Sie mir eine.«

Der Verkäufer öffnete rasch eine Schublade und nahm ein Kästchen aus violettem Samt heraus. Darin lag eine exklusive Goldkette mit einem Smaragdanhänger in der Größe einer Haselnuss. Ein Schmuckstück von dieser Güte kostete mehr als ein Auto oder ein Haus. Ohne nach dem Preis zu fragen, riss César die Kette aus dem Futteral und warf das Kästchen achtlos in den Papierkorb, so wie ein Kind ein Bonbonpapier entsorgt. Dann packte er Gloria und legte ihr die Kette um, als zwänge er einem wehrlosen Hund ein Halsband auf. Angwidert zog ich die Mundwinkel nach unten und holte tief Luft.

César holte mehrere Geldbündel aus seinem Jackett und knallte sie dem verblüfften Verkäufer vor die Nase.

»Wenn das nicht reicht, hab ich noch mehr.«

»Das ist m-mehr als ge-genug, Señor Valdés«, stotterte Don Diego, während er das Geld nahm.

Diese Bündel enthielten mehr Geld, als ein ehrlicher Arbeiter in seinem ganzen Leben verdienen konnte. Nachdem die Bezahlung erledigt war, wandte César sich wieder Gloria zu.

»Darf ich dich daran erinnern, dass ich dir das Armband, das du verloren hast, zum fünfzehnten Geburtstag geschenkt habe!«

»Ich habe es ja nicht absichtlich verloren.«

»Das ist keine Entschuldigung! Du kannst nicht einfach so meine Geschenke verlieren!« César schäumte vor Wut. »Und dabei geht es mir nicht ums Geld! Das Geld interessiert mich einen Scheiß!«

Zum Beweis zog er ein weiteres Geldbündel hervor und schleuderte es dem kurz vor einem Infarkt stehenden Verkäufer ins Gesicht.

»Was mich auf die Palme bringt, ist, dass du nicht auf meine Geschenke achtgibst! Denn das ist *respektlos*, verstanden?« Gloria nickte und senkte ergeben den Blick. »Gefällt dir die neue Kette?«, fuhr César unbeirrt fort.

»Sie ist sehr schön, danke«, sagte Gloria, um ihn zu beruhigen.

»Es freut mich, dass sie dir gefällt. Denn diese Kette ist ein Geschenk deines *Ehemanns*, und deshalb wirst du darauf achten, bis du damit beerdigt wirst. Und wehe, du verlierst sie! Wenn das passiert, liegst du schneller im Grab, als du glaubst!«

Während César seine Frau anschrie, schüttelte er drohend die Faust vor ihrem Gesicht. Ich spürte, wie sich alle Muskeln meines Körpers anspannten. Wenn er Gloria auch nur ein Haar gekrümmt hätte, hätte ich mich auf ihn gestürzt, ohne an die Folgen zu denken. Doch das geschickte Eingreifen des Chauffeurs verhinderte eine weitere Eskalation.

»Entschuldigen Sie, Señor.« Der Chauffeur kam zu der Vitrine geeilt und machte ein Zeichen. »Ich will nicht stören, aber die Zeit drängt. Darf ich Sie daran erinnern, dass Sie im Casino erwartet werden?«

Gloria schluchzte, und César senkte, wieder ruhiger, die Faust.

»Ich muss gehen. Warte heute Abend nicht auf mich, es wird spät.«

Als César die Abteilung verließ, schlug Gloria erleichtert und voller Verzweiflung die Hände vors Gesicht. Don Diego sah sie mitleidig an.

»Geht es Ihnen gut, Señora Valdés?«

Gloria schüttelte den Kopf, ohne ein Wort herauszubringen. Man musste sie nur anschauen, um zu wissen, dass sie einen Kloß im Hals hatte und sobald sie den Mund öffnete, in Tränen ausbrechen würde. Um ihr die Unannehmlichkeit zu ersparen, in der Öffentlichkeit zu weinen, ging ich zu ihr und bot ihr meine Hand.

»Ganz ruhig, komm mit«, flüsterte ich.

Es waren die gleichen Worte wie bei unserer ersten Begegnung. Nur mit vertauschten Rollen. Denn diesmal war ich es, der sie beschützen und den angerichteten Schaden reparieren musste.

Der kleine Wartungsraum, der uns damals Zuflucht geboten hatte, war inzwischen ein häufig aufgesuchter Lagerraum für Büromaterial, sodass ich einen anderen Platz finden musste, an dem Gloria ungestört weinen konnte.

Und da kam mir eine Idee. Da alle Welt an diesem Tag so fasziniert von den Rolltreppen war – einschließlich der Aufzugführerinnen –, standen die Aufzüge leer. Ich führte Gloria zu dem Aufzug auf der linken Seite. Nely hatte gerade Pause und war nicht da. Im Aufzug drückte ich den Knopf zum obersten Stockwerk, um dann, zwischen dem dritten und dem vierten Stock, den Halteknopf zu betätigen. Mit einem Knirschen stand der Aufzug zwischen den beiden Etagen still. Für derartige Fälle gab es einen Alarmknopf, doch ich hütete mich, ihn zu drücken.

Ich wandte mich Gloria zu und zuckte mit den Schultern.

»Das wär's. Hier sind wir vollkommen ungestört.«

Gloria schluchzte auf, dann brachen alle Dämme, und sie begann zu weinen wie ein Kind. Ich zog sie in die Arme und sie klammerte sich an mich, und mein Hemd wurde nass von ihren Tränen. Ich hielt sie fest, senkte mein Gesicht in ihr Haar und sog den Duft ihres Shampoos ein. Ihr Herz pochte in einem rasenden Rhythmus gegen meine Brust, panisch wie ein Spatz in der Falle.

Gloria weinte und weinte, bis sie keine Kraft mehr hatte und erschöpft auf den Boden des Aufzugs sank. Ohne ihre Hand loszulassen, setzte ich mich neben sie und gab ihr ein Taschentuch, damit sie sich die Nase putzen konnte. Der Smaragdanhänger glänzte mit einem grünlichen Strahlen unheilvoll auf ihrer Brust. Verwirrt von dem Anblick ihres Dekolletés, wandte ich den Blick ab.

»Geht es dir besser?«, fragte ich.

»Ein wenig. Danke.«

»Dein Mann sollte dich nicht zum Weinen bringen«, sagte ich mit fester Stimme. »Im Gegenteil, er sollte alles tun, um dir ein Lächeln zu entlocken.«

»Es ist nicht das erste Mal, dass er mich zum Weinen bringt. Und es wird wohl niemals aufhören.« Sie weinte schon wieder.

»Er hat einen so besonderen Menschen wie dich gar nicht verdient«, fügte ich zornig hinzu, womit ich eindeutig zu weit ging, doch ich konnte mich nicht zurückhalten.

»Ich habe César nicht aus freien Stücken geheiratet«, erklärte sie leise und senkte den Kopf, während die Tränen ihr unaufhörlich über die Wangen rollten.

Es schien ihr unangenehm zu sein, über ihren Mann zu sprechen, und so drang ich nicht weiter in sie. Glorias Stimme klang so resigniert wie die einer alten Frau, nicht wie die Stimme eines Mädchens von zwanzig Jahren. Es zerriss mir das Herz zu sehen, wie ein so junger Mensch derart am Leben verzweifeln konnte. Um sie aufzuheitern, wechselte ich das Thema und machte das, was ich am besten konnte: den Clown spielen.

»In meinem Dorf gibt es eine unfehlbare Art, dafür zu sorgen, dass jemand zu weinen aufhört.«

»Ich denke, der Trick wird bei mir nicht funktionieren«, meinte Gloria. »Meine Tränen sind unerschöpflich. Ich bin eine Quelle, die niemals versiegt.«

»Du musst den Kopf einfach nach hinten legen und nach oben schauen, damit die Tränen in den Augen bleiben.«

»Sie werden trotzdem herausfließen.«

»Nein, werden sie nicht, du wirst sehen. Schau nach oben.«

Gloria gehorchte und legte den Kopf zurück. Frech nutzte ich die Gelegenheit, um ihr einen Kuss auf den Hals zu drücken. Sie war so überrascht, dass sie sofort aufhörte zu weinen.

»Du Lümmel!«, schimpfte sie, ohne wirklich verärgert zu sein.

Wir beide begannen zu lachen, und ich freute mich einfach nur, dass sie nicht mehr so traurig war. Doch der Moment dauerte nicht lange, denn nur wenige Sekunden später verdüsterte sich ihr Gesicht erneut.

»Tu das nie wieder. Mein Mann hat schon für weniger Menschen umgebracht«, sagte sie mit schwerem Herzen.

»Dafür nehme ich den Tod gern in Kauf.«

Gloria lächelte und sah auf mein nasses Hemd, an dem Spuren von Wimperntusche zu sehen waren.

»Ich habe dein Hemd ruiniert, entschuldige.«

»Macht nichts. Das sind die Tränen eines Engels.«

Da runzelte Gloria die Stirn und legte einen Finger an ihre Lippen.

»Was ist das? Ich höre Schritte auf dem Dach …«

Überrascht sah ich nach oben, und Gloria nutzte den Moment, um mich leicht in meinen ungeschützten Hals zu beißen.

»Unentschieden!«, rief sie zufrieden aus.

Sie richtete ihre braunen Augen auf meine blauen Augen, und wir schauten uns an, als ob unsere Pupillen durch eine unsichtbare Kraft miteinander verbunden wären. Genauso wie bei einem nahenden Gewitter war die Luft in dem Aufzug mit einem Mal elektrisch aufgeladen. Es war der Moment, in dem ein Streichholz aufflammt, um eine Wunderkerze anzuzünden. Oder die Sekunde, in der der Wagen der Achterbahn ganz oben ankommt, bevor er in die Tiefe rast. Ein berauschendes Gefühl von Abenteuer und Gefahr erfasste uns. Wir waren wie zwei Kinder, die die Regeln überschritten, in dem aufregenden Bewusstsein, dass wir zusammen stark waren und, wenn wir wollten, nach den Sternen greifen konnten.

Doch ein Rufen von draußen zerstörte den magischen Moment.

»Hallo? Ist jemand da drin?«

Ich erkannte Nelys Stimme und antwortete.

»Ja. Ich bin's, Patricio. Der Aufzug ist stecken geblieben«, log ich.

»Soll ich den Techniker benachrichtigen?«, fragte sie hilfsbereit.

»Warte einen Moment. Ich versuch es noch mal.«

Mit einem ärgerlichen Seufzen drückte ich den Knopf für die dritte Etage, und der Aufzug setzte sich in Bewegung.

Als sich die Türen öffneten, blickte Nely mir erwartungsvoll entgegen. Ihre Sorge wandelte sich in Überraschung, als sie sah, dass Gloria bei mir war und ein verweintes Gesicht hatte.

»Geht es Ihnen gut, Señora?«, fragte Nely, da das Wohl der Kunden stets über alles ging.

»Ja, ja. Ich habe mich bloß furchtbar erschreckt, als wir dort eingeschlossen waren, und habe angefangen zu weinen, aber es geht mir wieder gut.«

»Möchten Sie, dass ich die Sanitäterin rufe?«

»Das ist sehr nett, aber nicht nötig. Es ist alles bestens.« Gloria riss sich zusammen und verabschiedete sich dann. »Einen schönen Tag noch.«

Schniefend entfernte sie sich, und ich starrte ihr einigermaßen aufgewühlt hinterher.

»Was für ein Pech! Die Frau von César Valdés. Die ist wohl die Letzte, mit der man im Aufzug stecken bleiben will«, meinte Nely, als Gloria verschwunden war.

»Warum?«

»Na, stell dir mal vor, sie wäre ohnmächtig geworden«, meinte Nely, ohne zu ahnen, dass der Aufzug absichtlich angehalten worden war. »Ihr Mann hätte dich gevierteilt. Weißt du nicht mehr, was mit dem armen León passiert ist? Hör auf mich und geh ihr lieber aus dem Weg.«

»Wenn sie zum Einkaufen kommt, werde ich sie wohl bedienen müssen.«

»Lass das jemand anderen machen. Du bist zu nett, um als Boxsack eines finsteren Mafiosos zu enden.«

Es war ein wohlgemeinter und guter Rat, und jeder, der einigermaßen bei Verstand war, hätte ihn befolgt. Doch für mich kam er zu spät, denn Gloria Valdés hatte mich bereits um den Verstand gebracht.

17

Wenn mich im Jahr 1950 jemand gefragt hätte, wer für mich die schönste Frau der Welt sei, hätte ich in jedem Fall Gloria Valdés genannt. Allerdings gab es eine andere Frau, die einen ehrenvollen zweiten Platz belegte: Ava Gardner. Mit ihrem perfekten Gesicht und ihrer Aura einer *femme fatale* hatte die Gardner bereits in mehreren Filmen geglänzt und war dafür bestimmt, die »Königin von Hollywood« zu werden.

Dank der Klatschspalten in den Zeitschriften wusste jeder, dass Ava schon zwei Ehen hinter sich hatte und in dem Ruf stand, eine Herzensbrecherin zu sein. Böse Zungen behaupteten, dass Frank Sinatra – obwohl verheiratet und Familienvater – sich nun um sie bemühte und sie nach Kuba eingeladen hatte. Und natürlich konnte kein Hollywoodstar nach Havanna kommen, ohne eine Runde durch El Encanto zu bummeln. Ava Gardners Besuch wurde unter den Angestellten zum großen Ereignis. Vor allem für uns Männer, warum sollte ich es bestreiten.

Am Tag bevor sie kam, losten die Chefs aus, welcher Angestellte sie durch das Kaufhaus führen und ihre Wünsche erfüllen durfte. Der Gewinner war Don Gato, der zu dieser Gelegenheit zum ersten Mal eine Krawattennadel trug und sich den Schnurrbart zwirbelte.

Die Erwartungen waren hoch, doch die Gardner übertraf sie bei Weitem. Ihr Einzug in unser Kaufhaus war atemberaubend. Sie trug ein Kleid mit einem tropischen Muster aus Früchten und Blumen, das Schultern und Beine frei ließ, einen kleinen dazu passenden Hut und eine riesige Sonnenbrille. Ihr Auftritt war einfach spektakulär! Als sie vorbeischritt, teilte sich die Menge wie einst das Rote Meer für Moses. Die männlichen Kunden warfen ihr bewundernde Blicke zu, und die Kundinnen klammerten sich eifersüchtig an ihre Ehemänner. Man hatte den Eindruck, als liefe ein schwarzer Panter durch die Räume. An der Seite dieser katzenhaften Schönheit schwitzte Don Gato Blut und Wasser und hatte die Kontrolle über seinen unablässig bebenden Schnurrbart verloren. Jedes Mal, wenn Señorita Gardner etwas zu ihm sagte, nickte er, als ob er kurz vor dem Orgasmus oder vor einem Infarkt stünde.

Dann verbreitete sich wie ein Lauffeuer die Nachricht, dass Ava Gardner einen Lippenstift kaufen wollte. Don Gato zeigte ihr Produkte von Max Factor, Cutex, Revlon, Myrurgia und L'Oréal, doch die Diva fand offenbar nicht, was sie suchte. Die Lage wurde prekär. Ava Gardner hatte mehr als ein Dutzend Lippenstifte probiert, und keiner entsprach ihren Wünschen. Als dies der Geschäftsführung zu Ohren kam, ließ Aquilino Entrialgo mich rufen.

»Patricio, wir haben einen Notfall. Señorita Gardner kann unmöglich ohne einen Lippenstift hier rausgehen! Es geht um unseren Ruf!«

Da hatte er wohl recht. Das Encanto rühmte sich damit, selbst den anspruchsvollsten Kunden zufriedenzustellen. Wenn ein Star wie Ava Gardner unser Kaufhaus mit leeren Händen verließ, wäre das eine Katastrophe für unsere Reputation gewesen. Und das konnten wir uns nicht erlauben.

Der Ruf des Hauses hing also von einem Lippenstift ab, und ich war fest entschlossen, diesen Lippenstift zu finden.

So selbstsicher wie möglich ging ich auf Ava Gardner zu.

»Guten Tag, Señorita. Möglicherweise kann ich Ihnen behilflich sein«, begrüßte ich sie auf Englisch.

Ava Gardner nahm ihre Sonnenbrille ab und musterte mich wohlgefällig. Offenbar gefiel ihr mein Aussehen und meine Jugend. Wem diese Einmischung überhaupt nicht passte, war Don Gato, der mir einen bitterbösen Blick zuwarf. Zum Glück war Aquilino Entrialgo an meiner Seite – ansonsten hätte Don Gato mich sicher liebend gern mit einem Tritt in den Hintern nach draußen befördert.

»*Let's see, Blue Eyes*«, sagte Ava und schenkte mir dabei ein Lächeln, das ein hübsches Grübchen auf ihre Wange zauberte. »Ich bin auf der Suche nach einem Lippenstift, aber bisher hat man mir noch keinen gezeigt, der mir gefällt.«

»Das können wir sicher besser. Wozu genau brauchen Sie den Lippenstift denn?«

»Diese Frage verstehe ich nicht.«

»Die meisten Verkäufer fragen die Kundinnen, welche Farbe sie möchten, oder empfehlen ihnen etwas, was zu ihrem Teint oder der Kleidung passt«, erklärte ich. »Ich jedoch frage immer, wozu die Kundin den Lippenstift braucht.«

»Ach ja?«

»Sehen Sie, meiner Erfahrung nach ist beispielsweise ein rosafarbener Lippenstift der beste, um Boleros zu singen oder Orangen zu essen. Rosttöne dagegen eignen sich mehr, um Geheimnisse zu erzählen, oder für Liebeserklärungen. Und ein roter Lippenstift ist perfekt, um im Zirkus den Gewichtheber anzufeuern, auf einem Zirkuspferd sitzend, die Zunge rauszustrecken oder einem Matrosen einen Kuss zuzuwerfen.«

Die Gardner begann zu lachen, als sie meinen Vortrag hörte. Sie sah sich nach meinen Kollegen um. Aquilino Entrialgo lächelte, während Carlos Duarte – Don Gato – mich derart hasserfüllt anblickte, dass ich fast erwartete, Rauch aus seinen Ohren aufsteigen zu sehen.

»Na schön. Ich werde Ihnen erzählen, wozu ich den Lippenstift brauche, junger Mann. Aber nur, wenn Sie versprechen, dass es unter uns bleibt«, flüsterte Ava.

»Selbstverständlich.«

»Ich brauche ihn für einen Kuss«, gestand sie mir. »Es gibt da einen Mann, der mich interessiert, Frank, und unser erster Kuss muss unvergesslich sein.«

Das Erste, was mir durch den Kopf schoss, war, dass dieser Frank wirklich Glück hatte. Bis ich die Fäden verknüpfte: Frank! Frank Sinatra! Ob es um den berühmten Sänger ging? Ihr nächster Satz bestätigte meine Vermutung.

»Wissen Sie, Sie haben fast so schöne blaue Augen wie er.«

»Hat dieser Mann zufälligerweise die schönste Stimme auf der ganzen Welt?«

»Maybe«, entgegnete sie träumerisch.

Mit viel Aufhebens und großartiger Geste öffnete ich die Schublade eines Verkaufstischs und nahm einen Lippenstift von einer intensiven karmesinroten Farbe heraus.

»Für einen ersten Kuss empfehle ich in jedem Fall diesen Lippenstift von Chanel. Das ist *der* Lippenstift für erste Küsse überhaupt.«

Ava schenkte mir ein Lächeln, mit dem sie den Nordpol hätte zum Schmelzen bringen können.

»Meinen Sie wirklich …«

Ich nickte eifrig.

»Wenn dieser … *Frank* … sich nach dem Kuss nicht in Sie verliebt, können Sie den Lippenstift zurückbringen und bekommen Ihr Geld zurück.«

»Das reicht«, entgegnete sie lachend, »ich nehme ihn.«

Auf ausdrücklichen Wunsch Señorita Gardners blieb ich für den Rest des Nachmittags an ihrer Seite. Unser nächstes Ziel war der *salón francés*. Die Schauspielerin war tief beeindruckt, als sie unsere Auswahl an Haute-Couture-Mode sah, die mit den Laufstegen der exklusivsten Pariser Modehäuser durchaus konkurrieren konnte. Selbstverständlich stand Alberto Suárez – unser Manet – höchstpersönlich zur Verfügung, um diese atemberaubende Berühmtheit zu bedienen. Ava verliebte sich sofort in seine Kreationen, und während sie ein halbes Dutzend Abendkleider anprobierte, wartete ich, an eine der Umkleidekabinen gelehnt, in denen an diesem Tag auch noch andere Damen die Haute-Couture-Kleider probierten.

Nach kurzer Zeit hörte ich eine weibliche Stimme aus einer der Kabinen, die mich bat, einzutreten und ihr behilflich zu sein, das Kleid zu schließen. Ich kam der Aufforderung gerne nach, die Stimme kann mir seltsam bekannt vor, und während ich die Tür zur Kabine aufmachte und mich fragte, wer genau da meine Hilfe benötigte, sah ich bereits ihren Rücken. Einen hellen, halb entblößten Rücken, der mit Sommersprossen bedeckt war wie der Himmel mit Sternen. Es war der Rücken von Gloria Valdés, und ich konnte den Blick nicht mehr von dieser Milchstraße auf nackter Haut abwenden.

Ohne dass sie mich bemerkte, trat ich hinter sie und schloss vorsichtig das Kleid. Sie betrachtete sich einen Moment im Spiegel und drehte sich dann um.

»Patricio!«, sagte sie überrascht und mit glücklichem Lächeln. »Wie es aussieht, hat das Schicksal Spaß daran, uns in engen Räumen zusammenzubringen.«

»So sieht es aus, ja.«

Der Anblick ihres Rückens hatte mich aus meiner Umlaufbahn geschleudert. Das ließ sich nun nicht mehr ändern. Und ich musste ihr einfach ein Kompliment machen, sonst wäre ich zersprungen.

»Du bist … Du bist …«

Was konnte ich sagen? Vollkommen? Wunderbar? Beides gleichzeitig? Nichts schien mir ausreichend.

»Du bist *gloria bendita*, einfach unübertrefflich«, flüsterte ich.

Gloria sagte nichts. Meine Ernsthaftigkeit nahm auch sie gefangen. Sie fasste nach meiner Hand, und für ein paar Sekunden verschlangen sich unsere Finger ineinander …

Bis Ava Gardners raue erotische Stimme den Moment unterbrach. Denn Gloria und ich waren nicht nur die Könige der glücklichen Zufälle, sondern auch, wie es aussah, dazu auserkoren, stets unterbrochen zu werden.

»Hey, Blue Eyes, wo steckst du?«, fragte die Schauspielerin.

Ich verließ Glorias Umkleidekabine und versuchte, mir nichts anmerken zu lassen.

»Good boy«, sagte Ava, als ich zu ihr trat, »ich brauche jemanden, der die neuen Kleider in mein Hotel bringt.«

»*Of course*. Ich kümmere mich darum, wir schicken einen Boten.«

»Mit wäre es lieber, wenn du sie mir persönlich bringst.«

Ich war bass erstaunt. Und auch Gloria, die inzwischen aus ihrer Kabine getreten war, riss verblüfft die Augen auf.

»Bring die Sachen auf mein Zimmer. Um neun«, befahl die Gardner schnurrend.

Sie verabschiedete mich mit einem Kuss auf die Wange, den sie sehr dicht an meinem Mundwinkel platzierte, und stolzierte graziös die Hüften schwingend von dannen.

Nach Ava Gardners Abgang blieben Gloria und ich in einer unbehaglichen Stille zurück. Die Verbundenheit, die wir nur wenige Momente zuvor noch empfunden hatten, war wie weggeblasen. Es war klar, dass Gloria das Ganze überhaupt nicht gefiel.

»Nun, dann wünsche ich dir viel Spaß im Hotel. Sicher hast du ab morgen eine Geschichte, die du später deinen Enkeln erzählen kannst«, meinte sie, bevor sie mit entschiedenen Schritten davonmarschierte.

Ich wusste nicht, was ich sagen sollte. In meinem Kopf drehte sich alles wie in einer Waschtrommel. Ava Gardners verführerische Andeutungen und Glorias überraschende Eifersucht waren zu viel für mich. So blieb ich verdattert stehen, statt Gloria irgendwie aufzuhalten, offenbar versagten alle meine natürlichen Reflexe.

Den Rest des Tages war ich völlig durcheinander und verrichtete mechanisch meine Arbeit. Ich brauchte den Rat meiner Freunde und beschloss, bei Grescas in der Bodega und bei Guzmán im Schuhgeschäft anzurufen und mich mit ihnen zum Abendessen im Restaurant Aires Libres am Paseo del Prado zu verabreden. Als ich dort ankam, waren meine *compays* bereits da und tranken unter dem riesigen Ventilator, der an der Holzdecke hing, ein Hatuey-Bier. Es war die Zeit der Dämmerung, der magische Moment, wenn sich die Büros leerten und sich die Bodegas füllten. Die

»Wachablösung« in der Stadt, wenn die Tagmenschen – Angestellte in Leinenhemden und Verkäuferinnen im Kostüm – das Feld den Nachtvögeln überließen – Sängern in bunten Smokings und Mulattinnen mit Paillettenkleidern.

»Ein Hoch auf den asturischen Fußball!«, begrüßte mich Grescas. »Was ist so dringend, dass du es uns unbedingt erzählen musst? Lass hören!«

Ich setzte mich, lockerte den Knoten meiner Krawatte und streckte meinen Kopf in den angenehmen Luftzug des Ventilators, der den Schweiß auf meiner Stirn trocknete.

Als ich den beiden alles erzählt hatte, blieb mir noch eine Stunde bis zu meiner Verabredung mit Ava. Ich brauche wohl nicht zu sagen, dass die Gesichter meiner Freunde Bände sprachen: Ungläubigkeit, Erstaunen, Neid, und am Ende eine Mischung aus Bewunderung und Spott.

»Eine Nacht mit Ava Gardner!«, grölte Grescas. »Ist dir bewusst, dass du damit zur Legende wirst?«

»Du bist ein Tiger, *compay*!«, meinte Guzmán anerkennend.

Die Gäste am Nebentisch sahen uns mit hochgezogenen Augenbrauen an, und ich bat Grescas und Guzmán, leiser zu sprechen.

»Ich denke, ich werde nicht hingehen«, murmelte ich.

Meine Freunde sahen mich an, als hätte ich ihnen gerade erzählt, dass ich in einer fliegenden Untertasse vom Mars zur Erde gekommen wäre.

»Bist du schwul? Ist es das? Keine Sorge, uns kannst du es sagen«, meinte Grescas und legte mir tröstend den Arm um die Schultern.

»Natürlich nicht.«

»Bist du kastriert? Haben sie dir den Schwanz abgeschnitten, als du in der Mine gearbeitet hast?«

»Nein!«

»Na ja, also wenn du weder schwul noch kastriert bist … Dann bist du einfach blöd! Aber saublöd!«

Grescas gab mir ein paar kräftige Klapse auf den Hinterkopf, doch Guzmán ging dazwischen.

»Erklär es uns, Patricio, weil wir gerade das Gefühl haben, dass du den Verstand verloren hast«, rief er aus.

»Es ist wegen Gloria«, murmelte ich. »Ich bin so verliebt in sie, dass ich mir nicht vorstellen kann, mit einer anderen Frau zusammen zu sein, so berühmt sie auch sein mag.«

»Na ja, aber du knutschst doch auch mit Nely rum«, meinte Grescas.

»Ich weiß … Aber das ist etwas anderes.«

»Also was soll ich sagen … Ich sehe da keinen Unterschied.« Mein Freund ließ nicht locker.

»Da ist aber einer«, entgegnete ich.

»Dabei ist Nely so nett«, schimpfte Grescas, »und jetzt diese Schauspielerin … Du bist einfach zu blöd, weißt du das? Wie kann man nur jede Chance so versemmeln!«, rief er aus und machte erneut Anstalten, handgreiflich zu werden.

Die Gäste vom Nebentisch standen empört auf. »Kein Anstand mehr, diese Jugend von heute!«, hörte ich die Frau zischen, bevor sie mit ihrem Mann die Bodega verließ. Guzmán versuchte den aufgebrachten Grescas zu beruhigen und redete dann auf mich ein.

»Pass auf, Patricio … Deine Gloria ist verheiratet. Mit einem Typen, der uns mal fast das Gehirn weggepustet hat, wie du dich vielleicht noch erinnerst. Willst du wirklich wegen eines Mädchens, an das du niemals herankommen wirst, auf dein Glück verzichten? Sei ein Mann, *compay*, und führ dich nicht auf wie eine Dämchen aus dem neunzehnten Jahrhundert.«

Meine Freunde hatten recht. Natürlich hatten sie das. Ich war Gloria nichts schuldig. Und tatsächlich: Wenn ich mir schon Sorgen machte, jemandes Gefühle zu verletzen, dann hätten es die von Nely sein sollen, doch an diese hatte ich den ganzen Tag über nicht einen einzigen Gedanken verschwendet. Ich fragte mich selbst, ob ich auf die Gelegenheit verzichten würde, eine Nacht mit Ava Gardner zu verbringen, um Nely nicht wehzutun? Und die Antwort war ein eindeutiges Nein. Also … Warum dann Gloria zuliebe? Und dann dachte ich: Was wäre, wenn ich morgen von einer Straßenbahn überfahren würde, wie es mir an meinem ersten Tag in Havanna beinahe passiert wäre? Wenn ich sterben würde, ohne die Gelegenheit genutzt zu haben, mit Ava Gardner ins Bett zu gehen. Mit Ava Gardner! Ich wäre der unglücklichste Tote auf dem ganzen Friedhof.

»Und?«, fragte Grescas. »Was wirst du tun, du Dummkopf?«

18

Die Schläge einer Uhr in einem fernen Glockenturm wehten herüber, als ich Punkt neun Uhr an ihre Tür klopfte. Sie trug ein schlichtes Baumwollkleid und Hausschuhe. Ihr braunes Haar war leicht zerzaust und ihr feines Gesicht ungeschminkt. Sie war die schönste Frau der Welt. Als sie mich sah, zog sie die Augenbrauen hoch und schenkte mir dann ein derart strahlendes Lächeln, dass ich ohne jeden Zweifel wusste, dass ich die richtige Entscheidung getroffen hatte.

Gloria war mehr wert als zehn Ava Gardners zusammen.

»Hallo, Gloria.«

»Patricio! Was machst du denn hier?«

»Ich bringe dir das Buch für Daniela.«

Mein Entschluss, auf Ava Gardner zu verzichten, und mein sehnlicher Wunsch, Gloria zu sehen, hatten mich derart in inneren Aufruhr versetzt, dass ich mich zu einer großen Unbesonnenheit hatte hinreißen lassen. Es hätten César höchstpersönlich oder seine hinterhältige Schwester sein können, die mir die Tür öffneten. Doch Gott sei Dank hatte die kosmologische Konstante – die es Einstein so sehr angetan hatte – dafür gesorgt, dass Gloria selbst das Klingeln gehört hatte und zur Tür gegangen war.

»Du bist nur wegen des Buches hier?« Ihr Lächeln wurde noch breiter.

»Schließlich ist es ein wissenschaftliches Buch, damit Daniela einmal so klug wird wie du.«

In Wahrheit wussten wir beide, dass ich gekommen war, um Gloria zu beweisen, dass ich Ava Gardner versetzt hatte. Doch die Ausrede, die ich vorbrachte, gefiel ihr.

»Ich habe auch noch eine Schildkröte mitgebracht.« Ich zeigte ihr die kleine Porzellanfigur. »Für deine Sammlung.«

Gloria begann zu lachen, und ihre Augen leuchteten.

»Du bist verrückt. Komm rein, bleib doch nicht in der Tür stehen.«

Die Villa, in der sie lebte, war beeindruckend: ein dreistöckiges palastartiges Gebäude mit großen Fenstern, das von einem wunderschönen verglasten Taubenschlag gekrönt wurde. Die Fassade war mit Efeu bewachsen, und es gab eine große Terrasse, die im Schatten der Bäume lag. Die Villa befand sich inmitten von Gärten voller Obstbäume und blühenden Blumen. Anders als in San Benxamina, wo nur ein paar Margariten und wilder Klatschmohn wuchsen, boten die Blumen auf Kuba ein wahres Fest an Formen, Farben und Größen. Die üppige Vielfalt der bunten Blüten war den exotischen Früchten ähnlich, deren süßen Geschmack ich genoss: Ihre Namen konnte ich mir einfach nicht merken, doch allein ihr Anblick versetzte mich in einen Rausch der Farben. Von den Dutzenden Pflanzen, die es hier gab, kannte ich nur wenige: die Goldtrompete – mit ihren seidigen gelben Blüten von der Größe eines Weinglases – und die Rubiniae – mit ihren intensiv violetten Blütentrauben. Inmitten dieses tropischen Paradieses lag ein großes ovales Schwimmbad – von den Kubanern *alberca* oder *pileta* genannt –, das von den Statuen zweier Delfine gekrönt wurde, aus deren Mäulern Wasser sprudelte.

Das ganze Anwesen war derart beeindruckend, dass ich mich unwillkürlich an das prächtige Haus der O'Haras aus

Vom Winde verweht erinnert fühlte. Nur dass hier nicht Scarlet O'Hara wohnte, sondern Gloria.

»César ist im Calypso, und Marita hat sich früh hingelegt. Komm, Daniela ist schon im Bett, aber vielleicht ist sie noch nicht eingeschlafen.«

Wir gingen über eine Marmortreppe in den ersten Stock hinauf. Auf dem Flur begegneten wir einem Dienstmädchen mittleren Alters mit einem auffälligen Pigmentfleck im Gesicht. Sie wirkte sympathisch, und ich lächelte ihr zu. Die Frau nickte und lächelte zurück.

»Geh ruhig zu Bett, Mirta«, sagte Gloria. »Der junge Mann ist ein Freund der Familie. Es ist nicht nötig, es dem Señor oder Marita gegenüber zu erwähnen.«

Das Dienstmädchen nickte und warf Gloria einen verschwörerischen Blick zu.

Danielas Zimmer war der Traum jedes kleinen Mädchens. In einem Winkel des Hauses gelegen, bildete es mit eigenem Bad und Ankleidezimmer praktisch eine separate kleine Wohnung. Das hölzerne Bett hatte die Form eines Piratenschiffes, und die Regale waren voller Spielsachen. Mir fiel auf, dass viele Kinderzeichnungen an den Schranktüren hingen, die Danielas Mutter und den struppigen Canelo zeigten, jedoch keine einzige von ihrem Vater.

Wir traten an das Piratenbett. Das Mädchen war im Halbschlaf und öffnete noch einmal kurz die Augen, als sie uns hörte.

»Hallo, Daniela«, flüsterte ich, um sie nicht vollends zu wecken. »Ich habe dir ein Buch mitgebracht, damit du etwas über die Sterne und die Planeten am Himmel lernen kannst.«

»Patricio«, sagte die Kleine lächelnd. »Was machst du denn hier? Träume ich?«

»Ja, du träumst«, scherzte ich.

»Wenn du in meinem Traum bist, dann kann es nur ein schöner Traum sein. Ich habe nämlich oft Albträume.«

»Keine Sorge«, versicherte ich, »ich passe auf dich auf. Heute wirst du von den Abenteuern träumen, die du mit deinem Piratenschiff erlebst. Und dass du auf einer geheimen Insel, wo auf den Bäumen Bonbons wachsen, einen Schatz findest.«

»Das gefällt mir. Kannst du mit mir auf dem Schiff fahren?«

»Sicher.«

»Und Mama?«

»Natürlich. Und dein Papa auch, wenn du möchtest.«

Das Mädchen verzog den Mund und rollte sich im Bett zusammen.

»Nein, Papa nicht, der hat keine Zeit, weil er immer arbeiten muss. Und Canelo?«

»Canelo sitzt vorn im Bug und bellt den Mond an.«

Daniela nickte schläfrig, und ich legte das Buch auf ihr Kopfkissen. Sie fasste nach meiner Hand, und ich drückte sie kurz und deckte die Kleine gut zu.

»Canelo, mach ein Tänzchen mit deinem Schwänzchen«, murmelte Daniela vor sich hin.

Als Gloria und ich wieder hinuntergingen, stand im Salon die Tür zur Terrasse offen und ein wunderbarer nächtlicher Blumenduft drang aus dem Garten herein. Auch das leise Plätschern des Schwimmbads war zu hören.

Ich wusste zunächst gar nicht, wo ich mich hinsetzen sollte. Ich kam mir vor wie in einem Museum zwischen all den kostbaren Möbeln aus dunklem Holz. Töpfe mit Palmen und ein paar kleine Glastische mit kreolischen Skulpturen sorgten für ein wenig Farbe. Die riesige Bar aus Mahagoni mit Intarsien aus Perlmutt war mit mehr Flaschen ausgestattet als viele Bodegas. Selbst die Aschenbecher schienen in diesem Haus Millionen wert zu sein.

Schließlich nahm ich vorsichtig auf einem riesigen Ledersofa Platz und fühlte mich wie ein Straßenköter in einem Königspalast.

»Was sind das für Blumen, die so gut riechen?«, fragte ich.

»Schmetterlingslilien. Kennst du sie nicht?«

Ich schüttelte den Kopf. Gloria ging kurz hinaus in den Garten, um eine der Blumen zu pflücken, damit ich sie mir ansehen konnte. Sie war von einem reinen Weiß und hatte drei längliche Blütenblätter, die aussahen, als wären sie aus Eis.

»Man nennt sie auch Weißen Ingwer.«

»Dann habe ich gerade eben beschlossen, dass die Schmetterlingslilien meine neuen Lieblingsblumen sind«, erklärte ich.

»Das freut mich.«

Gloria steckte sich kokett die Blume ins Haar und streckte mir auffordernd ihre Hand entgegen.

»Gibst du mir jetzt meine Schildkröte?«

Mit großer Geste übergab ich ihr die kleine Porzellanfigur, die ich aus dem Encanto mitgebracht hatte. Gloria öffnete die Tür eines Vitrinenschranks aus Edelholz und stellte die Figur neben die anderen Objekte ihrer Sammlung, die bereits einen ganzen Zoo umfasste. Tiere aller Kontinente standen einträchtig nebeneinander. Mein Blick fiel auf das zerbrochene Zebra, mit dem unsere Freundschaft begonnen hatte. Ich beschloss, ihr etwas zu gestehen.

»Soll ich dir ein Geheimnis verraten?«

»Ja, bitte.«

»Mit jeder dieser Figuren verbinde ich ein Gespräch zwischen uns beiden, und jetzt, da ich sie alle vor mir sehe, fällt mir auf, dass ich mich an jedes einzelne erinnern kann.«

Gloria errötete, und ich wusste nicht, ob vor Freude oder aus Verlegenheit, aber sie war so hübsch, dass ich kaum den Blick von ihr abwenden konnte.

»An dem Tag, an dem du den Hirsch gekauft hast, hatte Daniela einen Zahn verloren«, fuhr ich fort. »An dem Tag, an dem du dich für das Rhinozeros entschieden hast, warst du glücklich, weil du gerade *Zwanzigtausend Meilen unter dem Meer* gelesen hattest. Aber bei dem Känguru warst du schlecht gelaunt, weil du Zahnschmerzen hattest.« Ich lächelte.

Gloria setzte sich neben mich auf das Sofa. Unsere Knie berührten sich beinahe.

»Und warum bist du hierher gekommen, anstatt zu Ava Gardner zu gehen?«, fragte sie mich.

Ich beschloss, mich ohne Netz in die Tiefe zu stürzen. Plötzlich fühlte ich mich ganz mutig und stark. Das war das, was mir an Gloria am meisten gefiel: Jedes Mal, wenn wir uns begegneten, machte sie einen Helden aus mir.

»Erinnerst du dich noch an den Tag mit dem Zebra, als wir uns kennengelernt haben? Damals hast du mir die Relativitätstheorie erklärt«, sagte ich. Dann holte ich tief Luft und öffnete mein Herz. »Na ja, und diese Theorie stimmt genau, denn eine Sekunde mit dir ist schöner als ein ganzes Leben an der Seite einer anderen.«

Wir saßen so dicht beieinander, dass ich die kleinen Punkte in der Iris ihrer braunen Augen sehen konnte. Unser Atem ging schneller. Unsere Lippen waren nur noch einen Zentimeter voneinander entfernt, doch ich hatte es nicht eilig mit diesem Kuss, der unausweichlich war. Schon ihr warmer Atem auf meinem Gesicht war für mich der Himmel. Wenn es mir möglich gewesen wäre, die Zeit anzuhalten, hätte ich in diesem Moment das Universum zum Stillstand gebracht.

Ich schloss die Augen und weiß nicht mehr, wer von uns beiden schließlich die Initiative ergriff, dass unsere Münder sich berührten. Glorias Lippen waren warm und süß. Ihre Zunge fühlte sich an wie Samt. Nach einem schüchternen Beginn entlud sich in unserem Kuss die Leidenschaft der Verzweiflung. Nicht nur unsere Lippen, sondern auch unsere Zungen fanden sich.

Der Moment war derart intensiv, dass ich die Haustür nicht hörte. Unser Kuss endete abrupt, als Gloria erschreckt zurückfuhr. Als ich ihre warmen Lippen plötzlich nicht mehr auf meinen spürte, fühlte ich mich in antarktische Kälte gestoßen.

»Was ist …?«, wollte ich fragen.

Doch sie hielt mir mit der Hand den Mund zu und machte eine Geste, dass ich still sein sollte. César war nach Hause gekommen. Wie zwei aufgescheuchte Katzen stoben wir auseinander und rutschten an die entgegengesetzten Enden des Sofas.

Noch ohne etwas von meiner Anwesenheit zu bemerken, legte César seinen Hut und seine Jacke am Eingang ab und warf Gloria einen Gruß über die Schulter zu, während er an die Bar trat und sich ein Getränk eingoss.

»Hallo, Kleines, ich komme gerade aus dem Club. Stell dir vor, es ist mir gelungen, Josephine Baker für das Calypso zu engagieren. Kannst du das glauben?«

Er war äußerst guter Laune … Bis er sich umdrehte und verblüfft meine Gegenwart registierte.

»Und wer bist du?«, sagte er gereizt.

Gloria antwortete für mich, wobei sie versuchte, das Zittern in ihrer Stimme zu unterdrücken.

»Ein Verkäufer aus dem Encanto. Er hat mir gerade ein paar Einkäufe vorbeigebracht.«

César musterte mich mit stechendem Blick. Ich spürte, wie der kalte Schweiß mir den Rücken hinunterrann und mein Hemd an der Haut klebte. Würde er sich daran erinnern, dass er mir, als ich noch Schuhputzer war, beinahe das Gehirn weggepustet hatte?

»Kennen wir uns irgendwoher?«, fragte er mich und zog die Augenbrauen zusammen.

»Aus dem Kaufhaus vielleicht, Señor Valdés«, brachte ich heraus. »Ich habe Sie schon einige Male im *salón inglés* bedient.«

Seine grausamen Augen behielten mich noch ein paar Sekunden im Blick, doch zum Glück verlor er dann das Interesse. Ich war nicht wichtig genug, als dass man noch mehr Zeit mit mir verschwendete. César wandte seine Aufmerksamkeit wieder seiner Frau zu.

»Und was ist so dringend, dass es dir heute Abend noch gebracht werden musste?«

»Ein Paar Schuhe«, improvisierte Gloria.

»Erzähl keinen Unsinn.«

Ich sah die Angst in Glorias Augen, doch die Notwendigkeit, mich zu schützen, verlieh ihr den Mut, einen Schwall Lügen vorzubringen.

»Morgen sind Marita und ich mit Luisi, Guillermina, Patty und Bárbara zum Frühstück verabredet. Letzte Woche hatte Luisi ein Paar wunderhübsche rote Schuhe an, und ich brauche für morgen unbedingt ein neues Paar Schuhe aus Ziegenleder. Du willst doch, dass die anderen mich beneiden, oder?«

Gloria wirkte derart naiv, dass César, der nicht merkte, dass dies nur gespielt war, in Gelächter ausbrach.

»Entschuldige, aber manchmal vergesse ich, wie kindisch ihr Frauen in solchen Dingen seid.«

César gab Gloria einen Kuss, und ich musste schmerzlich berührt den Blick abwenden. Meine Machtlosigkeit quälte mich. In diesem Moment wäre es mir fast lieber gewesen, wenn César mir erneut eine Pistole an den Kopf gehalten hätte, anstatt mit ansehen zu müssen, wie er Gloria küsste.

Unfähig, diesen Anblick länger zu ertragen, stand ich auf und ging zur Tür.

»Wenn Sie ansonsten keine Wünsche mehr haben, Señora Valdés, mache ich mich wieder auf den Weg.«

Ich wusste, dass ich unvorsichtig war, aber ich konnte einfach nicht anders, als mich noch einmal nach Gloria umzudrehen. Sie sah mir in die Augen, nahm die kleine Schildkröte und führte sie an ihre Lippen.

In dieser Nacht fand ich keinen Schlaf. Immer wieder musste ich an unseren Kuss denken. Als schließlich der Morgen dämmerte, hatten Gloria und ich uns in meinen Gedanken mindestens eine Million Mal geküsst.

Beim Aufstehen hatte ich dunkle Schatten unter den Augen, war jedoch derart von Glück erfüllt, dass ich durch den Flur tanzte. Ich fühlte mich so voller Energie, dass ich nach Asturien hätte schwimmen können, um *sobaos* mit *sidriña* – das bei uns zu Hause typische Buttergebäck mit Apfelwein – zu frühstücken und anschließend wieder zurückzuschwimmen.

Als ich die Küche betrat, machte Guzmán gerade Kaffee. Er sah mein Gesicht und fing an zu lachen.

»Alles klar … So wie du aussiehst, kann ich wohl davon ausgehen, dass die Nacht mit der Gardner endlich einen Mann aus dir gemacht hat.«

»Ich bin letztendlich doch nicht zum Hotel Nacional gegangen«, erklärte ich schulterzuckend.

Guzmán schaute mich verblüfft an.

»Was?«

»Du hast richtig gehört. Ich bin nach Hause gegangen, hab mich vorbereitet … Doch im letzten Moment habe ich mich dagegen entschieden.«

»Du hast Ava Gardner versetzt?«

»Nicht wirklich. Ich habe ihr natürlich einen Boten mit den Kleidern geschickt und eine Nachricht, in der ich mich entschuldigt habe. Übrigens war es Grescas, den ich gebeten habe, die Nachricht an der Rezeption abzugeben.«

»Ach so? Nun, Grescas hat die letzte Nacht jedenfalls nicht in seinem Bett verbracht.«

Nun war ich derjenige, der den Mund nicht mehr zukriegte.

»Was?«

»Sieh selber nach, sein Bett ist unbenutzt.«

Wenn man vom Teufel spricht, dachte ich, als ich in diesem Moment einen Schlüssel in der Haustür hörte und kurz darauf Grescas die Wohnung betrat. Er war mindestens so gut gelaunt wie ich und sang sogar, als er hereinkam:

»El que tenga un amor, que lo cuide, que lo cuide – wenn du eine Liebe hast, gib sie niemals auf …«

Sein Haar war völlig zerzaust, und seine Krawatte hing lose über dem offenen Hemd und seiner stark behaarten Gorillabrust. Guzmán und ich sahen uns ungläubig an. Es war absurd. Es war verrückt. Es war unmöglich. Und doch …

»Ja, es ist genau so, wie ihr denkt«, bestätigte Grescas grinsend.

»Aber wie?«, stammelte Guzmán.

»Als mich dieser Schwachkopf hier gestern mit der Nachricht, dass er nicht kommt, ins Hotel Nacional geschickt hat, wollte ich diese an der Rezeption abgeben, aber ein Page sagte mir, dass Señorita Gardner an der Bar ist. Also hab ich beschlossen, ihr die Nachricht persönlich zu überreichen.«

Grescas unterbrach seine Erzählung, um sich eine Zigarette anzuzünden, während Guzmán und ich vor Neugierde beinahe starben.

»Und?«, fragten wir im Chor.

»Als sie deine Nachricht gelesen hat, sah sie ziemlich verärgert aus, da brauchen wir uns nichts vorzumachen. Doch dann sind wir ins Gespräch gekommen …«

»Ins Gespräch?«, unterbrach ich ihn. »Wie denn? Du sprichst doch nur ein paar Brocken Englisch, und sie spricht kein Spanisch!«

Grescas warf sich stolz in die Brust.

»Genau deshalb hat ihr so gut gefallen, was ich gesagt habe: ›*Morenaza, you have stolen my heart. Ay, jamona! You are tocino de cielo*.‹ Jedenfalls haben wir uns nach ein paar Cocktails großartig verstanden. Und danach waren keine weiteren Worte mehr nötig, denn dann sind wir rauf in ihr Zimmer gegangen …«

Grescas schwieg und weidete sich an unseren verdatterten Gesichtern.

»Jetzt red schon weiter, denn nun wird es doch erst richtig interessant!«, protestierte Guzmán.

»Ich bin eben ein Gentleman«, meinte Grescas und spuckte, um es zu beweisen, ins Spülbecken anstatt auf den Boden. »Das Einzige, was ich dazu sage, ist, dass mein Schwanz so wund ist, dass ich wahrscheinlich eine Woche nicht richtig sitzen kann. Alles andere ist die Privatsache von Lavinia und mir.«

»Lavinia?«

»Das ist ihr zweiter Vorname. Ava Lavinia.« Er seufzte entzückt. »Übrigens, könntet ihr mir einen Gefallen tun? Als ich heute Morgen aufgewacht bin, war meine Liebste schon weg, aber sie hat mir eine Nachricht hinterlassen. Auf Englisch. Wenn einer von euch so nett wäre, mir das zu übersetzen …«

Grescas kramte einen Zettel mit dem Logo des Hotel Nacional aus der Hemdtasche.

»›Lieber Agapito. Ich danke dir für die wunderbare Nacht. Für immer Dein‹«, übersetzte ich. »Das Beste ist, dass sie unterschrieben hat. Das ist das tollste Autogramm aller Zeiten.«

»Aber eines verstehe ich nicht«, meinte Guzmán. »Wer ist Agapito?«

»Na, wer soll das schon sein?«, brummte Grescas. »Ich.«

»Wir kennen uns schon seit Jahren, und uns hast du deinen Vornamen nie verraten.«

»Ihr habt auch nicht so einen sexy Hintern wie Ava.«

Und so kam es, dass wir nach jahrelanger Freundschaft endlich Grescas Vornamen erfuhren. Es war nichts weiter als die Liebesnacht mit einem Hollywoodstar nötig gewesen, damit er damit herausrückte.

ZWEITER TEIL

19

Gloria

An dem Abend, an dem Patricio Ava Gardner versetzte, um mir die Porzellanschildkröte zu bringen, wurde mir klar, dass ich mich in ihn verliebt hatte. Und mit seiner Leidenschaft bewies er mir, dass ein Kuss Wunder bewirken kann, dass er das Blut in Wallung und die Knie zum Zittern bringen kann, um dann dafür zu sorgen, dass das Herz, das vorher wie ein kalter Stein in der Brust gelegen hat, auf einmal wild zu klopfen beginnt. Bis dahin war jeder Kuss für mich ein lästiges Übel gewesen. Césars Küsse schmeckten bitter, während Patricios Mund süß und frisch war.

Am nächsten Morgen nahm ich Daniela mit zum Besuch bei meiner Mutter und meiner Großmutter. Daniela liebte ihre Urgroßmutter über alles, die ihr jede Woche einen Kürbis-Flan machte und ihr Zaubersprüche beibrachte. Ihre Großmutter dagegen, die starr und mit verlorenem Blick in ihrem Rollstuhl saß, machte ihr ein wenig Angst, doch Daniela war ein so liebes Kind, dass sie jedes Mal zu ihr ging und ihr einen Kuss gab.

Meine Großmutter und meine Mutter lebten noch immer in dem Haus, das César für sie im Vedado-Viertel gekauft hatte. Es war ein kleines Haus, aber sehr hübsch. Das einstöckige Gebäude hatte Bögen über den Türen, eine weiß getünchte Fassade und hellblaue Verzierungen, die ihm einen hübschen marinen Anstrich verliehen. Und Lala hatte dank ihres Geschicks für Dekoration ein sehr gemütliches Zuhause daraus gemacht. Meine Großmutter hatte die Seele einer Elster und wurde von glänzenden Dingen magisch angezogen. Das führte dazu, dass ihr Heim wie die aufgeputzte Höhle einer guten Hexe wirkte, in der auf den Tischen immer ein paar schimmernde Muscheln oder Quarzsteine lagen, die die Bewohner vor bösen Geistern schützen sollten und die sie für ihren Kult benutzte.

Aber der schönste Teil des Hauses war der auf der Rückseite gelegene Hof, ein zauberhafter Ort mit Palmen und Blumen, von dem Lala immer sagte, dass dieses Stück Havanna ihr Refugium sei.

Während Daniela Grillen jagte, führte mich Lala zu dem kleinen Sofa, das im Hof vor einer Mauer stand, und holte einen Krug mit Zitronenlimonade. Es war noch früh, aber bereits so warm, dass sich das süße Aroma der Limonade mit dem Salzgeschmack der Schweißtropfen auf meiner Oberlippe mischte.

»Euer Garten ist wunderschön, Lala«, sagte ich, um sie zu erfreuen.

Dieser kleine Garten war der Stolz meiner Großmutter, die viele Stunden mit der Pflege der Blumen und anderer Pflanzen zubrachte. Da sie für ihre Zaubereien alle möglichen Kräuter benötigte, wirkte ihr Garten wie ein kleiner Urwald, in dem das Unkraut neben den schönsten Blumen wuchs. Sollte es jemals einen Zauberwald gegeben haben, dann konnte das nur der meiner Großmutter gewesen sein.

»Gefällt er dir? Ich habe Tamarinden, Schwarzen Nachtschatten, Milzfarn, Gemeinen Stechapfel und wilde Ananas gepflanzt. Außerdem hoffe ich, dass der Odermennig wächst, der wunderbar gegen Fieber hilft. Und der Weiße Zimtrindenbaum, denn die Zimtrinde heilt Krämpfe. Aus all dem werde ich Kräutertees für deine Mutter kochen, mal sehen, ob wir sie damit nicht aus ihrem Zustand befreien können.«

Lala glaubte weiterhin an ihren Zauber und war fest davon überzeugt, dass es ihr dank des Kults der *santería* eines Tages gelingen würde, meine Mutter zu heilen und César zu bestrafen. Als sie ihn nach dem Tod meines Vaters kennenlernte, war ihr sofort klar, was für ein böser Mensch er war. Schon bei der Hochzeit wusste sie, dass dieser Mann mich ins Unglück stürzen würde, aber was konnte eine arme alte Frau schon gegen einen der mächtigsten Mafiabosse Kubas ausrichten? Letzteres war ihr durchaus bewusst, weswegen sie jede Woche einen anderen Zauber ausprobierte, um César zu schaden.

»Das nächste Mal, wenn du kommst, bring mir ein paar Haare deines Mannes mit«, sagte sie.

»Und wo soll ich die herkriegen, Lala?«

»Aus der Badewanne oder dem Schwimmbad.«

»Und wozu brauchst du sie?«

»Wenn du bei abnehmendem Mond ein paar Haare mit der Flamme einer roten Kerze verbrennst, wird derjenige, von dem das Haar stammt, auf der Stelle verrückt.«

»Das kann nicht sein, Lala.«

»Wer sagt das? Deine Wissenschaft?«

Lala und ich gerieten wegen unserer unterschiedlichen Art, die Welt zu sehen, immer wieder aneinander.

»Das sagt mir mein gesunder Menschenverstand«, entgegnete ich.

»Aber, meine Kleine, du sagst doch selbst, dass sogar die Wissenschaftler zugeben, dass sie die endgültige Wahrheit nicht feststellen können, oder?«

»Ja«, gab ich zu, »aber nur, weil jede Antwort wieder tausend weitere Fragen aufwirft.«

»Mir ist klar, dass du ein schlaues Mädchen bist, Gloria, und viel mehr weißt als ich. Aber so gebildet du auch bist, so bist du doch auch Kubanerin. Und wir Kubaner haben die Magie im Blut.«

»Ich nicht, Lala.«

»Schweig still! Außerdem brauche ich ein Stück von einem seiner Fingernägel, wenn der Mistkerl sich das nächste Mal die Nägel schneidet«, fügte sie hinzu. »Und nimm diesen Fisch mit, der in einer Vollmondnacht von einem blinden Fischer gefangen wurde. Eure Köchin soll eine Suppe daraus kochen, und die wird ihn vergiften. Versprochen?«

»Ich werde es versuchen«, sagte ich, um unsere Auseinandersetzung zu beenden.

Plötzlich musterte Lala mich eindringlich und schnupperte wie eine Baumratte an meinem Gesicht.

»*Mijita*, irgendwas ist los. Du bist anders. Du riechst sogar anders.«

Auch wenn die Zaubereien meiner Großmutter nicht besonders wirksam waren, so war sie doch eine vortreffliche Hexe, wenn es darum ging, in mein Innerstes zu schauen.

»Es ist gar nichts, Lala«, sagte ich, wobei meine Stimme nicht wirklich überzeugend klang. »Was soll mit mir denn schon los sein?«

»Deine arme Mutter ist nicht mehr ganz richtig im Kopf, der kannst du das erzählen, aber mir nicht!«

Die eigene Großmutter war nicht unbedingt die ideale Vertraute, um eine heimliche Liebschaft zu gestehen, doch ich hatte keine Freundinnen und zur Beichte war ich noch nie gegangen. Meine junge, von Sommersprossen übersäte Hand griff nach ihrer, die alt und von Adern durchzogen war.

»Ach, Lala, aber du darfst es niemandem verraten …«

Die Worte strömten aus meinem Mund. Ich erzählte ihr alles von Patricio. Von unserer ersten Begegnung, den vielen Monaten, in denen wir uns in El Encanto gesehen hatten, wenn ich mit Marita dort zum Einkaufen war, von meiner Verliebtheit und unserem Kuss.

»Das hat mich furchtbar erschreckt, Lala«, sagte ich zum Schluss. »Ich bin ganz durcheinander.«

Lala schwieg ein paar Sekunden. Ich erwartete eine furchtbare Standpauke, doch stattdessen fing sie an zu lachen und gab mir als Antwort einen Kuss auf die Stirn.

»Hab keine Angst! Denk immer daran, dass du jeden Kuss, den du deinem Patricio gibst, deinem grässlichen Mann gestohlen hast. Es wurde auch langsam Zeit, dass du die wahre Liebe kennenlernst, *mijita*.«

»Ich mag gar nicht daran denken, was César tun wird, wenn er es herausfindet.«

»Du solltest diesen Mistkerl nach Strich und Faden betrügen …«

»Lala!«

»Ich weiß, dass du zu dieser Hochzeit gezwungen worden bist, Gloria. Dieser Mann hat dir deine Eltern, deine Unschuld und dein Leben gestohlen … Aber er konnte dir nicht das Wunder der ersten Liebe verwehren.«

Meine Großmutter schniefte gerührt, bevor sie fortfuhr.

»Denn du liebst Patricio wirklich, *mijita.* Das sehe ich in deinen Augen.«

»Ja. Ich liebe ihn.« Ich sprach diese Worte mit dem Genuss aus, mit dem ein Kind die Kerne einer Papaya ausspuckt. Lala umarmte mich, und ich sog ihren Duft nach Seife und Puder ein. Sie strich mir übers Haar wie früher, als ich noch ein kleines Mädchen war und mich aus Angst vor dem Monster in den Wänden auf ihren Schoß geflüchtet hatte.

»Alles wird gut, *mijita.* Ich werde für euch jeden Mittag und immer um Mitternacht zur Armen Seele beten, zu Unserer Lieben Frau auf dem Berge Karmel: ›Arme einsame Seele. Niemand ruft dich, ich rufe dich. Niemand liebt dich, ich liebe dich. Die du im Fegefeuer bist, da du nicht ins Himmelreich eintreten kannst. Schütze meine Enkelin und den Mann, den ihr Herz erwählt hat, Amen.‹«

Als ich nach Hause zurückkehrte, war mein Kummer geheilt, und ich war sehr glücklich über Lalas Segen. Doch die Freude währte nur kurz. César und Marita erwarteten mich im Salon. Sie waren nur selten mittags da, denn César stand immer erst zum Mittagessen auf, und Marita hatte um diese Zeit normalerweise einen Termin beim Friseur oder im Schönheitssalon. Beide machten ernste Gesichter.

»Pack deinen Koffer«, sagte mein Mann. »Gleich morgen reisen wir nach Villavaliente.«

Ich wurde leichenblass. Villavaliente war der kleine Ort auf der anderen Seite der Insel, in dem César und Marita geboren waren.

»Unserem Onkel Aurelio geht es sehr schlecht«, fügte Marita hinzu. »Ein Maultier hat ihn getreten und ihm den Kopf gespalten.«

Ich hatte kaum eine Beziehung zur Familie meines Mannes. Ich wusste, dass seine Eltern aus der Provinz Las Tunas stammten, aber das war es auch schon. Mein Mann und meine Schwägerin sprachen nur selten von ihnen, und ich ahnte, dass es Streitigkeiten gab, ohne den Grund zu kennen. An Onkel Aurelio erinnerte ich mich von unserer Hochzeit her. Er hatte Schorf an den Lippen und spuckte beim Sprechen. Und er hatte mich gleich nach unserem Kennenlernen in den Hintern gezwickt.

»Werden wir lange dort bleiben?«, fragte ich, ohne meinen Unmut zu verbergen.

»Du und Marita so lange, wie Onkel Aurelio euch braucht. Ich werde nach zwei Tagen wieder nach Havanna zurückkehren«, antwortete César, und damit war das Thema für ihn abgeschlossen.

Ich verfluchte Onkel Aurelio und das verdammte Maultier sowie mich selbst, weil ich so ordinär war zu fluchen. Doch so viele Verwünschungen ich auch ausstieß, lag die Entscheidung nicht in meiner Hand. Ich hatte keine andere Wahl, als meinen Koffer zu packen.

Am Nachmittag machte ich mich besonders hübsch. Wenn Patricio und ich schon getrennt wurden, dann sollte er mich als die schönste Frau von ganz Havanna in Erinnerung behalten. Ich wählte eines der fröhlichsten Kleider, die ich hatte, weiß mit aufgedruckten Ananasfrüchten, einem weiten Rock und weißen Trägern, die im Nacken verknotet wurden und den Rücken frei ließen. Mein Haar steckte ich zu einem hohen Knoten und schlang ein orangefarbenes Band darum. Dazu trug ich ebenfalls orangefarbenen Nagellack, der gut zu den Farben der Früchte passte, und ein Paar hübsche Sandalen, die einen kleinen Absatz hatten und Riemchen, die um die Knöchel geschlungen wurden. Doch trotz meiner farbenfrohen Kleidung hatte ich das Gefühl, zu meiner eigenen Beerdigung zu gehen.

Als Marita und ich das Encanto betraten, sah ich, dass Patricio in der Buchabteilung beschäftigt war, sodass ich vorgab, mir für die lange Autofahrt noch ein Buch kaufen zu müssen. Und natürlich brauchte ich dazu unbedingt den Rat eines versierten Verkäufers. Marita fand Bücher langweilig, sodass sie mich allein ließ und in die Kosmetikabteilung ging. So hatten Patricio und ich, während wir in den Romanen von Jules Verne blätterten, die Möglichkeit, miteinander zu reden.

»Ich muss Havanna für eine Weile verlassen und aufs Land reisen.«

Patricios blaue Augen trübten sich, als er das hörte.

»Wann?«, flüsterte er.

»Morgen früh.«

Traurig schwiegen wir eine Weile. Dann räusperte ich mich, um den Mut zu finden, weiterzusprechen.

»Und ich weiß nicht, wann ich zurück sein werde ...«

Wie von César gewohnt, erwartete ich auch von Patricio eine heftige Reaktion. Aber er war eben anders.

»Das macht nichts, ich warte hier auf dich«, beruhigte er mich.

»Es kann nur ein paar Tage dauern oder Monate.«

»Ich würde auch ein ganzes Jahrhundert auf dich warten.«

Mein Herz hüpfte vor Freude, als ich seine Worte hörte.

»Jede Sekunde, die ich nicht bei dir bin, ist für mich eine Ewigkeit«, sagte ich, mühsam die Tränen zurückhaltend. »Wenn du mich vermisst, gibt es etwas, was du dagegen tun kannst.«

»Was immer es auch ist, ich werde es tun.«

»Kauf dir einen Zweig Schmetterlingslilien. Denn wenn wir beide den Duft dieser Blüten riechen, ist es, als würden wir uns küssen.«

»Ich schwöre, das werde ich tun.«

Bevor ich es mir anders überlegen konnte, griff ich nach Patricios Hand und legte sie auf mein Herz, damit er es spüren konnte.

»Ich liebe dich«, flüsterte ich.

»Ich liebe dich noch mehr«, hörte ich Patricio leise sagen, während ich fortging. Und sobald ich draußen auf der Straße stand, begann ich zu weinen.

20

Villavaliente war das Dorf der Fliegen. Sie kamen zu jeder Zeit. Von allen Seiten. Schwarz mit grünlichen Reflexen auf den Flügeln und so groß wie die Murmeln, mit denen die Kinder spielten. In diesem Ort schwirrten mehr Fliegen umher, als der Teufel in der Not fressen konnte. Sie bevölkerten die Augen der Kühe, die Ränder der Gläser, aus denen wir tranken, und das Haar meiner kleinen Tochter, die jedes Mal angeekelt aufschrie, wenn sie sie summen hörte. Onkel Aurelios Hausmädchen gelang es nicht, sämtliche Fliegen zu töten, und so rüsteten wir uns alle mit Fliegenklatschen aus, damit wir uns verteidigen konnten.

An die Bequemlichkeiten der Stadt gewöhnt, dauerte es nicht mal einen Tag, und wir hatten genug von den Fliegen, dem Leben auf dem Land und Onkel Aurelios ständigen Klagen. Doch César hatte dem Alten versprochen, dass er in seinen letzten Stunden nicht allein sein würde, und Versprechen in der Familie waren heilig. Deshalb blieben Marita, Daniela und ich dort, obwohl aus den letzten Stunden am Ende mehrere Monate wurden.

Dem Alten ging es mal besser, mal schlechter. Sein von dem Huf des Maultiers gespaltener Schädel weigerte sich einfach, den Geist aufzugeben. Dieses ständige Auf und Ab brachte mich auf seltsame Gedanken, und manchmal war ich davon überzeugt, dass der Alte extra weder gesund wurde noch starb, nur um uns zu ärgern.

Anschließend tat es mir leid, so schlecht von ihm gedacht zu haben, und ich besann mich darauf, dass der arme Mann nun einmal unverheiratet war und keine Kinder hatte, sodass wir ihn schlecht der Gnade seiner Hausangestellten überlassen konnten. Denn so übel, wie er sie behandelte, war es durchaus möglich, dass sie mal »vergaßen«, ihm seine Medizin zu geben, damit er sie nicht länger anschrie. Es war unsere Pflicht als Familie, Aurelio zu pflegen. Aber die Fliegen, diese verdammten Fliegen, machten es uns sehr schwer.

Und leider war der Boden in Villavaliente überall von rotem Schlamm bedeckt, in dem einfach keine Schmetterlingslilien wachsen wollten.

Onkel Antonios Finca bot nicht gerade viel Abwechslung. Marita verbrachte den Tag üblicherweise in den Geschäften von Manatí, einer kleinen Stadt in der Nähe, die man mit dem Bus erreichen konnte. Ich blieb lieber im Haus, las in den wenigen Astronomie-Büchern, die ich hatte mitnehmen können, und achtete darauf, dass Daniela lernte und ihre Aufgaben erledigte.

Gott ist mein Zeuge, dass ich hin und wieder, wenn ich Onkel Aurelio so kraftlos im Bett liegen sah, von Schuldgefühlen übermannt, einen Kamm nahm, ihn in Eau de Cologne tauchte und damit durch sein weißes Haar strich, wobei er immer noch versuchte, mich in den Hintern zu zwicken. Der Tritt des Maultiers hatte eine hässliche Wunde auf seinem Kopf verursacht, die regelmäßig desinfiziert und verbunden werden musste. Eines Tages gab ich ihm gegen die Schmerzen einen Schluck Kräuterschnaps, was ihn ziemlich gesprächig machte. Und so erfuhr ich die Familiengeschichte meines Mannes.

»Hör zu, Süße … Mein Bruder Cristóbal Valdés, Césars Vater, war ein reisender Fotograf und zog von Dorf zu Dorf, um seine Bilder zu machen. Als er dabei nach Villavaliente kam, bat der Bürgermeister ihn, sein Lieblingshuhn zu fotografieren.«

»Wie bitte? Hast du gerade ›Huhn‹ gesagt, Onkel Aurelio?«

»›Huhn‹, ja! Ein zimtfarbenes Cubalaya-Huhn. Es war ein besonders fleißiges Legehuhn, und aus seinen Eiern wurden jeden Tag süße *panetelas* gebacken, weshalb der Bürgermeister einen Narren an diesem Tier gefressen hatte. Das Problem war nur, dass Cubalaya-Hühner äußerst stur sind, und auch dieses wand sich wie ein Wurm, wenn man es anfassen wollte. Aber für die Fotografie musste es irgendwer festhalten, und die Wahl fiel auf ein besonders hübsches Mädchen, das die schönsten Hände im ganzen Dorf hatte und tapfer genug war, um mit dem kratzenden und um sich hackenden Huhn fertigzuwerden. Ihr Name war Rosina Ocariz. Cristóbal hatte sich gleich in die beherzte Rosina verguckt und lud sie, nachdem das Foto erfolgreich im Kasten war, ein, mit ihm auszugehen. Noch in derselben Nacht landeten die beiden im Bett, und neun Monate später wurde César geboren.«

»Haben sie vorher denn nicht geheiratet, Onkel?«

»Aber nein! Sie haben nie eine Kirche betreten. Und als dein sauberer Ehemann noch in den Windeln lag, konnten Cristóbal und Rosina sich schon nicht mehr ausstehen. Also haben sie sich, ehe man sich versah, getrennt und kurz darauf jemand anderen geheiratet.«

»Jemand anderen?«, wunderte ich mich. Ein Kind zu bekommen, ohne verheiratet zu sein, war ein Riesenskandal. Zumal das Ganze ja vor vierzig Jahren in einem kleinen Dorf geschehen war.

»Cristóbal lernte eine Friseuse kennen, Guadalupe, heiratete sie und machte ihr vier Kinder. Marita, deine Schwägerin, ist die älteste dieser Brut.«

Ich war äußerst überrascht, als ich das hörte. Denn ich hatte bisher keine Ahnung gehabt, dass Marita nur Césars Halbschwester war.

»Rosina ihrerseits verdrehte einem Rohrzucker-Fabrikanten namens Amador den Kopf, der sie blitzschnell zum Altar führte und öfter bestieg als ein Hahn seine Henne.« Aurelio verschluckte sich, als er über seinen eigenen Witz lachte. »Fünf Blagen hatten sie.«

»Und bei wem lebte César? Bei seinem Vater oder seiner Mutter?«

»Genau das war das Problem. Bei beiden oder besser bei keinem. Sowohl Cristóbal als auch Rosina hatten ein neues Leben begonnen, und César war die Fleisch gewordene Erinnerung an den Fehler ihrer Vergangenheit. Er wohnte abwechselnd bei ihm oder bei ihr, aber der Hosenscheißer war immer das fünfte Rad am Wagen. Er war in keiner der beiden Familien willkommen und musste sich immer wieder anhören, dass seine Geburt ein Unfall war.«

Ich dachte eine Weile über all das nach und meinte dann: »Ich nehme an, dass César deswegen …«

So machtbesessen ist? Ein Diktator, der immer seinen Willen durchsetzen muss? Ein Tyrann, der ein kleines Mädchen heiratet, das er herumkommandieren kann? Ein vernachlässigtes Kind, das zu einem herzlosen Erwachsenen geworden ist?

Vielleicht hätte ich etwas in der Art sagen sollen, doch ich hielt mich zurück.

»… so ist, wie er ist.«

Aurelio kniff mir in den Hintern und fuhr mit seiner Erzählung fort.

»Ich erinnere mich noch gut an ein Weihnachtsfest, an dem Cristóbal und Rosina sich nicht einig wurden, wer sich um César kümmern sollte. Also holte ihn weder seine Mutter noch sein Vater von der Schule ab. Er verbrachte den Weihnachtsabend in einer Hütte mit einem Schäfer und seinem Hund, ein böses Tier, das ihn mit Bissen traktierte. Von da an hatte er eine solche Angst vor Hunden, dass er Albträume bekam und ins Bett machte. Wenn das die Leute wüssten, dass einer der mächtigsten Männer von ganz Kuba mit zehn Jahren noch ins Bett gepinkelt hat!«

Der Alte lachte so dreckig, dass ich meinen Mann verteidigte, nur um dagegenzuhalten.

»Es muss sehr hart gewesen sein, nicht geliebt zu werden, Onkel.«

»Pfft.« Aurelio versuchte mich erneut zu kneifen. »Es gibt Schlimmeres. Als mein Onkel Rafael noch ein Baby war, hat sein Vater ihn in einen Brunnen geworfen, um nicht noch ein Maul füttern zu müssen. Und meine Großmutter Pepita hat bei einem Unfall mit der Eisenbahn ein Bein verloren …«

Aurelio fuhr fort mit seinen Gruselgeschichten, bis ich von all dem Elend genug hatte und ihm nicht mehr zuhörte. Ich ließ ihn weitererzählen, bis er sabbernd und mit offenem Mund einschlief.

Seine Geschichte hatte jedoch meine Neugierde geweckt, sodass ich durchs Haus strich und unter den gerahmten Fotos nach einem Bild suchte, auf dem César als Kind zu sehen war. Dabei entdeckte ich ein altes Familienfoto an der Wand, auf dem neben dem jungen Aurelio zwei

Ehepaare – offenbar Rosina und ihr Mann Amador sowie Cristóbal mit seiner Frau Guadalupe – mit ihrer jeweiligen Kinderschar zu sehen waren. Marita war leicht zu erkennen: ein hochmütig blickendes Mädchen, das stolz in einem gesmokten Kleid posierte. César dagegen musste ich suchen, allein schon, weil er am Rand des Bildes stand und zum Teil abgeschnitten war. Da er zu keiner der beiden Familien gehörte, hatte sich wohl niemand darum bemüht, dass das Kind gut zu sehen war. Obwohl sein Blick unverkennbar war, war in den Augen dieses mageren Kindes weder Zorn noch Bösartigkeit zu erkennen, sondern nur eine tiefe Trauer und Verlorenheit. Mit einem wehmütigen Lächeln fragte ich mich, wie Gary Cooper wohl als kleiner Junge ausgesehen hatte.

21

Patricio

Ohne Gloria war Havanna nur noch halb so fröhlich, auch wenn es auf den ersten Blick nicht zu erkennen war. Der Malecón lag weiterhin im strahlenden Sonnenlicht, und die Leute saßen auf der Ufermauer und kauften Kokosnussschnitze von den fliegenden Händlern. Die Schatten in den Innenhöfen der Bodegas boten den durstigen Stadtbewohnern die ersehnte Abkühlung. Sie saßen unter den Flügeln der Ventilatoren und bestellten eiskaltes Bier. In den Hotels und Clubs spielten die Bands bis in den frühen Morgen für die Touristen zum Tanz auf. Ja, es mochte sein, dass für den Rest der Welt die Stadt nichts von ihrem Glanz eingebüßt hatte, doch ich kannte die Wahrheit: Ohne Gloria war Havanna nicht mehr so wie zuvor.

Alle Frauen, die vorbeikamen, erinnerten mich an sie. Doch wenn ich ihnen ins Gesicht sah, war der Zauber verschwunden. Ich war so sehnsüchtig und verbittert, dass ich die Fröhlichkeit um mich herum kaum ertrug. Die Boleros machten mich traurig, und verliebte Pärchen, die Hand in Hand die Straße entlangschlenderten, brachten mich auf die Palme. Zur Verblüffung meiner Freunde, die keine Ahnung hatten, was eigentlich mit mir los war, war ich zu einem unerträglichen Meckerfritzen geworden. Und eines Abends, als wir wie üblich auf der Terrasse zusammenhockten, setzten sie mir derart zu, dass ich keine andere Wahl hatte, als den Grund meines Unglücks zu verraten.

»Na, du bist ja vielleicht einer! Mit einer verheirateten Frau rumknutschen!«, schimpfte Grescas.

»Du musst gerade was sagen!«, entgegnete ich. »Vergiss nicht, dass du, nur weil ich an dem Abend entschieden habe, zu Gloria zu gehen, in Ava Gardners Bett gelandet bist.«

Als der Name der Schauspielerin fiel, verwandelte sich Grescas' Gesichtsausdruck auf einen Schlag vom harten Kerl zum Lämmchen. Das dämliche Grinsen eingschlossen.

»Ach, meine Lavinia! Angeblich ist sie jetzt mit Frank Sinatra zusammen ... Was ich überhaupt nicht verstehen kann, schließlich sehe ich viel besser aus«, beklagte er sich.

Guzmán, der genug von unserem Geplänkel hatte, unterbrach uns.

»Aber das Wichtigste habt ihr vergessen!« Er sah mich bedeutungsvoll an. »Dir ist schon bewusst, dass du mit deinem Leben spielst, oder? César Valdés macht Hackfleisch aus dir, wenn er rauskriegt, dass du seine Frau geküsst hast!«

Natürlich hatte ich daran gedacht. Nur übertraf meine Leidenschaft für Gloria die Angst um mein Leben um einiges. Meine Verliebtheit war wie ein unsichtbarer Schutzschild, der mich vor allem Bösen bewahrte. Mit ihr zusammen zu sein bedeutete, das Unmögliche zu erreichen. Deshalb war die Trennung von ihr für mich die schlimmste aller Strafen.

»Aber das ist jetzt sowieso nicht mehr von Belang«, sagte ich mit einem traurigen Seufzen. »Gloria ist fort, und wer weiß, wann sie zurückkommt. Und wenn sie irgendwann wieder hier ist, bereut sie das mit uns vielleicht.«

»Das wäre das Beste, was dir passieren kann«, meinte Guzmán mit seinem unerbittlich gesunden Menschenverstand. »Dass sie dich vergisst und nicht in Gefahr bringt.«

Grescas drückte seine Zigarette aus und öffnete drei Flaschen Bier.

»Wie auch immer, so geht es jedenfalls nicht weiter. Du kannst doch nicht die ganze Zeit wie das Leiden Christi herumlaufen«, schimpfte er. »Was ist überhaupt mit Nely? Sie ist verrückt nach dir, und du machst mit verheirateten Frauen rum!«

»Da hat er recht, man sieht sofort, dass Nely was von dir will«, bekräftigte Guzmán.

Die Wahrheit war, dass ich Nely bewusst aus dem Weg gegangen war. Seit ich Gloria geküsst hatte, war ich mir meiner Gefühle ganz sicher. Und ich sah mich nicht in der Lage, jetzt noch eine andere Frau zu küssen. Aber ich konnte Nely ja schlecht sagen, dass ich mich in eine andere verliebt hatte, und schon gar nicht, dass es sich um die Frau von César Valdés handelte. Also mied ich sie, bis ich den Mut finden würde, die Dinge zu klären.

Unterdessen gab mir Grescas eine von seinen Lebensweisheiten gratis mit und versetzte mir dabei einen kameradschaftlichen Klaps, damit ich ihm auch wirklich zuhörte.

»Eine Bettgeschichte mit Nely wäre jetzt genau das Richtige für dich. Ich sag dir, das vertreibt jeden Liebeskummer. Und bis dahin: Trink dein Bier, und ich mache dir einen Cocktail.«

Nicht umsonst wurde Kuba die »Perle der Karibik« genannt. Die Insel war ein Paradies für Cocktail-Liebhaber, die man hier *tragos* nannte. In allen Bars und Bodegas mixten die Barkeeper Rum, Säfte und Früchte mit der Hingabe eines Zauberers, der seine Tränke braut. Überall in Havanna gab es einen solchen Magier, dessen Mixtur den durstigen Gaumen verhexte. So wurde der Cocktail am frühen Abend zu einer festen Einrichtung, was, wie man sich erzählte, den Modeschöpfer Christian Dior dazu veranlasst hatte, seinen eleganten Kleidern für den Nachmittag den Namen *cocktail dresses* zu geben. Und nachdem das in den Gazetten gestanden hatte, dauerte es nicht lange, bis die vornehmen Kundinnen das Encanto aufsuchten, um der neuen Mode gerecht zu werden.

»Patricio, mein Lieber … Habt ihr dieses *cóctel dress*, von dem überall die Rede ist?«, wurde ich andauernd gefragt.

Und ich erklärte jedes Mal, was Manet, unser Modeschöpfer, mir gesagt hatte:

»Ein ›cocktail dress‹ ist kein bestimmtes Kleid, sondern ein elegantes Kleid, das kurz oberhalb des Knies endet. Üblicherweise ist es mit Spitze oder Strasssteinen verziert, und wir bieten jede Menge Modelle an …«

Genau wie bei den Kleidern gab es auch bei den Getränken etwas für jeden Geschmack. Auf den Getränke-Karten der angesehensten Hotels wurden mehrere Hundert verschiedene Cocktails angeboten. Darunter befanden sich die althergebrachten wie der Martini, der Alexander, der Old Fashioned, der Screwdriver oder der Manhattan; und auch die ausgefalleneren wie der Applejack Rabbit und der Frangipani oder die tropischen Cocktails wie die Piña Colada, der Mai Tai, die Caipirinha oder die Margaritas konnte man dort finden.

Doch die wahren Juwelen, die »Heilige Dreifaltigkeit« unter den Cocktails, das waren die drei Klassiker: der Daiquiri, der Cuba Libre und der Mojito.

Der Cuba Libre wurde im Spanisch-Amerikanischen Krieg erfunden, als amerikanische Soldaten mit einer Mischung aus Rum, Coca Cola und Limettensaft auf die Befreiung Kubas von der spanischen Kolonialherrschaft anstießen. Über den Daiquiri heißt es, dass er in der Bar La Floridita erfunden wurde, als sie noch La Piña de Plata hieß. Und der Mojito soll die Idee eines Korsaren gewesen sein, der ihn, um dank der in der Minze enthaltenen Vitamine dem Skorbut zu trotzen, seiner Mannschaft verabreichte; doch berühmt gemacht hatte ihn die allseits bekannte Bodeguita del Medio.

Schon Hemingway, der eine Menge vom Schreiben und gleichermaßen vom Trinken verstand, hatte gesagt: *My mojito in La Bodeguita. My Daiquiri in El Floridita.*

Außer wegen ihres Geschmacks waren die Cocktails auch wegen der kunstvollen Verzierungen sehr begehrt, mit denen sie ausgestattet wurden: Oliven, Maraschino-Kirschen, Sonnenschirmchen, Obstscheiben, kleine Papageien aus Papier und sogar Wunderkerzen gehörten zur Dekoration.

Guzmán und ich tranken gern mal einen Cocktail, aber wenn es einen wahren Cocktail-Fan gab, dann war das Grescas. Er hatte sie alle probiert, denn dank seiner kräftigen Statur konnte er eine erstaunliche Menge an Alkohol vertragen. In Asturien hatte er immer nur die aus sauren Äpfeln selbst gemachte Sidra in der einzigen Bar seines Dorfes getrunken, sodass er, als er auf Kuba zum ersten Mal einen süßen Daiquiri mit viel weißem Rum probierte, vor Glück beinahe gestorben wäre.

Dank seiner Arbeit in der Bodega King Kong entdeckte Grescas, dass er über eine besondere Fähigkeit verfügte.

Nachdem er sich als ehemaliger Stammkunde plötzlich auf der anderen Seite der Bar wiederfand, hatte er erst mal lernen müssen, Getränke zu servieren, anstatt sie zu trinken. Und zur Verblüffung des Wirts und der anderen Angestellten sowie zu seiner eigenen Überraschung schlug er sich gar nicht schlecht. Im Gegenteil: Trotz seines ungehobelten Auftretens hatten seine riesigen Pranken die Gabe, mit großem Geschick selbst die aufwändigsten Cocktails zubereiten zu können. Vor allem seine Mojitos waren köstlich oder, wie er selbst sagte: ein geiles Gesöff.

Angesichts seines Erfolgs als Barkeeper ermutigten Guzmán und ich ihn, seinen eigenen Cocktail zu erfinden. Doch keines seiner Experimente gelang. Bis ihn am Morgen nach der Nacht mit Ava Gardner die ersehnte Inspiration überkam. Daraufhin schloss er sich in der Bodega ein und kreierte mit dem Arsenal an Flaschen, das ihm zur Verfügung stand, einen der Cocktails, die Geschichte machten. Guzmán und ich waren dabei seine Versuchskaninchen, und sobald wir die Mischung auf der Zunge hatten, erstarrten wir. Das Getränk schmeckte gleichzeitig süß und erfrischend. Intensiv und leicht. Raffiniert und süffig. Wir tranken unsere Gläser in einem Zug leer.

»*Compay*, was ist da drin?«, fragte Guzmán.

»Ha! Als ob ich euch das verraten würde! Ein guter Barmixer verrät niemals seine Geheimnisse«, entgegnete Grescas, um sich interessant zu machen.

Guzmán leerte sein Glas bis auf den letzten Tropfen.

»Aber zumindest müssen wir dem Baby einen Namen geben«, meinte er.

»Ich könnte den Cocktail einfach Grescas nennen, nach mir.«

»Wie wär's denn mit Agapito?«, zog ich ihn auf, trotz des Risikos, mir eine einzufangen.

Und tatsächlich: Mein starker Freund verpasste mir einen Schlag in den Nacken, dass ich Sternchen sah.

»Ein guter Cocktail muss einen mitreißenden, vielsagenden, mysteriösen Namen haben …«, fuhr Guzmán fort, ohne unser Scharmützel zu beachten.

»Ein Ava Gardner!«, rief Grescas aus. »Das, was du gesagt hast, passt perfekt auf meine Lavinia.«

»Es gibt schon einen Cocktail, der Ava Gardner heißt.«

»Und was ist mit Lavinia?«

»Das hört sich an wie ›Lawine‹«, scherzte ich.

»Mir juckt's in den Fingern, jemandem eine Ohrfeige zu versetzen. Und ich weiß auch schon, wer die besten Chancen hat, sie sich einzufangen«, drohte Grescas.

Sich das Lachen verbeißend, hob Guzmán beschwichtigend die Hände.

»Überlegen wir uns etwas anderes … Was ist dein Lieblingsfilm mit Ava Gardner?«, fragte er Grescas.

»Der, wo sie das schwarze Kleid trägt, in dem sie so einen göttlichen Hintern hat: ›Forajidos – Rächer der Unterwelt‹.«

Guzmáns Blick leuchtete auf.

»Ein Forajido! Siehst du, das ist ein guter Name für einen Cocktail.«

»Klingt wirklich nicht schlecht«, brummte Grescas zufrieden.

»Und jetzt Ende der Diskussion«, sagte ich. »Mach uns lieber drei Forajidos, um auf den Forajido anzustoßen!«

»Kommt sofort«, erklärte Grescas lachend.

Grescas servierte den Cocktail seinen Stammkunden, und er kam hervorragend an. Bald schon sprach sich die Sache herum, und die Leute kamen nur, um den Forajido zu probieren. In manchen Nächten stand sogar eine lange Schlange vor der Tür. Grescas' Boss war begeistert von dem plötzlichen Erfolg und machte ihn zu seinem Chef-Barkeeper, was mit einer Gehaltserhöhung einherging. Als Erfinder des Cocktails forderte Grescas eine prozentuale Beteiligung am Verkauf, und jeden Abend nahm er dazu noch ein fürstliches Trinkgeld ein. Da er als Einziger das Rezept kannte, konzentrierte er sich darauf, einen Forajido nach dem anderen zu mixen, um alle Wünsche zu befriedigen.

Nicht mal uns, seinen besten Freunden, hatte er das Rezept verraten. Man schmeckte Rum heraus und Grenadine, doch waren dies nur zwei von unzähligen Zutaten.

»Da ist Rum drin, stimmt's?«, versuchte ich ihn hin und wieder mal zum Sprechen zu bringen. »Ich finde, er schmeckt nach Bacardí.«

»Keine Ahnung. Könnte sein«, entgegnete Grescas mysteriös, was mich auf die Palme brachte.

»Außerdem schmeckt er nach Limette … Nein, warte! Nach Ananas?«

»Keine Ahnung. Könnte sein«, wiederholte er immer wieder, ohne Weiteres preiszugeben.

Es war zwecklos. Als der Forajido richtig berühmt geworden war, war auch die Konkurrenz äußerst interessiert an dem Wunder. Und da Grescas sich nach wie vor weigerte, das Geheimnis zu lüften, wurden Cocktail-Kenner beauftragt, die die meisten Zutaten herausschmeckten. Doch die daraufhin gemischten Gertänke schmeckten nicht annähernd wie das Original. Um einen richtigen Forajido zu mixen, musste man die genaue Menge jeder einzelnen Zutat wissen, und dieses Rezept existierte nun einmal ausschließlich im Dickschädel meines Freundes.

Leider nahm das Ganze ein böses Ende, als der Erfolg des Forajido César Valdés zu Ohren kam. Er konnte es nicht hinnehmen, dass so eine Schmeißfliege wie Grescas so viel Aufmerksamkeit auf sich zog.

22

Zunächst waren Césars Versuche, an das Rezept des Forajido zu kommen, noch scheinbar freundlich. Dabei war der allererste Vorstoß besonders gut getarnt.

Eines Abends betrat eine äußerst hübsche junge Frau namens Rita die Bodega, die sofort alle Blicke auf sich zog. Wie Grescas uns nachher erzählte, sah sie wie eine Künstlerin aus, trug ein weißes Paillettenkleid, das bei jedem Hüftschwung glitzerte, und rosafarbene Schuhe. Ihr lockiges dunkles Haar hatte sie zu einem Pferdeschwanz gebunden und eine Blume hineingesteckt. Die schöne Rita setzte sich an die Bar und bestellte einen Forajido, den Grescas ihr nur zu gern servierte.

»Die Frau war eine solche Augenweide, dass ich ihren Cocktail mit besonders viel Liebe gemixt und mit einem zusätzlichen Schirmchen geschmückt habe«, gestand Grescas später.

Rita begann offen mit Grescas zu flirten, und ein paar Forajidos später küssten sich die beiden im Hinterzimmer der Bar. Gemeinsam verließen sie die Bodega, und auf ihren Vorschlag hin gingen sie zu ihm nach Hause.

Guzmán und ich saßen gerade mit unserem *fufú de plátano*, einem typisch kubanischen Brei aus Kochbananen, beim Abendessen und starrten Rita an wie die Mondkälber. Ihre dunkle Haut glänzte, und die Pailletten ihres Kleides raschelten bei jedem Schritt. Sie hatte so lange Wimpern, dass sie beim Öffnen und Schließen der Augen einen Sturm hätten auslösen können, und ihre vollen, rot geschminkten Lippen wirkten saftiger als reife Früchte. Wir waren von der neuen Eroberung unseres *compays* derart beeindruckt, dass wir gerade mal ein »Guten Abend« herausbrachten. Rita winkte uns zu, und Grescas verschwand mit ihr in seinem Zimmer.

Laut Grescas' Erzählungen begannen sie sofort, sich zu küssen, und kamen gleich zur Sache. Doch als er die Träger ihres Kleides abstreifen wollte, sagte Rita etwas, was irgendwie nicht zu der Situation passte:

»Dieser wunderbare Cocktail, den du in der Bodega gemixt hast, was ist da drin?«

»Von allem ein bisschen«, antwortete Grescas, der sie gerade viel lieber ausziehen als mit ihr über Cocktails reden wollte.

Rita hielt ihn zurück.

»Komm, Süßer, sei nett und erzähl mir, wie man ihn macht. Ich werde dein Geheimnis nicht verraten.«

»Aber wozu, meine schwarze Königin. Ich werde dir so viele Cocktails mixen, wie du willst.«

Rita sah ihn verschmitzt an.

»Machen wir einen Handel«, schlug sie ihm vor. »Für jede Zutat, die du mir verrätst, öffne ich einen Haken meines Kleides.«

Grescas war in der Zwickmühle. Einerseits machte ihr ausgeprägtes Interesse an dem Rezept des Forajido ihn allmählich argwöhnisch. Andererseits jedoch war sein Begehren, ein paar Zentimeter mehr von ihrer ebenholzfarbenen Haut zu sehen, übermächtig.

»Bacardí …«, gestand Grescas.

Sich an ihr Wort haltend, drehte Rita sich um und öffnete den obersten Haken auf der Rückseite ihres Kleides, was ihre verführerischen Schlüsselbeine sehen ließ.

»Grenadine …«, flüsterte mein Freund.

Noch ein Haken, und Grescas sah einen nackten Rücken vor sich, der ihm den Atem nahm. Mit dem nächsten geöffneten Haken fiel das Kleid zu Boden, und Ritas Körper war vollkommen unbedeckt. Grescas schickte sich bereits an, eine weitere Zutat zu verraten, doch bevor das Wort über seine Lippen kam, befahl sein Hirn seinem Unterleib, der Frau erst ein paar Fragen zu stellen.

»Warum interessiert dich das so?«

Rita antwortete mit einer Gegenfrage.

»Einfach so. Gefällt dir das Spiel nicht?«

»Doch, sehr! Macht einen Riesenspaß!«, musste Grescas zugeben.

»Na, dann … Wenn du mir das ganze Rezept verrätst, werde ich mich dafür äußerst dankbar zeigen«, raunte Rita.

»Und wenn ich es dir nicht verrate?«

Rita näherte ihre Lippen den seinen, doch wenige Zentimeter, bevor sie sich berührten, hielt sie inne.

»Vielleicht bekomme ich dann Kopfschmerzen und muss gehen. Und das wäre doch sehr schade, findest du nicht?«

Grescas küsste Rita sanft auf den Hals. Dann nahm er das Kleid vom Boden und warf es ihr zu. Zu Ritas Schrecken öffnete er anschließend die Zimmertür und forderte sie mit einer schwungvollen Geste auf zu gehen.

»Danke für alles, meine Süße. Aber ich bezahle nicht dafür, dass eine Frau mit mir ins Bett geht.«

»Aber von Geld war doch gar keine Rede«, verteidigte sie sich.

»Wenn ich mit dem Rezept des Forajido bezahle, ist das so ziemlich das Gleiche.«

»Du tust mir einen Gefallen und ich dir.«

»Bei allem Respekt, aber wenn du das so siehst, finde ich das ziemlich nuttig.«

Rita stand auf und ging auf ihn zu. Grescas fürchtete, sie beleidigt zu haben und dass sie ihn ohrfeigen würde … Doch stattdessen begann sie zu weinen. Verblüfft klopfte er ihr tröstend auf die Schulter.

»Alles in Ordnung? Entschuldige, ich bin ein Rüpel. Ich wollte dir nicht wehtun.«

»Nein, du hast ja recht«, schluchzte Rita. »Du hast vollkommen recht.«

Ritas Weinen wurde so laut, dass wir sie bis ins Wohnzimmer hörten. Unsicher, was wir tun sollten, blickten wir in Grescas' Zimmer, der uns völlig verwirrt ansah.

»Ich hab keine Ahnung, was passiert ist«, sagte er. »Aber ich hab's irgendwie vermasselt.«

Wir setzten uns mit Rita nach draußen auf die Terrasse. Guzmán kochte einen Anistee für sie, Grescas versorgte sie mit Taschentüchern, damit sie ihre Tränen trocknen konnte, und ich machte Späßchen, um sie zum Lächeln zu bringen. Dank all dem gelang es uns schließlich, sie zu beruhigen.

»Ich war schon immer ein wenig begriffsstutzig, aber das würde ich jetzt wirklich gern verstehen«, sagte Grescas, während er sich am Kopf kratzte.

Nachdem Rita die Fassung wiedergewonnen hatte, war sie bereit, die Wahrheit zu gestehen.

»Ich arbeite für César Valdés. Als Tänzerin im Calypso.«

Als Rita Césars Namen nannte, versetzte uns das sofort in Alarmstimmung, wie drei Katzen, die das Bellen eines Hundes hören.

»César hat mir befohlen, zu dir in die Bodega zu gehen, mit dir zu schlafen und mir dafür das Rezept geben zu lassen«, fuhr Rita fort. »Bitte verratet mich nicht! Wenn er herausfindet, dass ich euch alles erzählt habe, bringt er mich um.«

Die Angst in ihrer Stimme verriet, dass dies nicht einfach so dahingesagt war.

»Und das kann er einfach so tun?«, fragte ich. »Dich zwingen, mit irgendeinem Mann ins Bett zu gehen?«

»César macht mit uns, was er will. Jede Tänzerin in seinem Club hat irgendwelche Schulden bei ihm. Mir hat er Geld vorgestreckt, als meine Schwester operiert werden musste. Ich schulde ihm Tausende Dollars. Wir Mädchen im Calypso sind alle sein Eigentum.«

Grescas, Guzmán und ich sahen uns an.

»Was für ein Schwein! Das ist doch kein Leben, so von ihm abhängig zu sein! Hast du noch nie daran gedacht, zu fliehen?«, fragte Guzmán.

Rita seufzte und zuckte mit den Schultern.

»Das würde nichts bringen. Wenn ich nicht mehr da bin, müsste meine Familie dafür bezahlen«, murmelte sie traurig.

»Und jetzt solltest du also diesen Kindskopf verführen?«, fragte ich noch einmal nach und wies auf Grescas.

Rita nickte.

»Der Forajido ist derzeit das begehrteste Getränk in ganz Havanna. Und in dieser Stadt darf niemand gute Geschäfte machen, ohne dass César daran beteiligt ist. Er will dieses Rezept und wird nicht aufgeben, bis er es hat.«

Guzmán und ich blickten zu Grescas, um zu sehen, wie er reagierte. Wir wussten alle drei, dass dies ein Krieg war, den er nicht gewinnen konnte. Doch selbst in dieser Lage legte mein Freund eine bewundernswerte, eines Don Quijote würdige Haltung an den Tag.

»Na, wenn er so stark ist, dann soll er doch kommen und mich darum bitten! Und nicht eine Frau schicken, die für ihn die schmutzige Arbeit machen soll! Und schon gar nicht so ein hübsches Kind wie dich …«

Gerührt von seinem Mut, gab Rita ihm einen Kuss auf die Wange.

»Du bist wirklich süß. Bist du sicher, dass du mir das Rezept nicht geben willst? Es wäre wirklich kein Opfer für mich, mit dir ins Bett zu gehen.«

Guzmán schnaubte neidisch.

»Jetzt schau dir das an: zuerst Ava Gardner und nun diese Schönheit … Was, zum Teufel, finden die Frauen nur an diesem Gorilla?«

»Ach, Guzmancito, du kannst noch so viel von mir lernen!«, neckte Grescas unseren Freund.

»Aber wird César nicht sauer sein, wenn du ohne das Rezept zurückkommst?«, fragte ich Rita.

Das Gesicht der Tänzerin verdüsterte sich, und sie wirkte wieder traurig.

»Mehr noch. Wenn er erfährt, dass ich dich nicht ins Bett gekriegt hab, wird er mich eine hässliche Kuh nennen und mich schlagen.«

»Und wenn du sagst, dass wir die Nacht zusammen verbracht haben, ich dir das Rezept aber trotzdem nicht verraten habe?«, schlug Grescas vor.

Rita schüttelte den Kopf.

»Das ist noch schlimmer. Dann wird er mich noch heftiger verprügeln, weil ich umsonst die Beine breit gemacht habe.«

Wir schwiegen alle vier. Rita steckte wirklich in der Klemme. Das sah gar nicht gut aus – bis mir plötzlich eine mögliche Lösung des Problems einfiel.

»Ich hab eine Idee«, verkündete ich. »Sag ihm, dass Grescas dich zurückgewiesen hat … weil er in jemand anderen verliebt ist.«

»Dann wird er wissen wollen, wer die Frau ist, die noch besser aussieht als ich.«

»Ich habe nicht an eine Frau gedacht«, sagte ich mit einem hintergründigen Lächeln.

Grescas, Guzmán und Rita brauchten ein paar Sekunden, bis sie meine Anspielung verstanden hatten. Und als Grescas schließlich kapierte, was ich andeuten wollte, rastete er dermaßen aus, dass ich fürchtete, ihm könnten Flammen aus den Nasenlöchern schlagen.

»Schwul? Ich?«, brüllte er.

»Denk darüber nach. Es ist die einzige Möglichkeit, dass Rita aus der Sache rauskommt, ohne bezahlen zu müssen.«

»Eine Schwuchtel? Ich? Nie im Leben! Ich hab einen Ruf zu verlieren! Was sollen denn die Leute denken!«

»Welche Leute?«, fragte ich.

»Ich weiß nicht, na ja, die Leute eben. Meine Freunde.«

»Aber wir sind doch deine Freunde, und uns ist es völlig egal, wenn du schwul bist«, meinte Guzmán.

»Aber ich bin nicht schwul!«, brüllte Grescas der Verzweiflung nahe.

Rita beendete unseren schwachsinnigen Dialog.

»Tu etwas, oder ich muss es bitter bezahlen!«, bat sie Grescas.

Als Rita ihn mit einem flehenden Augenaufschlag ansah, gab er sich geschlagen.

»Ach, was soll's! Wenn es unbedingt sein muss, dann sag eben, ich wär schwul«, meinte er.

Und so endete das erste Kräftemessen zwischen César und Grescas, das jedoch nicht das letzte sein sollte.

Denn tatsächlich kam ein paar Tage nach der Sache mit Rita ein gut aussehender und sehr geziert tuender Mann in die Bar und bestellte einen Forajido. Als Grescas ihm das Getränk servierte, strich der Typ ihm über die Hand und zwinkerte ihm zu.

»Wann hast du hier Schluss, mein Süßer?«, fragte er Grescas rundheraus.

Ich bin sicher, dass mein Freund mich in diesem Moment am liebsten erwürgt hätte.

Irgendwie gelang es Grescas, sämtliche Lockvögel, die César schickte, loszuwerden. Doch richtig unangenehm wurde das Ganze, als der Mafiaboss keine Lust mehr hatte, auf freundliche Art um das Rezept zu bitten. So tauchte eines Abends ein Typ auf, der sich als Chefkellner des Calypso vorstellte und mit Grescas reden wollte.

Mit seiner Narbe auf der Wange und einem Kreuz, das beinahe so breit war wie das meines Freundes, hatte der Typ so viel von einem Kellner wie ich von einer Tänzerin aus dem Tropicana. Es handelte sich zweifellos um einen von Césars Killern, die wie Jagdhunde die Drecksarbeit für ihn erledigten. Grescas und der Killer gingen jeder mit einem Bier in die Küche, während Guzmán und ich an der Tür lauschten, für den Fall, dass unser Freund Unterstützung brauchte.

Der Typ bot Grescas zunächst höflich einen Job im Calypso an, wenn er mit dem Rezept des Forajido herausrückte. Als dies seine Wirkung verfehlte, versüßte er das Angebot noch mit einer großzügigen Summe Geldes als »Geste des guten Willens«. Doch Grescas lehnte erneut ab, woraufhin der andere sein Angebot verdoppelte. Für diese Summe hätte mein Freund sich eine kleine Wohnung kaufen können.

Das Vernünftigste wäre sicher gewesen, auf das Angebot einzugehen, doch wir Asturier waren noch nie für unseren gesunden Menschverstand bekannt.

»Hör zu: Dieses Rezept ist nicht zu verkaufen. Sag deinem Chef also, dass er, wenn er einen Forajido trinken will, genauso Schlange stehen muss wie jeder andere«, hörten wir Grescas großspurig sagen.

»Du machst einen großen Fehler. Ich bin kein Hellseher, aber ich bin mir ganz sicher, dass du dir schon bald wünschen wirst, mir das Rezept im Guten gegeben zu haben. Glaub mir, das wäre schlauer.«

Unser Freund seufzte mit dem Hochmut eines Angeklagten, der weiß, dass er zum Schafott geführt wird, aber zu stolz ist, um Gnade zu bitten.

»Da will ich gar nicht widersprechen«, antwortete er schließlich. »Aber ich war noch nie so schlau, das zu tun, was ich tun sollte.«

In der folgenden Nacht ließ der Killer seinen Worten Taten folgen und Grescas wurde, als er die Bodega verließ, böse verprügelt. Anschließend kam er voller blauer Flecken und mit einem blauen Auge nach Hause. Während wir seine Hämatome mit Alkohol behandelten, erzählte er uns, wie sie ihn drangekriegt hatten.

»Die Schweine hatten sich in der Gasse hinter den Mülltonnen versteckt. So hatten sie zumindest, während sie auf mich gewartet haben, den üblen Geruch von faulem Fisch in der Nase. Dann haben sie sich auf mich gestürzt und haben angefangen, auf mich einzudreschen. Aber die mussten auch ganz schön einstecken, das könnt ihr mir glauben«, schloss er stolz seinen Bericht.

»Du bist dickköpfig wie ein Maultier«, schimpfte Guzmán. »Du hättest auf das Angebot eingehen sollen, dann hättest du anstatt einer Tracht Prügel wenigstens eine Stange Geld gekriegt. Jetzt steckst du bis zum Hals in einem Krieg, den du nicht gewinnen kannst.«

Grescas zuckte mit den Schultern und stöhnte gleich vor Schmerz auf.

»Ich kann einfach nicht anders! Es geht mir furchtbar gegen den Strich, wenn man mich zu etwas zwingen will. Meine Schwester ist genauso, stimmt's?«, fragte er mich.

»Allerdings«, bestätigte ich. »Stolz wie keine andere.«

»So sind wir García de Rons nun mal. Ich erzähl euch dazu mal eine Geschichte: Eines Tages, kurz nach dem Krieg, kam der neue Bürgermeister in unserem Dorf zu meinem Vater und sagte, er solle ihm all seine Kühe übergeben. Nur weil der feine Herr zu den Kriegsgewinnern zählte und mein Vater zu den Verlierern, verdammt noch mal!«

»Und was ist passiert?«, fragte ich.

»Natürlich hat mein Vater sich geweigert, ihm die Kühe zu geben. Das wäre ja noch schöner gewesen!«

»Und ging die Sache gut aus? Durfte dein Vater die Kühe behalten?«, wollte Guzmán wissen.

»Ach was!« Grescas spuckte blutigen Speichel auf den Boden. »Aber der Bürgermeister und seine Freunde konnten was erleben, als sie in den Stall gingen. Anstatt der Kühe empfing sie eine Ladung Dynamit. Nur hatte mein Vater nicht mehr genug davon, weshalb das Pack leider nicht durch die Luft flog, sondern nur ein bisschen durchgeschüttelt wurde. Sobald sie sich davon wieder erholt hatten, sind sie auf ihn los und haben ihn so verprügelt, dass er beide Beine gebrochen hatte. Am Ende haben sie sein ganzes Vieh mitgenommen. Versteht ihr die Moral von der Geschichte?«

»Äh, nein«, gab ich zu.

»Die Moral von der Geschichte ist, dass die, die die Macht haben, immer gewinnen. Ohne Ausnahme. Aber sie müssen verdammt teuer dafür bezahlen! Und das Einzige, was uns armen Schweinen bleibt, ist der Trost, ihnen die Stirn geboten zu haben.«

Leider hatte Grescas recht, und seine Geschichte sollte sich als nahezu prophetisch erweisen, denn von da an wurde es richtig schlimm.

23

Gloria

Während unseres langen Aufenthalts in Villavaliente kam César nur ein einziges Mal zu Besuch, um nachzusehen, ob sein Onkel endlich das Zeitliche segnen würde. Und als er sah, dass dies nicht der Fall war, kehrte er wieder nach Havanna zurück.

»Während er erneut seine Koffer packte, sahen Marita und ich uns verstohlen an. Es war ungerecht, dass César in die Stadt zurückfahren durfte und wir weiterhin mit Onkel Aurelio in diesem Kaff eingesperrt bleiben sollten. Ein drohendes Gewitter lag in der Luft.

»Wir könnten doch alle drei zurückkehren«, schlug Marita vor, wobei ihr deutlich anzumerken war, dass sie sich nach dem luxuriösen Stadtleben zurücksehnte. »Ich finde, dass es dem Onkel schon wieder viel besser geht.«

»Red keinen Blödsinn«, brummte César. »Siehst du nicht, dass sein Schädel noch immer offen ist wie eine gespaltene Kokosnuss?«

»Bitte nimm mich mit!«, flehte seine Schwester. »Selbst wenn es nur für ein paar Stunden ist. Ich gehe kurz in ein paar Geschäfte und fahre wieder zurück.«

Doch César blieb hart.

»Halt den Mund! Die Familie ist heilig, und man muss immer da sein, wenn sie einen braucht.«

Auch ich verzehrte mich danach, nach Havanna zurückzukehren. Meine Sehnsucht nach Patricio konnte ich fast körperlich spüren. Doch mein Mann war so aufgebracht über Maritas Hartnäckigkeit, dass ich es nicht wagte, auch noch damit anzufangen.

»Es ist eure verdammte Pflicht, den Onkel zu pflegen, dafür seid ihr Frauen schließlich da!«, schnauzte César, bevor er durch die Tür verschwand.

Sobald er draußen war, trat Marita mit Wucht gegen einen Stuhl, sodass dieser bis zur entgegengesetzten Seite des Zimmers flog.

»Lieber Gott, nimm diese Last von mir und mach, dass der alte Bock endlich den Löffel abgibt!«, fluchte sie, bevor sie sich wütend in ihr Zimmer einschloss.

Passend zu Maritas Laune brachte der Sonnenuntergang ein furchtbares Unwetter mit sich. Der Himmel hatte die Farbe von Blei, und es roch nach feuchter Erde. Dann kam ein Sturm auf, der Onkel Aurelios Leute zwang, das Vieh in der Scheune einzusperren. Die Palmen bogen sich so stark, dass ihre Stämme zu brechen drohten und die Blätter in alle Richtungen flogen. Es fing an zu regnen, und das Wasser prasselte gegen die Fenster, dass man meinte, ein Riese trommelte mit den Fäusten dagegen, und lief in Bächen die Scheiben hinunter. Blitze erhellten den Himmel, gefolgt von furchtbarem Donner.

Als ich Onkel Aurelios Zimmer betrat, um ihm gute Nacht zu sagen, wälzte sich der Alte unruhig im Bett herum und murmelte irgendetwas vor sich her. Ich legte ihm eine Hand auf die feuchte Stirn und stellte fest, dass er hohes Fieber hatte.

»Geht es dir gut, Onkel? Erschreckt dich das Unwetter?«

Der Onkel sah mich abschätzig an.

»Bah! Es gibt wirklich Schlimmeres als ein paar Donnerschläge. Zum Beispiel die Schlangen, die sich in den Kissen verstecken, dir in die Ohren kriechen und dein Gehirn zerstören. Oder die Eidechsen, die ihre Eier in deinen Nasenlöchern ablegen, und die Mäuse, die in der Dunkelheit, wenn du schläfst, kommen und dir die Wimpern ausreißen, um Fächer daraus zu machen.«

»Das ist doch verrückt, Aurelio. Solche Tiere gibt es hier nicht. Was sollten die Mäuse denn mit Fächern?«

»Na, sich Luft zufächeln, Mädchen. Du bist ganz schön dumm.«

Der arme Mann war so bleich wie ein Laken, weshalb ich das Licht anließ, damit er sich keine Sorgen um die Wimpern ausreißenden Mäuse mehr machte.

Nachdem wir uns mit einem Krug Bitterorangensaft und einer Dose Ingwerkekse ausgerüstet hatten, flüchteten Daniela, Marita und ich uns in eines der Schlafzimmer, um dort zu dritt die Nacht zu verbringen. Meine Tochter rollte sich in meinem Schoß zusammen und schlief sofort ein, Marita jedoch konnte nicht schlafen und war immer noch schlecht gelaunt. Ich beschloss, die Situation zu nutzen, um noch mehr über die Vergangenheit meines Mannes zu erfahren.

»Ich wusste gar nicht, dass César und du Halbgeschwister seid und nur denselben Vater habt«, meinte ich.

»Wer hat dir denn das erzählt?«, schnaubte Marita. »César?«

Ich schüttelte den Kopf.

»Er erzählt mir nie etwas über seine Kindheit. Der Onkel hat es mir gesagt.«

»Der Alte ist senil. Wen interessiert schon die Vergangenheit?«

»Mich.« Ich trank einen Schluck Orangensaft. »Und dadurch ist mir vieles klar geworden.«

»Was denn?«, fragte Marita mit bösem Gesicht.

»Dass César eine Jugendsünde war. Dass er ohne die Liebe seiner Eltern aufgewachsen ist.«

Meine Schwägerin lachte bitter.

»Die Liebe, die er als Kind nicht gekriegt hat, hat er später mit Zinsen einkassiert.

»Was willst du damit sagen?«, fragte ich in der Hoffnung, sie zum Reden zu bringen.

Doch Marita war zu durchtrieben, um meine Absicht nicht zu durchschauen.

»Nichts. Wir sollten nicht darüber reden. In der Scheiße zu rühren ruft nur die Fliegen herbei.«

Als ich merkte, dass ich auf diese Art nichts mehr erfahren würde, änderte ich die Strategie und beschloss, sie anzuheizen, wie man es bei den Stieren macht, damit sic energischer werden.

Um ihre schlechte Laune zu vertreiben, holte ich eine Flasche Rum, mischte ihn mit dem Orangensaft und bot ihr ein Glas an.

»Warum hast du Angst vor deinem Bruder?«, fragte ich.

Meine Frage brachte sie aus dem Konzept, und eine Sekunde bevor sie sich wieder im Griff hatte, bewies mir eine leichte Röte auf ihren Wangen, dass ich recht hatte.

»Sei nicht lächerlich.«

»Ich habe auch Angst vor ihm«, fuhr ich fort. »Große Angst.«

»Ich habe keine Angst vor meinem Bruder, verdammt!«

Marita wurde so laut, dass ich fürchtete, sie könnte Daniela wecken. Doch meine Tochter schlief weiter und ahnte nichts von unserem Gespräch.

»Du lügst, du hast regelrechte Panik vor ihm«, beharrte ich. »Willst du wissen, woran ich das sehe? An deinen Blicken. Du lässt ihn nie aus den Augen, so wie man auch einen Tiger immer im Blick behält. In seiner Gegenwart sagst du von dir aus kein Wort, und du wagst es nicht, ihm zu widersprechen. Und das passt gar nicht zu dir. Mir gegenüber hast du immer eine große Klappe, aber du hütest dich davor, ihn zu verärgern.«

»Hallo? Vielleicht, weil ich ihn respektiere? César ist ein Mann und mein Bruder. Es ist meine Pflicht, ihn zufriedenzustellen«, verteidigte sie sich.

»Ich bin durchaus in der Lage, Respekt und Angst voneinander zu unterscheiden.«

Marita schluckte. Wir wussten beide, dass ich recht hatte, doch meine Schwägerin war zu stolz, um es vor mir zuzugeben. Ich entschied, ihr eine Atempause zu gönnen, und wechselte das Thema.

»Wie der Onkel mir erzählt hat, muss César ein sehr verbittertes Kind gewesen sein.«

»Im Gegenteil, er war ein lieber Junge. Er hat mal ein Spatzenjunges gefunden, das aus dem Nest gefallen war, und ihm in einer Kaffeedose ein Bettchen aus Watte gemacht – bis mein Vater die Dose entdeckte und das Küken dem Hund zum Fraß vorwarf.«

»Der Onkel hat auch gesagt, dass César Angst vor Hunden hatte.«

»Ja, wegen jener Weihnachtsnacht, die er bei den Schäfern verbracht hat. Die Schäferhunde haben ihn gebissen. Aber das ist längst überwunden. Und wie!«

Ein Blitz ließ mich zusammenzucken. In der Zwischenzeit hatte Marita ihren Rum mit Orangensaft getrunken und gönnte sich ein zweites Glas. Der Alkohol tat seine Wirkung, denn sie wurde unvorsichtig und redseliger.

»Ich erzähl dir jetzt mal was«, meinte sie. »Als César fünfzehn Jahre alt wurde, sind unser Vater und seine Mutter übereingekommen, ihn nach Havanna zu schicken, wo er in einer Autowerkstatt als Mechaniker ausgebildet werden sollte. César hatte zwar kein Interesse an dem Beruf, aber er hatte keine andere Wahl, als die Lehre zu beginnen.« Marita nahm noch einen Schluck. »Weißt du, wer Oswaldo García ist? Auch der ›Knochenbrecher‹ genannt?«, fragte sie mich.

Ich nickte. Natürlich wusste ich das. Oswaldo der Knochenbrecher war ein bekannter Gangster und Mörder. Er, Lucky Luciano und Meyer Lansky waren die drei Könige der kubanischen Mafia. Seine Grausamkeit war legendär, sodass, als ich ein kleines Mädchen war, der Knochenbrecher wie der *moringo* – der finstere Begleiter des Mannes, der unartige Kinder in einem Sack wegbringt – als Kinderschreckfigur benutzt wurde, damit wir unsere Bohnen aßen und schön brav waren. »Entweder du machst jetzt deine Hausaufgaben, oder ich sage es Oswaldo dem Knochenbrecher, und dann kannst du was erleben!«, pflegten die Mütter in Havanna zu sagen.

»Na ja, Oswaldo war jedenfalls Kunde in dieser Werkstatt und nahm César unter seine Fittiche«, fuhr meine Schwägerin fort.

Und auf diesse Weise hörte ich zum ersten Mal, dass eine echte Kinderschreckfigur der Mentor meines Mannes gewesen war.

»Das meinst du nicht im Ernst«, japste ich.

»Im völligen Ernst. Am Anfang wusch César sein Auto, und kurze Zeit später wurde er zu seiner rechten Hand.«

»Und wie hat er das angestellt?«

Marita schwieg erneut und lächelte vielsagend.

»Das erzähle ich dir lieber nicht. Sogar heute noch ist es gefährlich, zu viel über den Knochenbrecher zu wissen. Abgesehen davon, dass ich auch nichts weiß. Außer ...«

Dieses »außer« klang äußerst vielversprechend. Denn wie die Spitze eines Eisbergs verbarg es unter der Oberfläche noch viel mehr.

»Außer?«, wiederholte ich.

Ich schenkte Marita noch etwas Rum nach und hielt den Atem an, bis sie mit ihrer Erzählung fortfuhr.

»César hat mir mal von dem ersten großen Gefallen berichtet, den er Oswaldo getan hat. Das ist schon viele Jahre her, als mein Bruder noch ein angeberischer Teenager war. Später hat er nie mehr darüber gesprochen.«

»Bitte erzähl es mir, komm!«, bat ich mit flehender Kinderstimme.

»Alles begann damit, dass Oswaldo aus Kolumbien eine Ladung Heroin erhielt, die in die Staaten gebracht werden sollte. Dabei ging es um Drogen im Wert von mehreren Millionen Dollar. Doch was Oswaldo nicht wusste, war, dass unter seinen Männern ein Verräter war, der der Polizei einen Tipp gegeben hatte.« Unbewusst senkte Marita die Stimme. Ich rückte dicht an sie heran, um sie besser verstehen zu können. »Eines Nachts«, murmelte sie, »tauchte die Polizei in einer seiner Garagen auf, brach die Tür auf und durchsuchte alles. Oswaldo blieb gerade noch Zeit, die Drogen in einem unter der Erde verborgenen Safe zu verstecken. Aber was sollte er mit dem Schlüssel machen? Na ja, ihm fiel nichts anderes ein, als ihn in eine Wurst zu stecken, die er seinem Schäferhund zu fressen gab.«

»Das glaube ich nicht …«

»Ich schwöre es bei allem, was mir heilig ist. Tatsache ist jedenfalls, dass die Polizei den Knochenbrecher und seine Männer festnahm und ins Kommissariat bringen ließ. Von dort aus schickte Oswaldo César, einem unbedeutenden Lehrling, den die Polizei niemals beachten würde, eine Nachricht. Oswaldo wusste, dass der Club durchsucht werden würde und die Drogen gefunden werden würden, weshalb er César bat, die Pakete aus dem Safe zu holen und an einem sichereren Ort zu verstecken. Dabei gab es jedoch ein Problem.«

»Dass der Hund den Safeschlüssel gefressen hatte?«

»Und dass die Zeit drängte, sodass César nicht darauf warten konnte, dass der Schlüssel auf natürlichem Weg wieder herauskam.«

Ich konnte es nicht glauben. »César hat ihn getötet?«

Marita nickte.

»Er hat ihn ausgeweidet und den Schlüssel aus den Gedärmen gezogen. Was nicht einfach war. Dieser Hund war ein übles Biest, groß und wild. César musste sich mit eigenen Händen und nur mit einem Messer bewaffnet dem stellen, was er am meisten fürchtete. Von diesem Tag an war er nicht mehr derselbe. Und als Oswaldo wieder aus dem Gefängnis kam, schenkte er ihm zum Dank seine erste Pistole.«

Ich sah meinen Mann als Jugendlichen vor mir, voller Stolz, den toten Hund zu seinen Füßen. Er hatte sich seinem Dämon gestellt und gesiegt.

»Oswaldo ist vor Jahren an einem Infarkt gestorben, oder?«, meinte ich mich zu erinnern. »Das hab ich, glaube ich, irgendwo in der Zeitung gelesen.«

Marita nickte.

»Als er starb, war Césars Position in der Organisation so weit gefestigt, dass er sein Erbe antrat. Jetzt kontrollieren Lansky, Luciano und César die Insel.«

»Und warum hast du mir vorher nie etwas erzählt, Marita?«

»Um dich zu schützen, du Dummkopf«, antwortete sie. »Glaub mir, sich dumm zu stellen ist die beste Strategie, um zu überleben.«

Das war nur allzu wahr. Und es machte mich wütend, weil man durchaus sagen konnte, dass ich mich all die Zeit über, beinahe ohne dass es mir bewusst war, tatsächlich dumm gestellt hatte. Zwar hatte ich versucht, etwas über das Leben meines Mannes zu erfahren, aber nur so weit, dass ich gut schlafen konnte, ohne mir allzu große Sorgen zu machen. Ich musste mir auf die Zunge beißen, um Marita nicht zu sagen, dass ich dank Patricio gelernt hatte, dass die, die überleben, nicht die sind, die sich dumm oder verrückt stellen, sondern die, die niemals aufgeben und den großen Hindernissen, die sich ihnen in den Weg stellen, die Stirn bieten.

»Und euer Vater und Césars Mutter, leben die noch?«, fragte ich meine Schwägerin stattdessen.

Sie schüttelte den Kopf.

»Mein Vater starb in dem Feuer, das 1935 die halbe Provinz vernichtet hat, und Césars Mutter bei der Geburt ihres jüngsten Kindes. César sind nur seine Halbgeschwister und Onkel Aurelio geblieben. Und er ist clever genug, uns alle zu versorgen.«

»Es ist eigenartig, dass er sich so um euch kümmert«, meinte ich. »Schließlich hattet ihr doch die Liebe eurer Eltern. Ich hätte eher erwartet, dass er deswegen schlecht auf euch zu sprechen ist.«

»Genau das ist er auch! Er behandelt uns schlechter als die Schwarzen, die in seinen Nachtclubs arbeiten. Außerdem kriege ich nichts von ihm geschenkt. Deine Gouvernante zu sein ist schlimmer, als auf einem Zuckerrohrfeld zu arbeiten.«

Marita unterdrückte ein Gähnen. Nachdem sie all das gestanden hatte, machte der Rum, den sie getrunken hatte, sie schläfrig.

»Jetzt hast du alles aus mir rausgekriegt«, stellte sie in ihrem üblichen überheblichen Ton fest. »Möchte die Dame sonst noch etwas wissen?«

»Nur noch eine Kleinigkeit. Wenn du es so sehr hasst, die Zeit mit mir zu verbringen und mich überallhin zu begleiten … Warum lebst du dann noch bei uns?«

Marita sah mich tieftraurig an. Ihre Augen waren glasig, wegen des Rums und der Erinnerungen. Sie würde jeden Moment einschlafen.

»Um mich dann hier auf dem Land von den Fliegen auffressen zu lassen? Ich bin doch nicht dumm. In Havanna wohne ich in einem schönen Haus, habe Dienstboten, die mir die Unterwäsche waschen, köstliches Essen und viele schöne Kleider.«

»Bezahlt vom schmutzigen Geld eines Gangsters.«

»Ja, aber von Coco Chanel. Welche Frau würde dafür nicht ihre Seele an den Teufel verkaufen?«, sagte Marita, bevor sie die Augen zumachte und anfing, leise zu schnarchen.

Wer war ich, sie zu verurteilen? Das wirklich Schlimme an der Sache war nicht das Leben, das Marita führte, sondern dass man das, was für Marita galt, auch mir vorwerfen konnte.

24

Patricio

Sie überfielen Grescas nicht in einer dunklen Gasse oder als er allein in der Bodega war. Sie lockten ihn auch nicht im übelsten Viertel der Stadt in einen Hinterhalt. Nein, das Erschreckende war, dass sie eines Sonntagmorgens einfach zu ihm gingen, als er gerade in der Metzgerei am Paseo del Prado ein paar Koteletts kaufte. Die Straße war voll mit Sonntagsspaziergängern, vor allem Familien mit Kindern und Touristen. Ein Straßenmusiker spielte und zwei Blumenverkäuferinnen krempelten die Kleider hoch und tanzten dazu. Eine junge Frau mit hochhackigen Schuhen und einem weißen Kleid mit einem weiten Rock ging mit einem dazu passenden weißen Hund vorbei, der genauso grazil daherstolzierte wie sein Frauchen. An einem Eiswagen standen die Kinder Schlange, um sich Eis-Sandwiches mit Vanille- oder Erdbeergeschmack und Schokoladenstreuseln oder ein fruchtiges Eis am Stiel für fünfzehn Centavos zu kaufen, während sich eine Gruppe Jugendlicher mit freiem Oberkörper auf dem Weg zum Strand gegenseitig mit den Ellbogen in die Rippen stieß.

Grescas' Entführung ereignete sich innerhalb weniger Sekunden. Plötzlich standen zwei muskelbepackte Typen neben ihm, die ihn zwangen, sich auf den Rücksitz einer dunklen Limousine zu setzen. Die in Papier eingeschlagenen Koteletts blieben auf der Straße zurück.

Im Auto zogen ihm zwei weitere Männer einen Sack über den Kopf und fesselten ihn an Händen und Füßen, jedoch nicht, ohne ihm vorher eine beträchtliche Anzahl Tritte und Fausthiebe zu verpassen. Dann sorgte ein Schlag in den Nacken dafür, dass mein Freund das Bewusstsein verlor.

Grescas kam wieder zu sich, als der Wagen bremste und anhielt. Die Tür wurde geöffnet und er mit einem Tritt nach draußen befördert. Nach dem Sturz stellte er fest, dass er anstatt auf Asphalt auf Gras kniete. Landluft stieg ihm in die Nase – es roch nach Thymian und Kaninchenkacke –, und es war nur das Gluckern von Wasser und das Trillern der Vögel zu hören. Und tatsächlich: Als man ihm den Sack vom Kopf zog und seine Augen sich an das helle Licht gewöhnt hatten, sah er, dass sie die Stadt verlassen hatten. Er war von grünen Hügeln umgeben, überall wuchsen Palmen, und neben ihm plätscherte ein Bach.

Es war ein idyllischer Ort, zu dem die Situation so ganz und gar nicht passte: Grescas, der an Händen und Füßen gefesselt am Boden kniete und von zwei Killertypen bewacht wurde. Einer von ihnen war der Mann mit der Narbe auf der Wange, der angebliche Chefkellner aus dem Calypso, der zu ihm nach Hause gekommen war. Grescas war sich bewusst, dass ihm das Wasser bis zum Halse stand, spätestens dann, als auf einmal César höchstpersönlich in aller Seelenruhe aus dem Auto stieg.

»Das ist also die dickköpfige Schwuchtel«, sagte César zu dem Mann mit der Narbe. »Im Moment sieht er nicht gerade wie ein harter Kerl aus, stimmt's?«

Grescas spuckte, auf Césars weiße Schuhe zielend, auf den Boden.

»Ich heiße Grescas. Oder besser Señor Grescas, wenn du auch nur einen Funken Anstand im Leib hast.«

César belohnte das Spucken mit einem Tritt in Grescas' Gesicht.

»Und dazu ist er auch noch Asturier; das hat gerade noch gefehlt!«, sagte er, als er den Akzent seines Opfers hörte. »Eine Horde Mistkerle, die nach Kuba auswandern. Warum können die Spanier nicht einfach bei sich zu Hause verhungern, anstatt uns Kubanern auf den Geist zu gehen?«

»Ich würde ja in mein geliebtes Asturien zurückkehren, aber wer vögelt dann deine Mutter?«, höhnte Grescas. Und kassierte den ersten Faustschlag ins Gesicht.

»Meine Männer erzählen, dass du es gern von hinten magst«, fuhr César fort, wobei er immer wieder seine Faust ballte. »Und als sie dich besucht haben, warst du nachher ganz klein mit Hut.«

»Sie haben mich hinterrücks überfallen, das stimmt. Aber Tatsache ist auch, dass sie das Rezept des Forajido nicht aus mir rausgekriegt haben.«

»Genau deswegen bin ich heute hier«, sagte César lächelnd, um dann hinzuzufügen: »Meine Männer haben gesagt, dass du dir mit zwei anderen armen Schluckern die Wohnung teilst. Deinen Liebhabern wahrscheinlich. Schlaft ihr alle drei im selben Bett, um es euch gegenseitig zu besorgen?«

»Ja. Aber für einen mehr ist noch Platz. Und du bist ja ein hübsches Kerlchen.« Grescas zwinkerte César zu und sandte ihm einen Kuss.

Der sarkastische Kommentar wurde mit einem weiteren Faustschlag quittiert. Dem zweiten von vielen. Doch mein Freund war fest entschlossen, so lange wie möglich durchzuhalten. Er wusste, dass dieser Krieg von vornherein entschieden war, doch als Sohn seines Vaters würde er kämpfen bis zum Schluss.

»So, genug jetzt!« César wollte dem Ganzen ein Ende machen. »Ich habe gehört, dass du mit diesem Getränk eine Stange Geld verdienst, und das geht nicht. Gib mir das Rezept.«

»Das Rezept lautet: Hundepisse gemischt mit meinen Sackhaaren«, entgegnete Grescas mit der üblichen Eleganz.

César zog seine Pistole heraus und hielt sie meinem Freund an die Stirn.

»Sag mir, was da drin ist, oder ich puste dir auf der Stelle das Hirn weg.«

»Puste mir das Hirn weg und du wirst das Rezept nie bekommen.«

César zögerte. Grescas hatte ihn dermaßen auf die Palme gebracht, dass er ihn nur zu gern erschossen hätte, doch sein Geschäftssinn ließ ihn im letzten Moment davon absehen.

»Stimmt. Du hast recht.« César sah auf die Waffe und zuckte mit den Schultern. »Ich sollte nichts übereilen. Es gibt schließlich genügend Arten, jemanden zum Reden zu bringen.«

»Du wirst es wohl aus mir herausprügeln müssen.«

César schenkte ihm ein Lächeln, das Grescas' Blut in den Adern gefrieren ließ. Er hatte die Situation wieder unter Kontrolle.

»Nein, nein. Du kannst eine Menge einstecken, das hab ich schon gemerkt. Ich bin mehr der Typ, der sich die Dinge auf raffiniertere Art unter den Nagel reißt, Junge.«

In aller Seelenruhe zog sich César das Jackett aus, faltete es sorgfältig und krempelte sich die Hemdsärmel hoch.

Dann ging er zum Auto hinüber und nahm etwas aus dem Kofferraum. Grescas rutschte das Herz in die Hose, als er sah, dass es sich um eine Schürze und eine Zange handelte. César zog sich mit der Umsicht eines Metzgers, der ein Kalb zerkleinern und sich dabei seine Kleidung nicht beschmutzen will, die Schürze über den Anzug.

»Damit du merkst, dass ich kein übler Typ bin, darfst du wählen: die Fingernägel oder die Zähne?«

Grescas brachte vor Angst kein Wort heraus.

»Du kannst dich nicht entscheiden? Dann treffe ich die Wahl: die Zähne. So dauert es ein bisschen länger.«

César ließ die Fingerknöchel knacken und genoss die Vorstellung dessen, was nun kommen würde.

»Bevor wir anfangen, werde ich dir noch ein Geheimnis verraten«, flüsterte er. »Im Grunde interessiert mich das Rezept deines blöden Cocktails nicht die Bohne. Das Ganze ist nur eine Frage des Respekts, verstehst du? Wenn ich etwas befehle, dann hat ein Wurm wie du zu gehorchen. So läuft das nun mal. Respekt ist eine wichtige Sache. Haltet ihn fest!«, befahl er seinen Männern.

Grescas' Schreie übertönten laut das Zwitschern der Vögel, die fluchtartig die Bäume verließen und davonflogen.

Sie rissen ihm drei Backenzähne aus. Der Schmerz war derart unerträglich, dass Grescas mit seinem Geheimnis herausrückte und das Rezept des Forajido verriet. Der Hauptbestandteil war Bacardí, wie ich bereits vermutet hatte, aber der Cocktail enthielt dazu noch ein paar erlesene Zutaten wie zum Beispiel Sirup von wilder Hibiskusblüte. Die raffinierte Zusammensetzung war der endgültige Beweis, dass mein Freund ein meisterhafter Cocktailmixer war.

Grescas war überzeugt, dass César ihn töten würde, wenn er die Liste der Zutaten und die Mengenangaben aus ihm herausbekommen hatte. Doch zum Glück hatten Grescas' Schreie eine Gruppe von zwanzig Landarbeitern angezogen, die in der Nähe Bananen ernteten. Denn ansonsten hätte César meinen Freund wohl noch an Ort und Stelle umgebracht und in der Erde verscharrt.

Ich habe keinen Zweifel daran, dass César es sich gut überlegte, ob es die Mühe wert war, sich so vieler Zeugen zu entledigen. Anscheinend hatte er dann beschlossen, dass Grescas so wichtig nicht war, oder er hatte andere Dinge zu tun, jedenfalls warf er die Zange auf den Boden und machte sich mit seinen Männern auf den Weg. Die Landarbeiter halfen Grescas, der mit entstelltem Gesicht und seinen drei Zähnen in der Hosentasche nach Hause zurückkehrte.

Guzmán und ich riefen einen Arzt, um die Wunden im Zahnfleisch nähen zu lassen, und schickten unseren Freund mit einer guten Portion Schmerzmittel ins Bett. Sein Gesicht bot ein furchtbares Bild; dort, wo die Zähne fehlten, bildeten sich Entzündungen, und seine Wangen waren so heftig geschwollen, dass er aussah wie ein aufgeblasener Frosch.

»Bist du blöd!«, schimpfte Guzmán. »Warum bist du nicht gleich damit rausgerückt?«

Grescas' Mund war derart geschwollen, dass er kaum zu verstehen war, wenn er etwas sagte.

»Von wegen!«, widersprach er mühevoll. Man merkte ihm an, dass ihm jedes Wort, das er flüsterte, höllisch wehtat. »Gleich weich werden? So ist der Mistkerl wenigstens kräftig ins Schwitzen geraten, bis er gekriegt hat, was er wollte.«

»Und du hast drei Zähne verloren, Grescas«, stellte ich fest.

Er grinste uns mit seinem lädierten Mund an.

»Und sein Hemd war trotz der Schürze mit meinem Blut bespritzt!«

»Das scheint mir aber ein schwacher Trost zu sein.«

»Man muss den Diktatoren das Leben so schwer wie möglich machen. Hört zu, das ist jetzt wichtig. Ihr müsst mir einen Gefallen tun …«

Noch am selben Abend hatten sämtliche Kellner des Calypso gelernt, den Forajido zu mixen. Zweifellos hatte César dafür gesorgt, dass sie gut aufpassten. Dank der großen Nachfrage nach dem Cocktail, der gerade in Mode war, strömten die Gäste in Massen in den Club, und die Forajidos verkauften sich wie geschnitten Brot. Doch schon in der zweiten Nacht ließ der Andrang deutlich nach. Und in der dritten Nacht kamen noch weniger Leute. Nach vier Nächten bestellte fast niemand mehr einen Forajido. Mit noch blutendem Mund hatte Grescas Guzmán und mir das Rezept des Forajido verraten und uns gebeten, es jedem weiterzuerzählen, der es hören wollte.

Also machten wir beide uns fleißig daran, das Rezept in sämtlichen Hotels, Bars und Bodegas der Stadt zu verbreiten, als wären wir Priester mit der Mission, Grescas' Botschaft zu verkünden. Als wir unsere Runde beendet hatten, waren sämtliche Kellner, Barkeeper und Rumliebhaber in der Stadt in der Lage, einen einigermaßen anständigen Forajido zu mixen. Denn Grescas war es lieber, ganz Kuba in sein Geheimnis einzuweihen, als zuzulassen, dass allein César Geld daran verdiente.

Es war ein Pyrrhussieg, aber immerhin ein Sieg.

25

Die ganze Geschichte um den Forajido bestätigte mir noch einmal, was ich bereits wusste: dass César für einen Niemand wie mich der gefährlichste Feind war, den man haben konnte. Der Gangster bewies jeden Tag mehr, wie grausam er sein konnte, und allein bei der Vorstellung, was passiert wäre, wenn er mich dabei erwischt hätte, wie ich seine Frau küsste, wurde mir schlecht vor Angst.

Die Frage, warum eine Frau wie Gloria einen solchen Irren geheiratet hatte, quälte mich. Gloria hatte mir gegenüber mal angedeutet, dass es gegen ihren Willen geschehen war, aber ich brannte darauf, die ganze Geschichte zu erfahren. Ob César sie mit vorgehaltener Pistole gezwungen hatte »Ja, ich will!« zu sagen? Bei einem Mafioso war schließlich alles möglich. Hingegen war mir völlig klar, dass unsere Geschichte nicht gut ausgehen konnte. Was das anging, war die Katastrophe absehbar. Mein Verstand sagte mir immer wieder, dass keine Frau es wert war, dass ich auf dem Friedhof landete, doch dann dachte ich wieder an Glorias Lippen auf den meinen. Wie wir uns erst zögernd und dann leidenschaftlich geküsst hatten. Die Erinnerung an diesen Kuss und das Versprechen auf die Küsse, die noch folgen würden, ließen mich jegliche Vorsicht vergessen. Ich war auf der Suche nach Abenteuern nach Havanna gekommen, und ohne Zweifel war dies das größte Abenteuer meines Lebens.

Nach dem Zwischenfall mit César brauchte Grescas eine Weile, um wieder gesund zu werden. Wegen der Verletzungen im Mund konnte er nur Brei essen, und auch nur eine Silbe auszusprechen verursachte ihm Höllenqualen, sodass er seine Worte auf ein Mindestmaß reduzierte und uns, anstatt uns zu beschimpfen, mit der Faust drohte.

Unsere Angst, dass César sich dafür, dass unser Freund das Rezept des Forajido in ganz Havanna verbreitet hatte, rächen könnte, war so groß, dass wir beschlossen, uns vorsichtshalber eine andere Wohnung zu suchen. Grescas kündigte außerdem seinen Job in der Bodega, falls Césars Handlanger ihn dort suchen sollten. Es fiel uns sehr schwer, unsere wunderbare Aussicht auf die Sonnenuntergänge und die schöne Nachbarin aufzugeben, allerdings war diese Vorsichtsmaßname unumgänglich, bis dieser Irre meinen Freund vergessen hatte.

Wir zogen in eine Wohnung in der Calle Obispo, gegenüber vom Hotel Ambos Mundos, in dem Hemingway regelmäßig abstieg, wenn er in Havanna war. Tatsächlich lagen sich unsere Balkone gegenüber, sodass wir ihn regelmäßig in Unterhose vor seiner Schreibmaschine sitzen sahen.

»Ich bin wirklich ein netter Mensch«, pflegte Guzmán zu scherzen. »Ich könnte César Valdés verzeihen, dass er so ein gefährliches Arschloch ist. Ich könnte ihm sogar verzeihen, dass er uns beinahe umgebracht hätte. Was ich ihm jedoch niemals verzeihen werde, ist, dass er uns gezwungen hat, umzuziehen und die Aussicht auf La Cachitas Brüste gegen die auf einen bärtigen dicken Mann in Unterhose zu tauschen, so genial seine Bücher auch sein mögen …«

Unsere neue Wohnung ging über zwei Etagen. Sie lag in einem alten Stadthaus mit gelb gestrichener Fassade und schmiedeeisernen Balkongeländern mit Blumenmuster. Von außen sah unser Haus richtig hübsch aus, wirkte sogar ziemlich elegant, innen jedoch war es eine Bruchbude. Die Rohre quietschten jedes Mal, wenn ein Wasserhahn lief, der Holzboden knarrte bei jedem Schritt, und es war so zugig, dass dauernd irgendwo eine Tür zuschlug.

Unser Vermieter war ein schrulliger Alter, der früher mal Eintrittskarten für das Teatro Chino in der Calle San Nicolás verkauft hatte und mit einer asiatischen Frau verheiratet war. Die beiden verbrachten den größten Teil des Jahres in Macao bei ihrer Familie, und da sie wussten, dass während ihrer Abwesenheit ihr Haus in Havanna zusammenfiel, hatten sie es uns zu einem Spottpreis vermietet, allerdings mit der Auflage, es instand zu halten.

Das Beste an dem Haus war der große begrünte Hof. Ein Garten voller Bäume, der durch einen hohen Holzzaun von der Straße abgeschirmt war. Die chinesischen Lampions, die in den Bäumen hingen, waren Erinnerungsstücke an die Zeit, als unsere Vermieter noch jung waren, und nicht die einzigen Reliquien aus der Welt des Theaters. Es gab viele Souvenirs aus der Vergangenheit wie zwei große goldfarbene Löwen, die die Treppe zum Garten flankierten, Puppen aus Holz und Stoff und sogar eine Pagode aus Sperrholz neben einem Brunnen voller Karpfen.

Grescas hatte sich auf den ersten Blick in diesen Ort verliebt. Kurz nachdem wir eingezogen waren und er wieder sprechen konnte, jätete er das Unkraut, organisierte Tische und Stühle und lud ein paar vertrauenswürdige Freunde aus dem King Kong ein, um im Schatten der Bäume, in denen die Lampions leuchteten, ein paar Cocktails zu trinken.

Schon bald wurde unser Garten zur heimlichen Bodega, die wegen des asiatischen Flairs La Pekinesa genannt wurde. Dank einer treuen, diskreten Kundschaft, die unseren Garten nur mit Grescas' Segen betreten durfte, wurde dieser zum Eigentümer eines improvisierten Lokals. Die Nächte in La Pekinesa waren typisch kubanisch: Das Licht der Lampions zog die Glühwürmchen an; in der Luft lag der Duft nach frischer Minze, und die Gäste pflückten die Blätter für ihre Mojitos direkt von den Sträuchern. Grescas servierte die Getränke und kümmerte sich um den Grill, auf dem Steaks und Würstchen brieten. Für die Unterhaltung sorgten die Gäste selbst, indem sie Mambos, Boleros und Rumbas sangen. An den Wochenenden kamen noch ein paar Freunde von Guzmán dazu, die eine Band bildeten, und die Freundin des Trompeters, Conchita, erstaunte alle mit ihrer Version von *La gloria es tú*, das sie genauso gefühlvoll wie Olga Guillot höchstpersönlich sang.

Das Erste, was Grescas mit den Einkünften aus seiner *bodeguilla* machte, war, sich dort, wo wir das Gebiss für die Hermanas Chinches hatten machen lassen, die Zähne restaurieren zu lassen. Aber nur die Backenzähne! Die alten Zahnlücken wollte er behalten.

»Die Zähne hab ich mir mit dreizehn Jahren ausgeschlagen, als ich mit einem gestohlenen Huhn unter dem Arm davongelaufen und gegen einen Kastanienbaum gerannt bin. Wegen eines dürren Gummiadlers, aus dem meine Mutter allerdings Suppe für alle machte, die für eine Woche reichte. Wir haben sogar die Federn gegessen. Ich mag es, bei jedem Blick in den Spiegel daran erinnert zu werden. Dann weiß ich wieder, wie glücklich ich hier bin.«

Einige Wochen nach unserem Umzug konnten wir erleichtert aufatmen. Von ein paar Bekannten, die in Césars Club arbeiteten, erfuhren wir, dass ihr Chef, wie es aussah, mit dem Thema des Forajido abgeschlossen hatte. Er hatte Wichtigeres zu tun, als einem kleinen Fisch wie Grescas nachzulaufen, um ihm noch ein paar Zähne zu ziehen. Genau wie an dem Abend, an dem ich Césars Schuhe beschmutzt hatte, hatte uns die Tatsache, dass wir nur unwürdige arme Schlucker waren, das Leben gerettet.

Da La Pekinesa so viel Geld einbrachte, wie wir brauchten, um die Miete und die sonstigen Ausgaben für das Haus zu bezahlen, willigten Guzmán und ich ein, dass Grescas den Garten und das Erdgeschoss des Hauses von nun an ständig für seine Bodega nutzte, während das obere Stockwerk nur uns dreien vorbehalten war. Um sicherzugehen, brachten wir an der Treppe mehrere Betreten-verboten-Schilder an, was jedoch nicht verhinderte, dass ich hin und wieder ein verirrtes liebestolles Paar in meinem Zimmer vorfand.

Bei meinen *compays* und mir lief gerade alles ziemlich gut, doch ohne Gloria war es mir nicht möglich, das Leben zu genießen. Das Einzige, was mich ein wenig trösten konnte, war, mir eine Schmetterlingslilie zu kaufen und sie während der Arbeit am Revers meines Jacketts zu tragen, um ihren Duft einzuatmen. In dem Blumenladen La Rosa de Oro in der Calle Galeano war es schon bald zur Gewohnheit geworden, dass für mich jeden Morgen eine solche Blume reserviert wurde. Bis der Verkäufer, der mich sonst bediente, eines Tages krank war und ich mit leeren Händen wieder gehen musste.

Am selben Tag trat Tomás Menéndez an meinen Verkaufstisch. Señor Menéndez war im Encanto für die Werbung zuständig, und ich schätzte ihn sehr. Sein Einfallsreichtum, wenn es um gute Werbeslogans ging, war allgemein bekannt, wie der Klassiker *In El Encanto ist bereits der Frühling eingezogen* bewies. Die Sympathie, die ich für Tómas Menéndez empfand, beruhte auf Gegenseitigkeit, und hin und wieder benutzte er mich für seine neuen Einfälle als Versuchskaninchen.

»Guten Tag, Don Tomás«, begrüßte ich ihn.

»Hallo, Patricio.« Er wies auf das Revers meines Jacketts. »Heute keine Blume im Knopfloch?«

»Nein, heute waren die Schmetterlingslilien im Blumenladen bereits ausverkauft. Aber Sie sind sehr aufmerksam.«

»Es ist mein Job, auf Kleinigkeiten zu achten.« Tomás Menéndez lächelte mich verschwörerisch an. »Dürfte ich dich nach deinem Geheimnis fragen?«

Ich wurde blass. Ahnte er etwas von meiner Beziehung zu Gloria? Aber das war unmöglich! Als Señor Menéndez mein erschrockenes Gesicht sah, lachte er.

»Das war ein Witz! Ich hab es nur gesagt, weil es im neunzehnten Jahrhundert, während des Kubanischen Unabhängigkeitskrieges, üblich war, dass die Frauen kleine Zettel mit geheimen Nachrichten für die Soldaten in den Schmetterlingslilien versteckten.«

Als ich das hörte, atmete ich erleichtert auf und beschloss, mir eine kleine Vertraulichkeit zu erlauben.

»Ich muss gestehen, dass ich tatsächlich ein kleines Geheimnis habe«, sagte ich. »Ich trage diese Blume im Knopfloch, weil ihr Duft mich an jemanden erinnert.«

»Sicher an eine ganz besondere Frau, oder?«

»Die besonderste von allen«, bestätigte ich lächelnd.

Tomás Menéndez dachte über mein Geständnis nach.

»Sehr interessant. Dann handelt es sich um einen konditionierten Reflex wie beim Pawlowschen Hund«, meinte er.

»Was für ein Hund ist das denn?«, fragte ich verwirrt.

»Pawlow war ein Wissenschaftler, der jedes Mal, wenn er seinem Hund etwas zu fressen gab, mit einer kleinen Glocke klingelte. Nach einer Weile stellte er fest, dass das Tier beides miteinander in Verbindung brachte, da es, wenn es die Glocke hörte, begann, Speichel zu produzieren.«

»Stimmt, mir geht es genauso!«, rief ich aus und dachte, dass Gloria sicher begeistert wäre, von diesem wissenschaftliche Experiment zu erfahren. »Wenn ich den Duft der Schmetterlingslilie rieche, fange ich zwar nicht wie der Hund an zu sabbern, aber ich habe das Gefühl, mit …« Beinahe hätte ich »Gloria« gesagt, doch im letzten Moment korrigierte ich mich, »… ihr zusammen zu sein.«

Señor Menéndez strich sich, immer noch in Gedanken versunken, übers Kinn. »Wäre es nicht großartig, wenn es uns gelingen würde, genau so etwas in Bezug auf unser Kaufhaus zu realisieren?«

Dank einer plötzlichen Inspiration leuchtete Menéndez' Gesicht auf, und er ging um den Verkaufstisch herum, um mich zu umarmen.

»Patricio, du hast mich gerade auf die Idee meines Lebens gebracht!«

26

Gloria

Als sechs Monate vergangen waren, begannen die Fliegen zu sterben. Und wenn sie lebend eine Qual gewesen waren, waren sie es tot nicht weniger. Denn sie krepierten zuhauf an jedem Ort, sogar in den Schubfächern der Kommoden. Und das Gefühl, den Fuß in einen Schuh voller toter Fliegen zu stecken, war noch ekliger als eine Kakerlake im Essen.

Die verendeten Fliegen räumten das Feld für ihre gierige Verwandtschaft, die Stechmücken. Jede Nacht führten wir einen Krieg gegen ihr Summen und Stechen. Mein Blut musste sehr süß sein, denn das Moskitonetz konnte die kleinen geflügelten Vampire nicht davon abhalten, mich lebendig zu verspeisen. Irgendwann war ich derart von Stichen übersät, dass sie mit meinen Sommersprossen durchaus konkurrieren konnten.

Ich versuchte alles, um sie abzuwehren, rieb meine Haut mit Essig ein, hängte überall im Schlafzimmer Katzenminze auf, verbrannte Weihrauch und machte im Dunkeln kein Licht an. Doch alles war umsonst. Mein Blut war und blieb die absolute Mücken-Lieblingsspeise.

Was mich daran am meisten ärgerte, waren nicht die Stiche, die ich mir ständig aufkratzte, weil sie so sehr juckten, sondern dass Marita und Aurelio nicht einen Mückenstich hatten. Nicht einen einzigen!

»Ärger dich nicht, Mamita. Sie werden nicht gestochen, weil sie böses Blut haben«, meinte Daniela. »Die Stechmücken sind ja nicht dumm.«

Wir saßen in der Küche und aßen Suppe mit *guacharitas* – winzigen Fischen aus den Bächen, die nur zu Suppe taugten und an deren Gräten man sich leicht verschluckte. Der Tonfall meiner Tochter erinnerte mich derart an den meiner Großmutter Lala, dass ich aufhörte, an den Gräten zu kauen.

»Warum sagst du das?«, fragte ich.

»Das mit dem bösen Blut?« Daniela zuckte mit den Schultern. »Das hab ich von Lala.«

Ich hatte mich immer bemüht, Daniela von Césars düsterer Welt fernzuhalten. Natürlich hatte ich ihr nie erzählt, was mit der *dulcería* meiner Eltern geschehen war, und ich hatte auch nie ein böses Wort über ihren Vater gesagt. Und nun fand ich dank der Stechmücken von Villavaliente heraus, dass Lala meiner Tochter hinter meinem Rücken so einiges über César eingeimpft hatte.

»Du darfst nicht schlecht über deinen Vater oder deine Tante reden«, sagte ich besorgt. Ich wusste ja, wie aufbrausend César sein konnte.

»Keine Sorge, Mamita. So frech bin ich nicht. Nur wenn er nicht da ist.«

»Was hat deine Urgroßmutter dir denn sonst noch erzählt?«, forschte ich weiter.

»Dass Papi dir wehgetan hat, als er schon erwachsen war und du noch sehr jung. Deshalb soll ich bei ihm immer vorsichtig sein, hat sie gesagt.«

Als ich das hörte, lief es mir kalt den Rücken hinunter. Die Vorstellung, dass César sich an seiner eigenen Tochter vergreifen könnte, war zu schrecklich für mich.

»Dein Vater … Hat er dir schon mal irgendwas getan?«, fragte ich kaum hörbar.

»Nein, Mamita. Und das wird er auch nicht, keine Sorge. Einmal, als er zu viel getrunken hatte, ist er mir ziemlich nahe gekommen, aber ich habe ihn gewarnt, dass ich, wenn er mich anfasst, ein Geschrei mache, dass man mich selbst im Fernen Orient noch hört.«

Das war meine Tochter! Die Rebellin, die ich auch einmal gewesen war. Wenn mir in diesem Moment auch die Vorstellung, dass Daniela mit ihrem Vater solche Gespräche führte, den Atem verschlug, wusste ich nun doch zumindest, dass meine Tochter sich verteidigen konnte.

»Und was hat er darauf gesagt?«

»Er hat gesagt, dass ich ein Miststück bin und dass Lala gelogen hat. Dass ihr geheiratet habt, weil du ihn eingewickelt hast. Und dann sagte er, dass ich nun auch nicht so schön wäre, dass er sich auf mich stürzen müsste, und dass es in Havanna viel hübschere Mädchen gäbe als mich.«

Ich schüttelte mich und weinte dann vor Erleichterung. Es stimmte ja, dass César, wenn er sich an einem Mädchen vergreifen wollte, in Havanna genügend Auswahl hatte, bevor dieser Irre sich an seine eigene Tochter heranmachte. Aber wer würde dafür seine Hand ins Feuer legen? Wer konnte mir versichern, dass bei César nicht irgendwann die Sicherung durchbrannte und er auf Daniela losging?

»Keine Angst, Mamita«, sagte meine Kleine da, »Lala hat schon für meinen Schutz gesorgt: ›Durch den Glauben, die Hoffnung und die Güte des Herrn.‹«

Meine Tochter schob sich in aller Ruhe ein Stück Fisch in den Mund, und ich bemerkte die Mückenstiche auf ihrem Arm.

»Du bist auch gestochen worden?«

Sie nickte und zeigte mir stolz mehrere Stiche, als handelte es sich um Trophäen.

»Das bedeutet, dass ich kein böses Blut habe wie der Rest der Familie Valdés«, erklärte sie lächelnd.

Am Nachmittag trat ich wie üblich in Aurelios Zimmer. Ich hatte kein Eau de Cologne mehr, weshalb ich den Kamm mit Kamillentee befeuchtete.

»Es ist bereits Essenszeit, Aurelio. Ich werde der Köchin sagen, dass sie dir Tilapia mit gebratenen Süßkartoffeln macht.«

»Diese Negerin hat vom Kochen keine Ahnung«, brummte der Alte unwirsch.

Und das waren seine letzten Worte.

Als Marita kurze Zeit später aus dem Nachbarort zurückkam und ihm einen Kuss geben wollte, ereilte sie der Schrecken ihres Lebens: Onkel Aurelio war, den Mund voll mit Fisch und Süßkartoffeln, aus dem Leben geschieden.

Am nächsten Tag traf César aus Havanna ein. Nach einer glanzlosen Trauerfeier, an der außer uns niemand teilnahm, beerdigten wir den Onkel auf dem Grundstück seiner Finca. Und sobald der Alte unter der Erde war, packten wir unsere Koffer. Nach einem halben Jahr auf dem Land konnten wir endlich nach Havanna zurückkehren. Bevor wir abreisten, wurde die Wohnung ausgeräumt. Die Dienstboten erhielten die Möbel, und César und Marita die wenigen Schmuckstücke des Onkels. Ich wählte ein Fotoalbum zur Erinnerung aus.

Später im Auto, während der Chauffeur kräftig Gas gab, um die Einöde hinter sich zu lassen, erlebte ich eine Überraschung. Als ich das Album aufschlug, sah ich, dass es nur zwei

Bilder enthielt. Eines von Aurelio in jungen Jahren, bevor er zu dem verbitterten Alten geworden war, den ich kennengelernt hatte. Er posierte darauf zusammen mit einem anderen Mann, wobei die beiden sich küssten wie Mann und Frau. Das andere war ein Schwarz-Weiß-Foto von einem Huhn, das von zwei zarten Frauenhänden gehalten wurde.

Als wir Havanna erreicht hatten, stiegen Marita und ich gleich vor dem Encanto aus dem Wagen, ohne vorher zu Hause vorbeizufahren. César hatte nichts dagegen, im Gegenteil amüsierte er sich über unser »dringendes weibliches Bedürfnis«, einkaufen zu gehen. Dabei ahnte er nicht, dass mein dringendes weibliches Bedürfnis darin bestand, Patricio wiederzusehen.

»Heilige Barbara«, sagte Marita, während wir aus dem Auto stiegen, »ich brauche dringend eine neue Gesichtscreme von Ponds. Nach all der Sonne hab ich ein Gesicht wie eine Bäuerin.«

»Dann geh schon mal los, ich muss mich erst noch kurz frisch machen«, gab ich vor.

Als ich durch den Eingang des Kaufhauses trat, merkte ich, dass meine Knie zitterten. Auf den ersten Blick hatte sich nichts verändert. El Encanto war so wundervoll und elegant wie immer. Ich atmete tief durch und erlebte eine Überraschung, als mir ein vertrauter Duft in die Nase stieg: Das ganze Kaufhaus roch nach Schmetterlingslilien.

Die Erinnerung an meinen Kuss mit Patricio war so sehr mit diesem Duft verbunden, dass ich das Gefühl hatte, ihn noch einmal zu erleben. Ich wurde feuerrot und mir schwindelte ein wenig. Für einen Moment fragte ich mich, ob ich mir den Geruch vielleicht nur einbildete.

Eine der Aufzugführerinnen, eine hübsche junge Frau mit Ponyfrisur und Sommersprossen, ging an mir vorbei, und ich nutzte die Gelegenheit und sprach sie an.

»Entschuldigen Sie, riechen Sie auch diesen Duft nach Schmetterlingslilien?«

Ich fürchtete, dass sie mich für verrückt halten könnte, doch sie strahlte mich an und begann zu lachen. Ihr Lachen war wunderbar melodiös.

»Sie haben aber einen feinen Geruchssinn! Schmetterlingslilie, Verbena und noch ein paar andere geheime Zutaten«, entgegnete sie gut gelaunt. »Wenn Sie möchten, können Sie den Duft probieren.«

»Ich verstehe nicht …«

Die Aufzugführerin geleitete mich zu einem Verkaufstisch und verabschiedete sich dort. Ich blickte auf die vielen ausgestellten Parfümflakons, neben denen ein Schild stand mit der Aufschrift: *Gönnen Sie sich den neuen Duft von El Encanto*.

Verblüfft blieb ich vor den Flakons stehen. Dann hob ich den Blick und sah Patricio. Er hatte kürzeres Haar und gebräunte Haut. Und ich hätte schwören können, dass das Blau seiner Augen, als er mich erkannte, noch intensiver wurde. Er sah so gut aus, dass ich mich am liebsten gleich auf ihn gestürzt hätte. Ihn nach der monatelangen Trennung wiederzusehen war, wie nach einem langen Marsch durch die Wüste kühles Wasser aus einer Quelle zu trinken.

Wir starrten uns eine Minute einfach nur an.

»Das waren die längsten sechs Monate, vier Tage und sechs Stunden meines Lebens«, sagte Patricio endlich und seufzte vor Erleichterung.

»Wie hast du es nur geschafft, dass das ganz Kaufhaus nach uns riecht?«, fragte ich.

»Nun, das haben wir Pablo zu verdanken.«

»Wem?«

»Na, Pablo, dem Wissenschaftler mit dem Hund.«

Ich begriff, dass er Iwan Pawlow meinte, und begann zu lachen.

»Du meinst Pawlow?«, vergewisserte ich mich.

»Genau dem! In der Zeit, in der du fort warst, habe ich mir jeden Morgen eine Schmetterlingslilie ans Revers gesteckt. Und eines Tages, als ich mit Tomás Menéndez, dem Werbeleiter, redete, kam der auf die Idee, ein Parfüm zu kreieren, das die Leute mit El Encanto verbinden. Dass es nun im ganzen Haus danach riecht, liegt daran, dass der Duft durch die Klimaanlage verbreitet wird.«

»Du bist so süß, mein Lieber.«

Patricio sah mich so sehnsüchtig an, dass mir ganz heiß wurde.

»Zum Glück konnte ich den Parfümeur davon überzeugen, den Duft der Schmetterlingslilie unter die Ingredienzien zu mischen.« Er lächelte. »Ich gebe zu, dass war ein klein wenig egoistisch von mir, denn auf diese Weise hatte ich jeden Tag das Gefühl, dass du bei mir bist.«

»Von heute an werde ich nie wieder ein anderes Parfüm benutzen.« Ich streckte die Hand aus und gab vor, nach einem der Flakons greifen zu wollen, aber in Wirklichkeit wollte ich nur Patricio berühren. Als ich seine Fingerspitzen auf meiner Hand spürte, bekam ich eine Gänsehaut.

»Du kannst dir nicht vorstellen, wie gern ich dich jetzt küssen würde«, murmelte Patricio.

»Und ich erst«, raunte ich.

»Wann?«

»Bald«, versprach ich.

27

Bald.

Unglücklicherweise war dieses »Bald« nicht so einfach.

Patricio konnte unmöglich noch einmal zu mir nach Hause kommen, und ich konnte auch nicht zu ihm gehen. Mein Mann gestand mir mittlerweile relativ viel Freiheit zu, aber das nur, weil er dank Marita zu jeder Zeit wusste, wo ich mich befand. Nachdem sich in Villavaliente eine gewisse Vertrautheit zwischen meiner Schwägerin und mir eingestellt hatte, war unsere Beziehung nach der Rückkehr nach Havanna wieder abgekühlt und alles war wie zuvor. Denn in der Stadt hatte Marita nur eine Aufgabe: mich zu bewachen.

Wenn Patricio und ich uns näherkommen wollten, mussten wir sicher sein, dass uns keiner sah. Was nicht gerade leicht war auf einer Insel, wo die Leute ständig über sich und alle anderen redeten. Doch das Schicksal gönnte uns einen außergewöhnlichen Glücksfall. Es war eine Erfindung, die alle Blicke Kubas auf sich ziehen sollte: das Fernsehen.

Am Anfang war es nur ein Gerücht. Bis die Zeitungen verkündeten, dass wir das erste Land Mittelamerikas sein würden, das Fernseher bekäme. Ich mit meiner Faszination für die Wissenschaft gab keine Ruhe, bis ich ein Buch über diese unglaubliche Erfindung fand und sie ausführlich studierte. Es entzückte mich zu erfahren, dass eines der ersten Fernsehgeräte aus Fahrradachsen, einem Tisch und mit Schnüren festgebundenen Linsen aus Glas gebaut worden war. Denn daraus schloss ich, dass der Mensch mit ein wenig Geschick alles erfinden konnte. Wobei nicht jeder meine Bewunderung teilte. Meiner naiven Schwägerin zum Beispiel ging das ganze Theater um den gewaltigen technischen Fortschritt ziemlich auf die Nerven.

»Es heißt, dass es wie das Radio ist, nur zum Sehen. Kleine Menschen in einer Kiste. Das ist ja lächerlich. Ich glaube, dass man uns ganz schön auf den Arm nimmt. Oder es handelt sich um Hexenwerk«, befand sie.

»Das ist kein Hexenwerk, Marita. Das Fernsehen ist dank der kathodischen Strahlen möglich«, versuchte ich ihr die Sache zu erklären.

»Tja, was soll ich sagen, diese ›katholischen Strahlen‹ haben für mich etwas von Schwarzer Magie und gefallen mir ganz und gar nicht«, unterbrach sie mich.

»Dann nehme ich an, dass du dir diesen gefährlichen Fernsehapparat gar nicht erst ansehen willst, oder?«, fragte ich, um sie ein wenig aufzuziehen.

»Na, ich werde mir dieses Ding wohl mal anschauen. Aber wehe, wenn es Hexerei ist, dann wende ich den Blick sofort wieder ab, bevor es mir den Schädel wegbrennt, und zum Teufel damit!«

Genau wie meine Schwägerin war ganz Kuba äußerst gespannt auf die Ankunft der Fernseher, vor allem nachdem die Regierung bestätigt hatte, dass es sogar kubanische Sendungen geben würde. Aber wie sollte das möglich sein, wenn niemand einen Fernsehapparat hatte? Die Lösung des Problems lieferte schließlich das Encanto. Sie verkündeten, dass sie das erste Kaufhaus sein würden, das die magischen Geräte verkaufte.

Als der große Tag gekommen war, gab es in der Abteilung für Elektrogeräte im vierten Stock ein Fest. Die Verkäufer stellten Stühle vor die neuen Fernsehgeräte und verteilten an die Kinder Luftballons in Blau und Rot, den Farben der kubanischen Nationalflagge. Ich ging zusammen mit César ins El Encanto, und am Ende kam Marita auch mit, weil sie sich dieses Ereignis nicht entgehen lassen wollten. Bei der Kleiderwahl kamen wir ins Grübeln: Was zog man zum Fernsehen an? Wurde elegante Robe erwartet, wie man sie im Theater oder in der Oper trug? Oder setzte man sich in normaler Kleidung vor den Fernseher, vielleicht sogar im Morgenrock, wie es zum Radiohören üblich war.

Ich entschied mich vorsichtshalber für die elegante Robe, ein Bustierkleid ohne Träger – oder *parole d'honneur* wie Manet es nannte – mit einem filigranen blauen Blumenmuster und lange schwarze Handschuhe bis zu den Ellbogen. Mein Haar steckte ich zum Knoten und wählte dazu ein Brillant-Diadem und goldene Ohrringe. César beschloss, im Smoking zu gehen, und Marita trug ein Ensemble aus Rock und Jacke in Weiß und Gold.

Als wir im vierten Stock des Kaufhauses ankamen, stellten wir fest, dass wir es genau richtig gemacht hatten. Sämtliche Anwesende trugen die eleganteste Kleidung, die sie im Schrank gefunden hatten. Wir waren ein edel gewandetes Publikum, das vor einer Kiste saß.

César, Marita und ich ließen uns auf den für uns reservierten Plätzen nieder. Auf der ganzen Etage drängten sich die Leute, und sogleich waren der Fernseher und wir von Neugierigen umgeben. Alle schwiegen erwartungsvoll. Das Gerät wirkte wie eine Maschine aus einem Science-Fiction-Roman.

»Gleich beginnt die Sendung!«, rief eine Verkäuferin aus. »Meine Damen und Herren, ich werde das Gerät nun einschalten.«

Die Verkäuferin ging zu dem Apparat hinüber, während wir alle den Atem anhielten, und drückte auf einen Knopf. Man hörte ein Knistern, und plötzlich war in der Mitte des Bildschirms ein weißer Lichtpunkt zu sehen. Er wurde größer und machte schließlich dem Bild Platz. Wir alle erwarteten den Präsidenten, doch das Erste, was zu sehen war, war eine Zigarrenkiste in strahlendem Schwarzweiß. Das Bild sorgte bei allen Anwesenden für Applaus und Gelächter.

»Machen Sie den Ton an!«, befahl César.

Die junge Frau drehte an einem Knopf, woraufhin aus dem Lautsprecher des Geräts Musik zu hören war.

Die *Competidora Gaditana*! *Einfach unvergleichlich!*

Wir alle saßen wie gebannt vor dem Gerät, still und unbeweglich wie hypnotisierte Truthähne. Die Zigarren wurden von einer Flasche Bier abgelöst, und ein neues Lied ertönte:

Cristal, erfrischend und voller Geschmack; unser Stolz, unser Bier – darauf trinken wir!

Plötzlich erregte etwas meine Aufmerksamkeit und ließ mich den Blick von dem Fernseher abwenden. Patricio hatte sich einen Weg durch die Menge der Neugierigen gebahnt und gab mir mit einem leichten Kopfnicken ein Zeichen, mit ihm zu kommen. Es war nicht schwer zu entwischen. Denn mein Mann, meine Schwägerin und – möglicherweise – ganz Havanna starrten gebannt auf die Mattscheibe.

Ich folgte Patricio über eine Treppe, die nur Angestellte benutzen durften, und wir gingen bis ins oberste Stockwerk hinauf. Dort öffneten wir die Tür zur Dachterrasse. Draußen empfingen uns das Sonnenlicht und das Geschrei der Möwen. Eine angenehme Brise, die vom Meer herüberwehte, erfrischte meine Lungen und zerzauste mein Haar. Der Himmel, der mit kleinen weißen Wolken gesprenkelt war, war so blau wie Patricios Augen. In der Ferne hörte man die Autos am Malecón entlangfahren.

Ich beugte mich über das Geländer. Von so weit oben schien Havanna mit seinen Dächern und Dachterrassen, auf denen die Wäsche im Wind wehte, wie ein Miniatur-Dorf. Mit einem Mal spürte ich, wie sehr ich meine Stadt liebte. Ja, ich hatte hier viel erlitten, aber es war auch die Stadt, in der ich und auch meine Tochter geboren worden waren. Im Guten wie im Schlechten – Havanna war mein Platz in der Welt.

Patricio nahm mich an der Hand und wies auf ein Metallgestänge auf dem Dach.

»Hast du gesehen? Das ist die Fernsehantenne«, erklärte er mir.

Ich spürte die Sonnenstrahlen auf dem Gesicht zusammen mit dem Wind, der vom Meer her wehte, und es war ein so wunderbares Gefühl, dass ich mich streckte und mein Haar löste.

»Hast du mich nur hierhergebracht, um mir die Antenne zu zeigen?«, fragte ich und sah ihn von der Seite an.

Patricio grinste.

»Ich hab gedacht, das interessiert dich«, scherzte er. »Du hast es doch so mit der Wissenschaft.«

»Das heißt, wir werden heute ganz brav sein …«

»Das hab ich nicht gesagt.«

»Dann küss mich endlich, du Dummkopf.«

Mit der Stadt zu unseren Füßen küssten wir uns: kurze und lange Küsse, Küsse auf die Wange und auf den Mund, mit geöffneten und geschlossenen Lippen, mit Zunge und ohne … Wir ließen nichts aus. Einige Küsse waren leidenschaftlich, andere zärtlich. Einige sentimental, andere gewagt. Und alle waren genauso wunderbar wie der erste Kuss, sodass wir uns erst trennten, als unsere Lippen nach Hunderten Küssen wund waren.

»Wie lange sind wir schon hier?«, fragte ich.

Patricio zuckte mit den Schultern, weil er genau wie ich in einer anderen Welt war.

»Ich weiß nicht. Fünf Minuten?«

Ich sah auf meine Armbanduhr und fiel beinahe in Ohnmacht.

»Fast eine Viertelstunde!«, rief ich aus.

»Es ist klar, dass wir kein Zeitgefühl haben, wenn wir zusammen sind«, meinte Patricio.

Doch nun blieb uns keine andere Wahl, als in die Realität zurückzukehren, in unserem Fall in die Abteilung für Elektrogeräte im vierten Stock des Gebäudes. Nach einem letzten Abschiedskuss ließ Patricio mich gehen, und ich stellte erleichtert fest, dass die Menschenmenge noch immer wie gebannt vor dem Fernseher saß.

Möglichst unauffällig setzte ich mich wieder neben meinen Mann. Kurz darauf wandte sich César mir verärgert zu.

»Verdammt!« Ich erschrak, doch glücklicherweise galt seine Wut nicht mir, sondern dem Fernseher. »Dieser Scheißapparat macht dumm und lässt einen das Zeitgefühl verlieren. Wo warst du?«

»Im Waschraum, ich hatte eine Laufmasche im Strumpf«, log ich in aller Natürlichkeit. »Habe ich was verpasst?«

»Eine Rede des Präsidenten und jede Menge Werbung. Die bringen wohl nichts wirklich Lohnenswertes!«

»Na ja, mir hat es gefallen«, sagte Marita, ohne den Blick vom Bildschirm abzuwenden. »Ich will sofort einen solchen Apparat kaufen.«

Ich lächelte. Sie hatten beide nicht bemerkt, dass ich ganze fünfzehn Minuten fort gewesen war. Dank der Magie des Fernsehens.

28

Patricio

Gloria zu lieben war gleichzeitig die größte Freude und eine Qual. Manchmal stürzte ich innerhalb von Sekunden von der höchsten Euphorie in tiefste Verzweiflung, und all das hing nur von winzigen Kleinigkeiten ab.

Wenn Gloria durch die Eingangstür des Kaufhauses trat, wurde ich von überschäumender Freude ergriffen. Doch wenn mich dann ein anderer Kunde an unserer Begegnung hinderte, war das für mich die Hölle. Bis Gloria mir aus der Entfernung ein Lächeln schenkte und ich wieder ganz euphorisch wurde. Und so ging es die ganze Zeit über, jeden Tag.

So zu leben war äußerst ermüdend, aber ich hätte es für nichts auf der Welt eingetauscht. Endlich spürte ich, was es wirklich bedeutete zu leben. Meine Gefühle waren rätselhaft, widersprüchlich, animalisch, mit einer Prise gefährlicher, aber gleichzeitig unwiderstehlicher Verrücktheit. Manchmal fürchtete ich, einen Herzanfall zu erleiden. Gab es das, einen Liebesinfarkt?

Auch Grescas und Guzmán waren mit Frauengeschichten beschäftigt. Genauer gesagt, war jeder der beiden mit einer Verkäuferin aus dem Encanto zusammen, die sie über mich kennengelernt hatten. An jedem Wochenende bot das Kaufhaus im Seyca, einem Begegnungs-, Kultur- und Sport-Club, Veranstaltungen für seine Angestellten an. Ich ging dort regelmäßig hin, um mit meinen Kollegen eine Kleinigkeit zu essen, und meine beiden Freunde kamen gern mit, um mit den Mädchen zu reden.

Dort gab es viele Möglichkeiten, sich zu beschäftigen; es existierten sogar ein Pelota-Team, eine Theatergruppe und ein Chor.

Der Chor aus dem Seyca-Club war ziemlich bekannt. So sehr, dass sogar der berühmte österreichische Dirigent Herbert von Karajan bei einer seiner Aufführungen den Taktstock geschwungen hatte. Unter den Sängerinnen waren weibliche Angestellte aus allen Abteilungen, und zwei von ihnen hatten die Aufmerksamkeit meiner beiden Freunde erregt.

Guzmán war inzwischen mit Alma zusammen, einer Sekretärin aus der Verwaltung. Sie war sehr schüchtern und schweigsam wie ein Eichhörnchen. Sie konnte Schreibmaschine schreiben und beherrschte mehrere Sprachen. Und ihrem vorbildlichen Verhalten war anzumerken, dass sie aus einer guten Familie stammte. Pepa, Grescas' Freundin, war genau das Gegenteil. Sie arbeitete als einzige Frau im Lager und war so stark und so burschikos wie ein Brauereipferd. Die beiden Frauen hätten nicht unterschiedlicher sein können, waren jedoch durch das gemeinsame Singen im Chor beste Freundinnen geworden. Und zudem waren sie ausgesprochen verliebt in meine Freunde.

Alma und Pepa verbrachten an ihren freien Tagen viel Zeit in unserem Haus, tagsüber in La Pekinesa und nachts in den Schlafzimmern meiner *compays*. Und da die Wände unseres Hauses dünn wie Zigarettenpapier waren, hörte ich in jeder Nacht, in der die Mädchen bei uns schliefen, Dinge, die mir gerade noch gefehlt hatten.

Eines Nachts wurde ich von einer weiblichen Stimme geweckt, die durch die Wand zu mir herüberschallte:

»Ah, du Hengst! Nimm mich! Mach's mir von hinten!«

Aus der derben Ausdrucksweise schloss ich, dass es sich um Pepa handelte, die Frau aus dem Lager, die sich mit Grescas im Bett vergnügte.

Gleichzeitig genervt und mich fremdschämend, versuchte ich mit dem Kissen auf dem Ohr wieder einzuschlafen, doch Pepa war nicht umsonst im Chor, und mein Federkissen reichte nicht aus, um ihre laute Stimme zu ersticken.

»Weiter, weiter, du Tier, gib's mir so hart, dass ich eine Woche lang nicht mehr laufen kann!«

In der folgenden Nacht kam das Stöhnen aus dem anderen Zimmer.

»Heiliger Lazarus, gesegnet seist du!«, schrie eine andere Frauenstimme, die, wie ich vermutete, Alma gehörte, der Sekretärin mit den feinen Manieren. »Das ist so wunderbar, mein Liebster, du Sonne meines Lebens, liebster Schatz!«

Das war der Gipfel! Gleich beide Freundinnen meiner *compays* schrien beim Sex. Nur dass die eine dabei fluchte und die andere schmalziges Zeug von sich gab.

»Komm jetzt, du Hengst!«, schrie die eine.

»Heiliger Lazarus, deine süßen Küsse lassen mich dahinschmelzen!« rief die andere.

»Du geiler Tiger!«

»Mein Zuckermäuschen!«

Ein paar Ohrstöpsel machten den nächtlichen Konzerten schließlich ein Ende. Doch mich erwartete noch eine Überraschung. Eines Morgens, als ich mit beiden Paaren zusammen beim Frühstück saß und wir über das Wetter redeten, verbrannte sich Alma, die schüchterne Sekretärin, die Hand an der Kaffeekanne.

»Verdammte Scheiße!«, entfuhr es dem Fräulein.

Pepa, die burschikose Frau aus dem Lager, eilte ihrer Freundin zu Hilfe.

»Hast du dir wehgetan, meine Süße?«, fragte sie liebevoll.

Da fiel es mir wie Schuppen von den Augen: Alma war gar nicht diejenige, die die schmalzigen Worte schrie, und Pepa nicht die, die die Obszönitäten brüllte. Es war umgekehrt. Wenn die Damen Liebe machten, fluchte die feine Dame wie ein Bierkutscher und das kräftige Mädchen wählte Worte wie aus einem Kitschroman.

Beide Beziehungen hielten nicht lange. Als der Chor wegen eines Auftritts in Cabaiguán für ein Wochenende verreiste, tauschten die beiden Freundinnen meine *compays* gegen zwei Medizinstudenten aus, die sie im Zug kennenlernten. Grescas und Guzmán trösteten sich mit zwei Tänzerinnen aus dem Buena Vista, und die beiden Schreihälse waren bald vergessen. Ich jedoch hatte bei diesem Intermezzo gelernt, dass im Bett jeder ein anderer Mensch ist.

Wenn ich bei den Frauengeschichten meiner Freunde auf eines eifersüchtig war, dann, dass sie auf das Objekt ihrer Begierde jederzeit Zugriff hatten. Was Gloria und mich anging, hatten wir uns seit jener glücklichen Eskapade auf der Dachterrasse, die wir einem Fernsehapparat verdankten, nicht wieder geküsst. Das war der große Nachteil einer heimlichen Liebe, von der niemand wissen durfte.

Aus diesem Grund zur ritterlichen Minne gezwungen gewöhnte ich mir an, mir jede Geste und jeden Blick in meiner Fantasie vorzustellen. Inzwischen wusste ich genau, wie es den Männern in den vergangenen Jahrhunderten gegangen war, denen allein der Anblick des Fußknöchels ihrer Liebsten für Wochen den Verstand rauben konnte. Es machte mich verrückt, Gloria in meiner Nähe zu wissen, ohne sie berühren zu können.

Manchmal, wenn ich sie am Verkaufstisch bediente und ihre Schwägerin dabei war, waren unsere Hände nur wenige Zentimeter voneinander entfernt, und dennoch war es eine unüberbrückbare Kluft. Diese verbotenen Zentimeter brachten mich um den Verstand, doch sie vor aller Augen nicht einzuhalten, wäre Selbstmord gewesen.

Da mir nichts anderes blieb, verschlang ich meine Liebste mit den Augen. Ich kannte die Anordnung ihrer Muttermale auswendig. Auf dem rechten Arm zum Beispiel hatte sie zwölf Stück, die von ganzen Galaxien an Sommersprossen umgeben waren. So wie sich Seeleute bei ihrer Fahrt über das Meer an den Sternen orientierten, ließ ich mich von Glorias Sommersprossen leiten. Ich stellte mir vor, wie ich sie küsste und streichelte. Dabei waren es nur die Pigmentflecken, die für jeden sichtbar waren: im Gesicht, am Hals, an den Armen und den Beinen. Hin und wieder geschah das Wunder, dass ein Träger ihres Kleids über ihre Schulter glitt oder sich der Saum ihres Rocks bis auf Schenkelhöhe hob, sodass ich meiner mentalen Sammlung an Pigmentflecken noch ein neues hinzufügen konnte. Und wenn mir die, die ich sehen konnte, schon den Verstand raubten, dann erst recht die, die ich noch nicht kannte. Allein an die Muttermale zu denken, die sich unter ihren Kleidern verbargen, reichte aus, dass ich eine kalte Dusche brauchte.

Um die Distanz, die uns trennte, erträglicher zu machen, hatten Gloria und ich uns verständigt, uns an einem heimlichen Versteck Nachrichten zu hinterlassen. Dabei hatten wir uns für eine Schaufensterpuppe entschieden. Für die, die, von der Rolltreppe aus gesehen, in der Accessoire-Abteilung vor der zweiten Säule stand. Wir gewöhnten uns an, in der geschlossenen Hand der Puppe kleine Zettel zu verstecken, auf die wir, ohne einen Namen zu nennen, unsere Liebesbotschaften schrieben.

Natürlich wussten wir damals noch nicht, dass eine dieser Botschaften uns ins Verderben stürzen würde.

29

Die Nachricht bestand nur aus acht Worten – *Ich liebe Dich so sehr, dass es wehtut* –, und sie kostete uns beinahe das Leben. Ich hatte sie auf ein Stück Papier geschrieben, das ich wie eine Zigarette gerollt und in der Hand der Schaufensterpuppe versteckt hatte.

Da es noch früh war und das Kaufhaus noch nicht geöffnet hatte, war außer uns Angestellten niemand im Haus. Ich beschloss, zum Verwaltungsbüro im fünften Stock hinaufzugehen, um mein Gehalt abzuholen, doch als ich mich der Treppe näherte, hörte ich hinter mir einen Pfiff.

»Fährst du mit mir, Asturier?« Nely forderte mich mit einer Geste auf, ihr in den Aufzug zu folgen.

»Warum nicht. Vierter Stock«, sagte ich, während wir in den Aufzug ganz links stiegen.

Nely drückte mit der üblichen Ungezwungenheit auf den entsprechenden Knopf.

»Gleich geht es los: drei, zwei eins … Jetzt. Du hast abgenommen, weißt du das?«

Ich hatte den Eindruck, einen gewissen Groll aus ihrer Stimme herauszuhören.

»Ja … und?«

»Ich meine, weil du doch so ein sportlicher Typ bist. Du nimmst nie den Aufzug, sondern immer die Treppe.«

Sie hatte recht. Und die Wahrheit war, dass ich ihr seit Monaten aus dem Weg ging.

»Weichst du mir etwa aus?«, sagte sie derart treffsicher, dass ich fürchtete, sie hätte meine Gedanken gelesen.

»Nein, das ist es nicht, Nely …«

»Und wir küssen uns auch nicht mehr.«

Ich seufzte. Natürlich hatte ich gewusst, dass dieser Moment irgendwann kommen würde. Es war nur logisch. Seit dem Abend, an dem ich anstatt zu Ava Gardner zu Gloria gegangen war, hatte ich mein Verhalten Nely gegenüber geändert. Denn in dieser Nacht hatte ich auch die Wahl zwischen Nely und Gloria getroffen.

Seit jenem Tag hatte ich Nely nicht mehr geküsst. Wir gingen nach wie vor mal zusammen ins Kino und zum Essen, aber unsere Vertrautheit ging nicht mehr so weit wie früher. Ich war auf Abstand gegangen, und eigentlich wunderte es mich, dass Nely so lange gewartet hatte, um mich nach meinen Gründen zu fragen.

Doch jetzt konnte ich die Sache nicht länger hinauszögern. Nun war der Zeitpunkt gekommen, aufrichtig zu ihr zu sein und ihr zu gestehen, dass ich eine andere Frau liebte.

»Ehrlich gesagt, muss ich dir etwas erklären …«, begann ich.

Der Aufzug hielt in der ersten Etage, und Don Gato stieg ein. Zum ersten Mal in meinem Leben freute ich mich, ihn zu sehen, da wir in seinem Beisein unser Gespräch nicht fortsetzen konnten.

Ich verließ den Aufzug mit dem Gefühl, ein richtig mieser Schuft zu sein. Zwar hatte ich Nely nie irgendetwas versprochen, doch es war offensichtlich, dass sie sich Hoffnungen gemacht hatte, und ich war so gemein gewesen, ihr nicht die ganze Wahrheit zu sagen. Wieso war ich, wenn es um Gloria ging, so mutig und bei Nely so ein Feigling?

Vielleicht weil ich bei Gloria das Richtige tat, der Stimme meines Herzens folgte und der Sache mit Nely nicht gewachsen war … Um mein Gewissen zu beruhigen, beschloss ich, sie noch am selben Tag zum Essen einzuladen und ihr reinen Wein einzuschenken.

Nachdem ich diesen Entschluss gefasst hatte, wurde meine Laune wieder besser, und ich stürzte mich in die Arbeit. Inzwischen hatte das Encanto die Türen geöffnet, und die Kunden strömten herein. An diesem Morgen war ich für die Accessoire-Abteilung eingeteilt, um dort Gürtel zu verkaufen.

Kurz darauf kam Gloria in Begleitung von César und Marita herein. Normalerweise kam César nicht mit, wenn die Frauen einkaufen gingen, doch an diesem Tag hatte er offenbar nichts Besseres vor. Während er und seine Schwester sich ein paar Manschettenknöpfe ansahen, nutzte Gloria die Gelegenheit, mir zuzuzwinkern. Danach ging sie zu unserer Schaufensterpuppe hinüber und fasste verstohlen nach der Hand, um den Zettel mit meiner Nachricht herauszuholen. Doch leider hatte sie das Pech, dass jemand hinter der Puppe stand, der plötzlich auftauchte, was sie zusammenfahren ließ.

»Kann ich Ihnen helfen, Señora?«

Es handelte sich um Don Gato, der leider zu der lästigen Sorte Verkäufer zählte, die sich den Kundinnen aufdrängten, um ihnen etwas aufzuschwatzen.

Vor Schreck und aus Angst, weil sie etwas Verbotenes tat, stieß Gloria gegen die Schaufensterpuppe, die daraufhin umkippte. Dabei fiel der Zettel mit meiner Nachricht aus ihrer Hand. Gloria bückte sich, um die Puppe aufzuheben, wobei sie vor allem das Stück Papier verschwinden lassen wollte, das auf dem Boden lag.

»Bitte bemühen Sie sich nicht, Señora«, sagte Don Gato eilfertig. »Das mache ich schon.«

»Das macht mir keine Mühe«, beharrte Gloria und versuchte, jegliches Aufsehen zu vermeiden.

Doch es war bereits zu spät. César war auf den Tumult aufmerksam geworden und trat an die Seite seiner Frau.

»Wie kann man nur so ungeschickt sein!«, schimpfte er. »Komm, lass das liegen, darum kümmert sich der Verkäufer«, fügte er hinzu, und Don Gato kam seinen Wünschen eilig nach.

Während Don Gato die Puppe wieder aufstellte, wollte Gloria meine Nachricht in der Tasche verschwinden lassen, doch bevor sie das tun konnte, griff César nach ihrer Hand. Ich sah, wie Gloria erbleichte, als César das Papier entdeckte.

»Was hast du da?«, fragte er und nahm ihr das Papier aus der Hand.

»Ich weiß nicht. Das hab ich auf dem Boden gefunden«, stammelte Gloria.

»Auf dem Boden?«

»Ja …«, brachte sie mühsam heraus.

Als César das Papier entrollte und die Botschaft las, verdüsterte sich sein Gesicht. Von meinem Verkaufstisch aus konnte ich sehen, wie sich seine Nasenflügel vor Wut blähten, und mein Herz begann vor Angst zu rasen.

»Lüg mich nicht an, Gloria! Verdammt, wer hat dir das gegeben?«

»Niemand. Ich schwöre, das gehört mir nicht. Der Zettel lag auf dem Boden, und ich hab ihn nur aufgehoben.«

Die Lage war so heikel, dass ich unbedingt sofort etwas tun musste. Unauffällig verließ ich meinen Verkaufsbereich und eilte zu den Aufzügen hinüber. Zum Glück war Nelys Aufzug gerade im Erdgeschoss.

»Du hast recht«, erklärte ich ihr ohne Umschweife.

Nely war ziemlich überrascht, als ich plötzlich einfach so in ihre Kabine stürzte.

»Womit?« Sie sah mich verständnislos an.

»Dass ich mich dir gegenüber in letzter Zeit äußerst seltsam benommen habe. Aber das hat seinen Grund.«

»Welchen?«

»Sieh mal bei der Schaufensterpuppe in der Accessoire-Abteilung nach, bei der an der zweiten Säule von der Rolltreppe aus. Ich habe in ihrer Hand eine Nachricht für dich versteckt.«

Ich beendete meinen Auftritt mit einem Kuss auf ihren Mund und ging, bevor sie etwas erwidern konnte.

Nely war meine Verrücktheiten gewohnt, weshalb ich mir sicher war, dass sie mitspielen würde. Fast sicher.

Als ich zu meinem Verkaufstisch zurückkam, hatte der Streit zwischen César und Gloria bereits üble Formen angenommen.

»Hältst du mich für einen Idioten? Einen Volltrottel? Ist es das?«, fuhr er sie an.

»Ich schwöre dir, dass diese Nachricht nicht für mich bestimmt war!« Gloria sprach so ruhig wie möglich, um ihren Mann nicht noch mehr zu verärgern. »Was muss ich tun, damit du mir glaubst?«

Beide schwiegen, Gloria sah zu Boden und César ballte aufgebracht die Fäuste. Ich hatte Angst, dass er im nächsten Moment auf seine Frau losgehen würde, und machte mich schon bereit, ihr zu Hilfe zu eilen, da trat Nely nichts ahnend zu der Schaufensterpuppe und inspizierte deren Hand.

Mein Plan hatte funktioniert. Aufatmend blieb ich hinter meinem Verkaufstisch stehen, wobei ich Nely im Auge behielt, die immer noch die Hand der Schaufensterpuppe untersuchte.

»Ich frage dich zum letzten Mal: Woher hast du dieses Stück Papier?«, sagte César zu Gloria.

»Ich hab es dir doch schon gesagt. Es lag auf dem Boden. Ich habe es aufgehoben, nachdem die Schaufensterpuppe umgefallen war. Wahrscheinlich steckte es in der Puppe.«

Nely hob den Kopf und unterbrach die beiden.

»Entschuldigen Sie, Señora, haben Sie gerade gesagt, dass Sie eine Nachricht gefunden haben, die in der Puppe war?«

Gloria nickte, ohne zu verstehen, woher die plötzliche Rettung kam, doch nur allzu gern ergriff sie die Chance, die Sache glimpflich zu beenden.

»Dann ist es eine Nachricht für mich. Entschuldigen Sie die Unannehmlichkeiten«, erklärte Nely. »Kann ich jetzt bitte diesen Zettel haben?«

César zog die Augenbrauen zusammen und schüttelte verärgert den Kopf, als er begriff, dass er einer Verwechslung zum Opfer gefallen war.

»Für solche Späße habe ich keine Zeit, Señorita! Und auch Sie sollten besser Ihre Arbeit machen, als solchen Kindereien nachzugehen.«

Er zerknüllte das Stück Papier und warf es auf den Boden. Gloria hob den zerknitterten Zettel rasch auf und reichte ihn der Aufzugführerin.

»Hier, nehmen Sie. Es ist ein kleiner Liebesbrief«, sagte sie.

Nely lächelte zufrieden, als sie das hörte.

»Ich weiß. Er ist von jemand ganz Besonderem.«

Als Gloria hörte, dass ich »jemand ganz Besonderes« für Nely war, konnte sie ihre Überraschung kaum verbergen.

»Ihr Liebster?«, fragte sie.

»Es war Liebe auf den ersten Blick«, sagte Nely und nickte.

Gloria sah herüber und warf mir einen gleichzeitig verwirrten und verletzten Blick zu.

»Sie haben sehr großes Glück, Señorita. Auf Wiedersehen.«

Nely las das *Ich liebe Dich so sehr, dass es wehtut*, das auf dem Zettel stand, und kam zu mir herüber.

»Ich liebe dich auch«, flüsterte sie mir zu, während ich mit blutendem Herzen zusah, wie Gloria die Accessoire-Abteilung verließ.

Ich hatte Gloria aus großer Gefahr gerettet, jedoch um den Preis, ihre Gefühle zu verletzen und Nely glauben zu lassen, dass ich in sie verliebt wäre.

Nun saß ich ganz schön in der Patsche. Anstatt die Sache mit Nely zu klären, hatte ich alles nur noch schlimmer gemacht. Das war garantiert nicht die beste Art und Weise, jemandem reinen Wein einzuschenken.

30

Gloria

Zu meinem Geburtstag organisierte César für mich ein großes Fest im Tropicana. Normalerweise feierten wir immer im Calypso, aber unser Nachtclub wurde gerade umgebaut und bekam eine Glaskuppel. Und deswegen hatte mein Mann beschlossen, dass wir uns im Tropicana auch gut amüsieren würden. César sagte immer, dass man einen Geburtstag nur dann wirklich genießen könne, wenn man ihn zusammen mit der Familie und Freunden feierte. Doch da ich keine Familie mehr hatte – meine Mutter und meine Großmutter waren wie Aussätzige für meinen Mann –, lud er seine Mafia-Freunde und deren oberflächliche Frauen ein.

So kam es, dass ich in der Nacht meines Geburtstages zur Königin einer riesigen Feier wurde mit lauter Leuten, die ich nicht kannte. Wobei es eigentlich keine Rolle spielte, dass mir zu Ehren gefeiert wurde, denn bei jedem Fest, das im Tropicana stattfand, waren es letztendlich der Nachtclub und seine Show, die alle Blicke auf sich zogen.

Das Freiluft-Revuetheater befand sich in einem riesigen tropischen Garten am Stadtrand Havannas. Die verschiedenen Räumlichkeiten waren von echten Palmen, Pinien und Kakaopflanzen umgeben, und die Büsche und Kletterpflanzen wucherten in üppigem Grün. Inmitten dieses kleinen Urwalds taten sich immer wieder Lichtungen auf, von farbigen Glühbirnen erleuchtet, die wie bunte Sterne in den sich verzweigenden Lianen und Bäumen hingen und ihr magisches Licht über die Brunnen warfen, die den Mittelpunkt jeder Lichtung bildeten. Frisches Wasser sprudelte über die steinernen Ränder, um die nächtliche Hitze des Dschungels ein wenig abzukühlen, und jede Fontäne war mit einer anderen Tierfigur geschmückt: Delfine, Frösche, Robben und andere Wasserkreaturen schienen sich hier zu tummeln.

Gleich in der Nähe des Eingangs befand sich das Casino mit seinen Roulette-, Würfel- und Black-Jack-Tischen und den Spielautomaten. Die Bühne und die Tanzfläche lagen im Freien, und auf Ersterer gab ein schwarzer Sänger in einem smaragdfarbenen Anzug Rumbas und Boleros zum Besten, begleitet von den Klängen eines Pianos, das im Pflanzendickicht fast verschwand, und der dazugehörigen Combo, deren Musiker Rüschenhemden in allen Farben des Regenbogens trugen.

Doch das, wofür der Club weltberühmt war, waren seine Tänzerinnen: Die schönsten Mädchen der Karibik boten sich in ihren mit Pailletten oder Strasssteinen dekorierten Dessous lächelnd den Blicken der Gäste dar. Ihre Haut schimmerte von Glitzerstaub bestäubt, und wenn sie, von dem üppigen, aus Federn oder Früchten bestehenden Kopfputz gekrönt, ihre makellosen Körper zur Musik bewegten, stockte einem der Atem, so überirdisch schön waren sie. Die Tänzerinnen aus dem Tropicana waren mindestens so berühmt wie die Cancan-Tänzerinnen des Moulin Rouge in Paris und der Traum aller Männer. Göttinnen aus Fleisch und Blut, die so verführerisch die Hüften schwangen, dass man damit Tote hätte zum Leben erwecken können.

Jede andere Frau in Havanna wäre vielleicht beglückt gewesen, an diesem außergewöhnlichen Ort ihren Geburtstag zu feiern, ich jedoch nicht. Das lag gewiss nicht am Tropicana und seiner atemberaubenden Show, und auch nicht an den Gästen, die mir – obwohl sie mich nicht kannten – Geschenke mitgebracht hatten und sich alle Mühe gaben, freundlich zu sein. Mein Unglück an diesem Abend rührte daher, dass mir das Wichtigste fehlte: Patricio. Ich vermisste ihn so sehr, dass ich meine glanzvolle Geburtstagsfeier im Tropicana gern gegen einen Abend am Malécon eingetauscht hätte, solange dieser junge Mann nur neben mir auf der Mauer gesessen hätte.

Seit dem Zwischenfall im El Encanto, als César unsere Liebesbotschaft entdeckt hatte und wir fast aufgeflogen wären, hatte ich Patricio nicht mehr gesehen. Auf irgendeine Weise hatte er die Situation gerettet, allerdings verstand ich nicht, was die Aufzugführerin mit der Ponyfrisur damit zu tun hatte. Was hatte sie damit gemeint, dass Patricio ihr Liebster sei? War er etwa mit ihr zusammen und hatte es mir verschwiegen? Es hatte sich keine Gelegenheit mehr ergeben, mit ihm darüber zu reden und die Sache zu klären, und die verdammte Eifersucht quälte mich furchtbar. Was völlig verrückt war, wenn man bedachte, dass ich ja auch verheiratet war, aber ich konnte nichts dagegen tun.

Bei jedem Liebeslied musste ich an ihn denken.

No existe un momento del día
en que pueda apartarme de ti …
El mundo parece distinto
cuando no estás junto a mí …

Ich möchte an keinem Moment des Tages
getrennt von dir sein …
Die Welt scheint eine andere zu sein,
wenn du nicht bei mir bist …

Der schwarze Sänger in dem grünen Smoking sang *Contigo en la distancia* mit so viel Gefühl, dass ich mich unglaublich zusammenreißen musste, um die Tränen zurückzuhalten. Da saß ich nun am besten Tisch des Nachtclubs vor einer riesigen Schokoladentorte und war so untröstlich wie der liebende Landmann aus dem Lied, als plötzlich eine *cigarrera* vor mir stehen blieb, eine junge Frau in einem kurzen Kleid, die einen Bauchladen mit Zigarren und Süßigkeiten trug und mir mit einem verschwörerischen Lächeln einen kleinen Strauß Schmetterlingslilien hinhielt.

»Das soll ich Ihnen geben, *miss*.«

Ein Hoffnungsschimmer ließ meine Traurigkeit verfliegen, und ich blickte mich aufgeregt um. César verteilte gerade Montecristo-Zigarren unter seinen Freunden, und Marita tanzte und stellte ihr neues Kleid zur Schau. Ich konnte Patricio nirgendwo entdecken, aber ich wusste ganz sicher, dass die Blumen von ihm waren. Ich steckte die Nase in das Sträußchen, um ihren Duft einzuatmen, und die *cigarrera* beugte sich vor und raunte mir eine Botschaft ins Ohr.

»Ich soll Ihnen von Ihrem Verehrer ausrichten, dass er am Froschbrunnen auf sie wartet«, flüsterte sie, bevor sie sich entfernte.

Mit klopfendem Herzen erhob ich mich vom Tisch, an dem wir alle saßen. Als ich an César vorbeiging, erfand ich eine Entschuldigung, um mich entfernen zu können, ohne seinen Argwohn zu wecken.

»Ich habe dahinten eine Freundin von Marita gesehen, die möchte ich kurz begrüßen.«

César nickte, ohne mich anzusehen, während er sich mit seinen Mafia-Freunden über irgendetwas kaputtlachte.

Also machte ich mich im Urwald des Tropicana auf die Suche nach dem Froschbrunnen. Ein paarmal verlief ich mich, doch dank der Hinweise mehrerer Angestellter gelangte ich schließlich in einen abgelegenen Bereich der Außenanlage, wo sich auf einem verschwiegenen Plätzchen, das von tropischen Pflanzen überwuchert war, ein Brunnen mit einem steinernen Frosch befand.

Patricio stand bei dem plätschernden Wasser und erwartete mich. Er trug einen Smoking, in dem er wie ein Filmschauspieler wirkte. Tatsächlich sah er *so* gut aus, dass mir ganz heiß wurde.

Mit einem unterdrückten Jubelschrei stürzte ich in seine Arme. Wir küssten und umschlangen uns so heftig, dass wir beinahe in den Brunnen gefallen wären. Ich war so erregt, dass ich ihm am liebsten auf der Stelle die Kleider vom Leib gerissen hätte.

»Hast du etwa gedacht, dass ich deinen Geburtstag vergesse?«, flüsterte er mir ins Ohr, während er meinen Hals küsste.

Seine Hände glitten unter mein Kleid, und seine Zärtlichkeiten elektrisierten meinen Körper. Ich wollte mich ihm so gern hingeben, doch zunächst musste ich etwas klären.

»Die Aufzugführerin aus dem Encanto. Hast du was mit ihr?«, fragte ich und sah ihn forschend an.

Der Blick aus seinen Augen war so aufrichtig, dass ich wusste, er würde mich nicht belügen.

»Sie heißt Nely«, antwortete er. »Wir sind gute Freunde, das ist alles.«

»Und habt ihr euch schon mal geküsst?«

»Ja.«

»Nun, dann seid ihr doch wohl mehr als nur gute Freunde«, stellte ich fest, um dann zu fragen: »Und hat es dir gefallen?«

»Es wäre gelogen, wenn ich das abstreiten würde.«

»Liebst du sie denn?«

»Nein.«

»Was empfindest du dann für sie?«

»Nely ist mehr für mich als eine Freundin, das stimmt«, gestand er da. »Wir verstehen uns gut. Sie ist gewitzt, lustig und hübsch, und sie liebt mich. Ich wünschte, ich könnte mich auch in sie verlieben. Mein Leben wäre um vieles einfacher, wenn ich sie lieben würde. Und ich schwöre dir, ich habe es versucht. Wirklich. Aber ich kann nicht.«

Ich starrte wie hynotisiert auf seine Lippen, die sich beim Sprechen bewegten. Ich hörte seine Worte, aber ich konnte nur daran denken, dass ich diesen Mund küssen wollte, der mir nun die Antwort geben sollte, die ich so erhoffte.

»Warum?«, mumelte ich.

»Wegen dir. Weil ich dich liebe, Gloria. Ich liebe dich gegen alle Vernunft. Denn dich zu lieben ist wie mit verbundenen Augen zu laufen oder wie ohne Netz in die Tiefe zu springen. Das zwischen uns ist völlig verrückt, unkontrollierbar, es ist gefährlich. Und doch liebe ich dich, wie ich noch nie zuvor jemanden geliebt habe.«

Da küsste ich ihn so heftig, dass ich mit den Zähnen gegen seine Lippen stieß und den metallischen Geschmack seines Bluts auf meiner Zunge spürte. Lieber soll die Welt untergehen, dachte ich, als dass dieser Kuss jemals zu Ende geht.

Und plötzlich, als wollte das Universum meinen Wunsch erfüllen, gingen in der Stadt alle Lichter aus.

31

Am 22. Dezember 1951, abends um zehn nach neun, wurde es in ganz Havanna auf einmal dunkel. Später erfuhren wir, dass in das zentrale Elektrizitätswerk der Blitz eingeschlagen hatte und die ganze Stadt ohne Strom war. Doch in diesem Moment dachten Patricio und ich, dass wir mit unserem leidenschaftlichen Kuss die Sicherungen zum Durchbrennen gebracht hätten.

Die plötzliche Dunkelheit sorgte im Tropicana für allgemeine Verwirrung. Um uns herum war erstauntes Lachen zu hören, Leute riefen »Es werde Licht!«, dann wieder erklangen panische Schreie. Patricio und ich fassten uns an den Händen, suchten im Mondlicht einen Weg durch die wilden tropischen Pflanzen und Bäume und gelangten schließlich zu einer Hütte. Die Angestellten des Nachtclubs hatten ein paar Kerzen angezündet, um in der Dunkelheit etwas sehen zu können.

»Was ist passiert?«, fragte Patricio eine der Tänzerinnen, die an einer Palme lehnte.

»Angeblich ist in der ganzen Stadt der Strom ausgefallen. Hier ist die Show jedenfalls zu Ende. Am besten ihr versucht irgendwie in die Stadt zurückzukommen.« Sie nickte uns zu, und ihr gigantischer Kopfputz aus Straußenfedern geriet gefährlich ins Schwanken.

Die junge Frau gab uns eine Kerze, und wir kehrten wieder in das Dickicht zurück, um den Weg zum Ausgang zu finden.

»Oje, die arme Daniela, sie hat sicher große Angst«, meinte Patricio plötzlich, als wir uns einen schmalen Weg entlangtasteten, der sich durch die Büsche und Bäume schlängelte.

Ich schüttelte den Kopf.

»Sie ist gar nicht zu Hause, sondern bei meiner Großmutter und meiner Mutter in Vedado. Dort ist sie in Sicherheit, keine Sorge. Wahrscheinlich beschäftigen sie sich gerade mit irgendeiner Zauberei und haben nicht mal gemerkt, dass der Strom ausgefallen ist.«

»Und du? Willst du nach Hause zurück?«

»Das ist das Letzte, was ich jetzt will.«

Wir sahen uns an, und während die Kerzenflamme unsere Gesichter erhellte, wurde uns mit einem Mal klar, was für eine Gelegenheit uns das Leben gerade geschenkt hatte. Ohne Elektrizität war die ganze Stadt außer Kontrolle. Solange der Stromausfall anhielt, waren wir frei.

»Ich will diese Nacht mit dir verbringen«, sagte ich leise. »Du bist mein schönstes Geburtstagsgeschenk.«

Patricio hob mich hoch, bevor er mich küsste.

»Wohin soll ich dich bringen?«, fragte er.

»Wohin du willst.«

Im Schein der Kerze fanden wir schließlich Patricios Wagen und fuhren in die Stadt zurück, die in dieser Nacht ein unwiederbringliches Schauspiel bot.

Es war, als machten wir eine Zeitreise von zweihundert Jahren. Weder die Straßenlaternen brannten noch die Lichter in den Häusern. Ganz Havanna wurde von der Dunkelheit verschlungen, und die Menschen hatten sich draußen um die vielen Feuer versammelt, die auf den Straßenkreuzungen entzündet worden waren. Viele Stadtbewohner hatten Stühle nach draußen geschafft, saßen in Grüppchen auf den Gehsteigen zusammen und redeten aufgeregt über den Stromausfall, einen Eiskübel voller Bierflaschen neben sich. In das Gelächter und Palaver der Leute mischten sich die Gesänge der Musiker und das Jaulen der Hunde.

Auf den Fensterbänken brannten neben den Geranientöpfen Kerzen, die gegen die tiefe Dunkelheit der Nacht nichts ausrichten konnten. Die Menschen auf den Gehsteigen trugen Fackeln. Für eine Nacht war Havanna zum Feuer zurückgekehrt. In eine primitivere und schönere Zeit.

Patricio und ich stellten den Wagen in einer Straße am Stadtrand ab und gingen zu Fuß ins Zentrum.

In einem Park fächelte sich eine schwarze Frau neben einem mit brennendem Holz gefüllten Metallfass Luft zu, während ihre beiden Söhne sich damit vergnügten, Grillen in den Flammen zu rösten. Und die unbeleuchteten überdachten Hauseingänge waren ideale Verstecke für heimliche Liebespaare wie uns; Schatten, die sich in düsteren Ecken küssten.

Allerdings hatte die Dunkelheit auch die Verrückten und die Unruhestifter hervorgelockt. In den schmalen Gässchen der Altstadt tobten betrunkene, berauschte Menschen, und die wüstesten von ihnen hatten die Gelegenheit genutzt, um die Schaufenster der Geschäfte einzuschlagen und zu plündern. Wir sahen, wie zwei Männer mit einem Mülleimer das Schaufenster eines Juweliers zertrümmerten, und eine Gruppe Halbwüchsiger, die einen Mann mit Messern bedrohte, um ihm die Brieftasche zu stehlen. Dann wieder lief ein nur mit einer Unterhose bekleideter Verrückter an uns vorbei, der mit hyänenhaftem Lachen zwei Prostituierte verfolgte, die ihn, mit ihren Handtaschen um sich schlagend, vertrieben.

Patricio entschied, dass es das Sicherste sei, die Straßen zu verlassen.

»Ich weiß, wohin wir uns flüchten können«, sagte er und zog mich lächelnd mit sich.

Wenig später lagen wir auf den kühlen Fliesen der Dachterrasse von El Encanto und blickten in den Himmel, der ohne die Lichter der Stadt zum Greifen nah schien. Tausende von Sternen blinkten über uns und boten ein einzigartiges Spektakel, und mit Patricio an meiner Seite war ich so glücklich wie noch nie. In diesem Moment hätte ich mir alles zugetraut – selbst mit einem lahmen Bein den Pico Turqino, den höchsten Berg Kubas, zu erklimmen.

»Das ist das schönste Geburtstagsgeschenk, das ich je bekommen habe«, sagte ich und schmiegte mich an ihn.

Patricio sah in den sternenübersäten Himmel.

»Und, du große Wissenschaftlerin? Kennst du die Namen aller Sterne?«

Ich musste lachen.

»Nicht von allen, nein. Aber doch von einigen.«

Ich ließ meinen Finger von links nach rechts wandern und deutete auf die verschiedenen Formationen am Himmel.

»Das ist das Sternbild des Kuhhirten, das weiß ich, weil sein hellster Stern Arktur ist. Wenn wir dem Bogen folgen, kommen wir zu Spica, dem hellsten Stern der Jungfrau. Dort ist Antares. Siehst du, dass er rot ist? Viele Leute verwechseln ihn mit dem Mars … Und wenn du dorthin schaust …«

Ich brach ab, denn ich hatte etwas sehr Seltsames entdeckt.

»Und wenn ich dorthin schaue?«, wiederholte Patricio.

Ich zählte noch einmal die Sterne für den Fall, dass ich mich verzählt hatte, denn das konnte einfach nicht sein.

»Das ist unmöglich«, murmelte ich verblüfft.

»Was denn?«

»Das Sternbild des Schützen besteht normalerweise aus acht Sternen. Es hat eine so charakteristische Formation, dass es auch ›die Teekanne‹ genannt wird, doch da sind auf einmal neun Sterne anstatt acht ...«

Ich zählte erneut, aber ich irrte mich nicht. Neben dem Henkel der Teekanne befand sich ein Lichtpunkt, den ich noch nie zuvor gesehen hatte.

»Vielleicht ist es das Licht eines Flugzeugs«, überlegte ich laut.

»Wenn es ein Flugzeug wäre, würde es sich doch bewegen, oder nicht?«

»Ja.«

»Und bewegt es sich?«

»Nein. Außerdem ist das Licht viel zu hoch für ein Flugzeug.«

Patricio gab mir einen Kuss auf die Nasenspitze.

»Sieh mal an, du hast einen neuen Stern entdeckt.«

Ich schüttelte den Kopf. Allein die Vorstellung war größenwahnsinnig.

»So funktioniert das nicht. Sterne werden von Astronomen entdeckt«, erklärte ich ihm.

»Aber du bist doch Wissenschaftlerin.«

»Ich meine, von richtigen Wissenschaftlern. Die an der Universität studiert haben.«

»Darf ich dich daran erinnern, dass du, als wir uns kennengelernt haben, zu mir gesagt hast, dass jeder von uns ein

Wissenschaftler sein kann. Und du an erster Stelle. Denn du bist der intelligenteste Mensch, den ich kenne.«

»Und du der beste«, entgegnete ich geschmeichelt.

Patricio wusste nicht, worüber er redete. Es war unmöglich, einfach so mit bloßem Auge einen neuen Stern zu entdecken. Die Möglichkeit, dass so etwas geschah, war so gering, dass man sie gar nicht erst in Erwägung zu ziehen brauchte. Und dennoch …

Und dennoch beschloss ich, dieses Stückchen Himmel nicht aus den Augen zu lassen und mir so schnell wie möglich ein Teleskop zu kaufen.

Eine Weile noch lagen wir so da und betrachteten die Sterne, dann zogen wir uns ins Innere des Kaufhauses zurück. So still und ohne eine Menschenseele, während das Mondlicht durch die Fenster hereinschien, wirkte El Encanto wie im Märchen. Ein verzaubertes Schloss, in dem die Zeit stehen geblieben war. Als wir in die Geschenkeabteilung kamen, nahmen wir uns alle Kerzen, die wir finden konnten.

»Hast du noch nie davon geträumt, einmal eine ganze Nacht eingeschlossen in einem Kaufhaus zu verbringen?«, fragte Patricio mich mit einem schelmischen Lachen.

»Natürlich«, antwortete ich sehnsüchtig. »Davon träumt doch jeder!«

»Dann ist das heute die Gelegenheit, und wir sollten sie unbedingt nutzen.«

Und das taten wir. In der ersten Stunde waren wir wie zwei Kinder und machten El Encanto zu unserem ganz eigenen Vergnügungspark. Wir lieferten uns eine heftige Kissenschlacht, hüpften ausgelassen auf allen Matratzen und rannten durch die Gänge.

Anschließend wetteiferten wir in der Accessoire-Abteilung darum, wer mehr Hüte auf seinem Kopf stapeln konnte – ich sechs, Patricio vier –, und lieferten uns ein Rennen auf hochhackigen Schuhen, das Patricio gewann, weil ich vor Lachen nicht mehr weiterkonnte, als ich ihn wie einen hinkenden Leguan vor mir herlaufen sah.

Nachdem wir uns ausgetobt hatten, gingen wir in den *salón inglés* und in den *salón francés* hinauf und probierten die lustigsten Kleidungs-Kombinationen an. Patricio verkleidete sich als Dandy und ich als Prinzessin. Anschließend tauschten wir die Kleider, sodass ich der Dandy und Patricio die Prinzessin war.

Zuletzt führte uns unser Abenteuer wieder in die Abteilung Haushalt und Wohnen, wo wir zwei gleiche Pyjamas anzogen und uns in das schönste Himmelbett mit dem weichsten Federbett kuschelten, das wir finden konnten.

Um uns herum brannten die Kerzen aus der Geschenkeabteilung, und das Kaufhaus wurde zu einem magischen Ort. Während ich, den Kopf an Patricios Brust geschmiegt, wieder zu Atem kam, ließ ich meinen Blick wandern. Der Bereich, in dem wir uns befanden, war wie ein echtes Schlafzimmer mit Schränken, Kommoden und Lampen ausgestattet.

Tatsächlich gelang es mir, die von der Decke hängenden Schilder mit der Aufschrift *Traumhafte Rabatte in El Encanto* zu ignorieren und mir vorzustellen, mit Patricio verheiratet und in unserem gemeinsamen Zuhause zu sein. Und als er zu sprechen begann, wusste ich, dass er gerade genau das Gleiche dachte.

»Wollen wir so tun, als wären wir bei uns zu Hause?«, schlug er vor.

»Ja«, willigte ich ein. »Wie war dein Tag, Liebling?«

»Wunderbar! Stell dir vor, ich wurde heute zum Geschäftsführer von El Encanto befördert. Und wie war dein Tag?«

»Auch sehr schön. In der Uni hat man mich zu meinen Forschungen über Einsteins Theorien beglückwünscht.«

»Und Daniela? Ist sie mit dem Hund spazieren gegangen?«

»Mit beiden Hunden. Sie hat zwei, erinnerst du dich nicht? Micky und Maus.«

»Sicher, sicher, mein Gedächtnis ist wirklich wie ein Sieb. Übrigens: Wohin sollen wir in Urlaub fahren? Nach New York oder nach Paris?«

»Nach Asturien. Ich denke, es wird Zeit, dass du mir mal deine Heimat zeigst.«

Auf einmal machte mich dieses Spiel traurig. Was brachte es, von Dingen zu träumen, die niemals geschehen würden? Patricio merkte meinen Stimmungswechsel sofort und legte den Arm um mich.

»He, was ist? Bist du traurig?«

»Ein bisschen. Aber das geht gleich wieder vorbei.« Ich schluckte. »Ich bin es gewohnt, dagegen anzukämpfen. César hasst es, wenn ich weine. Er sagt, dass es bei all dem Geld, das wir haben, eine Beleidigung des lieben Gottes ist, wegen irgendwelcher Kleinigkeiten zu flennen.«

Ich wollte mir die Tränen von den Wangen wischen, doch Patricio nahm meine Hand.

»Bei mir darfst du traurig sein, Gloria. Ich liebe es, dich lachen zu sehen, aber du darfst auch weinen. Du darfst fühlen und tun, was du willst. Ich bin nicht wie César.«

»Das weiß ich.«

Ich gab ihm gerührt einen Kuss und musste plötzlich noch mehr weinen.

»Darf ich dich etwas fragen?«, fragte er vorsichtig.

»Ja, sicher.«

»Wieso hast du ihn eigentlich geheiratet?«

»Das ist eine lange Geschichte«, sagte ich seufzend.

»Wir haben die ganze Nacht Zeit.«

Um mir Mut zu machen, holte ich tief Luft. Bisher hatte ich noch nie jemandem von meiner ersten Begegnung mit César erzählt – diesem Teufel mit dem blendenden Lächeln, der gefährlicher war als alle Kindheitsmonster, die in den Wänden hockten. Patricio verdiente es, die Wahrheit zu erfahren. Und mehr noch – plötzlich spürte ich, dass es mir ein dringendes Bedürfnis war, ihm alles zu erzählen.

»César sprach mich an der Ecke an, wo sich die Calle Zanja und die Calle Galiano kreuzen«, begann ich. »Damals war ich zwölf, und wie viele kubanische Mädchen meines Alters sammelte ich die Bildchen aus den Zigarrenschachteln der Firma Susini …«

Ich weiß nicht, wie lange ich redete, aber als ich meine Erzählung beendet hatte, waren mein Mund trocken und mein Herz ein wenig leichter, weil ich den Mut gefunden hatte, mich jemandem anzuvertrauen.

Patricio hatte Tränen in den Augen und streichelte mir übers Gesicht, als wäre ich etwas besonders Wertvolles.

»Du bist das tapferste Mädchen, das ich je kennengelernt habe«, sagte er dann.

Das war das, was mir an Patricio am meisten gefiel. Er verurteilte mich nicht und blickte nicht auf mich herab. Er sah nur das Gute in mir. Er sah Dinge in mir, von denen nicht einmal ich selbst etwas wusste.

»Es gibt so vieles in meinem Leben, was ich zutiefst verabscheue«, gestand ich.

»Aber du hast die Kraft, es zu verändern. Auch wenn du es jetzt noch nicht weißt.«

»Wenn ich dir nur glauben könnte.«

Er sah mich mit zärtlichem Blick an.

»Kann ich irgendetwas tun, damit du dich besser fühlst?«

»Gib mir einen Kuss.«

Patricio gehorchte und schenkte mir einen so innigen Kuss, dass ich dachte, unsere Lippen würden miteinander verschmelzen. Nach Trost suchend, schmiegte ich mich an ihn, und dann übernahm mein Körper die Kontrolle. Ich schlang meine Beine um seine Taille und zog seine Hände zu meinen Brüsten, damit er sie durch den Seidenstoff des Pyjamas streichelte. Ich sehnte mich danach, seine Haut auf der meinen zu spüren. Seinen Geruch aufzusaugen. Ganz und gar mit ihm verbunden zu sein.

Ich streichelte sein Gesicht, während unsere Zungen sich fanden. Ich berührte seine feste Brust, seinen gespannten Bauch. Dann strich ich mit den Fingerspitzen weiter nach unten, bis ich zu seinem harten, entschiedenen Geschlecht kam. Unser Atem ging schneller, wir stöhnten vor Verlangen.

Ich spreizte die Beine und merkte, dass ich ganz feucht war. Ich führte ihn in mich, ich wollte ihn ganz spüren. Patricio ließ zu, dass ich die Initiative übernahm, bis unsere Hüften den Rhythmus bestimmten. Dann packte er meine Pobacken, um noch tiefer in mich zu dringen, und ich biss mir vor Lust auf die Lippen.

Kurz darauf, als wir beide so laut schrien, dass ich fürchtete, das Gebäude könnte einstürzen, hatte ich einen derart intensiven Orgasmus, dass mein ganzer Körper von einem Brausen gleich dem des Meeres erfüllt war.

Und ich fühlte, dass dies das erste Mal war, dass ein Mann mich wirklich liebte.

Eine Stunde vor der Dämmerung war plötzlich das Licht wieder da. Die Lichter an der Decke erhellten El Encanto wie einen Weihnachtsbaum und rissen uns aus dem Schlaf. Im ersten Moment wusste ich nicht, wo ich mich befand. Warum war ich nicht in meinem Bett? Wo war César? Doch als Patricio mich mit seinen blauen Augen ansah und mir »Guten Morgen, *mi amor*« zuflüsterte, war ich die glücklichste Frau des ganzen Universums.

»Du hast kalte Füße«, stellte ich fest.

»Beim Aufwachen immer«, erklärte Patricio.

»Wie ist das möglich?« Ich musste lachen. »Es ist doch brüllend heiß hier …«

Patricio wärmte seine Füße an meinen.

»Ich glaube, das kommt, weil ich als Kind so gefroren habe, als ich barfuß über den Schnee gelaufen bin. Das scheint mein Körper wohl niemals zu vergessen.«

»Ich wärme sie dir gern, *corazón*.«

Ich hätte meine Seele verkauft, um jeden Morgen mit Patricios kalten Füßen an den meinen aufzuwachen.

»Ich muss gehen«, sagte ich traurig und glaubte plötzlich zu wissen, was Cinderella empfunden haben musste, als sie sah, wie ihre Kutsche sich in einen Kürbis verwandelte. »Stell dir mal vor, das Licht hätte uns nicht geweckt.«

»Das wär ein tolles Bild gewesen: Wir beide tief schlafend nackt im Bett, während die ersten Kunden durchs Kaufhaus schlendern.«

Wir lächelten uns zu.

»Müssen wir nicht das Bett machen und alles wieder aufräumen?«, sagte ich.

»Keine Sorge«, beruhigte mich Patricio. »Ich bringe alles wieder in Ordnung, bevor die Türen für die Kunden geöffnet werden.«

»Ich wünschte, es gäbe jede Nacht einen Stromausfall!«

»Wir werden einen Weg finden, zusammen zu sein. Das verspreche ich dir.«

»Auch wenn wir uns unser ganzes Leben lang mit solch gestohlenen Stunden zufriedengeben müssten?«

Patricio küsste mich innig.

»Das würde ich in Kauf nehmen, obwohl ...« Er machte eine Pause und fuhr fort: »Wer sagt, dass das so sein *muss*?«

Mir wurde schwindelig. Allein der Gedanke an eine mögliche gemeinsame Zukunft mit Patricio und meiner Tochter versetzte mich in einen glückseligen Taumel.

Bevor ich nach Hause zurückkehrte, machte ich einen Umweg über das Vedado-Viertel, um Daniela bei Lala abzuholen. Wie ich es mir gedacht hatte, hatten weder die Uroma noch die Enkelin etwas von dem Stromausfall mitbekommen. Denn sie hatten, bevor sie schlafen gegangen waren, die Zeit damit verbracht, im Kerzenlicht Zaubersprüche auszuprobieren, und *fufú* – einen Brei aus Kochbananen – gegessen.

Als wir zu Hause über die Schwelle traten, eilte sofort ein Dienstmädchen auf uns zu, um Daniela in die Küche zu führen.

»Komm, *mijita*, dein Vater hat uns gesagt, dass du frühstücken musst.«

»Aber ich habe doch schon bei Lala gefrühstückt«, protestierte Daniela.

»Dann frühstückst du eben noch mal, schließlich musst du groß und stark werden«, entgegnete das Dienstmädchen aus Angst, möglicherweise den Wünschen des Hausherrn nicht nachkommen zu können. Sie zog Daniela mit sich in die Küche, und mich beschlich ein ungutes Gefühl.

Die Tatsache, dass César seine kleine Tochter offenbar aus dem Weg haben wollte, konnte nichts Gutes bedeuten. Beklommen machte ich die Tür zum Salon auf, und César begrüßte mich mit einer Ohrfeige. Ich war dermaßen überrascht, dass ich zunächst keinen Schmerz spürte. Doch dann spürte ich, wie meine Wange brannte, und die Tränen schossen mir in die Augen.

»Wo warst du?«, brüllte César. »Und wage es nicht, mich anzulügen!«

César war so aufgebracht, dass ich fürchtete, er würde mich erneut schlagen oder etwas noch Schlimmeres tun. Er hatte die Hände zu Fäusten geballt, und seine Fingerknöchel standen weiß hervor. Ich hatte furchtbare Angst, doch mein Wunsch, Patricio zu schützen, war stärker.

»Bei meiner Mutter und meiner Großmutter«, log ich, wobei ich so viel Selbstbewusstsein in meine Stimme legte, wie ich nur konnte. »Wo warst du? Ich habe dich eine Stunde lang im Tropicana gesucht.«

»Du widerliche Schlampe! Ein Kellner hat mir gesagt, dass er dich im Garten gesehen hat, an der Hand eines anderen Mannes!«

Ich verfluchte heimlich den geschwätzigen Kellner und bemühte mich, wie ein unschuldiges Lämmchen auszusehen.

»Ich? Das kann nicht sein. Der Stromausfall hat mich im Waschraum überrascht, deswegen musste ich allein durch den tropischen Garten zurück. Aber ich schwöre beim heiligen Lazarus, dass kein Mann bei mir war. Dieser blöde Kellner hat mich wohl mit irgendeiner anderen verwechselt.«

César sah mich forschend an, er suchte in meinem Gesicht nach einer Unsicherheit, die mich verriet, doch meine Lüge klang offenbar aufrichtig. Zudem kamen mir sein männlicher Stolz und seine Überheblichkeit zugute. In seiner grandiosen Selbstüberschätzung hätte César es wohl kaum für möglich gehalten, dass ich mich zu einem anderen Mann hingezogen fühlen könnte.

»Und wie bist du dann in die Stadt gekommen?«

»Nun, nachdem ich dich wie verrückt gesucht und nicht gefunden habe, hat ein freundliches Ehepaar mich bis ins Vedado-Viertel mitgenommen. Señor und Señora Castillejos aus der Calle Salud.«

Das Ehepaar Castillejos war natürlich erfunden. Aber meine Ausrede funktionierte, denn Césars Miene entspannte sich und schließlich zog er mich in seine Arme.

»Entschuldige. Wenn ich eifersüchtig bin, dann nur, weil ich dich liebe.«

»Du hast keinen Grund, eifersüchtig zu sein.«

Wieder ruhiger strich César zärtlich über meine gerötete Wange. Ich schloss die Augen und musste mich sehr zusammenreißen, um nicht das Gesicht abzuwenden. Denn Césars Zärtlichkeiten widerten mich noch mehr an als seine Schläge.

32

Patricio

»Da ist noch eine andere«, sagte Nely.

Es war unser freier Tag, und wir waren zusammen im Kino, um uns *Die Lady von Shanghai* anzusehen. Daher dachte ich zunächst, dass sie den Film meinte.

»Das glaube ich auch. Orson Welles ist nicht zu trauen.«

»Ich rede von dir, Patricio. Es gibt noch eine Frau in deinem Leben.«

Ich hatte sie ins Kino und anschließend zum Essen eingeladen, um mich endlich zu erklären. Wir hatten uns gerade in den Vorführraum des Kinos gesetzt, als sie mit ihren Fragen anfing. Das Cine Actualidades war eines der ältesten Kinos der Stadt. Es lag zwischen der Calle Neptuno und der Calle Ánimas und die Sitze rochen nach einer Mischung aus Zigarren und Naphtalin. Ich hatte mich für dieses Kino entschieden, weil es in der Cafeteria im Foyer Hershey-Schokolade und Nao Capitana gab, ein Erfrischungsgetränk mit dem Namen eines Schiffs, das nach aufgeschäumtem Kakao schmeckte. Nely war verrückt nach Schokolade, und zu einer ganzen Schokoladentafel auch noch einen nach Schokolade schmeckenden Milkshake zu trinken war für sie der Gipfel des Glücks. Ich hatte ihr beides gekauft, damit sie gute Laune hatte, doch an diesem Tag hätte nicht mal Milton Hershey persönlich sie davon abhalten können, mir die Leviten zu lesen.

»Warum reden wir nicht später darüber? Nach dem Kino?«, schlug ich leise vor.

Doch Nely hatte von meinen Ausflüchten die Nase voll.

»Nein, wir reden genau jetzt darüber. Könntest du mir mal verraten, was, zum Teufel, eigentlich mit dir los ist? Zuerst ignorierst du mich monatelang. Dann schreibst du mir plötzlich eine Nachricht, in der du erklärst, dass du mich liebst. Und anschließend gehst du mir aus dem Weg, als hätte ich die Pest. Was soll das für ein Spiel sein, Patricio?!«

Sie hatte ja so recht! Doch wenn ich meine Beziehung zu Gloria weiterhin geheim halten wollte, konnte ich mein Verhalten kaum erklären.

»Ich bin eben ein Mistkerl. Das ist alles«, sagte ich.

»Das stimmt nicht, und das wissen wir beide. Also ist der einzige Grund, der mir einfällt, dass es eine andere Frau gibt. Und je nachdem, wie es mit der läuft, schenkst du mir mehr oder weniger Beachtung. Und? Hab ich ins Schwarze getroffen? Gibt es eine andere?«, fragte sie mich so direkt, wie immer.

Ich saß in der Falle. Nicht nur, weil ich auf dem Sitz neben ihr im Dunkeln festsaß, sondern auch, weil sie mich mit Worten festnagelte.

»Also schön, es stimmt.«

»Darf ich wissen, wer es ist?«

»Du kennst sie nicht«, log ich.

»Lüg mich nicht an! Du hast dich in eine andere Kubanerin verliebt. Wirst du es mir jetzt sagen oder nicht?«

Der Platzanweiser richtete den Lichtstrahl seiner Lampe auf uns und zischte uns zu, ruhig zu sein.

Ich hätte ihr gern die Wahrheit gesagt, und es tat mir leid, ihre Gefühle zu verletzen, aber für mich war es das Allerwichtigste, Gloria zu schützen. Es war eine Sache von Leben und Tod, dass César nichts von unserer Affäre erfuhr, und je weniger Menschen davon wussten, desto besser.

»Ich kann es dir wirklich nicht sagen.«

Ärgerlich verschränkte Nely die Arme vor der Brust.

»Weißt du, was ich glaube? Der Grund dafür, dass du jetzt mit mir im Kino sitzt und nicht mit ihr, ist der, dass sie verheiratet ist. Du bist mit einer verheirateten Frau zusammen. Aber du wirst schon wissen, was du tust.«

Den Rest des Films sahen wir uns schweigend an. Die Schlussszene spielte sich in einem Spiegelkabinett in einem Vergnügungspark ab. Während eines heftigen Schusswechsels zersprangen die Spiegel in tausend Stücke. Und genau wie die Schauspieler war ich erleichtert, dass nun auch ich von dem, was die Spiegel vortäuschten, befreit war.

Als wir aus dem Kino kamen, versuchte ich die Scherben dennoch wieder zusammenzusetzen.

»Können wir trotzdem Freunde bleiben?«, fragte ich.

»Ich weiß es nicht«, antwortete sie verletzt. »Vorerst wäre es mir lieber, wenn wir uns nur bei der Arbeit sehen.«

»Darf ich denn noch in deinem Aufzug fahren?«

»Sicher. Aber erwarte nicht, dass ich über deine Witze lache.«

Unsicher, wie wir uns verabschieden sollten, standen wir einander gegenüber. Ein Kuss auf die Lippen kam nicht infrage, doch ein einfacher Händedruck erschien mir lächerlich, schließlich waren wir doch Freunde. Ich wollte sie gerade umarmen, als sie mir zuvorkam und die Arme abwehrend vor der Brust kreuzte.

»Darf ich dir nicht mal einen Kuss auf die Wange geben?«

Nely schüttelte den Kopf.

»Ich werde niemandem mehr einen Kuss zugestehen, nicht mal auf die Wange. Der nächste Mann, der mich küsst, muss mir schwören, dass er für immer bei mir bleibt und nie wieder eine andere küsst.«

»Es tut mir so leid, dass ich dieser Mann nicht sein kann, Nely.«

»Das tut mir auch leid.«

Und dann verabschiedeten wir uns, indem wir uns einfach umdrehten und in gegensätzliche Richtungen davongingen.

Was Nely anging, hatte ich mich wirklich nicht mit Ruhm bekleckert und das machte mir ziemlich zu schaffen. Doch bei meiner Arbeit in El Encanto war ich im Aufwind. Dank des Volltreffers, den ich gelandet hatte, als ich Tomás Menéndez auf die Idee mit dem eigenen Parfüm des Kaufhauses gebracht hatte, wurde ich zum Kundenbetreuer befördert. Auf ausdrücklichen Wunsch des Werbeleiters hin arbeitete ich zunächst für eine Weile in seiner Abteilung. Ich lernte viel, doch mein wirklicher Platz war im Verkauf, wo ich mein Talent im Umgang mit Menschen voll einsetzen konnte.

Es gab nur einen, dem mein rasanter Aufstieg nicht passte: Carlos Duarte. Don Gato ärgerte sich schwarz, dass ich nun den gleichen Rang hatte wie er. Wenn er mich vorher nur mit Verachtung gestraft hatte, führte er jetzt einen offenen Krieg gegen mich. Zwar konnte er mich nicht mehr herumkommandieren wie zu der Zeit, als ich noch Laufbursche oder einfacher Verkäufer gewesen war, doch er fand andere unauffälligere und perfidere Mittel und Wege, mir das Leben schwer zu machen.

Zu meinen neuen Aufgaben zählte auch der Umgang mit berühmten Kunden, die wegen ihres schwierigen Charakters oder ihrer hohen Anforderungen besondere Aufmerksamkeit verlangten. Ava Gardner einen Lippenstift zu verkaufen war ein Kinderspiel gewesen im Vergleich mit der Herausforderung, Kirk Douglas bei der Auswahl eines Sockenpaares zu beraten oder den mexikanischen Schauspieler Mario Moreno – besser bekannt als Cantinflas – beim Kauf einer Sonnenbrille. Doch all das war nichts gegen die Ansprüche, die Frank Sinatra stellte, der in puncto schwieriger Kunde nicht zu übertreffen war.

In Havanna war es kein Geheimnis, dass Frank Sinatra der Lieblingssänger der fünf Familien der Cosa Nostra war. Genauso war allgemein bekannt, dass ein paar Jahre zuvor, im Dezember 1946, im Hotel Nacional ein Mafiatreffen mit so vielen Teilnehmern wie nie zuvor stattgefunden hatte, bei dem Sinatra mit seinen Songs für Unterhaltung gesorgt hatte. Wenn Havanna von der Mafia regiert wurde, dann war Frank Sinatra der verwöhnte Kronprinz. Jeder seiner Auftritte wurde ein besonderes Ereignis, sodass jede auch noch so winzige Kleinigkeit von unermesslicher Bedeutung war.

Zu den Eigenheiten des Stars zählte unter anderem die Angewohnheit, bei jedem Auftritt neue ungetragene Kleidung und Schuhe anzuziehen. Sinatra war äußerst penibel und durchaus in der Lage, einen kompletten Anzug in den Müll zu werfen, wenn er daran auch nur den kleinsten Fehler entdeckte. Einen Auftrag von »The Voice« auszuführen war ungefähr mit dem Transport einer Ladung Nitroglyzerin zu vergleichen, denn sehr leicht konnte einem alles um die Ohren fliegen. Niemand war davor sicher und schon gar nicht ein neuer Kundenbetreuer mit so wenig Erfahrung wie ich.

Diesmal hatte sich Sinatra für einen Century-Anzug entschieden, den kubanischen Anzug schlechthin, aus reinem Leinen. Manet persönlich hatte ihn in der Schneiderei entworfen, da er so bequem sitzen sollte wie eine zweite Haut. Ein dazu passender Borsalino und eine Krawatte, deren Seidenstoff aus Macau stammte, vervollständigten die Robe. Und die Schuhe waren aus einem so weichen Kalbsleder gefertigt, dass man meinen konnte, Leinenschuhe zu tragen.

Dieser Auftrag war Gold wert, und ich hätte die Kleidung wie meinen Augapfel hüten oder in einem Schrank fest verschließen sollen. Allerdings war ich nach dem langen Arbeitstag so erschöpft, dass ich die Sache einem Laufburschen anvertraute. Der junge Mann, der auf meinen Wunsch hin zu mir kam, war lang und dünn wie eine Bohnenstange. Er hatte schwarzes gegeltes Haar und Pickel im Gesicht. Es war das erste Mal, dass ich ihn im Encanto sah.

»Wie heißt du?«, fragte ich.

»Silvestre, mein Herr.«

»Bist du neu?«

»Ja, Señor.«

»Silvestre, du sollst auf diesen Anzug aufpassen. Er muss morgen früh perfekt gebügelt zur Verfügung stehen. Da er für einen ganz besonderen Kunden ist, musst du sehr gut auf ihn achten.«

Der junge Mann nahm die Kleidung und den Karton mit den Schuhen entgegen.

»Sie können sich voll und ganz auf mich verlassen.«

Irgendetwas in seiner Stimme vermittelte mir ein ungutes Gefühl. Als hätte er böse Hintergedanken. Ich tat es als Hirngespinst ab und schob meine Bedenken beiseite. Außerdem sollte man einem Laufburschen durchaus mal eine Chance geben, schießlich war ich auch mal einer gewesen.

Am nächsten Tag kam Frank Sinatra in den *salón inglés*, um seinen neuen Anzug anzuprobieren. »The Voice« war ein schlanker Mann mit einer hohen Stirn und hohlen Wangen. Auf den ersten Blick war er nicht unbedingt ein Frauentyp, doch seine Ausstrahlung und sein Charisma waren derart ausgeprägt, dass ihm die Frauen reihenweise zu Füßen lagen. Er begrüßte mich höflich, und ich geleitete ihn zu einer der Umkleidekabinen. Als er, in den neuen Anzug gekleidet, heraustrat, atmete ich erleichtert auf. Er saß einwandfrei.

»That's perfect«, sagte er auf Englisch. »Das ist genau das, was ich für heute Abend brauche.«

»Haben Sie einen Auftritt?«, fragte ich.

»Ja, im Calypso. Vor einer geschlossenen Gesellschaft. Der Club ist heute fürs Publikum nicht zugänglich.«

Mehr brauchte ich gar nicht zu wissen, um mir sicher zu sein, dass es sich um ein Mafiatreffen handelte. Und wenn es im Calypso stattfand, war César garantiert der Gastgeber.

Bei der weitere Anprobe lief alles wie am Schnürchen, bis wir zu den Schuhen kamen. Sinatra zog seine Schuhe aus, und ich hockte mich hin, um ihm bei der Anprobe zu helfen. Doch als ich die neuen Schuhe aus dem Karton nahm, wurde ich blass. Das glänzende schokoladenbraune Kalbsleder war mit etwas beschmutzt, was wie ein Fettfleck aussah. Und das war auch Sinatra nicht entgangen.

»Ist das ein Fleck?«, fragte er entsetzt. »*No, no, no!* Die kann ich nicht anziehen, *such dirty shoes* …«

Für jemanden, der so reinlich war wie er, waren schmutzige Schuhe eine Zumutung. Schnell wie der Blitz ließ ich die Schuhe wieder in dem Karton verschwinden.

»Natürlich nicht, Señor. Es tut mir furchtbar leid, und ich weiß nicht, wie das passieren konnte. Ich werde Ihnen bis morgen früh ein neues Paar besorgen.«

»Morgen früh ist zu spät!«, erklärte er verärgert. »Ich habe die Schuhe extra für meinen Auftritt heute Abend bestellt.«

Das war eine Katastrophe. Wir hatten bis jetzt noch jeden Auftrag pünktlich erfüllt. Und in diesem Fall handelte es sich auch noch um einen wichtigen und berühmten Kunden. Ohne dass ich weiter darüber nachdachte, entfuhr meinem Mund ein Versprechen.

»Das verstehe ich vollkommen. Sie werden die Schuhe heute Abend noch bekommen, ich gebe Ihnen mein Wort.«

Sinatra nickte und beschloss, mir zu vertrauen.

»Bringen Sie sie ins Calypso. Um Punkt neun.«

Erst als Sinatra gegangen war, wurde mir bewusst, dass ich mein Versprechen nicht würde einhalten können. Dieses Schuhmodell wurde in Italien gefertigt, und es war schlicht unmöglich, in nur wenigen Stunden ein neues Paar aus Rom kommen zu lassen. Meine Bestürzung verwandelte sich in Zorn. Wie, zum Teufel, war dieser Fleck auf die Schuhe gekommen? Rasend vor Wut stürmte ich in Nelys Aufzug, um nach unten zu fahren und diesen Laufburschen zu finden.

»Geht es dir gut? Du bist ja bleich wie ein Laken«, stellte Nely fest, als sie mich sah.

»Ich dachte, du sprichst nicht mehr mit mir, weil du noch sauer auf mich bist wegen des Gesprächs letztens«, sagte ich, und war doch dankbar, dass sie sich um mich sorgte.

»Das bin ich auch. Aber falls du in meinem Aufzug einen Herzinfarkt erleidest, möchte ich vorgewarnt sein. Was, um Himmels willen, ist passiert?«

»Kennst du einen Laufburschen namens Silvestre?«

»Du meinst Carlos' Sohn?«

Ich war wie vom Donner gerührt.

»Was?!«, stammelte ich.

Nely, die keine Ahnung hatte, warum ich so verstört war, zuckte mit den Schultern.

»Ein ziemlich dürrer Junge mit schwarzem Haar und unreiner Haut? Das ist der Sohn von Carlos Duarte, er hat gerade hier angefangen.«

Auf einmal passte alles zusammen. Das Ganze war kein Zufall. Der Fleck war nicht aus Versehen auf die Schuhe gekommen, es handelte sich um Sabotage. Doch das Wichtigste war nun nicht, dies zu beweisen, sondern den Schaden zu beheben.

Genau wie bei dem zerbrochenen Zebra aus Porzellan durfte ich nicht so einfach aufgeben. Nicht aufgeben schien irgendwie mein Lebensmotto zu sein. Und da es unmöglich war, in der kurzen Zeit ein neues Paar Schuhe aufzutreiben, hatte ich keine andere Wahl, als den Fleck irgendwie zu beseitigen.

Und es gab nur einen, an den ich mich in diesem Fall wenden konnte.

Guzmán bediente gerade eine Kundin, als ich, wegen der Hitze und des Spurts, den ich hingelegt hatte, keuchend bei ihm im Schuhgeschäft ankam. Die Zapatería Garbo war ein exklusiver, aber ein wenig betagt wirkender Laden. Der Eigentümer war ein Witwer und Bewunderer der argentinisch-spanischen Sängerin und Schauspielerin Imperio Argentina und ihres berühmten Pasodobles *El Relicario* und sein Geschäft war jahrelang in den guten alten Zeiten verharrt, indem er die typischen Leinenschuhe für die Dame und geflochtene Lederschuhe für den Herrn verkauft hatte. Bis er Guzmán als Verkäufer eingestellt hatte, der für frischen Wind sorgte.

Als Erstes kaufte er ein paar mit Stoff bezogene Stühle mit gepolstertem Sitz, damit die Kunden, wenn sie ihre alten Schuhe auszogen und neue anprobierten, bequem saßen. Das war schon mal etwas völlig anderes als die alten knarrenden Strohstühle, in denen sich regelmäßig die Röcke der Kundinnen verhakten. Dann dekorierte er die Schaufenster mit Fotos von Greta Garbo und platzierte die darin ausgestellten Schuhe auf Podesten, um die Aufmerksamkeit der Passanten zu erregen. Mit seinem Auge für das, was gerade angesagt war, fügte Guzmán den klassischen Schuhmodellen, die weiterhin verkauft wurden, die neueste Mode hinzu. So kamen die üblichen Kunden auch weiterhin, doch es gelang Guzmán zusätzlich, den Kundenkreis zu erweitern, indem er dank der neuen Modelle auch deren Söhne und Töchter begeisterte.

»Entschuldigen Sie bitte vielmals, Señorita«, wandte ich mich an eine Kundin, die gerade ein paar Sandalen anprobierte, »aber ich brauche meinen Freund ganz dringend in einem Notfall.« Unter den erstaunten Blicken der jungen Frau geleitete ich Guzmán in das Hinterzimmer des Geschäfts. Als wir unter uns waren, kam ich direkt zur Sache: »Ich brauche deine Hilfe, Guzmán! Du musst von diesen Schuhen unbedingt einen Fleck entfernen!«

»Machst du Witze? Um der alten Zeiten willen?«

Mein panischer Gesichtsausdruck machte ihm deutlich, dass ich die Sache absolut ernst meinte.

»Diesmal steht nicht mein Leben auf dem Spiel, aber mein Job. Die Schuhe sind für Frank Sinatra, nur habe ich jetzt keine Zeit, dir die ganze Geschichte zu erzählen.«

»Na schön. Sehen wir uns den Schaden mal an.«

Ich nahm die Schuhe aus dem Karton und zeigte sie ihm. Guzmán musterte den Flecken mit größter Aufmerksamkeit. Dann öffnete er eine Schublade am Verkaufstisch und kramte zwischen mehreren Fleckenentfernern herum, fand offenbar jedoch nicht, was er suchte.

»Wenn es ein frischer Fleck wäre, könnte ich ihn problemlos entfernen, doch in diesem Fall ist er bereits eingezogen. Die Sache ist, ehrlich gesagt, verdammt schwierig«, fügte er hinzu. »Eine Möglichkeit wäre, den Fleck mit Schuhcreme zu überdecken, aber dieser Farbton ist sehr exklusiv und schwer zu finden. Außerdem ist das Leder so empfindlich, dass die Fleckenentferner, die ich habe, es beschädigen würden. Es gibt nur eines, was vielleicht funktioniert.«

»Was?« Ich war so gespannt, dass ich kaum einen Ton herausbrachte.

Guzmán zögerte ein paar Sekunden, bevor er antwortete.

»Zitronensaft«, sagte er ernst.

Ich lachte erleichtert auf.

»Zitronensaft? Na, wenn's nur das ist! Ich habe gedacht, du würdest jetzt irgendetwas Unmögliches sagen, flüssiges Gold zum Beispiel. Also dann, nichts wie ran!«

»Na ja, mein Freund, du bist wohl nicht auf dem Laufenden, was gerade in der Welt los ist oder zumindest hier in Havanna!«

»Warum?«

»Wann hast du das letzte Mal eine Orange gegessen?«

Das war eine äußerst seltsame Frage, aber wenn ich so darüber nachdachte, musste ich zugeben, dass ich am Morgen an einem Obsthandel vorbeigekommen war und keine Zitrusfrüchte in den Körben gesehen hatte.

»Jetzt, wo du es sagst ... Das ist schon ein paar Tage her.«

»Und du hast keine Ahnung, was der Grund dafür ist?«

Ich zuckte mit den Schultern, denn ich wusste es wirklich nicht.

»Die Plantagen leiden gerade unter einer Spinnmilben-Plage. Diese Viecher machen die Pflanzen kaputt, vor allem die Zitruspflanzen. Deswegen gibt es schon seit zwei Wochen weder Orangen noch Zitronen.«

Das konnte nur ein Witz sein! Ich war mir sicher, dass mein Freund übertrieb.

»Das ist unmöglich. Es muss doch irgendwo in Havanna eine Zitrone geben!«

Zwei Stunden später, nachdem ich alle Obsthandlungen in der Calle Galeano und deren Umgebung abgeklappert hatte, musste ich mich der Tatsache geschlagen geben, dass es tatsächlich in der ganzen Stadt keine einzige Zitrone gab. Die Spinnmilbe war ein teuflisches Insekt und verbreitete sich rasend schnell, sodass die Plage sich tatsächlich auf alle Plantagen ausgebreitet hatte. Die Pflanzer baten um Geduld und sagten voraus, dass das Ganze in ein paar Wochen vorüber sein würde, was für mich jedoch viel zu spät war. Aber Plage hin oder her, hatte ich nicht vor, mich so schnell geschlagen zu geben. Schließlich gab es Zitronen nicht nur in den Obstgeschäften. Mit ein wenig Glück würde ich jemanden finden, der noch eine der gelben Früchte in seiner Speisekammer hatte. Verzweifelt fragte ich in allen Lokalen und klingelte sogar an den Türen der Häuser.

»Guten Tag … Sie haben nicht zufällig eine Zitrone, die Sie mir verkaufen könnten?«, fragte ich an jeder Tür.

Die Leute, die mich nicht für einen verrückten Zitronenjäger hielten, hatten das gleiche Problem wie ich. Auch sie sehnten sich nach den Früchten, um endlich wieder einen ordentlichen Mojito machen zu können. Ich war kurz davor, das Handtuch zu werfen und mich mit meiner Entlassung abzufinden, als an unerwarteter Stelle plötzlich ein Hoffnungsschimmer auftauchte. In der Calle Porvenir erregte etwas meine Aufmerksamkeit: In dem kleinen Garten hinter der Bar Popular standen mehrere Bäume, darunter ein schmächtiger Zitronenbaum.

Ich betrat das asturische Lokal mit klopfendem Herzen. Wie immer stand Constantina mit den welken Wangen und dem grauen Dutt hinter der Theke.

»Was für ein erfreulicher Anblick! Der Marqués de Miradoiro …!«

»*Bones tardes*, Tina. Wie geht's?«

»Man schlägt sich so durch … Und du? Hast du deine Prinzessin gefunden, um mit ihr zu fliehen?«

»Ich arbeite dran. Aber jetzt bin ich wegen einer anderen Sache hier.«

»Wieder eine Tortilla gratis?«

»Eine Zitrone.«

»Eine Zitrone? Du hast vielleicht seltsame Wünsche! Wieso denkst du, dass ich eine Zitrone habe?«

»Wegen des Zitronenbaums hinter dem Haus.«

Tina steckte ihren Haarknoten fest und dachte über meine Bitte nach.

»Ja, ich habe eine«, gab sie zu. »Aber ich kann sie dir nicht geben. Ich brauche sie für eine Medizin gegen Heiserkeit. Wer weiß schon, wann es wegen dieser Plage wieder Zitronen gibt!«

»Ich brauche sie wirklich dringend! Bitte! Es ist unglaublich wichtig!«

»Ich kenne dich und deine dringenden Bitten. Wofür brauchst du sie?«

»Um von Frank Sinatras Schuhen einen Fleck zu entfernen«, antwortete ich geradeheraus.

Tina sagte nichts. Sie starrte mich mit offenem Mund an. Bis sie leise anfing zu lachen. Zunächst war es mehr ein Kichern, das tief aus ihrer Kehle kam, doch es wurde immer lauter, bis sie schließlich schallend lachte.

»Ach, Marqués! Ich weiß nicht, wie du das anstellst, aber du bringst mich immer dazu, mich totzulachen. Du bist also jetzt mit Frank Sinatra bekannt?«

»So ist es, und er wird sehr sauer sein, wenn ich ihm die Schuhe nicht sauber mache.«

Tina schüttelte noch immer lachend den Kopf und bückte sich, um etwas unter der Theke hervorzuholen. Eine Zitrone, die so schön war wie ein Diamant.

»Los, nimm sie, bevor mir das Lachen vergeht.«

»Tina, du bist die Beste.«

»Und du bist der originellste Lügner, der mir je begegnet ist. Und jetzt scher dich fort!«

33

Ich erreichte das Calypso fünf Minuten vor Frank Sinatras Auftritt und stürzte durch die Tür. Zwei Türsteher, denen man ansah, dass mit ihnen nicht zu spaßen war, bauten sich vor mir auf und versperrten mir den Weg.

»Heute nur für geladene Gäste«, sagte einer der beiden brüsk.

»Ich bringe die Schuhe für Frank Sinatra.«

Ohne weitere Fragen führten sie mich auf der Stelle durch ein Labyrinth an Gängen und brachten mich zu einer Garderobe. Dort stand »The Voice« in seinem neuen Anzug und genoss ein Glas Champagner und den Ausblick auf die Tänzerinnen, die sich hinter einem einfachen Wandschirm umzogen.

»*Hey man! You made it!* Du hast es geschafft«, empfing er mich.

Er erwartete mich ohne Schuhe, nur mit einem Paar gelber Socken an den Füßen. Ich ging neben ihm auf die Knie und nahm die Schuhe aus dem Karton. Mit einem Schuss Zitronensaft und all seiner Geschicklichkeit war es Guzmán gelungen, den Fleck vollständig zu entfernen. Ich zeigte Sinatra die Schuhe, der zufrieden feststellte, dass sie einwandfrei waren.

»Ehrlich gesagt, hatte ich schon gedacht, dass Sie andere Schuhe angezogen hätten«, sagte ich und starrte auf seine gelben Socken.

Er schüttelte den Kopf.

»Ich war mir ganz sicher, dass Sie pünktlich hier sein würden.«

»Warum?«

»Nun … Weil Sie im Encanto arbeiten. Und El Encanto ist kein gewöhnliches Kaufhaus. Sondern ein ganz besonderes.«

Nachdem Sinatra sich die Schuhe zugebunden hatte, richtete er sich auf und betrachtete sich zufrieden im Spiegel.

»*Perfect*. Danke für alles.«

»Vielen Dank für Ihr Vertrauen.«

Sinatra setzte sich seinen Hut schief auf den Kopf und trat durch einen Seiteneingang hinaus. Aus dem Applaus und den Jubelrufen, die gleich darauf erklangen, schloss ich, dass die Tür direkt zur Bühne führte. Und ich konnte nicht widerstehen, einen Blick in den Saal zu werfen.

Das Calypso war sensationell. Es war wie eine Unterwasserwelt eingerichtet, sodass man den Eindruck hatte, sich auf dem Grund des Meeres zu befinden. An den Wänden hingen Anker und von der Decke Fische aus Pappmaché, und in den Ecken standen Statuen in Form von Seepferdchen. Vor der Bühne waren unzählige Tische aufgereiht, die von Kellnern in Matrosenanzügen bedient wurden. Die *cigarreras* waren als Meerjungfrauen verkleidet, mit schmalen Röcken, die mit silberfarbenen Pailletten bestickt waren, um die Schuppenhaut zu imitieren, und zwei Muscheln, die ihre Brüste nur knapp bedeckten.

Wände und Möbel waren in Pastellfarben gehalten und leuchteten in Rosa und Blau. Und überall standen riesige Aquarien, in denen schillernde tropische Fische schwammen. An der Bar gab es einen Brunnen mit Delfin-Figuren, aus deren Mäulern anstatt Wasser Champagner strömte, und das Tüpfelchen auf dem »i« waren schimmernde Wandlampen, die die Form von Austern hatten und in deren Inneren runde Glühbirnen wie Perlen aufschienen. Dieser Ort war ein Luxustempel, aber in dem nächtlichen Szenario war er die pure Dekadenz und bot einen solch spektakulären Anblick, dass ich wie verzaubert stehen blieb.

Als Frank Sinatra die Bühne betrat, hatte das Fest seinen Höhepunkt erreicht. Der Sänger begrüßte das Publikum – lauter Mafiosi mit ihren eleganten Frauen –, und ich betrachtete seine Silhouette im Licht der Scheinwerfer. Als er zu singen begann, ließ seine Stimme die Glasanhänger an den Kronen der hölzernen Meerjungfrauen leise klirren.

Bye, bye, baby
Remember you're my baby
I'll be gloomy,
But send that rainbow to me …

Wenn man Frank Sinatra singen hörte, war es unvorstellbar, dass er ein Mensch wie alle anderen sein sollte. Dieser Mann war aus dem Stoff gemacht, aus dem Legenden geschmiedet werden. Und dank meiner sang er nicht auf Socken.

Ich sah mir den gesamten Auftritt an, was ein unvergessliches Ereignis war. »The Voice« sang so wunderbare Songs wie *Oh, What a Beautiful Morning; Dream; My Melancholy Baby* oder *Goodnight, Irene*. Das Publikum war nicht umsonst völlig hingerissen. Und der allerletzte Song war fürwahr ein krönender Abschluss, bei dem sich alle erhoben. Bei der Zugabe wurde mir bewusst, dass ich schon längst hätte gehen sollen.

Als ich zurück in die Garderobe kam, stieß ich auf eine Schar Tänzerinnen, die sich gerade für ihren Auftritt umzogen. Sie alle trugen fleischfarbene Trikots, an deren Rücken echte Pfauenfedern angebracht waren. In einer solch beneidenswerten Lage hatte ich mich noch nie befunden: einem Raum voller wunderschöner, spärlich bekleideter Frauen. Als die Mädchen mich entdeckten, pfiffen und schimpften sie, um mich zu vertreiben, bis mich eine von ihnen am Arm fasste und in Sicherheit brachte, bevor ihre Kolleginnen mich lynchten.

Er war Rita, die hübsche Tänzerin, die Grescas damals hatte verführen sollen, um ihm das Rezept des Forajido zu entlocken. Mit ihren roten Lippen und den langen Beinen war sie gewiss der hübscheste Pfau von allen.

»Patricio, wie schön, dich zu sehen! Was machst du denn hier, Süßer?«, begrüßte sie mich mit strahlendem Lächeln.

»Ich bin in geheimer Mission hier. Um Frank Sinatras Auftritt zu retten«, scherzte ich. »Wie geht es dir? Alles in Ordnung?«

Rita sah sich unauffällig um, um sich zu vergewissern, dass uns niemand zuhörte. Für den Fall, dass die Wände Ohren hatten, zogen wir uns in der Garderobe in eine kleine Kabine zurück, um unter vier Augen zu reden.

»Ja und nein. Ich habe mich verliebt«, gestand sie mir mit bebender Stimme.

»Das freut mich. Wer ist denn der Auserwählte?«

»Er heißt Franklin und spielt hier im Club Trompete.«

»Macht er dich glücklich?«

»Mehr als an Weihnachten und meinem Geburtstag zusammen. Mit ihm ist jeder Tag ein Fest.«

An ihren leuchtenden Augen erkannte ich, dass sie nicht übertrieb, und freute mich für sie.

»Dann ist das doch eine gute Nachricht.«

»Nicht solange Franklin und ich noch hier im Calypso arbeiten. César würde nie zulassen, dass ich mit Franklin glücklich bin. Und ich habe das Gefühl, dass er bereits etwas ahnt. Meine Kolleginnen sind ziemlich schwatzhaft und spionieren mir den ganzen Tag hinterher.«

»Kann ich irgendetwas tun, um euch zu helfen?«

Rita nickte, führte einen Finger an ihre Lippen und gab mir mit einer Geste zu verstehen, dass ich ihr leise folgen sollte. Am Ende eines Ganges gelangten wir in einen Lagerraum, in dem Kostüme und Möbel aufbewahrt wurden. Er war riesengroß und lag im Halbdunkeln. An diesem Ort stapelten sich Kleider, Kopfschmuck und andere Dinge, die für die Auftritte im Club gebraucht wurden; es war ein Sammelsurium an mit Laken bedeckten Gegenständen. Rita und ich gingen zu einer Pappstatue hinüber, die Neptun, den König der Meere, darstellte, mit Dreispitz und allem Zubehör. Zu meiner Überraschung nahm die Tänzerin der Statue den Kopf ab und holte einen Koffer aus ihrem hohlen Körper hervor.

»Dich schickt der Himmel. Darf ich dich um einen Gefallen bitten?«, fragte sie mit flehender Stimme. »Franklin und ich wollen aus Havanna fliehen.«

»Wann?«

»Das Ganze ist bereits in Planung, aber wir können den Club nur von einem auf den anderen Tag verlassen, wenn wir genug Geld für die Reise haben. Und nun kommt dieser Koffer ins Spiel.«

Rita öffnete ihn und zeigte mir den Inhalt. Er war voller Silberbesteck. Und in sämtliche Teile war am Griff ein kleines »C« wie Calypso eingraviert.

»Seit Monaten sammeln wir dieses Besteck so, dass keiner etwas merkt. Jeden Tag nur ein Teil, um keinen Verdacht zu erregen«, erklärte Rita. »Wenn wir es verkaufen, haben wir genug Geld, um davon eine Weile leben zu können.« Sie reichte mir den Koffer. »Du musst ihn für mich mit nach draußen nehmen. Wir Tänzerinnen werden jedes Mal, wenn wir den Club verlassen, durchsucht.«

»Ich werde gut darauf aufpassen«, versicherte ich ihr. »Grescas unterhält bei uns zu Hause eine heimliche Bodega. La Pekinesa, in der Calle Obispo. Komm, wann immer du willst, um den Koffer abzuholen.«

Ich griff nach dem Koffer, und Rita küsste mich auf die Wange.

»Ich werde niemals vergessen, was du für mich getan habt. Und jetzt muss ich los. In fünf Minuten beginnt meine Nummer.«

Ich verließ den Lagerraum und kam zu einem Gang, der sich bald gabelte. Links oder rechts? Ich hatte nicht den geringsten Schimmer, wo die Türsteher mich entlanggeführt hatten. Ohne weiter darüber nachzudenken, wandte ich mich nach rechts. Irgendwann würde ich schon auf einen Ausgang stoßen. Doch unglücklicherweise endete der Gang in einem riesigen Speiseraum. Darin stand ein großer runder, bereits gedeckter Tisch mit Blumendekoration. Hier würde gleich ein Dinner stattfinden, zu dem ich nicht eingeladen war, also wandte ich mich eilig um und ging wieder.

Erneut schritt ich durch den Gang, doch als ich um die Ecke bog, sah ich etwas, was mir gar nicht gefiel: César kam direkt auf mich zu. Eigentlich brauchte ich mir deswegen keine Sorgen zu machen, denn meine Anwesenheit in seinem Club hatte ja einen guten Grund. Doch mein Instinkt warnte mich. Und wenn er nach dem Koffer griff und feststellte, dass er voller Silberbesteck aus dem Calypso war? Wahrscheinlich hätte er mich schon lebendig gehäutet, wenn ich auch nur einen Kaffeelöffel gestohlen hätte. Aber gleich ein ganzer Koffer! Ich durfte kein Risiko eingehen. Auf leisen Sohlen schlich ich zu dem Speiseraum zurück. Was eine schlechte Entscheidung war, denn offenbar war César genau dorthin unterwegs. Schließlich führte der Gang sonst nirgendwo hin.

Ich schalt mich einen Idioten, und dann beging ich gleich den zweiten großen Fehler. Ich lief zum anderen Ende des Raums, zu einem Ecktisch, auf dem große Tabletts mit Pyramiden aus Obst standen. In meiner Not fiel mir nichts Besseres ein, als mich mit dem Koffer unter dem Tisch zu verstecken, dessen weißes Tischtuch bis zum Boden reichte und mich komplett verbarg.

Wenige Sekunden später hörte ich Schritte und das Lachen mehrerer männlicher Stimmen, während etwa ein Dutzend Herren den Speisesaal betraten. Vorsichtig hob ich die Tischdecke ein Stück an, um zu sehen, wie die Männer Platz nahmen, und ich verfluchte meine Feigheit und meinen schlechten Orientierungssinn. Ich hatte mich in einem Raum versteckt, in dem ein Mafiatreffen stattfand. Das klang vielleicht nach einem lustigen Streich, war jedoch äußerst gefährlich. Auch wenn ich in meiner misslichen Lage immerhin das Glück hatte, dass der Tisch, unter dem ich hockte, in einer entfernten Ecke stand und sicher niemand unter das Tischtuch schauen würde.

Es folgte ein opulentes Mahl, das eine Ewigkeit dauerte. Langusten und Hummer als Vorspeise, Lamm und Seebarsch als Hauptspeise, Nachtisch, Kaffee, Digestif und Zigarre. Als die Herren beim Likör waren, machten sich die drei Stunden, die ich bereits auf dem Boden kauerte, deutlich bemerkbar. Meine Gelenke taten höllisch weh, und ich bekam Krämpfe. Außerdem brannte der Zigarrenrauch in meiner Kehle, und ich musste mir das Husten verkneifen. Und da die Männer von meiner Anwesenheit nichts ahnten, sprachen sie über Dinge, die eindeutig nicht für fremde Ohren gedacht waren.

»Was ist mit den Visa für Luciano und Lansky?«

»Wir haben Kongressabgeordnete und Senatoren gekauft. Grau wird es nicht wagen, gerade jetzt alles auffliegen zu lassen.«

»Grau ist nicht übel, aber wir müssen dafür sorgen, dass Batista wieder an die Macht kommt. Der drückt immer ein Auge zu, wenn er dafür einen Anteil vom Gewinn erhält.«

»Wenn Luciano nach Italien zurückkehrt, bleibt das Problem mit dem Heroin in Europa ungelöst.«

»Außerdem brauchen wir neue Mädchen für die Clubs«, hörte ich Césars Stimme. »Schickt eure Leute noch einmal in die Provinzen. Aber vergewissert euch, dass es Jungfrauen sind. Wer will schon eine Kuh, die schon mal gekalbt hat?«

Das Mafia-Bankett dauerte bis in die frühen Morgenstunden. Und als endlich das Geräusch von über den Boden geschobenen Stühlen zu hören war und die Männer aufstanden, war das Musik in meinen Ohren. Die meisten waren blau wie die Strandhaubitzen und verabschiedeten sich lachend und zufrieden. Doch meine Erleichterung war gleich wieder verflogen, als ich zu meinem Schrecken feststellte, dass, während alle anderen den Speisesaal verließen, einer der Gangster zurückblieb, um mit César zu sprechen.

»Señor Valdés, könnten wir einen Moment reden?«

»Aber sicher, Don Lorenzo, was kann ich für Sie tun?«

Vorsichtig hob ich das Tischtuch ein Stück an und sah, dass der Angesprochene etwa sechzig Jahre alt war und ein pockennarbiges Gesicht hatte. Er war gut genährt, rund wie ein Fass und trug jede Menge Ringe an den Fingern.

»Es geht um eines Ihrer Mädchen«, fuhr Don Lorenzo fort. »Diese Rita mit ihren Titten und ihrem göttlichen Hintern …«

Als ich Ritas Namen hörte, hielt ich die Luft an.

»Ja, die Rita kann sich sehen lassen«, bestätigte César. »Worum geht's?«

»Das Problem ist, dass ich mich ein wenig in sie verguckt hab.«

»Ich hoffe, dass sie Ihnen entgegenkommt.«

»Das schon. Bei dem, was ich ihr bezahle, ist das wohl selbstverständlich. Sie ist sehr liebevoll, wenn sie mit mir zusammen ist. Die Sache ist nur, dass ich gehört habe, dass sie auch zu einem Trompeter aus dem Orchester sehr zärtlich ist. Einem dunkelhaarigen gut aussehenden Typ, der den Namen eines amerikanischen Präsidenten trägt. Wobei er ansonsten nicht viel zu bieten hat, denn er ist arm wie eine Kirchenmaus.«

»Franklin?«

»Genau der. Ich will ja nicht eifersüchtig sein, aber ich hab auch meinen Stolz, und mir vorzustellen, dass Rita mit diesem Typen … Das bringt mich auf die Palme …«

»Das regeln wir sofort. Die beiden arbeiten heute hier. Ich lasse sie gleich holen.«

Hau ab, Rita, dachte ich in böser Vorahnung. Sie dürfen dich nicht erwischen, hau ab!

Dieser Don Lorenzo, der sich mit der armen Rita sicher nur ein wenig die Zeit vertrieb, während seine Frau und die Kinder zu Hause auf ihn warteten, war mir sofort unsympathisch. Und wenn er sich ihre Liebe kaufte, warum war es ihm dann nicht egal, was seine Gespielin in ihrer freien Zeit tat?

Kurz darauf traten die beiden in den Raum. Rita trug noch ihr Pfauenkostüm. Franklin, in einem bescheidenen, aber eleganten Anzug, war ein gut aussehender Schwarzer. Sie waren ein schönes Paar, die beiden, jung und hübsch anzusehen.

Ohne Umschweife begann César mit seinem Verhör.

»Sag mal, Rita ... Stimmt es, was ich gehört habe, dass du was mit diesem *Neger* hast? Das ist doch ein Affe, dem nur die Banane fehlt.«

»Nein, wir sind nur Kollegen, mehr nicht«, log Rita, um ihren Liebsten zu schützen.

»Ach, ja?«, sagte César höhnisch. »Dann wird es dir ja nichts ausmachen, wenn ich mir den Kerl mal vornehme.«

Er gab zweien seiner Männer ein Zeichen, dass sie den Trompeter festhalten sollten, und verpasste ihm einen brutalen Faustschlag in den Magen. Rita schrie auf.

»Nein ... nicht, bitte!«

César schlug erneut zu.

»Wieso stört dich, was ich mit ihm mache? Ihr seid doch nur Kollegen ... oder?«, fragte er mit boshaft funkelnden Augen.

»Lass ihn in Ruhe! Wir lieben uns«, gestand Rita schluchzend.

Césars Männer ließen Franklin los, der, nach Atem ringend, zu Boden sank.

»Wir haben uns ineinander verliebt«, bestätigte Franklin, während Rita ihm beim Aufstehen half.

César sah die beiden mit der Herablassung von jemandem an, der versucht, zwei kleine Kinder oder zwei Verrückte zur Vernunft zu bringen.

»Das Problem ist nur, dass ihr das nicht dürft, du armer Irrer. Denn deine Freundin da ist das Betthäschen von meinem Freund Lorenzo. Sie ist ein Geschenk von mir, und wenn du sie ihm wegnimmst, ist das in gewisser Weise Diebstahl, verstehst du?«

»Ich gehöre niemandem«, protestierte Rita.

»Das stimmt nicht, mein Herz. Du gehörst mir, bis du deine Schulden bezahlt hast. Und du wirst schön lieb zu Don Lorenzo sein, denn sonst haben wir zwei ein Problem miteinander.«

Rita verschränkte die Arme vor der Brust und sah Don Lorenzo angewidert an.

»Der Dicke kann zurück zu seiner Frau und seiner Mama gehen.«

»Ich werde Ritas Schulden bezahlen«, sagte Franklin, »und ich werde sie gleich morgen heiraten.«

Letzteres quittierte César mit einem verächtlichen Lachen.

»Diese Neger sind wirklich noch nicht in der Zivilisation angekommen! Willst du wirklich eine Nutte heiraten? Deine Freundin hier hat mehr Schwänze gesehen als ein öffentliches Schwimmbad.«

Der Faustschlag des Trompeters traf César voll am Kinn, der dadurch ins Wanken geriet. Franklin hatte eine großartige Rechte, doch was er nicht hatte, war eine Pistole.

César zog seine Waffe und zwang Franklin, vor ihm auf die Knie zu gehen. Diese Szene kam mir bekannt vor, denn auch ich hatte bereits in den Lauf der Pistole des aggressivsten Mafioso von ganz Havanna gesehen. Ich musste etwas tun! Damals hatte Guzmán helfend eingegriffen, und diesmal war ich an der Reihe.

Ich durfte keine Zeit mehr verlieren! Franklin würde seinen Faustschlag mit dem Leben bezahlen.

Was konnte ich tun? Ich griff nach einer Stoffserviette, die neben mir auf dem Boden lag, und band sie mir wie ein Bankräuber aus dem Wilden Westen vor die Nase, damit César mich nicht erkannte. Das Einzige, was ich zur Hand hatte, war der Koffer mit dem Besteck aus dem Club, sodass ich, ohne weiter darüber nachzudenken, die Lederriemen löste, mit denen er verschlossen war, aus meinem Versteck hervorstürzte und den Inhalt des Koffers mit aller Kraft gegen César Valdés schleuderte.

»Rita, lauf!«, schrie ich, so laut ich konnte.

Meine Aktion löste ein absolutes Chaos aus. Alles geschah in wenigen Sekunden. Die Gangster starrten mich überrascht an und konnten zunächst nichts anderes tun, als sich instinktiv vor dem herumfliegenden Silberbesteck zu schützen. César interessierte sich nicht weiter für Franklin, sondern richtete seine Waffe nun auf mich.

BANG! Diesmal wurde das Geräusch nicht von einer Flasche Chamgagner ausgelöst, die auf der Straße geöffnet wurde. Der Schuss erfolgte aus nächster Nähe und hätte mich sicher getroffen, wenn Franklin nicht eingegriffen hätte. Der kräftige Trompeter hatte sich gerade noch rechtzeitig auf César gestürzt, um den auf mich gerichteten Pistolenlauf wegzulenken, und lag nun mit seinem ganzen Gewicht auf ihm.

»Lauf, *mi amor*!«, rief Franklin seiner Liebsten zu, um dann mit einem festen Blick in meine Augen hinzuzufügen: »Lauft beide! Los!«

Rita war vor Schreck wie gelähmt, denn Franklins Befehl ließ keinen Zweifel an seinen Absichten. Einen größeren Liebesbeweis konnte es nicht geben. Er wollte uns die Flucht ermöglichen, während er die Aufmerksamkeit der Killer auf sich zog. Er hatte einen Weg ohne Wiederkehr gewählt, und ich musste nun mein Möglichstes tun, dass seine Tapferkeit nicht vergebens war.

César brüllte vor Wut in seiner hilflosen Lage, sodass seine Männer sich auf Franklin stürzten.

Ich lief zu Rita hinüber, nahm ihre Hand und zog sie mit mir fort. Ohne uns noch einmal umzublicken, rannten wir so schnell wie möglich aus dem Gebäude. Wir stürmten derart entschlossen voran, dass wir an den Türstehern vorbeikamen, ohne dass sie sich uns in den Weg stellten. Und währenddessen opferte ein schwarzer Trompeter drinnen sein Leben, um das unsere zu retten.

34

Gloria

Meine wissenschaftlichen Bücher über die Weltraumforschung bestätigten es eindeutig: Es war unmöglich, dass sich an dieser Stelle des Himmels ein Stern befand.

Seit ich in der Nacht des Stromausfalls den leuchtenden Punkt entdeckt hatte, konnte ich an nichts anderes mehr denken. Dieses Rätsel ließ mir keine Ruhe. Meine Gedanken kreisten um den mysteriösen Stern, sie lenkten mich von meinem Mann ab und vertrieben mir die langen Stunden, in denen ich nicht bei Patricio im Encanto sein konnte. Dabei wurde mir sehr schnell klar, dass ich unbedingt ein Teleskop brauchte, um diesen winzigen Teil des Universums studieren zu können, und um ein solches Gerät zu bekommen, musste ich mir eine List ausdenken.

César hielt es für unangemessen, wenn er mich mit meinen Büchern sah, so wie ein Hund nicht rechnen können, sondern nur Pfötchen geben sollte. Hätte ich ihn um ein Teleskop gebeten, hätte er es mir glatt verboten und mir gesagt, dass ich mir stattdessen lieber ein paar hübsche Kleider kaufen sollte.

Also fragte ich ihn nicht direkt, sondern nutzte einen Elternabend in Danielas Schule, um mit der Lehrerin darüber zu sprechen, dass meine Tochter angeblich immer wieder nach Kometen und Sternschnuppenschwärmen fragte.

»Gibt es nicht eine Möglichkeit, dass die Schule ihr ein kleines Teleskop zur Verfügung stellt?«, fragte ich.

Und ich hatte Glück, denn zu meiner großen Überraschung besaß eine der Lehrerinnen ein altes Teleskop, das sie mir freundlicherweise schenkte. Äußerst dankbar und glücklich wie ein Kind über sein Brot mit Guavenpastete, nahm ich es mit nach Hause. Und da César seine Abende im Calypso und mit seinen anderen Geschäften verbrachte, bekam er gar nicht mit, dass ich seine Abwesenheit nutzte, um den Himmel zu beobachten.

So wurde meine Freude an der Astronomie zu einem Geheimnis zwischen mir und den Hausangestellten, die ich mit einem großzügigen Trinkgeld davon überzeugen konnte, César nichts davon zu erzählen. Schließlich schadete ich niemandem, wenn ich mich auf der Terrasse im obersten Stockwerk ein wenig mit den Sternen amüsierte. Nur gab es da ja leider noch jemanden im Haus, der den Mund nicht halten konnte, dummerweise unbestechlich war und meinte, sich in alle meine Angelegenheiten einmischen zu müssen.

An dem Tag, an dem ich mein Teleskop einweihte, nahm ich den Hut, den *mister* Einstein mir geschenkt hatte, aus einer Kiste, die ich seit Jahren nicht mehr geöffnet hatte, und setzte ihn mir auf den Kopf, damit er mich bei meinen Forschungen inspirierte. Das Teleskop war bereits aufgebaut, und ich wartete in der Dämmerung darauf, dass es dunkel würde, als meine Schwägerin plötzlich auf die Dachterrasse kam und mir einen ihrer hochmütigen Blicke zuwarf.

»Was für ein hässliches Ding! Darf ich fragen, was das ist?«, erkundigte sie sich.

»Das ist ein Teleskop, um sich die Sterne anzusehen.«

»Du immer mit deinen dämlichen Hirngespinsten!«, warf sie mir verärgert vor. »Du solltest lieber mit beiden Beinen fest auf dem Boden stehen.«

Ich hatte keine Lust auf ihre Spielchen, weshalb ich gleich zur Sache kam.

»Du siehst verärgert aus, Marita.«

»Weiß mein Bruder, dass du dieses Ding hast?«

»Nein«, gestand ich. »Er erzählt mir ja auch nicht, wohin er jeden Abend verschwindet.«

»Das ist etwas ganz anderes. Eine Frau sollte keine Geheimnisse vor ihrem Ehemann haben.«

»Das ist doch nur ein völlig bedeutungsloser Zeitvertreib! Soll ich ihm auch erzählen, wenn ich Domino spiele? Oder dass ich Porzellanfiguren von Tieren sammle?«

»Ja solltest du. Und wo kommt das plötzliche Interesse am Himmel her?«

»Ich glaube, ich habe einen neuen Stern entdeckt.«

Marita lachte böse.

»Ach du liebe Güte! Und ich bin die Gräfin Merlin.«

»Na also«, entgegnete ich, verletzt von ihrem Lachen, »wenn ich deiner Meinung nach nur meine Zeit verschwende, was hast du dann dagegen? Habe ich nicht auch ein wenig Glück verdient?«

»Geheimnisse zu haben ist gefährlich.«

Da war etwas in ihrer Stimme – ein leicht drohender, warnender Unterton –, was mich krank machte. Gott weiß, dass ich dem hätte nachgehen sollen, doch stattdessen beschloss ich, der Sache keine weitere Bedeutung beizumessen.

»Ich schlage dir einen Handel vor«, sagte ich. »Wenn du César nichts von dem Teleskop erzählst, sage ich ihm nicht, dass du dich jeden Abend mit Schokolade vollstopfst. Und auch nicht, dass du seine Zigarren rauchst, um deine Freundinnen zu beeindrucken.«

Marita blies wie eine Kröte wütend ihre Backen auf.

»Aber das sind Lächerlichkeiten!«, protestierte sie.

»Komm, meine liebe Schwägerin, sind wir uns einig?«

Ein paar Regentropfen fielen und unterbrachen unseren Disput. Der Himmel zog sich zusammen, und die untergehende Sonne verschwand hinter den Wolken.

»Das wird einen heftiger Wolkenbruch geben«, sagte Marita, während sie einen Pullover über ihr Kleid zog. »Heute Abend wirst du wohl nicht viele Sterne zu sehen bekommen.«

Ich beeilte mich, das Teleskop abzudecken. Meine Schwägerin hatte recht, der Himmel war kurz davor, seine Schleusen zu öffnen. Doch plötzlich fiel mir eine hübsche kleine Gemeinheit ein, und ich lächelte schelmisch.

»Hat man dir als Kind nicht gesagt, dass ein Bad im Regen Energie und Gesundheit bringt?«, fragte ich.

Auf Kuba ließen sich die Kinder traditionell gern nass regnen. Denn die Mütter sagten immer, dass der erste Mairegen Segen bringe und seine wunderbaren Kräfte vor Krankheiten schützten, die Seele reinigten und das Haar kräftigten. Wer dies nicht nutzte, lief Gefahr unter dem *Bobo de Mayo* zu leiden, der furchtbare Bauchschmerzen mit sich brachte. Den Kindern gefiel diese Tradition, denn sie erlaubte ihnen, im Regen herumzutanzen und sich auf dem Boden im Schlamm zu wälzen, ohne die Eltern zu verärgern.

»Das sind doch Ammenmärchen«, entgegnete Marita. »Ich finde es einfach nur eklig, sich nass …«

Sie konnte den Satz nicht beenden, da der Regen plötzlich heftig auf uns niederprasselte. Marita wollte ins Haus laufen, doch ich hielt sie am Handgelenk zurück. Es regnete so stark, dass wir in wenigen Sekunden völlig durchnässt waren.

»Lass mich los, sonst werde ich klatschnass!«

»Das bist du doch schon!«, entgegnete ich lachend.

Der Anblick meiner völlig durchweichten Schwägerin, der die Wimperntusche über das ganze Gesicht lief und deren Haare am Kopf klebten, war das Komischste, was ich je gesehen hatte. Ich sah wahrscheinlich auch nicht besser aus, da auch meine Schwägerin zu lachen anfing.

»Du bist doch völlig verrückt!«, protestierte sie.

»Und du bist eine verrückte Vogelscheuche«, rief ich lachend.

»Komm her, ich verpass dir eine Ohrfeige, wenn du dich noch länger über mich lustig machst!«, sagte Marita, die ebenfalls nicht aufhören konnte zu lachen.

Der Wolkenbruch hielt an und überschwemmte alles mit Wasser, während Marita und ich im Regen miteinander rangen, herumhüpften, spielten und tanzten. Wie zwei Teenager ließen wir zu, dass wir nass bis auf die Knochen wurden, sprangen barfuß durch die Pfützen und bespritzten uns, bis wir völlig außer Atem waren und uns zum Abschluss im strömenden Regen nur noch gegenseitig durchkitzelten. Ich hatte weder Schwestern noch Freundinnen, doch für eine kurze Zeit fühlte es sich so an, als wäre Marita gleich beides.

Leider war es, nachdem es aufgehört hatte zu regnen, auch mit unserer vertrauten Zweisamkeit gleich wieder vorbei. Der Wolkenbruch war zu Ende, und wie bei unseren Gesprächen in Villavaliente war der Zauber auf einen Schlag vorüber und Marita fasste sich wieder.

»Du bist wirklich unglaublich albern. Und weil mein Kleid, wenn es wieder trocken ist, hoffnungslos zerknittert sein wird, nehme ich mir eins von deinen!«, drohte sie mir, bevor sie zurück ins Haus ging.

Marita machte ihre Drohung wahr und nahm sich am nächsten Tag nicht nur eines, sondern gleich zwei neue Kleider aus meinem Ankleidezimmer.

Allerdings erzählte sie ihrem Bruder nichts von dem Teleskop.

35

Patricio

In den Tagen nach meiner Flucht aus dem Calypso aß und schlief ich nur wenig. Ich konnte nicht. Das Leben auf der Straße ging weiter. In den Geschäften war viel los, die Cafés boten schattige Plätze, und in den Parks zogen die Kinder ihre Eltern zu den Süßigkeitenverkäufern, die auf umhängenden Holztabletts Lakritze und Kaugummis anboten. An den Kinos standen die Frauen – bestens mit Taschentüchern ausgerüstet, damit sie ihren Tränen freien Lauf lassen konnten – Schlange, um sich in den morgendlichen Vorstellungen die mexikanischen Melodramen mit Pedro Infante und Jorge Negrete anzusehen. Grescas und Guzmán hatten einen Plattenspieler gekauft und spielten bei uns zu Hause den ganzen Tag eine neue Musik, die alles bisher Dagewesene zu revolutionieren versprach: den Cool Jazz.

Doch ich war nicht in der Lage, irgendetwas davon zu genießen. Unablässig sah ich Franklins mutige Tat vor mir und Ritas Entschlossenheit beim Verlassen des Clubs. Die schöne Rita hatte recht: Es gab Momente im Leben, die unser Schicksal für immer veränderten. In jener Nacht war ihre Zukunft in tausend Stücke zersprungen, und nun musste sie zwischen den Scherben einen Ausweg finden. Wir Überlebenden wachsen an solchen Grenzerfahrungen. Und so ging Rita zu ihrer besten Freundin, um ihre sofortige

Flucht aus Kuba vorzubereiten. Es war klar, dass ihr Leben in Gefahr war, wie vielleicht auch das meine.

Ich hätte auch mit jenem Schiff nach Florida reisen können, doch ich tat es nicht, weil Gloria und ihre kleine Tochter noch immer in Havanna festsaßen … Ich konnte nicht zulassen, dass sie weiterhin mit diesem Mörder zusammenlebten. Denn jeder Tag, den sie mit César verbrachten, barg die Gefahr, dass er ihnen irgendeinen Schaden zufügte.

Tatsache ist, dass die Ereignisse in jener Nacht meine Sicht auf die Dinge vollkommen veränderten. Der Mord an Franklin und Ritas Flucht waren ein Ansporn für mich. Die Umstände hatten mich gezwungen zu handeln, und ich war entschlossen, César Valdés gegenüberzutreten, um Gloria und Daniela zu retten.

Während ich im Encanto arbeitete, hoffte ich, so bald wie möglich mit Gloria reden zu können. Als wir uns das nächste Mal sahen, bat ich sie, sich für ein neues Sofa zu interessieren. Denn ein solcher Kauf war keine einfache Entscheidung, sodass es niemanden wunderte, dass wir uns länger als eine Stunde die verschiedenen Modelle ansahen und – unterdessen – leise miteinander redeten. Ich berichtete ihr, was im Calypso passiert war, und als ich zu der Stelle kam, an der César auf mich geschossen hatte, war Gloria so entsetzt, dass sie sich auf eines der Sofas setzen musste.

»Es tut mir leid, dich so zu erschrecken, aber César ist wirklich ein Monster«, flüsterte ich.

Gloria fächelte sich mit der Hand Luft zu und rang um Fassung. »Ich weiß. Ich habe es schon immer gewusst.«

»Jede Minute, die Daniela und du mit ihm unter einem Dach verbringt, seid ihr in Gefahr.«

»Und was soll ich tun? Wohin sollten wir denn gehen?«

»Kommt mit mir.«

»Das geht nicht. César ist der König von Havanna, er würde uns immer finden.«

»Na, dann vergessen wir Havanna. Verlassen wir Kuba. Lass uns irgendwohin gehen, wo er uns nicht finden wird.«

»Sprich nicht von Dingen, die unmöglich sind.«

Ich legte meine Hand verstohlen auf die ihre und streichelte sie.

»Gloria, liebst du mich?«

»Mehr als alles andere auf der Welt.«

»Dann vertrau mir. Ich habe einen Plan. Es ist noch ein Geheimnis, aber Christian Dior wird nach Havanna kommen.«

»Der Modeschöpfer?« Gloria war beeindruckt.

»Das Encanto hat die Exklusivrechte erworben, seine Modelle in Amerika zu verkaufen. Und nun will er persönlich anreisen, um sich unser Kaufhaus anzusehen. Ihm zu Ehren wird es eine große Modenschau geben, zu der unsere besten Kunden eingeladen sind – mit anderen Worten auch du und dein Mann. Das ist die perfekte Gelegenheit.«

»Wozu?«

»Um zusammen zu fliehen. César und Marita werden mit Sicherheit zu der Modenschau gehen, weil alle wichtigen Leute der Stadt dort sein werden. Das wird dein Mann für seine Geschäfte nutzen wollen. Und während sich alle die Modenschau ansehen, fahren Daniela, du und ich zum Flughafen und nehmen ein Flugzeug, das uns weit weg bringt.«

Gloria sah mir in die Augen und wusste offensichtlich nicht, was sie sagen sollte. In ihrem Gesicht spiegelten sich Zweifel, Sehnsucht und Angst.

»Dann müsste ich mein Land, meine Mutter und meine Großmutter, mein ganzes Leben zurücklassen …«

»Überleg es dir, *mi amor*. Du hast noch Zeit, um dich zu entscheiden. Aber denk nicht an das, was du zurücklassen musst, sondern an das, was wir gewinnen würden. Ein Leben weit weg von César, ein Leben, in dem wir jeden Morgen zusammen aufwachen könnten.«

Ich sah aus dem Augenwinkel, dass Marita aus einem der Aufzüge trat und mit entschiedenem Schritt zu uns herüberkam. Uns blieb nicht mehr viel Zeit.

»Lass uns Folgendes tun«, schlug ich vor. »Wenn du meinen Vorschlag annimmst, zieh morgen ein rotes Kleid an. Und wenn nicht, ein schwarzes.«

Gloria nickte, und dann war auch schon Marita bei uns und gab mir mit einem ungehaltenen Wink zu verstehen, dass ich mich zurückziehen sollte.

»Hast du dich schon für ein Sofa entschieden?«

»Für dieses hier.«

In Gedanken Lichtjahre entfernt wies Gloria auf irgendein Sofa, um ihre Schwägerin zufriedenzustellen.

»Das ist schön!«, rief Marita aus. »Du wirst sehen, wie hübsch es zu Hause aussehen wird.«

Am selben Abend noch erzählte ich Guzmán und Grescas, während wir im Garten Reis mit Bohnen aßen, von meinen Fluchtplänen. Vorher musste ich meine beiden Freunde in meine – nicht gerade wenigen – Geheimnisse einweihen, die ich über Monate hinweg verschwiegen hatte: dass Gloria und ich ein Liebespaar waren; dass sich im Calypso etwas Furchtbares ereignet hatte und dass ich die feste Absicht hatte, mit Gloria und ihrer Tochter zusammen aus Kuba zu fliehen. Wie es nicht anders sein konnte, musste ich mir, nachdem ich mit allem herausgerückt war, einiges anhören.

»Du bist so ein Hornochse!«, brüllte Grescas. »Wieso hast du denn nichts gesagt? Unter Freunden erzählt man sich so was doch!«

»Grescas hat recht, mein Guter. Das ist echt ein Ding, dass du uns nicht früher vertraut hast.«

»Ich weiß, ich weiß ... Aber ich hatte keine Ahnung, wie ich es euch sagen sollte. Denn mir war klar, dass ihr mir die Leviten lesen würdet, weil ich mit Gloria zusammen bin.«

»Allerdings. Du bist völlig wahnsinnig und spielst den starken Mann.«

Grescas schlug wütend mit der Faust auf den Tisch.

»Hast du aus dem, was mit Rita passiert ist, nichts gelernt, du Einfaltspinsel? Verdammte Scheiße, César hat ihren Freund umgelegt, einfach nur, weil er existiert hat, was meinst du, was er mit dir anstellt, wenn er rauskriegt, dass du seine Frau vögelst?«

»Ist dir nicht klar, dass du mit deinem Leben spielst?«, bekräftigte Guzmán.

»Ich kann ohne Gloria nicht leben«, seufzte ich.

Grescas und Guzmán tauschten einen resignierten Blick. Natürlich wollten die beiden immer nur mein Bestes, und deswegen gefiel ihnen gar nicht, in was für einen Schlamassel ich mich da hineinbefördert hatte. Doch da sie meine besten Freunde waren, kannten sie mich auch so gut wie meine Mutter und sahen deutlich, wie groß meine Liebe war.

»Die Kleine macht dich glücklich, hm?«, brummte Grescas.

»Na ja, wenn du sie so sehr liebst, dann lieben wir sie natürlich auch«, sagte Guzmán.

Ich war gerührt von ihrer Loyalität, und wir umarmten uns alle drei. Grescas umfasste uns mit seinen Gorilla-Armen so fest, dass unsere Rippen knackten.

»Morgen wird sich alles entscheiden.«

Ich erzählte ihnen, was ich mit Gloria vereinbart hatte. Sie würde ein rotes Kleid tragen, wenn sie bereit war, mit mir zu fliehen, oder ein schwarzes, wenn sie mich zurückwies. Da meine Freunde merkten, dass ich völlig durch den Wind war, entschieden sie, sich den Tag freizunehmen, um bei mir zu sein und mir beizustehen.

An diesem Abend organisierten wir eine kleine Trauerfeier für Franklin in unserem chinesischen Garten. Da wir nicht wussten, ob er katholisch gewesen war, dem kubanischen Volksglauben nahestand oder einer anderen Religion, meinte Guzmán, dass wir ein unverfängliches Ritual durchführen sollten, das sein Andenken nicht beleidigen konnte. Von der asiatischen Atmosphäre in unserem Garten inspiriert, zündeten wir vier Kerzen an und ließen sie in Papierlampions in den Himmel steigen. Wir legten eine Gedenkminute ein und würdigten Franklins Mut und seine große Tapferkeit. Die anderen drei Lampions waren für Rita, Gloria und mich und unser neues Leben jenseits des kubanischen Horizonts.

Am nächsten Morgen war der Himmel bedeckt, und ein feiner Nieselregen hüllte die Stadt ein. Grescas, Guzmán und ich betraten das Encanto, und ich beschloss, an diesem Tag im Erdgeschoss zu arbeiten, um Gloria sofort zu sehen, wenn sie hereinkam. Meine beiden Schildknappen hielten sich in der Nähe der Verkaufstische auf, um bei mir zu sein, wenn der Moment gekommen war.

Eine Stunde verging. Und noch eine. Um elf Uhr war ich ein Nervenbündel. Meine Hände zitterten so sehr, dass ich kaum noch in der Lage war, die von den Kunden erstandenen Artikel einzupacken. Endlich, kurz nach Mittag, trat Gloria durch die Tür. Ich erlitt beinahe einen Herzinfarkt, als ich sah, dass sie wegen des Regens einen dünnen Trenchcoat über ihrem Kleid trug.

Guzmán und Grescas flankierten mich wie zwei Soldaten, die einen Waffenbruder beschützten. Die Kunden, die uns, als wir noch als Schuhputzer gearbeitet hatten, die drei Musketiere getauft hatten, hatten sich nicht geirrt.

»Was, glaubt ihr, trägt sie unter dem Mantel?«, fragte ich. »Ein rotes oder ein schwarzes Kleid?«

»Welche Farbe auch immer, wir sind bei dir.«

Gloria schaute sich um, bis sie mich sah. Ohne den Blick von mir abzuwenden, knöpfte sie sich den Mantel auf … Und ein rotes Kleid kam zum Vorschein, das farblich perfekt zu ihren vor Aufregung geröteten Wangen passte. Es war dasselbe Kleid, das sie an dem Tag getragen hatte, als wir uns das erste Mal begegnet waren.

Ich musste mich zusammenreißen, um keine Freudensprünge zu machen. Rot! Gloria war einverstanden, mit mir zu fliehen! Von meiner Aufregung angesteckt, feierten Grescas und Guzmán den Moment mit einem »Uff«, das ihnen aus der Seele sprach.

»Ihr zwei Turteltäubchen wisst ja, dass ihr auf uns beide zählen könnt«, versprach Guzmán.

36

Mithilfe eines Wandkalenders der Versicherungsgesellschaft La Imperial de Canadá begann ich, unsere Flucht zu planen. Der Tag, an dem die Modenschau für Christian Dior stattfinden sollte, war der perfekte Moment für den Aufbruch, doch vorher galt es noch, jede Menge zu bedenken. An erster Stelle: die Wahl unseres Zielorts.

Es fiel mir extrem schwer, mich zu entscheiden, aber schließlich kam ich zu dem Schluss, dass wir nach Madrid gehen würden. Auch wenn ich mich nach Santa Benxamina zurücksehnte, war es unmöglich, dass wir uns in meinem Heimatdorf niederließen. Denn dort würde sich meine Rückkehr nicht geheim halten lassen und schon gar nicht in Begleitung einer kubanischen Frau und eines Mädchens, das zu alt war, um meine Tochter zu sein. Wir durften nichts riskieren. So gering die Wahrscheinlichkeit auch war, würde es reichen, wenn jemand im Dorf sich verquatschte und die Nachricht übers Meer getragen wurde, sodass Césars Tentakel uns erreichen konnten. Nein, Madrid war eine Großstadt, in der wir uns verstecken konnten, um unerkannt zu bleiben. Das Geld, das ich von meinem Arbeitslohn gespart hatte, würde uns helfen, Fuß zu fassen. Anschließend würden wir uns dann irgendeine Arbeit suchen.

Nachdem klar war, wohin die Reise gehen würde, musste ich mich darum kümmern, wie wir das Land verlassen wollten. Ich war hin- und hergerissen, ob wir ein Flugzeug oder ein Schiff nehmen sollten, wobei ich mich letztendlich für den Flug entschied. Je kürzer die Reise war, desto schwieriger war es für César, uns aufzuhalten. Natürlich konnten wir nicht unter unseren echten Namen reisen, da die Mafia die Polizei in der Hand hatte und César sicher keine Skrupel haben würde, die Polizei einzuschalten, um seine Frau und seine Tochter zu finden. Doch zum Glück konnte ich einmal mehr auf meine Freunde zählen.

Dank Grescas' guten Kontakten zu den Kunden der Bodega hatten wir bald die Adresse von zwei Fälschern, die mit unseren Fotos und falschen Namen neue Pässe für Daniela, Gloria und mich anfertigten. Außerdem half uns Guzmáns Freundschaft mit einem Zollangestellten, den er mit italienischen Schuhen versorgte, an drei Visa zu kommen, ohne unangenehme Fragen beantworten zu müssen.

Damit waren die wichtigsten organisatorischen Dinge geregelt, aber unser Vorhaben hatte natürlich auch eine emotionale Seite, die sich nicht einfach so abhaken ließ. Da es eine heimliche Flucht sein würde, mussten wir von einem Tag auf den anderen verschwinden. Doch vorher musste ich mich unbedingt von einigen Leuten verabschieden. Grescas und Guzmán waren traurig über meinen Aufbruch, verstanden jedoch beide, dass Gloria und ich um unser Glück kämpften, und versprachen, zu schreiben und uns in Spanien zu besuchen.

Schwieriger war es, von den Menschen Abschied zu nehmen, die von meinem Vorhaben gar nichts wussten. Und bei Nely hatte ich noch einiges gutzumachen.

Wenige Tage vor der geplanten Flucht stieg ich zu ihr in den Aufzug, um herauszufinden, ob sie noch böse auf mich war. Zu meiner Überraschung empfing sie mich mit einem herzlichen Lächeln.

»Komm schon rein, ich beiße nicht. Ich bin nicht mehr beleidigt«, verkündete sie.

»Wie kommt's?«

»Ich bin immer noch eifersüchtig und verletzt, aber ich vermisse dich trotzdem.«

»Du fehlst mir auch. Schließlich bist du meine beste Freundin.«

»Gehen wir am Sonntag zusammen ins Kino? Im Rex läuft *Quo vadis*, das soll kolossal sein.«

»Abgemacht«, sagte ich in dem Bewusstsein, dass ich dann schon nicht mehr in Havanna sein würde.

»Wir werden mit den alten Römern sicher viel Spaß haben«, scherzte sie und zwinkerte mir zu.

»Ach Nely!« Ich konnte nicht widerstehen und umarmte sie ganz fest. Es tat gut, sie an mich zu drücken. Das war meine Art, mich von ihr zu verabschieden. Nely hatte keine Ahnung, was plötzlich in mich gefahren war, aber sie ließ die Umarmung zu.

»He, mein Lieber, drück nicht so fest, sonst zerquetschst du mich noch«, rief sie lachend aus.

»Du bist einfach hübscher, als die Polizei erlaubt«, seufzte ich.

Doch es waren nicht nur Menschen, von denen ich mich verabschieden musste. Denn es gab etwas, was ich genauso vermissen würde wie meine Freunde: El Encanto. Über die Jahre war das Kaufhaus mein Zuhause geworden. Ein Ort, den ich liebte und mit dem ich mich über die Maßen verbunden fühlte. Ich musste daran denken, wie das Encanto mir Obdach gewährt hatte, als ich noch ein armer

Schlucker war. Wie ich zum ersten Mal in dieses Kaufhaus gekommen war, das so schön und luxuriös war, dass es mir den Atem verschlagen hatte.

El Encanto war etwas ganz Besonderes, es war einmalig, es hatte seinen ganz eigenen Zauber, und ich würde lügen, wenn ich behaupten würde, dass es mir nicht in der Seele wehtat, das Encanto zu verlassen und meine Arbeit hier aufzugeben. Denn ich war stolz darauf, ein Teil von El Encanto zu sein, stolz darauf, es vom Laufburschen bis zum Kundenbetreuer geschafft zu haben, und mir war klar, dass meine Flucht eine vielversprechende Zukunft vereitelte. Auch der Gedanke, dass ich meine Chefs enttäuschen würde, wenn ich von einem Tag auf den anderen einfach so verschwand, setzte mir zu. Aber dann sagte ich mir wieder, dass es auf der Welt sicher viele gute Arbeitsplätze gab, aber eben nur eine Frau wie Gloria.

Zwei Tage vor Christian Diors Ankunft hatten wir alles vorbereitet, um den berühmten Modeschöpfer aus Paris angemessen willkommen zu heißen. Die Schaufenster waren ausschließlich mit seinen Parfüms und seinen Skizzen dekoriert. Die Werbeabteilung hatte ein Spezialkomitee gebildet, um die Feierlichkeiten zu organisieren. Und die Krönung des Ganzen würde die Modenschau sein. Der Besuch des Modeschöpfers war beinahe eine staatstragende Angelegenheit, denn Christian Dior hatte Flugangst und die Tatsache, dass er bereit war, sich über so viele Stunden in einem Flugzeug aufzuhalten, um Havanna zu besuchen, war eine unvergleichliche Ehre für die Kubaner.

Die Begeisterung für das französische Modegenie war so groß, dass die Menschen auf der Straße Schlange standen, um die prächtig dekorierten Schaufenster anzuschauen. Genau wie an dem Tag, an dem der Fernseher auf Kuba Einzug hielt, nutzten Gloria und ich die Ablenkung, für die das Gedränge vor den Schaufenstern sorgte, um die letzten Details unserer geplanten Flucht zu besprechen.

»César hat unsere Anwesenheit bei der Modenschau bestätigt«, flüsterte sie mir zu.

»Perfekt. Dann denk dir an diesem Tag irgendeine Ausrede aus, um zu Hause zu bleiben. Anschließend nimmst du mit Daniela ein Taxi zum Flughafen. Wir treffen uns im Abflugbereich, an dem großen Aquarium in dem Restaurant direkt daneben. Und wenn César nach der Modenschau zurück nach Hause kommt, ist unser Flugzeug bereits in der Luft.«

Gloria nickte und atmete tief durch.

»Ist dir eigentlich klar, dass wir beim nächsten Mal, wenn wir uns sehen, bereits für immer zusammen sind? Wir können uns an den Händen halten, ohne uns zu verstecken. Und uns auf der Straße so lange küssen, wie wir wollen. Und ich wache jeden Morgen neben dir auf«, sagte sie und ihre Stimme zitterte vor Aufregung.

»Ich kann es kaum erwarten, *mi amor*!«

»Ich auch nicht.«

Meinen letzten Tag in Havanna verbrachte ich bei der Generalprobe der Modenschau. Meine Aufgabe war es, Manet, der mit der Planung des Ereignisses beauftragt war, zur Hand zu gehen. Die Kleider waren bereits vor Monsieur Diors Ankunft mit dem Flugzeug eingetroffen und wurden feierlich ausgepackt. Die Büglerinnen nahmen sie aus dem Seidenpapier, in das sie eingeschlagen waren, und hängten sie auf, nachdem mit äußerster Vorsicht die wenigen Falten geglättet worden waren. Manet war außer sich vor Begeisterung.

»Diese Kleider gehören in ein Museum!«, rief er aus, während er ein zinnoberrotes Modell mit einem schneeweißen Hermelinkragen bewunderte.

»Ja, sie sind wirklich hübsch«, sagte ich in meiner Unkenntnis.

»Hübsch? Nur hübsch?«, wiederholte Manet empört. »Das sind Kunstwerke, mein Freund! Ach, heilige Mutter Gottes, verzeih diesem Unwissenden, der nicht weiß, wovon er spricht!«, murmelte er.

Es stimmte, dass jedes dieser Kleider einzigartig war. Die Oberteile waren unterschiedlich: schmal geschnittene Schultern mit kurzem Arm, Dreiviertelarm oder langem Arm, doch verfügten sie alle über zwei charakteristische Merkmale: eine schmale Taille, die die weibliche Figur betonte, und extrem weite Röcke in Form einer Glocke oder einer Blumenkrone. Viele Meter Stoff – bei manchen Modellen bestanden allein die Röcke aus über fünfzig Metern –, die ihnen eine unglaubliche Weite verliehen und ihre Trägerinnen in wahre Prinzessinnen verwandelten.

»Die Röcke gefallen mir«, meinte ich.

»Die Röcke sind der Clou«, bestätigte Manet nickend. »Während des Zweiten Weltkriegs war der Stoff rationiert, weshalb die Kleider der Frauen so fade waren wie Uniformen. Das hat man gemacht, um Stoff zu sparen.«

»Und hier haben wir genau das Gegenteil.«

»Exakt. Deshalb nennt man es auch *New Look*. Was Christian Dior mit diesen Modellen sagen will, ist, dass die Zeit der Entbehrungen vorbei ist. Die, die davon keine Ahnung haben, halten es für Verschwendung, dabei ist genau das Gegenteil der Fall. Diese Kleider sind eine Hymne an das Leben!«, rief Manet euphorisch und klatschte in die Hände.

In der Nacht vor unserem Aufbruch, als bereits alles gepackt war, war ich so nervös, dass ich nicht in der Lage war, mich schlafen zu legen. Guzmán und Grescas schlugen vor, der alten Zeiten wegen einen letzten Spaziergang zum Malecón zu machen, doch ich war nicht in der Stimmung für weitere Abschiede. Stattdessen beschloss ich, eine alte Schuld zu begleichen.

Die alte Tina war bass erstaunt, als ich ein Bündel Geldscheine auf die Theke der Bodega El Popular legte.

»Und was soll das, Señor Marqués?«

»Für die Tortilla und die Zitrone. Ich hoffe, es ist genug.«

»Bist du verrückt? Das sind mehr als hundert Pesos!«

»Und bevor ich es vergesse: ein Geschenk.«

Ich zog ein Foto von Frank Sinatra hervor, das bei einem seiner Besuche im El Encanto im *salón inglés* aufgenommen worden war und auf dem er mit mir zusammen posierte. In eine Ecke hatte »The Voice« oberhalb seiner unverwechselbaren Unterschrift geschrieben: *For Tina, my friend Patricio's friend.* Als Tina ihren Namen neben dem meinen las, geschrieben von der Hand einer lebenden Legende, war sie so verblüfft, dass ich fürchtete, ihre Augen könnten aus den Höhlen fallen.

»Da wird doch der Hund in der Pfanne verrückt!«, rief sie aus und griff so eifrig nach der Fotografie wie ein Ertrinkender nach dem Rettungsring.

»Ich bin gekommen, um meine Schulden zu bezahlen, weil ich morgen nach Spanien zurückkehre.«

»Das ist echt schade! Jetzt bist du tatsächlich ein echter Marqués, und ich hab all die Jahre über dich gelacht.«

Die arme Frau war so verwirrt, dass sie zwischen Wahrheit und Fantasie nicht mehr unterscheiden konnte.

»Hast du die Prinzessin überzeugt, mit dir zu kommen?«, fragte sie, ohne einen Anflug von Spott in der Stimme.

Ich lächelte, fasziniert von der Tatsache, dass die Lüge, die ich mir vor Jahren ausgedacht hatte, um mir eine Mahlzeit zu erschleichen, wahr geworden war. Es war unglaublich, was alles passiert war, seit ich diese Bruchbude zum ersten Mal betreten hatte.

»Ja, ich habe die Prinzessin erobert«, antwortete ich von Herzen, »aber du musst das Geheimnis für dich bewahren.«

Tina nickte so heftig, dass sich ihr Dutt löste.

»Keine Sorge, Señor, ich meine: Hoheit.«

»Und ich möchte, dass du weißt, dass mir das ohne deine Tortilla niemals gelungen wäre.«

Die Frau war zu Tränen gerührt und wischte sich mit dem Tuch, das an ihrem Rock hing, über die Augen.

»Ach, Marqués … Komm, das Leben ändert sich niemals, genau wie alles andere.«

»Pass auf dich auf, Tina.«

»Du auch, Don Marqués.«

37

»Meine Damen und Herren Passagiere, die Maschine *Estrella de Cuba* des Flugs der Cubana de Aviación mit dem Ziel Madrid ist nun zum Einsteigen bereit«, verkündete eine weibliche Stimme über einen Lautsprecher.

Nur noch zwanzig Minuten bis zum Abflug, und Gloria und Daniela waren noch nicht am Flughafen aufgetaucht.

Ich war so nervös, dass meine Hände schweißnass waren und ich sie immer wieder an der Hose abwischen musste. Der verabredete Ort und die verabredete Zeit stimmten: Ich stand beim Aquarium in dem Restaurant gleich neben dem Abflugbereich. Um nicht durchzudrehen, sah ich mir die bunten Fische an, die in dem kleinen gläsernen Meer schwammen, und überprüfte noch einmal die Tickets mit den Sitznummern. An der Tür, die zum Flugzeug führte, bildete sich bereits eine Schlange, ein Passagier nach dem anderen ging an Bord. Spanier und Kubaner, die sich auf ihre Reise über den Atlantik freuten.

Fünfzehn Minuten. Der Zeiger meiner Uhr rückte auf Viertel vor, und ich begann mir ernsthaft Sorgen zu machen. Vielleicht standen sie irgendwo auf der Landstraße, weil das Auto einen Platten hatte, und kamen nicht weiter oder – schlimmer noch! – sie hatten einen Unfall gehabt. Ich malte mir alles Mögliche aus, und dann beschlich mich die schlimmste Vorstellung: Was, wenn César alles herausgefunden hatte und sie im Haus eingesperrt saßen.

Ich sprang auf und atmete ein paar Mal tief durch, bis meine Panik sich gelegt hatte.

Zehn Minuten.

Fast alle Passagiere waren inzwischen eingestiegen, und die Flughafenangestellte am Abflugschalter sah mich neugierig an.

»Entschuldigen Sie, mein Herr … Wenn dies Ihr Flug ist, sollten Sie so schnell wie möglich einsteigen.«

»Ja, ja. Ich warte noch auf zwei Leute«, stammelte ich. »Auf meine Frau und meine Tochter. Meine kleine Tochter. Und meine Frau, habe ich das schon gesagt? Es wird knapp, aber sie werden kommen. Ganz sicher, weil wir nach Madrid fliegen. Ich bin Spanier, wissen Sie?«

Ich gab viel zu viele Erklärungen ab, und die Frau lächelte nachsichtig, als wollte sie sagen: Es ist nicht nötig, dass Sie mir Ihr ganzes Leben erzählen.

Fünf Minuten.

»Letzer Aufruf für die Passagiere nach Madrid.«

Gloria und Daniela waren noch immer nicht da. Verzweifelt drückte ich meinen Hut so fest in meinen Händen, dass es wehtat. Ein anderer Gedanke ging mir durch den Kopf: Und wenn sie einfach Angst bekommen und beschlossen hat, doch in Havanna zu bleiben? Ich wischte den Gedanken fort und klammerte mich wie ein Wahnsinniger an das Bild von Gloria im roten Kleid. Gloria, die mir sagte, dass sie mich mehr liebte als alles andere auf der Welt. An unsere Nacht im Kaufhaus. Unseren ersten Kuss.

Die Dame vom Flughafen unterbrach meine Erinnerungen.

»Mein Herr, wenn Sie nicht sofort an Bord gehen, startet das Flugzeug ohne Sie.«

In diesem Moment stieg mir ein bekannter Duft in die Nase. Der Geruch nach Schmetterlingslilien. Und hinter mir war auf dem Fliesenboden des Flughafens das Geräusch schneller Schritte zu hören.

»Gloria, endlich!«

Mit einem strahlenden Lächeln, das so breit war, dass es kaum in mein Gesicht passte, drehte ich mich um, doch vor mir stand nicht Gloria, sondern Mirta, die Hausangestellte, der Gloria ihr Vertrauen geschenkt hatte und die – was für ein dummer Zufall –, wie es schien, auch das Lilien-Parfüm von El Encanto benutzte. Während ich mich bemühte, meine abgrundtiefe Enttäuschung zu verkraften, reichte Mirta mir atemlos einen Brief.

»Für Sie von Señora Valdés. Ich muss sofort wieder zurück.«

Sie sah mich an und drückte mir mitfühlend die Schulter, bevor sie sich umdrehte und davonrannte.

Während die Flughafenangestellten die Tür zur Fluggastbrücke schlossen, ließ ich mich neben das Aquarium sinken. Mit zitternden Händen riss ich den Umschlag auf und zog den Briefbogen mit der kurzen Nachricht heraus.

Lieber Patricio,

das mit uns kann nicht sein. Es ist nicht nur verrückt, sondern vollkommen absurd. Ich werde nicht in dieses Flugzeug steigen, weil ich dich nicht liebe, nie wirklich geliebt habe. Unser kleines Abenteuer ist damit beendet. Ich bitte dich nicht um Verständnis und auch nicht darum, mich nicht zu verurteilen. Wenn du willst, verfluch mich, du hast jedes Recht dazu. Aber mein Platz ist hier in Havanna. Bei meinem Mann César Valdés.

Adiós und viel Glück
Gloria

Ich hob meinen Blick von dem Brief in meiner Hand und richtete ihn auf das Aquarium. Darin verschlang gerade ein Fisch einen kleineren, ohne dass die anderen Fische dem irgendeine Bedeutung beimaßen. Ich hätte unglücklich oder wütend sein müssen. Stattdessen blieb ich ruhig, wie erstarrt. Sogar den Brief zu zerknüllen und wegzuwerfen schien zu viel Kraft zu erfordern.

Ich konnte es nicht glauben.

Was ich soeben gelesen hatte, bedeutete das endgültige Aus. *Mein Platz ist hier in Havanna. Bei meinem Mann César Valdés.* Das machte doch keinen Sinn; das konnte einfach nicht sein! Ich musste mich persönlich davon überzeugen, mit meinen eigenen Augen sehen, dass Gloria mich nicht liebte und lieber bei ihrem Mann, dem Mafiaboss, blieb.

Es war dieser Wunsch, der mich aus meiner Erstarrung riss und aus dem Flughafengebäude laufen ließ. An der Straße hielt ich ein Taxi an und bat den Fahrer, mich zum Encanto zu bringen. Aus dem Autofenster sah ich ein Flugzeug in den Himmel steigen. Das war vielleicht die *Estrella de Cuba* auf ihrem Weg nach Madrid.

Als ich das Kaufhaus betrat, hatte die Modenschau gerade ihren Höhepunkt erreicht. Die Mannequins schritten anmutig über den erhöhten Laufsteg, während die Gäste von ihren Plätzen aus die Kleider bewunderten. Doch mein Ziel war nicht die Haute Couture, sondern Antworten auf meine Fragen zu finden. Ich ließ den Blick durch den großen Saal schweifen, bis ich Marita entdeckte, die in der ersten Reihe saß. Gloria musste in ihrer Nähe sein. Tatsächlich saß sie gleich neben ihrer Schwägerin und hielt lächelnd Césars Hand.

Sie in dieser zärtlichen Geste mit ihrem Mann verbunden zu sehen war so schmerzhaft, als hätte mir jemand zwei Stricknadeln in die Augen gerammt. Ich rang um Fassung, bis Gloria endlich den Blick hob und in meine Richtung schaute.

Wie immer, wenn wir uns ansahen, blieb die Zeit stehen. Ich forschte in ihrem Gesicht nach einem Zeichen der Reue, der Liebe, des Unglücks ... Nach irgendeinem kleinen Hinweis, an den ich mich klammern konnte und der mir bewies, dass Gloria in Wahrheit nicht so fühlte, wie sie es in dem Brief geschrieben hatte. Doch sie verzog keine Miene. Stattdessen hob sie ihr Kinn und sah mich kühl an. Und ohne mich aus den Augen zu lassen, beugte sie sich zur Seite und küsste ihren Mann auf den Mund.

Ich blieb nicht bis zum Ende dieses Kusses. Unfähig, den Anblick länger zu ertragen, floh ich ins Halbdunkel der Parfümabteilung.

Während ich versuchte, Glorias Verrat irgendwie zu verkraften, hörte ich ein Schluchzen. Jemand hatte sich hinter einen Verkaufstisch geflüchtet und weinte in der Dunkelheit.

»Patricio?«

Es war Nely. Im ersten Moment dachte ich, dass ihre Tränen irgendwie mit meinem Unglück zusammenhingen. Doch es handelte sich nur um einen Zufall.

»Alles in Ordnung, Nely? Warum weinst du?«

»Hast du es denn nicht gehört? Batista hat einen Staatsstreich durchgeführt.«

»Was?«

»Der Militärputsch hat funktioniert. Er hat die Unterstützung der Amerikaner.«

Ich war derart mit meinen eigenen Problemen beschäftigt gewesen, dass mir vollkommen entgangen war, was im Land passierte.

»Das tut mir furchtbar leid, Nely.«

»Seit dem Tod Eduardo Chibás' geht dieses Land den Bach runter. Von wegen ›Kubanisches Volk, wach auf! Wirtschaftliche Unabhängigkeit, politische Freiheit und soziale Gerechtigkeit!‹« Nely schniefte. »Nun ist Kuba nicht mehr zu retten«, erklärte sie unglücklich.

Damit sprach sie mir aus der Seele, auch wenn meine Gründe ganz andere waren.

»Vielleicht ist es an der Zeit, sich ein neues Ziel zu suchen«, flüsterte ich.

Mit dem Handrücken wischte ich Nely sanft die Tränen von den Wangen und wurde von einer Welle der Zärtlichkeit für ihre braunen Augen, ihren kindlichen Pony und ihr glockenhelles Lachen erfasst. Nely zu lieben war nicht schmerzhaft. Ihre Küsse waren der Balsam, den ich in diesem Moment brauchte. Doch als meine Lippen nur noch wenige Millimeter von den ihren entfernt waren, flüsterte sie mir warnend zu:

»Erinnerst du dich, was ich dir an dem Tag, an dem wir *Die Lady von Shanghai* gesehen haben, gesagt habe?«

»Ja. Dass du keinem Mann mehr einfach so einen Kuss zugestehst«, entgegnete ich.

»Wenn du mich jetzt küsst, musst du für immer bei mir bleiben.«

Diese Entscheidung war viel zu wichtig, um sie in einer Sekunde zu treffen. Doch Glorias Verrat hatte mein Leben zerstört, und ich war nicht mehr in der Lage, klar zu denken. Ich war nur noch eine schlechte Kopie meiner selbst.

»Dann soll es eben so sein«, sagte ich.

Mein verletztes Herz und mein Bedürfnis nach Trost siegten über die Stimme der Vernunft. Ich wollte nicht mehr denken und drückte meinen Mund auf Nelys weiche Lippen.

38

Gloria

An dem Morgen, an dem ich die Entscheidung fällte, mit Patricio nach Spanien zu fliehen, hatte ich das Gefühl, die reichste Frau Kubas zu sein. Ich zog mein rotes Kleid an, und von diesem Moment an wurde mein Leben zu einem heimlichen Countdown. Nur noch zehn von diesen ekligen Küssen, zählte ich im Geiste, als César mir einen von seinen feuchten Gutenachtküssen gab. Nur noch neun von diesen dummen Tassen Kaffee, dachte ich, als die nervige Marita mich wie jeden Nachmittag zu einem Kaffee in der Cafeteria Campoamor in der Calle Egido einlud.

Von Madrid hatte ich nur ein verschwommenes Bild. Ich hatte Kuba noch nie verlassen und konnte mir kaum vorstellen, dass es eine solche Stadt geben konnte, die nicht am Meer lag, in der alle mit diesem seltsamen Akzent sprachen und anstatt Baumwollkleidung im Winter dicke Mäntel trugen.

Immer, wenn ich meiner Fantasie freien Lauf ließ, sah ich ein hübsches kleines Wohnzimmer vor mir, in dem Patricio und ich eng beieinander auf dem Sofa saßen, während Daniela zu unseren Füßen auf dem Teppich spielte. Sonst nichts. Das erscheint vielleicht lächerlich, doch für mich war es der Inbegriff des Glücks. Und um dieses zu verwirklichen, wäre ich mit Patricio auch zum Mars gereist.

Eines Abends, als ich Daniela zu Bett brachte, nutzte ich die Gelegenheit, sie in meine Pläne einzuweihen.

»Ich möchte dir etwas erzählen, aber du musst mir versprechen, niemandem etwas davon zu sagen.«

Daniela nickte und machte mit großem Ernst die Geste des Schwörens.

»Ja, Mamita.«

»Du weißt ja, dass ich mit deinem Vater nicht wirklich glücklich bin, oder?«, begann ich vorsichtig. »Wegen all der Dinge, von denen dir Urgroßmutter Lala berichtet hat.«

»Papa ist ein böser Mann, nicht wahr?«

Die Frage ließ mich erschaudern.

»Ja, meine Kleine«, entgegnete ich. »So ist es.«

Daniela sah mich mit ihren grünen Augen eindringlich an.

»Ich habe große Angst davor, das gleiche Blut wie er zu haben.«

»Vergiss nicht, dass du auch ein Teil von mir bist. Und das ist der wichtigere Teil.«

»Lala und ich haben etwas gemacht, damit ich nie so werde wie er. Sie hat eine Knoblauchzehe zerkleinert, sie mit Zitronensaft gemischt, und ich hab es getrunken, um mich von dem bösen Blut zu reinigen.«

Ich nahm Daniela so fest in die Arme, dass sie sich wand wie eine Eidechse.

Dann vergrub ich meine Nase in ihrem duftenden Haar, das immer noch nach Baby roch, obwohl sie inzwischen schon mein großes Mädchen war.

»Wie würdest du es finden, wenn wir beide weit weg gehen würden?«, schlug ich vor.

»Das wäre toll. Mit Patricio?«

Einmal mehr war ich sprachlos über die Intuition meiner Tochter. Wie Lala war auch sie in der Lage, meine Gedanken zu lesen.

»Wie kommst du denn darauf, du kleine Hexe?«

»Weil du ihn sehr gern hast.«

»Hat dir das auch deine Urgroßmutter erzählt?«

»Nein, Mamita, das sehe ich doch selbst«, erklärte sie mit einer Weisheit, die so gar nicht zu ihrem sonstigen kindlichen Verhalten passte. »Wenn du mit ihm zusammen bist, bist du jedes Mal überglücklich. Weißt du, dass ich eigentlich nur noch mit Puppen spiele, damit du einen weiteren Grund hast, zum Encanto zu gehen und ihn zu sehen?«

Ich schluckte gerührt.

»Glaubst du, dass sonst noch jemand davon weiß?«, fragte ich dann.

Sie schüttelte den Kopf.

»Ich kann ein Geheimnis für mich behalten.«

»Ich denke, dass du genau wie deine Urgroßmutter Lala eine gute Hexe bist.«

Nachdem ich Daniela in meine Pläne eingeweiht hatte, gab es nur noch eines, was meiner Flucht aus Kuba im Wege stand: Was würde aus meiner Mutter und meiner Großmutter werden? Ich hatte große Angst vor all den furchtbaren Dingen, die César ihnen antun könnte, um mein Verschwinden zu rächen. Wenn ich nicht mehr da war, um sie zu beschützen, würde er ihnen sicher das Haus und die Pflegerin wegnehmen und sie mit einem Tritt in den Hintern zum Teufel jagen.

Ich beschloss, die beiden zu besuchen, um ihnen mein Herz auszuschütten. Vom Meer wehte eine angenehme

Brise herüber, sodass Lala und ich am Tisch auf der Terrasse Platz nahmen, während meine stumme Mutter in ihrem Schaukelstuhl neben uns saß. Und noch bevor Lala dazu kam, uns ein paar eingelegte Guaven zu holen, hatte ich bereits alles erzählt. Ich redete ohne Unterlass, und als ich gerade das Ziel unserer Flucht verraten wollte, legte Lala ihren Finger auf meine Lippen.

»Pssst! Sag uns nicht, wohin ihr geht. Es ist besser so. Dann kann César es nicht aus mir herauskriegen, egal, was er mit mir anstellt.«

Mir war noch nicht in den Sinn gekommen, dass César meine Großmutter foltern könnte, um meinen Aufenthaltsort zu erfahren, aber er war durchaus dazu in der Lage. Umso mehr erschreckte mich nun der Gedanke, die beiden Frauen wehrlos zurückzulassen.

»Oh mein Gott! Ich kann euch nicht allein lassen, Lala!«

»Ach, *mijita.*« Lala nahm meine Hand in die ihre. »Ich hoffe, du verzeihst mir, dass ich es dir noch nicht gesagt habe.«

Meine Großmutter schluckte und öffnete die oberen Knöpfe ihrer Bluse. Dabei wurde an ihrem Hals eine Beule von der Größe eines Tamarindenkerns sichtbar.

»Der Doktor sagt, dass es Krebs ist und ich eigentlich schon seit Monaten unter der Erde liegen müsste. Aber ich trinke jeden Mittag ein wenig Rübensaft mit Kräutern, die auf dem Grab deines Vaters wachsen, um den Tod davon zu überzeugen, dass er mich noch nicht holt.«

Ich begann zu weinen. Lala nahm mich auf den Schoß und wiegte mich wie als kleines Mädchen, als sie mich vor dem Monster in den Wänden beschützt hatte.

»Du hättest es mir sagen sollen!«, schluchzte ich. »Ich bringe dich zu einem anderen Arzt. Ins beste Krankenhaus …«

Meine Großmutter winkte ab.

»Du wirst nichts dergleichen tun. Der einzige Grund, warum ich noch auf dieser Erde bin, ist der, dass ich noch erleben möchte, wie du und dein Patricio es diesem Mistkerl von einem Ehemann so richtig zeigt. Und wenn du dann Kuba verlassen hast und weit weg bist, kann ich mich endlich zur Ruhe begeben.«

Ich wurde von Schluchzern geschüttelt, und Lala wiegte mich noch heftiger.

»Schhhh … Alles ist gut, *mijita* … Alles wird ein glückliches Ende nehmen …«

Ich schloss für einen Moment die Augen und legte meinen Kopf in ihren Schoß, während sie mir immer wieder übers Haar strich. Dabei musste ich für eine Weile eingeschlafen sein, denn als ich die Augen aufschlug, wurde es bereits dunkel. Auch meine Großmutter schlief in ihrem Korbstuhl.

»Meine kleine Tochter.«

Ich schreckte auf, als ich die Stimme hörte. Meine Mutter saß noch immer in ihrem Schaukelstuhl und sah mich eindringlich an.

Meine Mutter, die zehn Jahre lang kein Wort gesprochen hatte, lächelte mir zu.

»Gloria«, sagte sie.

»Ja Mamita?«

»Tu, was Lala sagt. Fliehe von dieser Insel!«

Ihre Worte waren ganz deutlich.

Die Tränen ließen meinen Blick verschwimmen, und ich blinzelte, um wieder klar sehen zu können. Doch da hatte meine Mutter bereits wieder ihren abwesenden Ausdruck angenommen. Ihre Augen starrten ins Leere, ihr Lächeln hatte sich aufgelöst wie eine Wolke an einem Sommertag. Und nach diesem einen klaren Moment war sie wieder in das Gefängnis versunken, zu dem ihr Körper geworden war.

Der Segen meiner Mutter war das Letzte gewesen, was mir noch fehlte. Nun gab es kein Zurück mehr. Es war ein seltsames Gefühl, mich auf die wichtigste Reise meines Lebens vorzubereiten, ohne packen zu müssen. Weder Daniela noch ich konnten auch nur eine einzige Tasche mitnehmen, ohne Verdacht zu erregen, weshalb wir uns nur mit dem auf den Weg machen würden, was wir am Leibe trugen.

Der Tag unserer Abreise begann wie jeder andere. Ich frühstückte zu Hause mit Marita süße Brötchen mit Frischkäse und begleitete sie dann zu einem Juwelier, wo sie sich eine neue Kette kaufte, die sie später auf der Dior-Modenschau tragen wollte. Zur Mittagszeit stand César auf, und wir aßen zusammen auf der Terrasse. Anschließend brachte ich Daniela zu Lala. Geplant war, dass ich meine Tochter später dort abholen sollte, um mit ihr zum Flughafen zu fahren. Den Nachmittag verbrachten wir damit, uns zurechtzumachen. Mein Kleid für die Modenschau war ein wahres Kunstwerk. Aus der neuesten Kollektion von Christian Dior natürlich.

Der Stoff war aquamarinblau, von der Farbe des Meeres an einem stürmischen Tag. Die französischen Ärmel waren einmal umgeschlagen und wurden auf Ellbogenhöhe von einem kleinen Perlmuttknopf gehalten. Das Kleid hatte einen spitz zulaufenden Ausschnitt, der mit einer smaragdgrünen Borte eingefasst war. Doch das Wunderbarste war der Rock, der an der Taille von einer schwarzen Seidenschleife gehalten wurde und aus Unmengen Stoff bestand, der bis zu den Knöcheln reichte.

Wenn alles so lief wie geplant, würde es das Kleid sein, in dem César mich in Erinnerung behielt, weil er mich niemals mehr wiedersehen würde.

Eine Stunde bevor die Modenschau begann, gab ich vor, furchtbare Bauchschmerzen zu haben. César und Marita sahen mich ärgerlich an.

»Ich habe entsetzlich Krämpfe«, klagte ich. »Vielleicht bleibe ich besser im Bett.«

»Meine Güte, Mädchen, ist dir nicht klar, dass du etwas verpasst, wozu du vielleicht nur einmal im Leben die Gelegenheit hast?«, schimpfte mein Mann.

Der wahre Grund für Césars Ärger war jedoch die Tatsache, dass er mich, wenn ich nicht mitkam, nicht wie eine hübsche Kleiderpuppe vorzeigen konnte, um seine Freunde und deren Frauen mit dem extrem teuren Kleid, das er extra aus Paris hatte kommen lassen, zu beeindrucken.

»Du musst mitkommen. Jetzt reiß dich zusammen!«, sagte er unwirsch.

»Ist gut …«, murmelte ich ergeben.

Ich ging in die Eingangshalle, um mein Schultertuch zu holen, und als ich zurück in den Salon kam, krümmte ich mich dramatisch und übergab mich auf meine Schuhe. In Wahrheit handelte es sich jedoch nicht um Erbrochenes, sondern um einen Mundvoll in Milch eingeweichtes Brot, das ich vorbereitet hatte, um dieses Malheur vorzutäuschen.

César wandte sich angewidert ab, und er bestand nun nicht mehr darauf, dass ich mitkam.

»Verdammt noch mal, wenn es dir so schlecht geht, dann ab ins Bett mit dir!«, stieß er schlecht gelaunt hervor.

Ich nahm an, die Vorstellung, dass ich mich während der Modenschau vor all seinen Freunden übergab, war ihm noch unangenehmer als die, nicht mit mir angeben zu können. Ich zog mich also ins Badezimmer zurück und tat so, als würde ich mich erbrechen, bis ich hörte, wie die Haustür ins Schloss fiel. César und Marita waren fort.

Als ich endlich allein im Haus war, machte ich einen Freudensprung. Vorsichtig, damit mich keiner der Dienstboten sah, lief ich die Treppe hinauf, um mich umzuziehen und meine Tasche zu holen. Mir blieb gerade noch genug Zeit, um Daniela bei Lala abzuholen und ein Taxi zum Flughafen zu nehmen.

Erleichtert zog ich den Reißverschluss des Dior-Kleides herunter, als ich hinter mir plötzlich eine Stimme hörte.

»Du hältst dich für sehr schlau, was?«

Es war Marita. Meine Schwägerin sah mich von der Türschwelle aus mit ihrem grausamen Katzengesicht und einem bösen Lächeln an.

»Mein Gott, hast du mich erschreckt!«, sagte ich, wobei ich versuchte, meine Nervosität zu überspielen. »Ich habe gedacht, ihr wärt schon weg.«

»César ist unterwegs zur Modenschau, aber ich bin im Garten noch einmal umgekehrt. Ich habe ihm gesagt, dass mir ein Strumpf gerissen ist und dass ich nachkommen würde. In gewissen Dingen ist mein Bruder einfach zu dämlich.«

Ich kämpfte gegen die Panik an, die in mir aufstieg. Ob diese Schlange gemerkt hatte, dass ich nicht wirklich krank war?

»Ich schwöre, dass es mir furchtbar schlecht geht …«

»Hör auf zu lügen!«

Ich versuchte es mit einer anderen Ausrede.

»Gut, du hast mich ertappt. Heute Abend gibt es einen Sternschnuppenschwarm, und ich wollte lieber zu Hause bleiben, um mir dieses wunderbare Ereignis durch das Teleskop anzuschauen …«

Marita unterbrach mich.

»Halt endlich den Mund! Glaubst du, ich weiß nicht, was du vorhast?«

»Was ich vorhabe?«

»Ich war es, die euch Hand in Hand im Tropicana gesehen hat.«

Ich war wie gelähmt, wie ein kleines Tier, das beim Überqueren der Straße von den Scheinwerfern eines Autos geblendet wird, das auf es zurast, ohne noch ausweichen zu können.

»César hat dir damals gesagt, dass es ein Kellner war, aber ich war diejenige, die es ihm erzählt hat«, erklärte Marita. »Wobei ich ihm verschwiegen habe, dass es dieser hergelaufene Verkäufer aus dem Encanto war.«

Dass sie Patricio beleidigte, ließ mich auffahren.

»Ach? Dann sollte ich dir für dein Schweigen wohl noch dankbar sein, was?«, fragte ich verächtlich.

»Ja, das solltest du. Ich wollte nur, dass César dich verwarnt. Dass er dir ein bisschen Angst macht, damit du zur Vernunft kommst. Nur habe ich dabei nicht bedacht, dass mein Bruder dir jedes Mal glaubt, wenn du dieses treue Hundegesicht machst, und dass das mit dem Verkäufer etwas Ernstes sein könnte.«

»Ja, das ist es«, erklärte ich trotzig.

»Ich weiß. Nachdem ich eins und eins zusammengezählt hatte, ist mir aufgefallen, dass er immer, wenn wir im Encanto einkaufen, um dich herumscharwenzelt, und dass du dir diesen schrecklichen Porzellanzoo nur angeschafft hast, um ihm wie eine läufige Hündin hinterherzulaufen.« Marita schnaubte wütend. »Schade drum, denn du wirst diese Sache auf der Stelle beenden.«

Der Ton von Maritas Stimme war genauso voller Wut wie der Césars, wenn er mich herumkommandierte. Ich hatte die Nase voll davon, dass sie mich behandelten, als wäre ich ihr Eigentum.

»Du hast mir gar nichts zu befehlen«, stieß ich zornig hervor.

»Doch, hab ich.«

Ich trat Marita gegenüber und sah ihr in die Augen, bereit, sie zur Seite zu stoßen und wegzurennen, wenn sie die Tür nicht freigab.

»Was hast du vor? Mich an den Haaren ins Encanto zu schleifen?«

»Ich nicht. Aber César wird noch viel Schlimmeres tun. Schließlich wissen wir beide, wie brutal er werden kann, wenn ihn etwas in Rage versetzt.«

Ich sah meine Schwägerin verächtlich an.

»Inzwischen ist mir egal, was man mir antut. Ich bin lieber tot, als dass ich mit deinem Bruder wieder das Bett teile.«

»Ist es dir auch egal, wenn er Patricio den Kopf abschneidet?« Sie warf mir einen lauernden Blick zu.

Ich zögerte eine Sekunde, und Marita lachte höhnisch.

»Das werde ich nicht zulassen«, murmelte ich.

»Und wie willst du das verhindern?« Der Blick meiner Schwägerin durchbohrte mich. »Ich kenne dich. Du denkst darüber nach, ihn zu warnen. Schade eigentlich, denn von nun an wirst du nie wieder mit ihm allein sein.«

Der Hass, mit dem sie das sagte, erschreckte mich. Natürlich gehörte Marita zur Familie Valdés, aber ich hatte immer gehofft, dass sie nicht ganz so schlimm war wie ihr Bruder. Während des Wolkenbruchs auf der Dachterrasse hatte ich sogar für einen Moment gedacht, die wahre Marita sei jemand, den ich gern haben könnte. Doch ich hatte mich geirrt.

»Weißt du, was mir am meisten leidtut? Dass ich im Regen tatsächlich geglaubt habe, dass wir Freundinnen sein könnten.«

In einem Anflug von Scham wandte sie den Blick ab. Doch dann ging sie zum Angriff über.

»Mit so einer verräterischen Nutte wie dir möchte ich nicht befreundet sein! Dabei bietet César dir doch ein wirklich gutes Leben!«, schimpfte sie aufgebracht.

»Ein Leben, das ich mir nicht ausgesucht habe.«

»Du undankbares Luder!«

»Was willst du also?«

»Nichts. Dass alles so bleibt, wie es ist. Darf ich dich daran erinnern, dass mein Bruder und du den heiligen Bund der Ehe geschlossen habt. Schmutzige Wäsche wäscht man zu Hause. Und ansonsten wahrt man das Gesicht!«, erklärte sie.

Ihr Schweigen hatte einen hohen Preis. Aber bei Gott, Patricios Leben stand auf dem Spiel, wenn ich nicht in ihre Bedingungen einwilligte.

»Wenn alles so bleibt, wie es ist … Wirst du dann César nichts sagen?«, versicherte ich mich.

»Mein Bruder wird niemals davon erfahren. Aber nur unter einer Bedingung: Du wirst Patricio nie mehr wiedersehen.«

»Das wird er niemals hinnehmen.«

»Dann sorg dafür, dass er es tut. Denn wenn nicht, wirst nicht einmal du ihn noch erkennen, wenn César mit ihm fertig ist. Wenn ich euch noch einmal zusammen sehe, werde ich deinem Mann alles erzählen, verlass dich drauf.«

Mein schlimmster Albtraum war Wirklichkeit geworden. Marita hatte das Urteil gesprochen. Patricio und ich würden nicht zusammen nach Madrid fliehen. Dabei waren unsere geplatzten Träume noch das Wenigste. Wenn ich es nicht verhinderte, würde César Patricio umbringen. Jede Sekunde, die er an meiner Seite war, würde er von nun an mit dem Leben bezahlen müssen. Und es gab nur einen Weg, ihn auf Abstand zu halten und zu retten: Ich musste ihm das Herz brechen.

Am Boden zerstört und unter den wachsamen Blicken meiner Schwägerin nahm ich Stift und Papier und schrieb ihm einen Brief.

39

Als Marita und ich bei der Dior-Modenschau eintrafen, war die Begeisterung überall zu spüren. Vor der Tür von El Encanto drängte sich eine riesige Menge Neugieriger, die versuchten, durch die Schaufenster einen Blick auf das zu erhaschen, was sich im Inneren des Kaufhauses abspielte. Das Gebäude sah noch prächtiger aus als sonst, die Fassade wurde von mehreren Scheinwerfern angestrahlt, und vor dem Eingang war ein roter Teppich ausgerollt worden, als handelte es sich um die Premiere eines Hollywood-Films. Unser Fahrer lenkte den Wagen durch die Menge und hielt direkt vor der Tür.

Mit unseren kunstvollen Kleidern aus dem Auto zu steigen war gar nicht so einfach, doch es gelang, und wir gesellten uns zu den anderen Gästen. Das Publikum draußen applaudierte uns bewundernd zu, und ein paar Komplimente waren zu hören, die mir unter anderen Umständen sicher sehr geschmeichelt hätten. Doch in meinem Schmerz war mir alles gleich. Marita gab mir einen Schubs und zischte mir zu, dass ich mich zusammenreißen sollte. »Lächle, verdammt noch mal!«

Als wir die Schwelle des Kaufhauses überschritten, gelangten wir in eine andere Welt: Wir hatten das Gefühl, bei einer Prêt-à-porter-Modenschau in Paris zu sein. Wenn El Encanto schon an normalen Tagen so wunderschön war, dass es den Kunden jedes Mal ein Seufzen entlockte, wenn sie durch die Tür traten, so hatten die Organisatoren sich bemüht, an diesem Tag alles noch zauberhafter zu gestalten.

Von der Decke hingen zu kunstvollen Girlanden gedrehte Bänder in den Farben der französischen Flagge. Überall standen mit Seidenbändern umwickelte Gestecke aus frischen Schmetterlingslilien. Und im gesamten oberen Stockwerk hatte man die Verkaufstische entfernt und einen Laufsteg errichtet, über den die Mannequins laufen würden. Für die Gäste waren Stühle und kleine Tische mit Blick auf den Laufsteg aufgestellt worden. Und die kleinen Lampen auf den Tischen erhellten den Raum in einem warmen Licht, in dem der kostbare Schmuck der Damen funkelte und die Brillantine im Haar der Herren glänzte.

Marita und ich gesellten uns zu César an unseren Tisch in der ersten Reihe, der uns erfreut begrüßte, und die Modenschau begann. Manet, der Modeschöpfer von El Encanto, hielt die Begrüßungsansprache.

»Meine Damen und Herren!«, begann er, auf einer Bühne im Scheinwerferlicht stehend. »Es ist eine große Ehre für das Encanto, Ihnen nun die neue Kollektion des berühmten Modeschöpfers Christian Dior präsentieren zu dürfen. Eines Genies, das extra aus Paris angereist ist, um uns die Ehre seiner Gegenwart zu erweisen. Nun exklusiv für Sie und ohne weitere Verzögerung … Der *New Look*!«

Die Mannequins, die über den Laufsteg schritten, sorgten für bewundernde Seufzer und spontanen Applaus. Diese Kleider waren magisch; sie verwandelten ihre Trägerin in eine Königin.

Sie waren die Waffen der Frauen, mit denen diese die Welt eroberten.

Obwohl ich in Gedanken weit weg war, entlockte Diors Genie auch mir Bewunderung. Seine Kollektion würde eine Revolution in der Geschichte der Mode sein. Wir nahmen an einem historischen Moment teil, doch wie gern hätte ich getauscht, wie sehr wünschte ich mir, nun im Taxi auf dem Weg zum Flughafen zu sitzen!

Die Modenschau war eine Qual für mich Ich sehnte mich so sehr nach Patricio, dass ich an nichts anderes denken konnte als daran, was er wohl in diesen Momenten machte. Jetzt wird er sich fragen, wo wir bleiben, dachte ich. Jetzt wird ihm bewusst geworden sein, dass ich nicht mitkommen würde. Jetzt wird er meinen Brief gelesen haben. Ob er trotzdem ins Flugzeug steigt? Ob er mich nun zur Hölle wünscht? Ob er mich hassen wird? Mein Herz zog sich so schmerzhaft zusammen, dass ich fürchtete, auf der Stelle sterben zu müssen.

»Na, du bist ja immer noch ganz blass um die Nase, Kleine. Geht's dir immer noch nicht besser?«, meinte César, als er mein leidendes Gesicht sah.

Ich hatte nicht die Kraft, ihm zu antworten. Das Publikum klatschte begeistert, als ein Model in einem zauberhaften ärmellosen Kleid mit einem champagnerfarbenen Oberteil und einem mit einem Muster aus Königspalmen bedruckten Rock über den Laufsteg ging. Und in diesem Moment sah ich ihn.

Patricio war nicht ins Flugzeug gestiegen, sondern zur Modenschau gekommen. Er stand auf der anderen Seite des Laufstegs. Seine blauen Augen, der Blick, der mir alles bedeutete, heftete sich auf mich und flehte um Antwort. Sicher hatte er meinen Brief gelesen und glaubte nicht eine meiner feigen Behauptungen. Doch er musste sie glauben!

Mein erster Impuls war, aufzustehen und zu ihm zu laufen, doch das wäre sein Todesurteil gewesen. Gott weiß, dass ich mit dem, was ich in der nächsten Sekunde tat, sein Leben retten oder ihn zum Tode verurteilen konnte. Ich nahm all meine Kraft zusammen, und obwohl mein Herz etwas ganz anderes sagte, sah ich Patricio kühl an und küsste César auf den Mund.

Dieser Kuss ekelte mich. Mein ganzer Körper wehrte sich dagegen, doch ich löste meine Lippen erst von den seinen, als ich nicht mehr anders konnte. Anschließend hob ich langsam den Blick. Patricio war verschwunden.

Dröhnender Applaus verkündete das Ende der Modenschau und Monsieur Dior höchstpersönlich trat auf den Laufsteg, um das Publikum zu grüßen. Der Modeschöpfer trug einen grauen Anzug und eine blaue Seidenkrawatte. Während er den Gästen mit leichtem Kopfnicken für den Applaus dankte, richtete er den Blick auf mich. Er sah mich etwas befremdet an. Erst in diesem Moment wurde mir bewusst, dass ich die einzige Person im Saal war, die nicht klatschte.

Wenig später ging die Veranstaltung zu Ehren Christian Diors mit einem Abendessen im *salón francés* weiter, zu dem nur etwa zwanzig Personen eingeladen waren. Während ich versuchte, meinen Schmerz mit einem Glas Champagner zu betäuben, kam Monsieur Dior zu mir, um mit mir allein zu reden.

»Entschuldigen Sie meine Dreistigkeit«, sagte er zu mir. Sein Englisch hatte einen charmanten französischen Akzent. »Aber wie ich bemerkt habe, hat Ihnen die Modenschau nicht gefallen.«

»Im Gegenteil. Es war zauberhaft.«

»Und warum haben Sie dann nicht applaudiert, wenn ich mir die Frage erlauben darf?«

»Es tut mir sehr leid, aber heute bin ich zu traurig, um zu applaudieren«, entschuldigte ich mich.

Der Modeschöpfer war sehr nett und drückte aufmunternd meine Hand.

»Es gefällt mir gar nicht, eine Frau so traurig in einem meiner Modelle zu sehen. Kann ich denn irgendetwas tun, um Sie zu trösten?«

»Kennen Sie ein Mittel gegen Liebeskummer?«, fragte ich, nachdem ich mich versichert hatte, dass César und Marita mich nicht hören konnten.

»Ich fürchte, dagegen gibt es kein Mittel. Bei uns in Frankreich gibt es ein Sprichwort: ›*Si on n'aime pas trop, on n'aime pas assez.*‹ Wenn man nicht zu sehr liebt, liebt man nicht genug.«

Nach der Modenschau von Christian Dior hielt ich mich viele Wochen vom Encanto fern. Was sollte ich auch tun? Marita und ich verbrachten die Zeit in anderen Geschäften oder mit ihren langweiligen Freundinnen. Meine Schwägerin begleitete mich inzwischen sogar auf die Toilette, und wenn sie nicht persönlich bei mir sein konnte, beauftragte sie eines unserer Dienstmädchen, nicht von meiner Seite zu weichen.

Ich sah Patricio erst eines Nachmittags wieder, als ich El Encanto unter dem Vorwand aufsuchte, mir Wimperntusche von Chanel kaufen zu wollen.

»Du wirst schön bei mir bleiben, Schwägerin«, warnte Marita mich, »kein Liebesgesäusel mit diesem Verkäufer.«

Nach meinem Fluchtversuch, den ich niemals zugegeben hatte, war Marita im Encanto besonders aufmerksam und bewachte mich mit Argusaugen, vor allem, wenn es um Patricio ging. Trotz meines drastischen Rückzugs stand ihre Drohung weiterhin im Raum. Wenn ich dieser »albernen Romanze, die eh keine Zukunft hatte« weiterhin nachging, würde César davon erfahren.

Wir wurden gerade von einer freundlichen Verkäuferin bedient, als Patricio an den Nebentisch trat. Er würdigte uns nicht eines Blickes. Als er einen Schlüssel aus der Tasche zog, um ein paar Artikel aus der Vitrine zu nehmen, sah ich etwas, was mich erstarren ließ: Er trug einen Trauring am Finger. Auch Marita war dieses Detail nicht entgangen, und als Patricio wieder weg war, zögerte sie nicht, unsere Verkäuferin zu fragen:

»Dieser Verkäufer …?«

»Patricio? Er ist einer unserer Kundenbetreuer.«

»Kundenbetreuer, Verkäufer, was auch immer. Ich wusste gar nicht, dass er verheiratet ist.«

»Oh doch, Señora«, entgegnete die unschuldige junge Frau, »die Hochzeit war erst letzte Woche. Seine Frau Nely arbeitet auch hier. Sie ist Aufzugführerin.«

Marita freute sich wie eine Schneekönigin, als sie das hörte. Und noch mehr, als sie mein zutiefst unglückliches Gesicht sah.

»Dann gratulieren Sie ihm doch bitte im Namen der Familie Valdés«, sagte sie mit schlangengleicher Freundlichkeit. »Er hat uns immer so nett bedient, wenn wir das nächste Mal hierherkommen, werden wir ihm ein großzügiges Trinkgeld geben.«

»Dann sollten Sie sich nicht allzu lange Zeit lassen, denn Patricio und Nely werden Kuba verlassen.«

»Wirklich? Wohin geht denn die Reise?«

»Nach Spanien.«

Ich hatte das Gefühl, ohnmächtig zu werden. Marita, die es bemerkte, nahm meinen Arm, um mich zu stützen.

»Geht es Ihnen nicht gut, *miss?*«, fragte die Verkäuferin, da ich plötzlich kreidebleich geworden war.

»Ich muss hier raus!«

Draußen auf der Straße konnte meine Schwägerin sich einen Kommentar nicht verkneifen.

»Siehst du. Und du hast gedacht, er liebt dich über alles und dass er an gebrochenem Herzen stirbt. Dabei hat der Kerl gleich eine andere geheiratet.«

Als wir wieder zu Hause waren, schloss ich mich im Badezimmer ein und weinte so sehr, dass meine Wangen vor lauter Tränen brannten. Und dann spürte ich plötzlich ein Stechen im Leib, das von einer heftigen Übelkeit begleitet wurde, und krümmte mich vor Schmerz. Das hat mir gerade noch gefehlt! dachte ich.

Doch es war nicht die einsetzende Regel, die schon seit einer Weile auf sich warten ließ, was ich bei all den Aufregungen der letzten Zeit gar nicht so recht wahrgenommen hatte. Plötzlich wurde mir bewusst, dass ich schon seit einigen Monaten keine Blutungen mehr gehabt hatte. Seit Patricio und ich uns im Encanto zum ersten Mal geliebt hatten.

Ein Besuch beim Arzt bestätigte, was ich bereits ahnte. Ich war schwanger.

40

Patricio

Als wir in Madrid ankamen, stellte ich fest, dass ich für das spanische Klima absolut falsch angezogen war. Meine Leinenhose und mein dünnes Hemd konnten mich vor dem Wind und der Kälte nicht schützen. Und Nely in ihrem ärmellosen Blumenkleid fror genauso wie ich.

Daher verbrachten wir den ersten Tag in unserer neuen Heimatstadt im Kaufhaus Pontejos, um uns mit Wollkleidung, warmen Jacken und geschlossenen Schuhen zu versorgen. Anschließend probierten wir unsere neue Kleidung bei einem Spaziergang über die verschneite Gran Vía aus. Es war das erste Mal, dass Nely Schnee sah, und sie lief einen ganzen Straßenabschnitt lang – von der Plaza Red de San Luis bis zur Kreuzung Calle Callao – wie ein kleines Mädchen mit herausgestreckter Zunge durch die Gegend, um die Schneeflocken aufzufangen.

Mich beeindruckte der Schnee weniger, da ich Probleme hatte, mich an weitaus lästigere Tatsachen zu gewöhnen. Der Gestank der Kohlenhandlungen stieg mir in die Nase. Die Menschen um uns herum waren diffuse, unter Schals und Mützen verborgene Gestalten, die nur durch das matte Licht der Autoscheinwerfer erhellt wurden, und die hohen Gebäude auf beiden Seiten der Straße wirkten wie bedrohliche Bienenstöcke. In Madrid gab es keine Musik in den

Straßen. Mein ganzes Leben lang hatte ich davon geträumt, einmal über die Gran Vía zu gehen, und nun, da der Traum Wirklichkeit geworden war, war ich traurig. Es war eine seltsame Vorstellung, dass wir noch zwei Tage zuvor in der karibischen Hitze und geblendet von der Sonne und dem blau glitzernden Meer, das direkt in den Himmel überzugehen schien, am Malecón spazieren gegangen waren.

Ohne mein Unbehagen zu bemerken, blieb Nely stehen und gab mir einen Kuss, der nach Schnee schmeckte.

»Was für eine schöne Stadt!«

Ich versuchte Madrid mit den Augen meiner Frau zu sehen. Sie hatte ja recht. Doch warum erschien mir dann alles so grau und trist? Ich wollte es nicht zugeben, aber am Ende konnte ich mich nicht selbst belügen. Madrid schmerzte, weil es die Stadt war, in die ich mit Gloria hatte fliehen wollen. Ich hatte mir so oft ausgemalt, mit ihr über die Gran Vía zu flanieren, dass der Spaziergang mit Nely nur ein Trostpreis war. Die Erkenntnis tat so weh, dass ich meine frisch angetraute Ehefrau fest umarmte, um mich nicht länger schuldig zu fühlen.

»Nicht so schön wie du«, sagte ich und fühlte mich furchtbar.

Wir hatten rasch und unspektakulär geheiratet. Nachdem wir uns abseits der Dior-Modenschau geküsst hatten, war ich mit Nely an der Hand nach Hause zurückgekehrt. Grescas und Guzmán waren wie vom Donner gerührt, als sie uns sahen. Schließlich waren sie davon ausgegangen, dass ich gerade mit Gloria und ihrer Tochter im Flugzeug nach Madrid saß. Und nun war ich nicht nur noch immer in Havanna, sondern hielt auch noch Nely im Arm.

In dieser Nacht schlief ich zum ersten Mal mit Nely. Eine andere Frau zu lieben, die nicht Gloria war, erschien mir als Verrat, aber es war gleichzeitig auch genau das, was ich brauchte, um meinen Schmerz zu lindern, um irgendwie weiterleben zu können. Während Nely zum Höhepunkt kam, umfasste ich ihre Hüften und stieß heftig zu, damit der Orgasmus mir den nötigen Frieden verschaffte, um in dieser Nacht schlafen zu können. Doch es kam nicht dazu. Die Erinnerung an Gloria, an ihre schimmernde Haut mit den vielen kleinen Sommersprossen, ließ meinen Körper erlahmen. Resigniert täuschte ich mit einem Stöhnen eine nicht vorhandene Ekstase vor und flüchtete mich dann auf die andere Seite des Bettes.

»Geht es dir gut?«, fragte Nely, während sie ihren warmen Körper an meinen Rücken schmiegte. »War es schön?«

»Ja«, sagte ich, um irgendwelchen Erklärungen aus dem Weg zu gehen.

»Du hast eiskalte Füße.«

»Die hab ich immer.«

»Überlass das mir, ich wärme sie dir.«

Kurze Zeit später war sie eingeschlafen, und ich verließ das Bett und ging hinaus in den Garten. Im Licht einer Kerze las ich ein ums andere Mal Glorias Brief. Als der Morgen dämmerte, beschloss ich, mich nicht länger zu quälen, und verbrannte das Papier, wobei ich weinte wie ein Kind. Ich kehrte zu Nely ins Bett zurück, und es gelang mir, für ein paar Stunden einzudämmern. Später, als meine Frau unter der Dusche stand, bestürmten meine *compays* mich mit Fragen.

»Würdest du uns verraten, warum du nicht in Madrid bist«, erkundigte sich Guzmán.

»Ehrlich, mein Freund, ich versteh überhaupt nichts«, bekräftigte Grescas.

In diesem Moment wurde mir bewusst, dass ich Glorias Brief auswendig kannte. Ihre Worte hatten sich in mein Herz gebrannt, und ich wiederholte sie nun Satz für Satz.

Meine Freunde umarmten mich stumm. Dem war nichts hinzuzufügen.

Die Wochen, die auf jenen verhängnisvollen Tag folgten, waren sehr hart, und Nelys Gegenwart war mein einziger Trost. Ohne sie hätte ich diese schlimme Zeit wohl nicht überstanden. Niemals erzählte ich ihr, was mit Gloria geschehen war, denn es gab keinen Grund dafür. Doch eines Nachts, als wir eng umschlungen beieinanderlagen und noch ein wenig redeten, sagte sie plötzlich:

»Ich weiß, dass du wegen ihr leidest.«

Ich schwieg, da ich nicht wusste, was ich darauf sagen sollte.

»Es ist wegen ihr«, fuhr sie fort, »wegen dieser verheirateten Frau. Sie hat dich verlassen.«

Es war ein seltsames Gefühl, mit Nely über die Sache zu reden, doch ich war ihr unglaublich dankbar, dass sie das Thema angesprochen hatte. Denn ich musste es mir irgendwie von der Seele reden.

»In Wahrheit hat sie mich wohl nie geliebt. Für sie war es nur ein Spiel.«

Nely küsste mich.

»Wie auch immer, jedenfalls ist sie noch dümmer, als ich gedacht habe. Denn es gibt in ganz Kuba keinen lieberen, treueren, wunderbareren Mann als dich.«

In diesem Moment liebte ich Nely wirklich. Meine treue, hingebungsvolle Nely, die so großherzig war und mich immer bedingungslos geliebt hatte. Ich erwiderte ihren Kuss mit Leidenschaft.

»Ich habe deine Liebe nicht verdient«, flüsterte ich.

»Du verdienst das Allerbeste. Und das Beste für dich bin ich, weil es keine andere Frau auf der Erde gibt, die dich so sehr liebt«, erklärte sie lachend.

Ihr helles Lachen war Balsam für meine verletzte Seele.

Und dann entschied ich, dass ich dieses Lachen den Rest meines Lebens über neben mir hören wollte.

Zu Nelys Überraschung sprang ich aus dem Bett, schaltete das Licht ein und ging vor ihr auf die Knie.

»Heirate mich«, brachte ich heraus.

Nely lachte erneut. Denn mein Anblick, wie ich nackt zu ihren Füßen kniete, musste wirklich komisch gewesen sein.

»Meinst du das ernst?«

»Ich habe in meinem ganzen Leben noch nie etwas so ernst gemeint. Lass uns heiraten und weit fort von hier gehen. Dieses Land geht den Bach runter, wie du selbst gesagt hast. Gleich morgen früh machen wir uns auf zur Kirche und heiraten. Willst du?«

»Nein«, antwortete Nely.

»Nein?«

Ich war völlig verwirrt, und sie lachte erneut.

»Ich würde nicht in der Kirche heiraten, selbst wenn man mich mit einer Pistole bedroht! Um deine Ehefrau zu sein, brauche ich keinen Priester.«

»Gut, dann soll uns ein Richter trauen. Mir ist egal, ob das der Papst macht, ein buddhistischer Mönch, eine kubanische Zauberin oder Lenin höchstpersönlich. Ich weiß nur, dass ich mit dir zusammen sein will.«

»Und ich mit dir, du Dummkopf. Aber jetzt komm zurück ins Bett, sonst ist dein Hintern noch kälter als deine Füße …«

Unsere Hochzeit fand am nächsten Tag in unserem Garten statt, mit einem Notar und vor einer gerahmten Fotografie von Eduardo Chibás. Da Nely seit Jahren kein Wort mehr mit ihrer Familie redete, die wegen ihres Aktivismus in der Orthodoxen Partei nichts mehr von ihr wissen wollte, waren Grescas und Guzmán unsere Trauzeugen und die einzigen Gäste.

Nely war der Meinung, dass eine Hochzeitsreise herausgeworfenes Geld und völlig unnötig sei, weshalb ich ihr vorschlug, das Geld zu sparen, um in Spanien ein neues Leben zu beginnen.

»Liebling, bist du verrückt? Wir fliehen vor Batistas Diktatur in das Land, in dem Franco regiert, der ein noch größerer Diktator ist?«

Ich nahm die Meinung meiner frisch angetrauten Ehefrau durchaus ernst, aber mein Wunsch, Kuba zu verlassen, hatte natürlich überhaupt nichts mit Politik zu tun. Ich wusste nur, dass die Aussicht, Gloria weiterhin im Encanto zu sehen, eine Qual war, die ich nicht ertragen konnte. Schon der Gedanke, ihr möglicherweise auf der Straße zu begegnen, tat grauenvoll weh. Havanna war Gloria, und um weiterleben zu können, musste ich mindestens einen Ozean zwischen uns wissen.

»Ich will zurück nach Hause, Nely. Ich habe Heimweh. Außerdem haben die Eigentümer des Encanto in Madrid gerade ein neues Kaufhaus eröffnet.«

»Ich weiß nicht, ob ich in einem Land leben kann, das von einem Diktator mit einer so furchtbaren schnarrenden Stimme regiert wird.«

»Aber Madrid hat ein eigenes Leben, du wirst sehen.«

»Du weißt schon, dass ich auch in Spanien keine Ruhe geben werde, oder? Ich werde niemals eine Mantilla tragen und zu einer gehorsamen Frau werden, die jeden Tag in die Kirche geht.«

»Das heißt, wir gehen nach Madrid?«

Einmal mehr bewies mir Nely, wie sehr sie mich liebte, da sie zu dem für sie größten Opfer bereit war: ihren Glauben an den Kommunismus für ein Leben in einer Diktatur zurückzustellen.

Als Nely und ich uns in unserer Mietwohnung im Madrider Stadtteil Las Ventas eingerichtet hatten, war das Erste, was ich tat, die Eigentümer des Encanto aufzusuchen. Die beiden Cousins empfingen mich wie einen alten Freund und luden mich ins Restaurant Botín zu einem Lammbraten ein.

»Patricio! Der Mann, der Ava Gardner den Lippenstift verkauft hat!«, begrüßte mich Pepín.

»Ist mein Ruf tatsächlich bis hierher vorgedrungen?«, fragte ich lachend.

»Aquilino hält uns über alles auf dem Laufenden. Wir haben uns sehr gefreut, als er uns gesagt hat, dass du nach Spanien zurückkehren willst.«

»Ich habe dringend eine Luftveränderung gebraucht.«

»Er hat uns auch erzählt, dass du Nely geheiratet hast. Herzlichen Glückwunsch, du bist wirklich ein Glückspilz!«, gratulierte mir Césario.

»Ja, ich weiß, vielen Dank. Ich bin zu Ihnen gekommen, weil ich eine Arbeit suche.«

Fernández und Rodríguez tauschten ein Lächeln.

»Lass uns dich erst mal auf den neuesten Stand bringen«, begann Pepín. »Mein Kaufhaus heißt Galerías Preciados und befindet sich in der gleichnamigen Straße.«

»Und ich führe das Corte Inglés, das sich direkt gegenüber befindet«, fügte Césario hinzu.

»Dann sind Sie also Konkurrenten?«, fragte ich überrascht.

»Es gibt Gerüchte, dass wir uns hassen, aber das sind wirklich nur Gerüchte. Wir sind geschäftliche Konkurrenten, was jedoch nicht bedeutet, dass wir nicht mehr am selben Tisch essen können. Schließlich kommen wir aus derselben Gegend.«

Obwohl die beiden Cousins bereits graue Schläfen hatten, hatten sie die kindliche Kameradschaft bewahrt.

»Und wäre es vielleicht möglich, dass ich in einem der beiden Kaufhäuser arbeiten könnte?«, erkundigte ich mich.

Die beiden Cousins blickten sich unauffälllig an.

»Ich fürchte, da gibt es ein Problem«, sagte Césario.

Mir rutschte das Herz in die Hose. Denn ich hatte fest damit gerechnet, dass sie mir Arbeit verschaffen würden. Wenn es in keinem der beiden Kaufhäuser eine Stelle für mich gab, waren meine Pläne hinüber.

Als die beiden meine Enttäuschung bemerkten, fingen sie an zu lachen.

»Das Problem ist, dass wir beide dich gern als Kundenbetreuer einstellen würden!«, meinte Pepín, immer noch lachend. »Du wirst dich also entscheiden müssen.«

Meine Erleichterung wandelte sich zum Dilemma. Diese Entscheidung zu treffen war genauso unmöglich wie zwischen Vater oder Mutter zu wählen.

»Das kann ich nicht.«

»Das haben wir uns gedacht. Also bleibt uns keine andere Wahl, als das auf salomonische Art zu entscheiden.« Mit schelmischem Lächeln nahm Pepín eine Münze aus der Tasche. »Kopf oder Zahl?«

Pepín zeigte uns die Peseta mit Francos Konterfei auf der einen und dem Wappen mit dem riesigen Adler auf der anderen Seite.

»Zahl heißt, du fängst im Corte Inglés an; Kopf bedeutet Galerías Preciados, einverstanden?«

Wir nickten alle drei, und ich warf die Münze. Sie fiel klappernd auf den Tisch und zeigte das Porträt des Diktators.

»Verflixt!«, klagte Césario. »Du hast gewonnen, Cousin.«

Da fiel mir etwas ein.

»Ich wüsste, wie wir das ausgleichen könnten … Sie könnten ja vielleicht Nely als Kundenbetreuerin einstellen.«

»Es wäre mir eine große Freude. Aber ist das nicht schlecht für den Haussegen, wenn die Ehepartner in Konkurrenzunternehmen arbeiten?«

»Wenn Sie beide das hingekriegt haben, schaffen wir das auch«, antwortete ich entschieden.

Und damit war mein Schicksal besiegelt, und die Galerías Preciados sollten für die nächsten sechs Jahre zu meinem zweiten Zuhause werden.

DRITTER TEIL

41

Es vergingen sechs Jahre. Sechs Weihnachtskampagnen und sechs Sommerschlussverkäufe. Das Leben mit Nely war angenehm, wenn es auch schnell zur Routine wurde. Jeden Morgen brachen wir beide zu unserer jeweiligen Arbeit auf: Nely zum Corte Inglés und ich in die Galerías Preciados. Wir verließen zur selben Zeit das Haus und kehrten zusammen mit dem Bus zurück. An den Wochenenden gingen wir nun anstatt ins Cine Payret oder ins Atlantic in das Kino im Palacio de la Música oder ins Capitol, um uns einen Film anzusehen. Im Sommer reisten wir nach Asturien, um in Santa Benxamina in der Pension Ribadesella am Strand ein paar Tage Urlaub zu machen. In den ersten Jahren wurde Nely im Sommer zweimal schwanger, erlitt jedoch beide Male in den ersten Monaten eine Fehlgeburt.

Wie Nely gesagt hatte, konnte sie sich nie mit Francisco Paquito Pantanos – Franco – anfreunden, sondern wurde schon bald auf der Gegenseite aktiv. Sie knüpfte Kontakte zu Leuten, die ihre Ideologie teilten, und nahm an heimlichen Versammlungen teil. Ihre politischen Aktivitäten machten mir große Sorgen. Einerseits fürchtete ich, sie könnte vom Regime festgenommen oder – noch schlimmer – hingerichtet werden. Andererseits war mir bewusst, dass es meine Entscheidung gewesen war, nach Madrid zu gehen, und ich Nely nicht zwingen konnte, den Kopf einzuziehen und gegen ihre Natur zu handeln. Doch jedes Mal, wenn sie an einer dieser verbotenen Versammlungen teilnahm, hatte ich große Angst um sie.

Weit weg von Havanna und von Gloria fiel ich in eine Art Winterschlaf. Zu anderen Zeiten hätte ich so nicht leben wollen, doch die Routine hielt die schmerzlichen Erinnerugen an meine große Liebe in Grenzen. Ich schlief, aß, arbeitete und machte Liebe mit Nely. Von außen betrachtet, führte ich ein gutes Leben, und nur ich allein wusste, dass mein Herz zu Asche verbrannt war. Meine Liebe zu Gloria war so intensiv gewesen, dass ich damit mein gesamtes Kontingent an innigen Gefühlen für den Rest meines Lebens aufgebraucht zu haben schien. Dass sich die Jahreszeiten änderten, merkte ich daran, dass die Schaufensterpuppen andere Kleidung trugen. Ich nahm etwas zu, und mein volles Haar wurde etwas dünner. Das Einzige, was stets gleich blieb, ob im Sommer oder im Winter, waren meine kalten Füße.

Auch wenn Nely und ich nun auf einem anderen Kontinent lebten, verfolgten wir mit großem Interesse alles, was auf Kuba geschah. Guzmán, Grescas und ich telefonierten an unseren Geburtstagen, weshalb ich über alle größeren Ereignisse in Havanna mehr oder weniger auf dem Laufenden war. Meine Freunde hüteten sich, Gloria zu erwähnen, doch ein paar Jahre zuvor konnte Guzmán sich nicht verkneifen, mir zu erzählen, dass er sie aus der Ferne im Encanto gesehen und dass sie einen Kinderwagen und ein wenige Monate altes Baby dabeigehabt hatte. Die Tatsache, dass Gloria ein weiteres Kind mit ihrem Mann bekommen hatte, bestürzte mich. Ich litt, wenn ich an Daniela dachte, und wurde wütend, dass es nun noch ein Kind auf der Welt gab, das den widerlichen César Valdés zum Vater hatte.

Zur Freude der Mafia regierte Fulgencio Batista das Land weiterhin mit eiserner Hand, wenngleich er sie mit einem Seidenhandschuh überdeckte. Der neue Diktator hatte die Todesstrafe wieder eingeführt sowie das Streikrecht und die Meinungsfreiheit abgeschafft. Nely war untröstlich. Ihre einzige Hoffnung war ein junger Anwalt namens Fidel Castro, der ein paar Jahre zuvor in der politischen Arena aufgetaucht war, als er die Glocke von Demajagua – ein historisches Symbol des Unabhängigkeitskrieges – in die Hauptstadt gebracht hatte. Doch seit dem unglücklichen Angriff auf die Moncada-Kaserne schien Castro zum Scheitern verurteilt zu sein.

Was mein eigenes Scheitern anging, war Gloria wie eine schlecht verheilte Wunde, die in den unerwartetsten Momenten wieder aufbrach. Jedes Detail, das mich an sie erinnerte, egal, ob es ein bedeutendes Ereignis wie der Tod Albert Einsteins war oder eine Kleinigkeit wie eine Porzellanfigur auf einer Anrichte, war wie Salz in meiner Wunde und ließ den Schmerz wiederaufleben. Allein ihr Name war ein Fluch, denn jedes Mal, wenn ich ihn in einem Satz hörte – wie beispielsweise in »mit Glanz und Gloria« –, war es für mich die Hölle. Was das anging, gab ich mich nach einigen Jahren geschlagen. Gloria war wie eine chronische Krankheit, von der ich wohl niemals genesen würde.

Eines Abends, im Sommer des Jahres 1958, an dem wir uns den Film *Zeugin der Anklage* im Kino ansahen, in dem Tyrone Power die Rolle eines des Mordes angeklagten Ehemannes spielte, erwachte ich aus meiner Lethargie. Nely war begeistert von dem Film.

»Tyrone Power war super! Erinnerst du dich noch, wie er im Encanto diese dreiste Kundin zur Schnecke gemacht hat?«

»Wie könnte ich das vergessen. Das war Marita Valdés«, erklärte ich.

»Ach, die. Übrigens hat sie geheiratet.«

Ich war äußerst überrascht, das zu hören.

»Woher weißt du das denn?«

»Hab ich in der Zeitung gelesen.«

Wieder zu Hause, gab Nely mir die letzte Ausgabe von *Ecos de la Sociedad*. Kubanische Klatschzeitschriften zu lesen war eines der Laster meiner Frau. Da man sie in Madrid nicht kaufen konnte, erhielt sie sie alle vierzehn Tage von einer Freundin, die sie ihr aus Havanna zuschickte. Ich blätterte die Zeitschrift dann auch immer durch, einfach nur aus nostalgischen Gründen. Dabei interessierten mich die Orte, an denen die Fotos aufgenommen worden waren, mehr als die darauf abgebildeten Berühmtheiten.

Doch diese Ausgabe machte mich sprachlos. Über zwei ganze Seiten wurde von Marita Valdés' Hochzeit berichtet. Césars Schwester hatte einen gewissen Nelson Suárez geheiratet, einen Mann mit Glatze und dickem Bauch. Neben dem Foto stand, dass er ein bedeutender Zuckerrohrbaron war. Zweifellos war er eine perfekte Marionette, die sich von seiner neuen Familie manipulieren ließ. In der Tat schien er sich, den Fotos nach zu urteilen, auf seiner eigenen Hochzeit nicht besonders wohlzufühlen, als César ihm den Arm um die Schultern legte.

Doch nicht das war es, was mir den Atem verschlug, sondern dass auf einem Foto der Gäste Gloria zu sehen war. Und nicht nur das, denn sie hielt ein kleines Kind auf dem Schoß. *Mit ihrem kleinen Sohn Gabriel* stand unter dem Foto. Obwohl Gloria lächelte, blickte sie mit einer tiefen Traurigkeit in die Kamera. Sie nach so vielen Jahren wiederzusehen, auch wenn es nur auf einem Foto war, brachte mich völlig aus dem Gleichgewicht. Ich riss die Seite heraus, um sie zusammenzufalten und in meiner Brieftasche zu verwahren. Eine ganze Stunde lang starrte ich wie blöd auf das Bild, bis Nely nach Hause kam und mit mir schimpfte, weil ich den Kaffeebereiter mit dem Zichorienkaffee auf dem Herd vergessen hatte.

Am nächsten Tag war ich während der Arbeit noch immer völlig aus dem Konzept und dachte unentwegt an Gloria.

»Soll ich dir bei der Inventur helfen?«, hörte ich plötzlich eine freundliche Stimme neben mir.

»Hmm?« Zerstreut wandte ich mich um.

Es war Felipe, der mit mir sprach, der zuständige Abteilungsleiter, ein aufgeweckter junger Mann.

»Entschuldige«, stammelte ich. »Ich habe furchtbar schlecht geschlafen.«

»Kein Problem, Patricio. Wenn du irgendetwas brauchst, sag es mir.«

Ich flüchtete mich hinter den Verkaufstisch. Dort konnte ich nicht widerstehen, mir das Foto von Gloria noch einmal anzusehen, als das Auftauchen einer Kundin meinen nostalgischen Moment unterbrach.

»Sie haben aber einen goldigen kleinen Jungen!«

Es war eine redselige ältere Dame, deren Akzent verriet, dass sie aus La Mancha stammte. Zunächst verstand ich gar nicht, was sie meinte.

»Wie?«

Die Frau wies auf das Foto von Gloria und ihrem Sohn.

»Ihre Frau und ihr Kleiner sind sehr hübsch.«

Ich versuchte, das Missverständnis aufzuklären.

»Das ist nicht meine Familie.«

Die Frau sah mich ungläubig an.

»Na ja, wenn das nicht Ihr Kind ist, muss es das Ihres Zwillingsbruders sein«, beharrte sie. »Es hat doch genau Ihre Augen.«

Ich sah noch einmal auf die Fotografie. Der kleine Gabriel hatte helle Augen, das stimmte. Doch da es sich um ein Schwarz-Weiß-Foto handelte, konnte man nicht erkennen, ob sie blau waren wie meine oder grün wie die Césars. Als ob die Frau meine Gedanken lesen könnte, goss sie noch Öl ins Feuer.

»Und nicht nur wegen der Augen. Auch das Kinn und die Stirn … Eine verblüffende Ähnlichkeit!«

Allmählich wurde ich nervös und zählte still für mich die Jahre. Der Junge musste etwa sechs Jahre alt sein, wenn er nur wenige Monate, nachdem ich Kuba verlassen hatte, geboren worden war. Die Rechnung stimmte, aber das konnte auch ein Zufall sein und bedeutete nicht zwangsläufig, dass es mein Kind war. Ich konnte doch nicht einfach so von einem Tag auf den anderen Vater geworden sein! Das war ja völlig verrückt!

»Señora, aber es ist wirklich nicht mein Kind …«, erklärte ich noch einmal.

»Sie Spaßvogel!«

Die alte Dame ließ sich nicht beirren und rief Felipe hinzu, der in der Nähe an der Kasse stand.

»Kommen Sie doch mal her, junger Mann! Wir brauchen eine zweite Meinung.«

Felipe gehorchte, und die Frau wies auf das Foto.

»Ist der Kleine diesem Herrn nicht wie aus dem Gesicht geschnitten?«

Unser Abteilungsleiter studierte konzentriert das Bild auf der Zeitungsseite.

»Nun ja … Tatsächlich sehen die beiden sich verblüffend ähnlich«, bestätigte er.

Auf einmal musste ich den Knoten meiner Krawatte lösen, um genug Luft zu kriegen. Ich musste meine gesamte Willenskraft aufbringen, um nicht auf der Stelle in Ohnmacht zu fallen. Das konnte nicht sein! Und doch …

Als die Frau gegangen war, fragte ich Felipe noch einmal.

»Findest du wirklich, dass dieser Junge mir ähnlich sieht? Oder hast du das nur gesagt, um der Kundin recht zu geben?«

»Nun ja, ich möchte mich nicht in etwas einmischen, was mich nichts angeht … Aber … Wenn du mit dieser Frau mal was hattest, glaube ich, dass es da noch etwas zu klären gibt.«

Dieses unerwartete Gespräch ließ mich die Dinge in einem anderen Licht sehen. Das Bild, wie Gloria César küsste, das sich so unauslöschlich und schmerzhaft in mein Herz gebrannt hatte, verlor mit einem Mal seine Macht, und mir kamen andere Möglichkeiten in den Sinn, die ich damals in meiner tiefen Verletztheit und meinem Unglück nicht hatte sehen können. Irgendwo tief in mir erwachte erneut so etwas wie Hoffnung. Die Augen dieses kleinen Jungen sagten mir, dass die kurze Nachricht von Gloria, die ich am Flughafen erhalten hatte, vielleicht nicht ganz der Wahrheit entsprach, dass es Gründe gab, die ich nicht kannte, und dass das, was ich mit Gloria erlebt hatte, genauso real war wie der Schmerz, den ich spürte, weil sie nicht mehr da war. Das zwischen uns war etwas Großes gewesen, die wahre Liebe, und nun schien es fast so, als habe sie Früchte getragen, die weit in die Zukunft reichten.

42

Als es Zeit für die Mittagspause war, verließ ich die Galerías Preciados und machte mich auf den Weg zum Kaufhaus gegenüber, um Nely abzuholen und mit ihr ins Restaurant La Austriaca zu gehen. Meine Gefühle waren derart in Aufruhr, dass ich befürchtete, Nely würde mir sofort anmerken, dass etwas nicht stimmte. Daher übte ich an meinem Spiegelbild in einem Schaufenster, ein möglichst normales Gesicht zu machen. Doch als ich in Nelys Abteilung ankam, erwartete mich dort eine unangenehme Überraschung.

»Patricio, Gott sei Dank! Wir haben gerade einen Botenjungen zu dir rübergeschickt, um dich zu benachrichtigen«, empfing mich Teresita, eine der Kolleginnen meiner Frau, der das Entsetzen ins Gesicht geschrieben stand. Ihre Aufregung erschreckte mich.

»Was ist passiert? Wo ist Nely?«

»Die Männer der Brigada Político-Social haben sie mitgenommen. Sie wurde von Francos Geheimdienst verhaftet.«

Ich rannte zur Casa de Correos an der Puerta del Sol, wo die Dirección General de Seguridad, die Generaldirektion für Sicherheit, ihren Sitz hatte. Jedoch ließ sich niemand dazu herab, mir zu sagen, ob Nely tatsächlich dort hingebracht worden war. Erst als ich mehrere Stunden lang keine Ruhe gegeben und gefleht hatte, erbarmte sich ein junger Polizist und bestätigte, nachdem er in der entsprechenden Liste nachgesehen hatte, dass meine Frau sich tatsächlich in dem Gebäude befand. Daraufhin blieb mir vor Schreck beinahe das Herz stehen, denn es war allgemein bekannt, dass an diesem Ort auch gefoltert wurde, um Namen aus den Gegnern Francos herauszupressen.

»Ihre Frau wurde nach einer Razzia in einer Druckerei festgenommen, in der sie und ein paar Freundinnen Stapel von Flugblättern vorbereitet haben, die zur Unterstützung der Revolutionärin und Politikerin der Arbeiterbewegung Dolores Ibárruri aufrufen«, verriet mir der Polizist. »Das sieht übel aus, mein Freund, sehr übel ...«

Da ich nicht wusste, was ich sonst tun konnte, kehrte ich zu den Galerías Preciados zurück und bat um ein Gespräch mit Pepín Fernández. Er empfing mich in seinem Büro, und nachdem ich ihm von meinem Dilemma berichtet hatte, klopfte er mir beruhigend auf die Schulter.

»Das Wichtigste ist jetzt, Ruhe zu bewahren. Wir erreichen gar nichts, wenn wir irgendetwas übers Knie brechen.«

Ich war froh, dass er im Plural sprach, um mir zu verdeutlichen, dass er an meiner Seite war.

»Es tut mir leid, dass ich damit zu Ihnen gekommen bin, aber ich wusste nicht, was ich tun sollte.«

»Du hast richtig gehandelt. Keine Sorge, ich glaube, ich weiß, wie wir die Sache in den Griff bekommen können ...«

Wieder zu Hause, machte ich die ganze Nacht über kein Auge zu. Meine Gedanken gaben keine Ruhe, und ich war hin- und hergerissen zwischen brennender Neugier und heftiger Sorge. Einerseits war da die bohrende Frage, ob Gabriel wirklich mein Sohn war. Andererseits machte mir die Vorstellung von Nely, die in einer Gefängniszelle eingesperrt war, große Angst. Schließlich schlief ich ein und träumte, dass ich mich in einem Urwald befand. Gloria und Nely drohten, im Treibsand zu versinken, und ich konnte nur eine der beiden retten. In Schweiß gebadet schreckte ich auf.

Sobald es hell wurde, zog ich mein bestes Jackett an und machte mich auf den Weg zur Puerta del Sol. Pepín Fernández hatte sich etwas überlegt, um Nely freizubekommen, doch sein Plan erforderte allen Mut, den ich aufbringen konnte.

Der Eingang der Generaldirektion für Sicherheit wurde bewacht.

»Guten Tag«, sagte ich mit einem Räuspern, um zuversichtlicher zu erscheinen, als ich mich tatsächlich fühlte. »Ich bin gekommen, um meine Frau abzuholen. Sie wurde gestern festgenommen.«

»Na, dann soll sie ruhig noch eine Weile im Gefängnis bleiben, damit sie was lernt«, tönte der Wachmann großtuerisch.

»Ich bin mit Comisario Holguín bekannt und möchte mit ihm reden«, fuhr ich nach Pepíns Anweisung fort.

Der Mann sah mich gleichzeitig genervt und abschätzig an und rief einen Kollegen.

»Domínguez! Dieser Mann kommt wegen seiner besseren Hälfte. Sag Holguín Bescheid.«

»Besser ist die bestimmt nicht«, rief der Angesprochene aus dem Gang zurück. »Ich nehme mal an, es geht um eines der Flittchen, die wir gestern in der Druckerei geschnappt haben.«

Domínguez war ein dicker, glatzköpfiger Mann, der nicht mehr der Jüngste war. Man merkte sofort, dass er einer von denen war, die ihre Uniform nicht mal im Bett ablegten, um sich wichtig zu fühlen.

»Wie heißt denn das Schätzchen, um das es geht?«

Sein überlegener Tonfall störte mich gewaltig. Tatsächlich störte mich alles an diesem Domínguez, da er mich mit seinem großkotzigen Getue an Don Gato erinnerte. Ich fragte mich, ob Don Gato vielleicht Verwandte in Spanien hatte, denn die beiden hätten glatt Brüder sein können.

»Nely Yamary.«

»Und wo kommt dieser komische Name her?«

»Aus Kuba.«

»Aus Kuba! Das fehlt gerade noch! Ein ganz übles Volk, diese Kubaner, nur Neger und Verbrecher. Und Verräter obendrein, denn mein Vater hat mir immer erzählt, dass nach dem Kubakrieg in den Häfen überall die Geräusche der Holzbeine der spanischen Soldaten zu hören waren, die als Krüppel zurückgekommen sind. Nur deshalb haben sie uns besiegt, weil sie allesamt Verräter sind.«

Während ich so tat, als ob mich seine Lebensweisheiten interessierten, drangen wir im Gebäude bis zu den Gefängniszellen vor. Der Ort war genauso deprimierend wie alle anderen franquistischen Gebäude. Ein grauer Kasten mit leeren Gängen und Fenstern, die entweder zugemauert waren oder auf einen düsteren, kleinen Innenhof hinausgingen. Ohne eine einzige Pflanze oder irgendeinen Farbtupfer, die das Auge erfreuten. Wie sehr sehnte ich mich in diesem Moment nach den leuchtenden Farben, der Wärme und den vielen Pflanzen und Blumentöpfen Havannas zurück.

Wir gelangten zu einem kleinen Raum, in dem ein Tisch stand und ein Bild des Caudillo mit seiner Frau unübersehbar an der Wand hing. Wenig später wurde Nely gebracht. Sie trug noch die Kleidung, in der sie am Vortag das Haus verlassen hatte, hatte wirres Haar und dunkle Schatten unter den Augen. Sie roch nach Schimmel und der Feuchtigkeit des Gefängnisses. Doch ihr Blick war entschlossen und herausfordernd. Wir fielen uns in die Arme.

»Sie können sie erst mitnehmen, wenn Holguín einverstanden ist.«

»Dann warten wir.«

»Und du, mein Täubchen, kannst in der Zwischenzeit deinen Mann um Verzeihung bitten.«

»Wieso?«

»Wieso? Wegen Mangel an Respekt und weil du eine rote Ratte bist, die ihm Schande gemacht hat. Das ist ja wohl Grund genug! Los, entschuldige dich; ich will es hören!«

Nely presste die Lippen aufeinander und murmelte dann eine leise Entschuldigung.

»Es tut mir leid.«

»So gefällt mir das. Und halten Sie sie an der kurzen Leine. Denn wenn Sie Ihnen noch einmal entwischt und hier landet, werden wir ihr alle zusammen eine Lektion erteilen.«

Ein dicker Mann mit grauem Haar und Schweißflecken auf der Uniform betrat den Raum. Er hatte eine Zigarette im Mundwinkel und brüllte gleich los.

»Darf ich erfahren, wer Sie sind?«

»Er hat gesagt, dass er Sie kennt«, erklärte Domínguez seinem Chef.

Ich schluckte und nahm meinen ganzen Mut zusammen.

»Wir kennen uns nicht, Señor Holguín, aber wir haben eine gemeinsame Freundin«, brachte ich heraus.

»Wer soll das sein?«

Ich wies auf das Foto des Ehepaars Franco.

Der Comisario lachte herablassend.

»Und woher will ein armer Schlucker wie du mit Doña Carmen bekannt sein?«

Damit hatte er durchaus recht. Carmen Polo, die Ehefrau des Caudillo, war natürlich nicht meine Freundin, aber die von Pepín Fernández und eine der besten Kundinnen der Galerías Preciados. Die beiden waren sogar so gut befreundet, dass Señor Fernández sich erlauben konnte, sie um einen Gefallen zu bitten.

»Ich kann Sie nur warnen. Doña Carmen wird sehr wütend sein, wenn Sie uns nicht sofort gehen lassen«, sagte ich mit fester Stimme.

Holguín verlor die Geduld.

»Und ich glaube dir kein Wort, wie ich schon gesagt habe.« Er wandte sich an seinen Kollegen. »Bring dieses Flittchen zurück in die Zelle. Und diesen Blödmann kannst du auch gleich festnehmen, weil er unsere Zeit verschwendet hat.«

Domínguez machte Anstalten, den Befehl seines Vorgesetzten auszuführen. Doch da klingelte das Telefon, das auf dem Tisch stand.

»Comisario Holguín am Apparat«, bellte der dicke Mann in den Hörer.

Doch als er die Stimme am anderen Ende der Leitung hörte, wurde er weiß wie ein Laken. Und auf seiner Stirn trat eine Ader so weit hervor, dass sie kurz davor schien zu platzen.

Erst im Nachhinein sollte ich erfahren, dass mein Schutzengel Pepín Fernández tatsächlich erreicht hatte, dass Carmen Polo höchstpersönlich anrief.

Der Comisario schwitzte inzwischen noch mehr.

Wir anderen warteten schweigend ab, während Holguín mit dem Hörer am Ohr immer wieder nickte: »Ja, Señora … Natürlich, Señora … Stets zu Diensten, Señora …« Und dann auflegte. Er rang um Fassung, nahm einen letzten Zug von seiner Zigarette, warf sie auf den Boden und trampelte wütend darauf herum. Entweder würde er uns nun gehen lassen oder er würde mir den Kopf abreißen, eine andere Möglichkeit gab es nicht.

»Verschwindet«, knurrte der Comisario schließlich.

Ich nahm Nely an der Hand und ging zur Tür, bevor er es sich anders überlegte.

»Danke, Comisario, es war eine Freude, Sie kennenzulernen, wie ich schon gesagt habe«, konnte ich mir nicht verkneifen zu sagen.

Holguín sah uns misstrauisch an. Er hatte den Verdacht, dass ich mich über ihn lustig machte, allerdings war er sich nicht ganz sicher.

Ein paar Tage später, als Nely und ich den Schrecken einigermaßen verdaut hatten, gingen wir zur Plaza Mayor, um ein Baguette mit Calamares zu essen. Nely erzählte mir gerade aufgeregt von einem Interview, das ein amerikanischer Journalist mit Fidel Castro geführt hatte und das bewies, dass Castro noch am Leben war und weiterhin die Guerilla in der Sierra Maestra anführte, als ich sie plötzlich unterbrach.

»Würdest du gern nach Kuba zurückgehen, Liebling?«, fragte ich sie geradeheraus.

Nely war so verblüfft, dass sie vergaß zu kauen.

»Bin ich denn so eine Last für dich?«

»Nein, so meine ich das nicht. Ich sehne mich auch schon seit einer ganzen Weile nach Havanna zurück.«

Da ich ihr ja schlecht den wahren Grund für meine Sehnsucht verraten konnte, sagte ich das, was der Wahrheit am nächsten kam.

»Ich vermisse das Encanto«, erklärte ich seufzend. »Ich weiß, dass sich das dämlich anhört, aber ich denke jeden Tag daran.«

»Auch ich bin in meinen Gedanken auf Kuba. Es heißt, dass die Regierung Batista kurz vor dem Aus steht, und ich wäre so gern dort, um diesen Moment mitzuerleben.«

»Na, dann kehren wir doch zurück. Noch heute«, entfuhr es mir.

»Noch heute? Du bist wirklich verrückt, mein Schatz«, sagte Nely mit einem glücklichen Lächeln.

Sie gab mir einen überschwänglichen Kuss und freute sich wie ein kleines Mädchen. »*Marchando, vamos hacia un ideal, sabiendo que hemos de triunfar, en aras de paz y prosperidad, lucharemos todos por la libertad!*«, sang sie die Hymne an die Freiheit: *Marschierend nähern wir uns unserem Ideal, in dem Wissen, dass wir triumphieren müssen, für Frieden und Wohlstand werden wir alle für die Freiheit kämpfen.*

Und so kehrten wir unter dem Vorwand, an der Revolution teilnehmen zu wollen, nach Kuba zurück. Was wir uns damals nicht vorstellen konnten, war, dass die wahre Revolution in unserem Leben sich schon bald in den Mauern des Encanto ereignen sollte.

43

Gloria

»Mamita, was ist das?«

Gabriel zeigte auf eine Stelle in meiner Kniekehle. Ich bückte mich, um sie mir anzusehen, und entdeckte eine tief violette geschwollene Ader.

»Hast du dir beim Spielen einen blauen Fleck geholt?«, fragte er.

»Das ist eine Krampfader, mein Schätzchen«, antwortete ich.

»Kampfader? Gegen wen hast du denn gekämpft?«

»Krampfader, nicht Kampfader. Das ist etwas, was Frauen bekommen, wenn sie alt werden.«

»Bist du denn alt?«

Ich schwieg eine Weile, bevor ich antwortete. Vor kurzem hatte ich meinen fünfunddreißigsten Geburtstag gefeiert, doch ich fühlte mich wie siebzig.

»Sehr alt«, entgegnete ich. »Komm, gib deiner Mamita einen Kuss.«

»Also ich finde dich sehr hübsch. Du bist noch schöner als ein Feuerwehrwagen voller Milchkaffee-Bonbons«, erklärte Gabriel mit der Weisheit seiner sechs Jahre.

Mein Sohn war ein Schatz. Ein Kind voller Fantasie, das das ganze Haus mit Fröhlichkeit erfüllte.

»Darf ich mit deinem Porzellanzoo spielen?«, fragte er mich wohlerzogen.

»Nur wenn du mir versprichst, vorsichtig zu sein«, willigte ich ein.

»Das werde ich! Ich versprech's.«

Da er noch zu klein war, um selbst an die Figuren zu kommen, öffnete ich die Anrichte und stellte mehrere Porzellantiere auf den Boden. Doch trotz aller Versprechungen war Gabriel ein Wildfang, und Unfälle waren unvermeidlich. So hatten die kleinen Tiere im Laufe der Jahre alle möglichen Blessuren erlitten. Der Löwe hatte keinen Schwanz mehr; der Hals der Giraffe war mit Klebeband am Körper befestigt; die Schnäbel der Pinguine waren irgendwie abhandengekommen … Es war ein Zoo mit kaputten Tieren, aber ich freute mich sehr, wenn Gabriel mit ihm spielte. Denn auch wenn keiner davon wusste, war er dann jedes Mal seinem wahren Vater ein Stückchen näher.

Als ich von meiner Schwangerschaft erfuhr, fühlte ich mich wie ein Huhn, dem man die Federn gerupft hat. Der Vater meines Kindes, der Mann, den ich liebte, war auf der anderen Seite der Erde und mit einer anderen Frau verheiratet.

In einem Anflug von Panik kaufte ich mir heimlich eine Schiffspassage nach Lissabon. Ich musste bei Patricio sein: ihn sehen, mit ihm sprechen, ihn riechen, berühren, ihm sagen, dass wir ein neues Leben erschaffen hatten. Doch nach diesem ersten Impuls dachte ich noch einmal darüber nach und kam, mit einer unendlichen Trauer im Herzen, zu dem Schluss, dass es besser war, in Havanna zu bleiben. Wenn Marita erneut Verdacht schöpfen würde, würde sie nicht noch einmal so entgegenkommend sein. Mein Opfer war seine Lebensversicherung, weshalb ich das Ticket zerriss und die Fetzen ins Meer warf.

In jener Nacht war zum ersten Mal seit unserer Hochzeit ich diejenige, die im Bett die Initiative übernahm.

Als ich César kurze Zeit später mitteilte, dass ich schwanger sei, war er so glücklich, dass er nicht nachrechnete. Und als Gabriel als Siebenmonatskind geboren wurde, freute er sich dermaßen, dass es ein Junge war, dass er ebenfalls keinen Verdacht schöpfte. Im Gegenteil gab er vor seinen Freunden äußerst zufrieden mit seiner neuen Vaterschaft an.

»Wir Valdés sind nicht kleinzukriegen. Mein Sohn ist ein Siebenmonatskind und stark wie ein Stier!«

Ich erinnere mich, dass Marita den Blick senkte, als sie seine Worte hörte. Sie hatte sicher Zweifel daran, dass Gabriel wirklich der Sohn ihres Bruders war, doch sie hütete sich, irgendeinen Verdacht auszusprechen, um den Schein zu wahren. Denn auf den Namen Valdés durfte kein Schatten fallen.

Gott weiß, wie seltsam es mir erschien, dass César keinen Verdacht schöpfte. Der Kleine wurde Patricio jeden Tag ähnlicher. Was seine blauen Augen anging, hatte ich das Glück, dass Césars Mutter, die Frau, die auf jenem Foto das Huhn gehalten hatte, einen Vater mit meerblauen Augen hatte.

Alle Mütter sagen, dass die Geburt eines Kindes immer ein Anlass zur Freude ist, doch für mich waren die Tage nach Gabriels Geburt entsetzlich. Als hätte der Teufel seine Hand im Spiel, starb Lala einen Tag, nachdem sie ihren Urenkel kennengelernt hatte. Meine Großmutter war seit meiner gescheiterten Flucht mit Patricio nicht mehr dieselbe gewesen. Ihr Tumor wurde schlimmer und wuchs dermaßen an, dass sie kaum noch etwas essen konnte. Sie hatte furchtbare

Schmerzen, aber starrköpfig, wie sie war, hatte sie sich vorgenommen, erst nach Gabriels Geburt zu sterben.

»Ich will unbedingt noch das Gesicht dieses Kindes sehen und erst danach den Löffel abgeben«, sagte sie immer wieder zu mir. »*Mija*, hör zu, das ist jetzt wichtig: Wenn ich sterbe, dann verbrennt meine Leiche und vergrabt meine Asche in der Erde meiner kleinen Bittermelone. Aus den Blättern und den Samen, die der Pflanze danach entwachsen, kochst du dann einen Tee und gibst ihn César zu trinken.«

Sogar auf dem Totenbett schmiedete meine Großmutter noch Pläne, um sich an meinem Mann zu rächen.

Lala war eine Zauberin, aber auch jemand, der Wort hielt. Sie gab Gabriel kurz nach seiner Geburt einen Willkommenskuss, und ein paar Stunden später starb sie auf der Terrasse ihres Hauses mit Blick auf ihren schönen Garten. Wenige Wochen später endete auch das Leben meiner Mutter. Eines Morgens, als ihre Pflegerin ihr das Frühstück bringen wollte, stellte diese fest, dass sie nicht mehr erwacht war. Nach all den Jahren als lebende Tote hatte sie endlich gelernt, nicht mehr zu atmen.

Daniela und ich erfüllten Lalas letzten Wunsch. Wir vergruben ihr Asche in der Erde der Bittermelone und pflückten die ersten Früchte, um Tee daraus zu kochen. Es mochte ein Zufall sein, doch seit César jeden Morgen eine Tasse davon trank – wir hatten ihm erzählt, dass es sich um einen besonders wohlschmeckenden Tee handelte –, litt er unter Warzen und einem hässlichen Husten, den er nicht mehr loswurde.

Mit ihren neunzehn Jahren war Daniela zu einer wahren Schönheit erblüht. Sie hatte glänzendes schwarzes Haar, das ihr bis zur Taille reichte, und die grünen Augen ihres Vaters, die bei ihr jedoch nicht grausam wirkten, sondern magisch.

Nachdem Patricio Kuba verlassen hatte, ließ ich César keine Ruhe, bis er einwilligte, Daniela in ein Internat nach Florida zu schicken. Ich wollte um jeden Preis das Risiko vermeiden, dass meine Tochter zu einem bezaubernden Teenager wurde und ihr Vater der Versuchung nicht widerstehen konnte. Genau wie Patricio schickte ich sie fort, um sie zu schützen. Es folgten sechs lange Jahre, in denen ich sie unendlich vermisste, denn die Tage, die sie an Weihnachten und in den Ferien zu Hause verbrachte, waren immer zu kurz.

Daniela machte ihr Abitur und kehrte nach Kuba zurück, um ein Studium an der Universität von Havanna zu beginnen. Als sie mir mitteilte, dass sie Chemie studieren wolle, platzte ich beinahe vor Stolz. Sie hatte eine großartige Zukunft vor sich, und die Komplimente, die die Jungen ihr an der Bushaltestelle zuriefen, erfüllten mich mit Sorge. Ich hatte Angst, dass sich zu schnell ein Mann in sie verlieben und sie mir wegnehmen könnte. Natürlich war sie als die Tochter eines mächtigen Mannes eine begehrte Partie, doch Daniela war ein schlaues Mädchen und ignorierte die Schmeicheleien der Männer.

Wer dagegen kaum noch Komplimente erhielt, war ich. In diesen sechs Jahren war meine Schönheit verblüht. Die Krampfader war nur einer von vielen Hinweisen, dass ich allmählich alt wurde. Ich hatte Falten in den Augenwinkeln, meine Brust und mein Hintern waren nicht mehr so fest wie früher, und meine Taille war nach Gabriels Geburt längst nicht mehr so schlank wie vorher. César schimpfte, dass ich nicht abnahm und keine Anti-Falten-Cremes benutzte. Er beschwerte sich darüber, dass ich alterte, denn es passte ihm gar nicht, dass das Mädchen, das er geheiratet hatte, nun zu einer reifen Frau wurde.

Mein Interesse an Kosmetik war nicht besonders groß, allerdings gab es eine Ausnahme: das Parfüm El Encanto. Es zu tragen war für mich viel mehr als eine Gewohnheit, es war ein Bedürfnis. Meine Haut hatte den Duft als eigenen Körpergeruch angenommen, und wenn ich ihn nicht auflegte, war ich nicht ich selbst. Dieses Parfüm war mein Schutzschild. Wenn Patricio schon nicht mehr bei mir war, konnte ich mich so wenigstens jedes Mal, wenn ich mir ein paar Tropfen Parfüm auf den Hals oder die Handgelenke tupfte, daran erinnern, wie seine Küsse schmeckten.

Außer meinen Kindern und der Erinnerung an Patricio gab es noch einen Grund für mich, jeden Morgen aufzustehen, die andere große Leidenschaft meines Lebens: meinen Stern. Die Betrachtung des leuchtenden Punktes, den ich am Himmel entdeckt hatte, hatte dafür gesorgt, dass ich nicht den Verstand verlor und eine Beschäftigung hatte. Mit blieb nur wenig Zeit, um mich mit diesem Stern zu beschäftigen, und das nur durch mein kleines Teleskop, doch im Laufe der Jahre war ich zu einigen durchaus interessanten Erkenntnissen gekommen.

Dank meiner wissenschaftlichen Ausdauer und der Publikationen eines gewissen Henry Norris Russell war ich zu dem Schluss gekommen, dass mein Stern ein weißer Zwerg war, eine Art Stern, der zur Supernova explodiert, wenn er dem Druck seiner eigenen Gravitation nicht mehr standhalten kann.

Gott weiß, dass es ein großartiges Gefühl ist, wenn man davon ausgeht, der einzige Mensch auf der Welt zu sein, der von der Existenz eines bestimmten Sternes weiß.

44

Daniela und ich hatten nie wieder über Patricio gesprochen. Ich hatte meiner Tochter niemals erzählt, aus welchen Gründen wir damals doch nicht mit ihm nach Madrid geflohen waren. Es war für mich ein unerträglicher Gedanke, meine Tochter wissen zu lassen, dass ihre eigene Tante uns verraten hatte. Bevor Daniela ins Internat ging, sagte ich ihr lediglich, dass Patricio eine andere Frau geheiratet hatte.

Doch als Daniela aus Florida zurückkam und wieder in Havanna lebte, fühlte ich, dass der Moment gekommen war, behutsam, aber in deutlichen Worten mit ihr zu reden.

Eines Abends, als César im Calypso seinen Geschäften nachging, saß ich mit Daniela bei einem Glas Rum im Salon. Mit meiner Tochter zusammen Alkohol zu trinken war für mich ein seltsames Gefühl. Es fiel mir schwer, mir einzugestehen, dass die hübsche junge Frau neben mir nicht mehr das kleine Mädchen war, dessen Existenz mich an dem Tag, an dem ich in der Kapelle der Schutzpatronin der Fischer war, davon abgehalten hatte, mich ins Meer zu stürzen.

»*Mija*, erinnerst du dich noch an Patricio?«, begann ich vorsichtig.

Daniela trank einen Schluck Rum und lächelte.

»Sicher, Mamita, jeden Tag.«

»Wieso das?«

»Immer, wenn ich Gabriel sehe. Die blauen Augen hat er nicht von Großmutter Rosinas Vater, stimmt's?« Ich schüttelte den Kopf. Meine kleine Hexe hatte wieder einmal die Wahrheit erkannt. »Weiß Gabriel es?«, fragte sie mich.

Ich schüttelte erneut den Kopf.

»Und denkst du nicht, dass er, wenn er älter ist, das Recht hat zu erfahren, wer sein wahrer Vater ist?«

Sie sagte dies so vorsichtig, dass ich in Tränen ausbrach. Meine Tochter nahm mich in die Arme, um mich zu trösten. Wann hatte sich meine Kleine, die sich immer auf meinen Schoß geflüchtet hatte, nur in diejenige verwandelt, die nun mich wiegte?

»Ich habe erst erfahren, dass ich schwanger bin, als er schon in Spanien war«, erklärte ich.

»Du könntest ihm schreiben, du Dummerchen.«

Während ich laut schluchzte, wischte mir Daniela mit einem Taschentuch die Tränen ab.

»Und was würde das nutzen?«

»Es könnte doch sein, dass er dann zurück zu dir kommt. Ich habe diese Hochzeit mit der anderen Frau nie verstanden.«

»Die Wahrheit zu wissen würde ihn in große Gefahr bringen.«

Ich beschloss, Daniela in die ganze Geschichte einzuweihen. Dass Marita mir damals gedroht hatte, César alles zu erzählen, wenn ich mich nicht endgültig von Patricio trennte.

»Zu mir hast du gesagt, du hättest es dir anders überlegt.«

»Du warst noch ein Kind, und ich wollte dich nicht gegen deine Tante aufhetzen.«

»Tante Marita war schon immer eine Schlange, die ihr Gift verspritzt hat.«

Ich erkannte Lala in ihren Worten wieder und lächelte.

»Keine Sorge, Mamita. Das Schicksal wird sie dafür bezahlen lassen. Und die Sache ist bereits im Gange.«

»Ich verstehe nicht.«

»Gestern hat mein Vater sich im kleinen Salon mit einem Besucher unterhalten. Dem Eigentümer einer Zuckerrohrfabrik namens Nelson Suárez. Sie haben über Tante Marita gesprochen. Mein Vater hat ihm angeboten, sie heiraten zu dürfen, wenn er dafür Teilhaber an der Fabrik wird.«

Trotz allem und auch wenn sie es nicht verdiente, empfand ich Mitleid mit meiner Schwägerin. Jemanden heiraten zu müssen, den man nicht liebte, war furchtbar, wie ich nur zu gut wusste. Sie durfte nicht mit ihrem Rubén zusammen sein und ich nicht mit meinem Patricio. Und nun würde sie einen Fremden heiraten müssen. Unsere Schicksale ähnelten sich immer mehr, wobei mir nicht klar war, ob wir einfach nur Verliererinnen waren oder wohlhabende Überlebende.

»Du hättest diesen Mann mal sehen müssen!«, fuhr Daniela fort. »Nur noch wenige krause Haare auf dem Kopf, ein beträchtliches Doppelkinn und rund wie ein Fass.«

»Marita könnte sich weigern, ihn zu heiraten.«

»Dazu ist sie zu dumm. Sie würde es nie wagen, sich gegen Papa aufzulehnen. Und wenn sie aus der Hochzeit irgendeinen Nutzen ziehen kann, wird sie lernen, diesen Fettwanst zu lieben«, prophezeite meine Tochter.

Ich kam zurück auf Gabriel.

»Was deinen Bruder angeht, muss die Sache unter uns bleiben. Wenn César das erfährt, wird er ihn …« Ich hatte furchtbare Bilder vor Augen: César, der Gabriel wie eine Katze in einem Brunnen ertränkte oder ihm einen Tritt verpasste wie damals dem armen Canelo. Meine Nackenhaare sträubten sich, und es gelang mir nur mit Mühe, den Satz zu vollenden: »… wird er ihm wehtun. Und er wird nach Patricio suchen, um sich zu rächen. Wir müssen die beiden beschützen, indem wir dieses Geheimnis für immer bewahren.«

Die Worte, die Daniela daraufhin sagte, ließen mich erschaudern.

»Lala hat immer vom ›Ruf des eigenen Fleisch und Blut‹ gesprochen. Irgendwann, wenn niemand damit rechnet, wird Patricio erfahren, dass er einen Sohn hat. Das Leben wird eine Möglichkeit finden, die beiden zusammenzubringen.«

»Dann lass uns dafür sorgen, dass das noch möglichst lange dauert und erst dann geschieht, wenn César senil ist und das Altersheim nicht mehr verlassen kann, um sich zu rächen«, scherzte ich, um meine Angst zu vertreiben.

Doch Danielas Vorhersage bewahrheitete sich schneller, als ich gedacht hätte. Patricio sollte schon bald in unser Leben zurückkehren. Es geschah ganz plötzlich, an einem Sonntag im August. Inzwischen hatte, wie wir bereits geahnt hatten, Marita auf Césars befehlendes Anraten hin Nelson Suárez geheiratet. Nachdem sie in jungen Jahren das Opfer gebracht und auf ihre Jugendliebe verzichtet hatte, hatte sie sich wohl immer vorgestellt, eines Tages die Frau eines gut aussehenden Mannes mit der Aura eines Filmstars zu werden. Da verwunderte es nicht, dass weder die Glatze noch das Doppelkinn noch der beträchtliche Bauchumfang ihres Zukünftigen zu ihren Träumen passten.

»Den soll ich heiraten?«, beschwerte sie sich. »Der sieht ja aus wie ein Walross!«

Zum Glück für Nelson machte er das, was ihm an Schönheit fehlte, mit seiner dicken Brieftasche wieder wett und er war bereit, meiner Schwägerin jeden noch so ausgefallenen Wunsch zu erfüllen.

Außerdem sah Nelson vielleicht nicht so gut aus wie Cary Grant, doch er hatte ein gutes Herz. Meine Schwägerin fand schon bald heraus, dass sie ihn problemlos nach ihrer Pfeife tanzen lassen konnte. Und die Kombination aus dem dicken Bankkonto und dem gutherzigen Wesen ihres Mannes, der ihr kaum etwas abschlagen konnte, wirkte Wunder. Auch wenn Marita am Tag ihrer Hochzeit nicht gerade überwältigt vom Glück war, sah die Sache nach einer luxuriösen Hochzeitsreise nach Paris bereits ganz anders aus. Ihre Abneigung hatte sich in Zärtlichkeit verwandelt:

»Ach, mein Dickerchen … Mein süßes Walross!«, sagte sie zu ihrem Mann, um ihn dann zärtlich auf die Glatze zu küssen.

Nachdem Marita und Nelson also mit Geschenken beladen von ihrer Hochzeitsreise zurückgekommen waren, saßen wir alle gerade im Salon zusammen, als das Telefon klingelte.

Es war reiner Zufall, dass ich diejenige war, die den Hörer abnahm. Normalerweise machte das eine Hausangestellte oder César selbst, doch mein Mann war gerade damit beschäftigt, sein Geschenk auszupacken, und das Dienstmädchen servierte eine Limonade. Also stand ich auf und ging ans Telefon. Mir schwirrte der Kopf von Maritas aufgeregtem Geplapper über die luxuriösen Geschäfte von Paris, die sie offenbar alle abgeklappert hatte.

»Du müsstest mal die Kaufhäuser dort sehen, Schwägerin … Das Bon Marché oder das Samaritaine, das eine unglaubliche Dachterrasse hat, oder die Galéries Lafayette. Die Kuppel und die Logen dort sind prächtiger als in der

Oper!« Sie redete wie ein Wasserfall und unterstrich ihre Begeisterung mit spitzen Freudenschreien, sodass ich sie am liebsten mit einem Tritt in den Hintern zurück nach Frankreich befördert hätte. Genervt griff ich zum Hörer.

»Hallo?«, sagte ich unwillig.

»Gloria?«

Diese Stimme würde ich nie vergessen!

Es war Patricio.

Es war eine Ewigkeit her, dass ich ihn gesprochen hatte, und ihn nun meinen Namen sagen zu hören, ließ mir die Hitze in die Wangen steigen.

»Ja«, flüsterte ich, während mein Herz heftig zu klopfen begann.

»Ich bin's«, sagte er leise.

Mir zitterten die Knie, und wenn ich mich nicht mit dem Rücken gegen die Wand gelehnt hätte, wäre ich wahrscheinlich ohnmächtig geworden.

»Kannst du reden?«, fragte er.

Als hätte César es gehört, hob er den Kopf und ließ die Krawatte mit Lilienmuster sinken, die Marita ihm mitgebracht hatte. Sein Blick schien zu sagen: Was ist los? Woraufhin ich so tat, als verstünde ich nicht, und mit den Schultern zuckte.

»Nein, heute passt es leider nicht«, sagte ich in den Hörer.

Ungehalten, dass ich ihn ignoriert hatte, fragte César direkt.

»Wer ist dran?«

Ich erfand eine Lüge.

»Es ist das Encanto. Sie wollen mir ein Kleid bringen, das ich bestellt habe«, erklärte ich, »aber jetzt passt es gerade nicht«, sagte ich wieder ins Telefon.

»Ich muss dich sehen!«

»Das verstehe ich, aber jetzt ist es gerade ungünstig.«

»Gloria, nun komm endlich, hier ist dein Geschenk!«, rief Marita, die auf dem Sofa saß und ungeduldig wurde.

»Ich bin in Havanna. Ich arbeite wieder im Encanto«, sagte Patricio da.

Mir blieb das Herz stehen.

»Gloria!«, rief Marita wieder.

»Das Beste wird sein, wenn ich selbst komme und es abhole«, sagte ich in den Hörer, »aber ich weiß noch nicht genau, wann.«

»Dann warte ich auf dich«, versprach Patricio, bevor er auflegte.

Mit weichen Knien ging ich zum Sofa zurück und setzte mich, und Marita legte mir das eingepackte Geschenk auf den Schoß.

»Hier! Es ist aus den Galéries Lafayette. Es wird dir gefallen!«

Ich nickte und nestelte an der Schleife herum, aber meine Hände zitterten derart, dass ich das Päckchen kaum aufbekam.

»Was ist los mit dir, Gloria? Nun mach es schon auf!«, drängte meine Schwägerin, während ich immer noch an der Verpackung herumfingerte.

»Das Geschenkpapier ist so schön, es wäre doch schade, wenn es kaputt geht«, meinte ich entschuldigend.

»Stell dich nicht so an! Los jetzt!«

Marita riss das Papier auf und packte das Geschenk für mich aus. Es war eine wunderschöne Tasche. Sie war rechteckig und aus rautenförmig abgesteppptem Leder, auf dem das unverwechselbare CC von Chanel prangte. Marita zeigte mir die kleine Seitentasche, die sich innen befand.

»Sieh mal, ist die nicht süß? Für den Lippenstift.«

»Ist die wirklich von Chanel?«

»Ja. Das Modell heißt Matelassé«, erklärte meine Schwägerin stolz.

Ich begutachtete den seltsamen Henkel. Eine lange Kette aus Metall und Leder.

»Der Henkel ist so lang!«

»Weil man sie nicht in der Hand trägt, du Dummerchen, sondern über der Schulter. Damit du beide Hände frei hast. Ist das nicht eine großartige Erfindung?«

Das war der Moment, in dem ich entdeckte, dass Coco Chanel die Handtasche neu interpretiert hatte. Einem Mann mag es nicht besonders erscheinen, beide Hände frei zu haben, doch für uns Frauen stellte die Tatsache, eine Tasche nicht die ganze Zeit in der Hand halten zu müssen, eine wunderbare Befreiung dar.

Das Schicksal wollte es, dass ich nach all den Jahren, in denen wir uns nicht gesehen hatten, Patricio ausgerechnet in der Kosmetikabteilung des Encanto wiederbegegnen sollte.

»Ich hätte gern einen Flakon El Encanto, bitte.«

»Es überrascht mich, dass du immer noch dieses Parfüm benutzt«, sagte er mit zitternder Stimme.

Die Zeit hatte ihn verändert. Sein Haar war dünner geworden, und er hatte an Gewicht zugelegt. Seine blauen Augen wirkten ein wenig blasser, doch ich hätte schwören können, dass sie, als er mich sah, ihre jugendliche Strahlkraft zurückbekamen. Und obwohl er älter geworden war, hatte ich, als ich ihn nun wiedersah, das Gefühl, nach einer langen Reise nach Hause zurückzukommen. Sein Gesicht war mein Zuhause. Als ich merkte, dass auch er mich aufmerksam betrachtete, wurde ich ganz verlegen.

»Ich bin hässlich«, sagte ich und wurde rot wie eine Tomate.

»Du bist wunderschön«, flüsterte er.

»Die Zeit macht einen nicht gerade schöner.«

Wie oft hatte ich all die Jahre über von einem Moment wie diesem geträumt! Patricio endlich wieder in greifbarer Nähe vor mir zu haben! In meiner Fantasie hatte ich mich in seine Arme gestürzt und seine Lippen gesucht, um mit ihm in einem endlosen Kuss zu verschmelzen. Und jetzt redete ich so einen Blödsinn.

»Es ist alles so lange her. Und du bist jetzt wieder in Havanna?«

»Ja. Wir sind nach Kuba zurückgekehrt.«

Keinem von uns war entgangen, dass er im Plural gesprochen hatte.

»Und … deine Frau und du … arbeitet ihr beide wieder hier?«

Er nickte.

»Ich bin jetzt Chef-Kundenbetreuer. Und Nely ist Verkaufsleiterin.« Patricio wechselte das Thema. »Wie geht es Daniela?«

»Sie ist erwachsen geworden, du würdest staunen. Sie studiert hier in Havanna an der Universität.«

»Erinnert sie sich überhaupt noch an mich?«

»Natürlich. Sie hat dich sehr vermisst.«

»Und du? Hast du mich auch vermisst?«

Ich war nicht in der Lage, ihm zu antworten.

Wir sahen uns schweigend an. Um uns herum ging das Leben weiter, ohne dass jemand auf uns achtete. Eine Frau schimpfte mit ihrem Mann, weil er sich eine grauenvolle orangefarbene Krawatte gekauft hatte. Zwei kleine Jungen machten sich einen Spaß daraus, ihren Hund an den Ohren zu ziehen, während ihre Mutter eine Handcreme auswählte. Doch das Leben der anderen war wie das entfernte Geräusch einer anderen Galaxie, während für uns gerade die Zeit zum Stillstand gekommen war.

Patricio durchbrach als Erster das Schweigen.

»Als ich noch ein Kind war, lebte in meinem Dorf ein Mann, der eine Kugel im Kopf hatte«, begann er unvermittelt. »Sie steckte seit dem Krieg in seinem Schädel, weil jemand auf ihn geschossen hatte. Die Kugel bildete eine Schwellung etwa fünf Zentimeter neben dem Scheitel. Er ließ zu, dass die Leute sie berührten. Es war ein Wunder, dass er trotzdem ein normales Leben führen konnte, und er sagte immer, dass dies nicht mehr sein eigentliches Leben sei, sondern dass er es nur geliehen hätte.« Patricio sah mich direkt an, und ich fragte mich, wohin diese Geschichte führen würde.

»Du sollst wissen, Gloria, dass dein Brief für mich wie diese Kugel war. Und dass mein Leben an dem Tag, an dem ich sah, wie du César geküsst hast, zu Ende war und ich seitdem ein Leben führe, das nicht mehr das meine, das nur geliehen ist. Du hast mir wehgetan, Gloria, sehr wehgetan, aber ich bin nicht zurückgekommen, um dir Vorwürfe zu machen oder um Erklärungen zu bitten.«

Patricio machte eine Pause, und ich merkte, wie mir die Tränen übers Gesicht liefen.

»Ich möchte nur eines von dir wissen. Ist Gabriel mein Sohn?«

45

Patricio

»Ja«, sagte Gloria.

Ja.

Ich hätte nie gedacht, dass ein einziges Wort mein Leben komplett verändern könnte, doch es war genau so. Ein kleines Wort machte mich auf einmal zum Vater. Die Bestätigung meiner geheimen Vermutungen traf mich mit einer Wucht, dass ich nicht wusste, wie ich reagieren sollte. Ich empfand ein wildes Durcheinander aus Angst, Glück, Schwindel, Euphorie und Wehmut. Und mit der Zeit sollte ich feststellen, dass Vater zu sein tatsächlich bedeutete, all dies zu fühlen.

Gloria hatte ihre Sprache wiedergefunden. Die Worte kamen überstürzt aus ihrem Mund, und sie eröffnete mir Dinge, die ich nicht gewusst hatte.

»Ich habe diesen Brief doch nur geschrieben, um dich zu schützen, Patricio. Dein Leben war in Gefahr. Marita kannte unseren Plan und hat zur Bedingung gemacht, dass ich dich nie mehr sehe und dafür Sorge trage, dass auch du mich nicht mehr sehen willst. Sonst hätte sie César alles verraten, und der hätte keine Sekunde gezögert, dich umbringen zu lassen. Ich habe dich niemals vergessen, so wie ich niemals aufgehört habe, unser Parfüm zu benutzen. Ich habe dich so vermisst, dass ich fast gestorben wäre«, erklärte sie atemlos und mit der Hast jener, denen schon lange etwas auf der Seele brennt.

Ihre Worte lösten ein Erdbeben in mir aus. Das änderte alles, alles! Plötzlich wollte ich ihr so viele Fragen auf einmal stellen, dass keine ihren Weg aus mir herausfand.

Nur die wichtigste.

»Liebst du mich noch?«

»Ja.«

Noch ein Ja. Die beiden wichtigsten »Jas« in meinem ganzen Leben in weniger als einer Minute. Zwei einzelne Silben, die meinem Leben wieder einen Sinn gaben.

»Patricio?«, fragte da eine weitere Stimme. Es war Daniela, die hinzugekommen war und hinter uns stand. Als ich mich umdrehte, konnte ich kaum glauben, dass sie so erwachsen geworden war. Ihre Füße steckten in hohen Sandalen statt in den Kinderschuhen von damals, und sie lächelte mich an.

»Meine Güte! Du bist eine so hübsche junge Dame geworden, dass ich gar nicht weiß, was ich sagen soll. Das letzte Mal, als ich dich gesehen habe, war dein Bett ein Schiff und du wolltest eine Piratin sein«, sagte ich.

»Na ja, das Bett war mir irgendwann zu klein, und jetzt schläft mein Bruder darin. Aber Piraten mag ich noch immer sehr«, entgegnete sie mit einem schelmischen Glitzern in ihren grünen Augen.

Wir umarmten uns fest. Das niedliche kleine Mädchen, das früher ins Kaufhaus gekommen war, um Spielzeug zu kaufen, war nun eine wunderschöne junge Frau, die nach Büchern für die Uni suchte.

Inzwischen hatte sich in der Kosmetikabteilung eine Schlange gebildet, und einige Kunden warfen uns ungeduldige Blicke zu. Daher blieb uns keine andere Wahl, als unser Gespräch zu unterbrechen und auseinanderzugehen.

Der Rest des Tages war eine Qual für mich. Unablässig wiederholte mein Gehirn die beiden »Jas« von Gloria. Nach der Arbeit machte ich einen langen Spaziergang am Malecón entlang. Nely und ich wohnten in der Calle Egido, aber ich war noch nicht in der Lage, meiner Frau gegenüberzutreten.

Ich überquerte die Calle Monserrate und ging am Bahnhof vorbei. Bei jedem Lidschlag sah ich Glorias Gesicht vor mir. Ihr Bild hatte sich in meine Netzhaut eingebrannt, als hätte ich lange Zeit in die Sonne geblickt. Meine Gloria. Die vergangenen Jahre hatten ihr Fältchen um die Augen und den Mund gezeichnet, kleine Fehler, die sie für mich umso schöner machten. Ich konnte immer noch nicht fassen, dass wir ein gemeinsames Kind hatten. Die Vorstellung, dass die Verschmelzung unserer Körper neues Leben hervorgebracht hatte, erschien mir wie ein Wunder. Gabriel war eine Verbindung zwischen uns, die niemals zerbrechen würde. Und nicht nur das: Gloria liebte mich noch immer. Sie hatte nie aufgehört, mich zu lieben.

Mit einem Mal fühlte ich mich schuldig. Denn auch ich liebte sie. Jahrelang hatte ich mich selbst belogen, doch immer gegen den Strom zu schwimmen hatte mich meine gesamte Kraft gekostet.

»Ich liebe Gloria«, rief ich den Möwen zu, die meine Zeugen waren.

Dies so frei heraus zu sagen war großartig, auch wenn das gute Gefühl nur kurz andauerte. Denn selbst wenn die Wahrheit nun ausgesprochen war, wurde unsere Lage dadurch nicht besser als früher. César war gefährlich wie nie, und die Hindernisse zwischen uns waren unüberwindbar. Und zudem war nun noch eine weitere Person im Spiel: Nely.

Auch wenn es sehr schmerzhaft sein würde, wäre es doch unfair, sie darüber im Ungewissen zu lassen, dass mein Herz einer anderen gehörte. Ich war gern mit Nely zusammen, aber es wäre egoistisch gewesen, sie im Ungewissen zu lassen. Sie hatte es verdient, die Wahrheit zu erfahren. Und auch wenn sie furchtbar wütend werden und mich vielleicht sogar verlassen würde, hatte sie doch das Recht, an der Seite eines Mannes, der sie so sehr liebte wie ich Gloria, ein neues Leben anzufangen. Und während ich in Richtung La Habana Vieja zurückging, nahm ich mir vor, die Dinge gleich zu klären, wenn ich nach Hause kam.

Als ich in unsere Wohnung trat, war Nely im Wohnzimmer und gerade dabei, ein Transparent zu beschriften: *Bis zum Sieg.*

»Ich muss dir etwas sagen, Nely«, begann ich, bevor mich der Mut wieder verließ.

»Ich muss dir auch etwas sagen «, entgegnete sie aufgekratzt.

Ihre Augen leuchteten wie zwei Scheinwerfer. Hätte ich als Erster gesprochen, wäre vielleicht alles anders gekommen, doch ich ließ ihr den Vortritt, und das war mein Untergang.

»Gut, du zuerst«, sagte ich.

»Ich bin wieder schwanger!«, rief sie glücklich und ließ dieser Neuigkeit ein glockenhelles Lachen folgen.

46

Das Jaulen der Feuerwerkskörper erfüllte die Straßen und übertönte das Krächzen der Möwen. Der Triumphzug der Freiheit war eine endlose Prozession aus Panzern, Lastwagen, Pferden, Radfahrern und Fußgängern. Die ganze Stadt wurde von begeisterten Männern, Frauen und Kindern bevölkert, die so beherzt die Fahnen schwangen, als läge ihr ganzes Seelenheil darin. Niemand wollte den Einmarsch der siegreichen Guerillas, der Helden der Revolution, verpassen; der Soldaten, deren Uniformen noch nach dem wilden Thymian der Berge rochen und deren Fingernägel und Haare nach dem langen Marsch schmutzig vom Staub der Landstraßen waren. Mit dichten Bärten und routiniert geschulterten Gewehren marschierten sie die Avenida de las Misiones entlang, und als sie zum Präsidentenpalast kamen, wurden sie mit tosendem Applaus empfangen. Der Triumphzug kam nur langsam voran, da die Guerilleros alle paar Meter von den Fahrzeugen stiegen, um auf der Straße die jungen Frauen zu küssen und sich von den alten Frauen herzen zu lassen. Flaschen mit Rum wanderten von Hand zu Hand, und in allen Ecken fielen sich Fremde in die Arme, die auf einmal Kameraden, Landsleute und Brüder waren. Die Parade wurde von einer großen Schar Journalisten und Fotografen begleitet, die, trunken von ihrer Bedeutung als Porträtisten eines historischen Moments, alles für die Ewigkeit festhalten wollten. Alle paar Sekunden schrie irgendjemand: »*Viva Cuba libre!*«, woraufhin Jubelrufe ertönten. Und als Fidel Castro und sein Gefolge zum Cuartel Columbia, Batistas ehemaligem Hauptquartier, kamen, ließen die Frauen der Volksbewegung weiße Tauben aufsteigen, von denen sich eine auf die Schulter des Comandante setzte.

Das ganze Volk war völlig aus dem Häuschen.

Und während Kuba diese neue Seite in den Geschichtsbüchern schrieb, war ich zu Hause und hielt meinen schlafenden kleinen Sohn auf dem Arm, dessen Herztöne für mich lauter tönten als das Feuererk.

Ernesto Eduardo Rubio Yamary wurde in der Silvesternacht 1958 geboren, jener denkwürdigen Nacht, als Fulgencio Batista aus Havanna floh. Er war ein gesundes, bildhübsches Baby mit den braunen Augen seiner Mutter. »Als unser Sohn geboren wurde, hat er die Revolution mitgebracht«, pflegte Nely zu scherzen, und damit hatte sie nicht so ganz unrecht.

Inmitten von Windeln und Milchfläschchen wurden Nely und ich Zeugen der Machtübernahme der Revolutionäre. Nely als überzeugte Castro-Anhängerin war mit Herz und Seele dabei, und wann immer sich die Gelegenheit bot, stahl sie sich davon, um an den feierlichen Umzügen teilzunehmen. Ich dagegen war glücklich, wenn ich zu Hause bleiben und Ernestos Wiege schaukeln konnte, anstatt mit erhobener Faust mitzumarschieren. Meine neuen Vaterfreuden stellten für mich die politische Revolution deutlich in den Schatten.

Jedenfalls würde der zweite Januar 1959, als Camilo Cienfuegos und Che Guevara nach einem sechswöchigen Marsch von Las Villas aus mit ihren Männern in Havanna einmarschierten, mir immer als der Tag in Erinnerung bleiben, an dem wir mit unserem Baby im Arm aus dem Krankenhaus zurück nach Hause kamen.

Als Manuel Urrutia zum Präsidenten ernannt wurde, während Fidel Castro oberster Heereskommandant blieb, lachte Ernesto zum ersten Mal.

Als am 17. Mai das Gesetz über die Agrarreform proklamiert wurde und die Bauern in ihrer Begeisterung die Plaza de la Revolution stürmten, um auf die Laternen zu klettern, zahnte Ernesto und hatte solche Schmerzen, dass wir ihm Lindenblütentee ins Fläschchen füllten, damit er schlafen konnte.

Und als Kuba und die Sowjetunion erneut diplomatische Beziehungen aufnahmen, aß Ernesto seinen ersten Brei. Seine Lieblingssorten waren Melone, Mango und Banane, am wenigsten mochte er Apfel.

An meinen freien Tagen nutzte ich die Gelegenheit, um mit Ernesto ins La Pekinesa zu gehen, wo er im Schatten der Tamarinden glücklich und zufrieden schlief. Der Lärm, der in der Bodega herrschte, schien ihn nicht zu stören – im Gegenteil, das Lachen, die Musik und das Klirren der Gläser, wenn die Leute sich zuprosteten, wirkten auf ihn beruhigender als ein Wiegenlied.

Das Wiedersehen mit meinen Freunden war nach meiner Rückkehr auf die Insel einer der Höhepunkte gewesen. In den Jahren, in denen wir getrennt gewesen waren, hatte sich das Leben meiner *compays* ziemlich verändert. Grescas führte La Pekinesa weiter, während Guzmán seinem Chef die Zapatería Garbo abgekauft hatte, als dieser in Ruhestand ging.

Meine beiden Freunde waren inzwischen ebenfalls verheiratet. Grescas' Frau hieß María José Alvés und wurde Ajo genannt. Sie war eine Kubanerin, die mit Vorsicht zu genießen war, getreu nach dem Lied von Ignacio Piñeiro: *Cubana de talle gracioso, de andar zalamero y con gracia simpar – Ist sie nicht anmutig anzusehen; mit dem schmeichelnden Gang und der unvergleichlichen Grazie kann sie nur Kubanerin sein.* Mit ihrem schwarzen, an der Seite gescheitelten Haar und den langen, schlanken Beinen sah sie Ava Gardner auffallend ähnlich. Passend zu ihrem Spitznamen, war Ajo – was so viel wie »Fluch« bedeutete – genauso stur wie ihr Mann und sie konnte auch beinahe genauso kräftig zuschlagen. Sie waren füreinander geschaffen, und der beste Beweis dafür war, dass sie bereits vier Kinder hatten: Alba, Bartolomé, Cristina und Dolores. In der Familie García Alvés wurde die Nachkommenschaft nach dem Alphabet benannt, mit dem Ziel, irgendwann beim Z anzukommen.

Doch nicht nur Grescas' Ehe war glücklich, sondern auch Guzmán hatte einen passenden Schuh gefunden, wie man in seinem Fall wohl am besten sagte. Seine Frau, Reina Miller, war so klein wie er und genauso nett und herzlich. Mit ihrem blonden Haar, den hellen Augen und den üppigen Kurven sah sie aus wie eine typische Amerikanerin. Anders als Grescas und Ajo, bei denen häufig die Fetzen flogen, genossen Guzmán und Reina ihre Liebe im Stillen und gingen äußerst höflich miteinander um.

Guzmán und Grescas gestanden mir, dass sie, als sie beide frisch verliebt waren, die Befürchtung gehabt hatten, dass die beiden Frauen sich vielleicht nicht würden leiden können. Eine Sorge, die sich als unnötig erweisen sollte, da Reina und Ajo von Anfang an ein Herz und eine Seele waren. Ajo war von Reinas »Eleganz« fasziniert, während Reina Ajos »Natürlichkeit« bewunderte, was dazu führte, dass die beiden Frauen sich häufig trafen, um sich auszutauschen, gemeinsam zu lachen und sich über ihre Männer auszulassen.

Meine Kollegen im Encanto freuten sich über unsere Rückkehr nach Kuba und noch mehr, als sie erfuhren, dass wir Nachwuchs erwarteten und es bald ein *bebesito* in der Familie geben würde. Allerdings gab es eine Ausnahme in dem glücklichen Empfangskomitee: Don Gato.

Er war inzwischen so verbittert, dass sich zwischen seinen Brauen und um seinen Mund tiefe Falten eingegraben hatten. Sein Schnurrbart war noch immer beachtlich, jedoch völlig weiß geworden, und er bebte nicht mehr so heftig wie früher, wenn ihm etwas missfiel. Was sich in all der Zeit dagegen nicht geändert hatte, war seine Abneigung mir gegenüber, vor allem, als er erfuhr, dass ich zum Chef-Kundenbetreuer ernannt worden und damit sein direkter Vorgesetzter war.

Sein Sohn Silvestre, der damals beinahe die Schuhe von Frank Sinatra runiert hatte, gehörte ebenfalls noch zur Belegschaft des Encanto. Inzwischen war er vom Laufburschen zum Lagerarbeiter aufgestiegen. Weiter hatte er es nicht gebracht, was an seiner Faulheit und seiner Reizbarkeit lag. Wenn man bedachte, wie leicht es war, in diesem Unternehmen aufzusteigen, war es beinahe ein Kunststück, auf der Karriereleiter nicht weiter nach oben zu kommen.

Glücklicherweise sorgte meine Position dafür, dass ich von den beiden nichts zu befürchten hatte. Sie waren gezwungen, mir respektvoll zu begegnen, was mich allerdings nicht vor ihren hasserfüllten Blicken schützte. Doch da es nicht meine Art war, über Leute, die mir nichts bedeuteten, länger nachzudenken, machte ich mir keine weiteren Gedanken. Don Gato und sein Sohn waren ein lästiges Übel, doch hielt ich sie nie für wirklich gefährlich. Was einer der großen Irrtümer in meinem Leben war.

El Encanto verfügte über einen Betriebskindergarten – einen großen hellen Raum im obersten Stockwerk, in dem Doña Remedios, eine kugelrunde Frau mit einem großen Herzen, auf die Kinder aufpasste –, sodass weder Nely noch ich auf unsere Arbeit verzichten mussten. Oft machte ich eine kleine Pause und ging kurz hinauf, um Ernesto beim Spielen, Schlafen, Essen oder einfach beim Atmen zuzusehen. Er hatte mich komplett verzaubert. Und das Einzige, was mein Glück trübte, war der Gedanke, dass er einen Halbbruder hatte und nie davon erfahren würde.

Gloria kam nur noch selten ins Kaufhaus. Seit dem Tag, an dem sie mir gestanden hatte, dass Gabriel mein Sohn war, hatten wir kaum noch miteinander geredet. Wobei es nun nicht mehr Marita war, die dies verhinderte. Seit ihrer Hochzeit hatte deren Wachsamkeit ihrer Schwägerin gegenüber deutlich nachgelassen. Nein, der Grund lag bei mir, denn Ernestos bevorstehende Geburt hatte all meine Pläne vereitelt und ich war ihm und seiner Mutter eng verbunden.

Das letzte Gespräch zwischen Gloria und mir hatte, kurz nachdem ich von Nelys Schwangerschaft erfahren hatte, stattgefunden und war eines der schwierigsten in meinem ganzen Leben gewesen. Um es noch schlimmer zu machen, kam es ausgerechnet in der Abteilung für Kinderkleidung dazu, die Gloria aufgesucht hatte, um einen neuen Pyjama für Gabriel zu kaufen.

»Herzlichen Glückwunsch«, sagte Gloria, als sie es erfuhr, und ihrer Stimme waren ihre widerstreitenden Gefühle anzuhören – Niedergeschlagenheit, Trauer, Freude für mich, Eifersucht …

»Ehrlich gesagt, weiß ich nicht, wie ich mich fühlen soll«, meinte ich.

Was durchaus der Wahrheit entsprach. Es gab Tage, an denen ich voller Freude war, doch manchmal drohte mich die Angst zu ersticken.

»Seit Nely es mir gesagt hat, habe ich das Gefühl, verrückt zu werden«, gestand ich. »Natürlich freue ich mich. Es kommt vor, dass ich aufwache und am liebsten die ganze Welt umarmen würde. Doch an anderen Tagen bin ich morgens, wenn ich aufstehe, von Panik erfüllt. Und dann spüre ich einen Druck in der Brust, dass ich denke, es könnte ein Herzinfarkt sein.«

Selbst in dieser seltsamen Situation musste Gloria lachen.

»Das, was du empfindest, nennt man Vater werden«, versicherte sie mir. »Nicht nur das Kind muss in den neun Schwangerschaftsmonaten lebensfähig werden.«

Sie sah mich mit ihren braunen Augen so eindringlich an, dass es mich große Anstrengung kostete, weiterzusprechen.

»Es ist nicht nur das. Ich habe das Gefühl, Nely zu betrügen. Es war nicht richtig, sie zu heiraten. Denn ich liebe dich. Ich sollte mit dir zusammen sein«, stammelte ich. »Wir waren so nah dran, Gloria!«

Ich konnte nicht anders, ich strich ihr über die Wange, und die Berührung ihrer Haut löste so etwas wie einen elektrischen Schlag an meinen Fingerspitzen aus. Von ihrer Wange wanderten meine Finger zu ihrem Mund. Mit dem

Zeigefinger fuhr ich ihre weichen, warmen Lippen nach. Bis Gloria meine Hand wegnahm, als sich eine andere Kundin näherte und sich in der Nähe ein paar Kinderwagen ansah.

»Wir werden niemals zusammen sein, Patricio«, sagte Gloria leise. »Und so oft wir uns auch selbst etwas vormachen, haben wir es doch von Anfang an gewusst.«

»Und Gabriel? Denkst du nicht, dass ein gemeinsames Kind etwas daran ändert?«, widersprach ich.

»Wenn du Gabriel ein guter Vater sein willst, dann hilf mir, ihn vor César zu schützen.«

»Und was sollte ich da tun?«, fragte ich ungeduldig.

»Nichts«, antwortete Gloria. »Was das Allerschwierigste ist. Einfach nichts. Solange César glaubt, dass er Gabriels Vater ist, wird er ihm nichts tun. Hilf mir einfach, das Geheimnis zu bewahren. Versprichst du mir das?«

Gloria umfasste mit beiden Händen mein Gesicht, und es gelang mir zu nicken.

»Hör mir zu«, flüsterte sie. »Du musst jetzt glücklich sein. Für dein neues Kind. Wenn du sein Gesicht siehst, wird alles leichter, glaub mir.«

Wie immer hatte Gloria recht. Ernestos Geburt überdeckte meinen chronischen Schmerz, nicht mit ihr zusammen sein zu können, und half mir über Monate, nicht daran zu denken. Doch am Ende war es wie mit dem Eimer, den man unter das Ende einer Dachrinne stellte. Früher oder später sollte er überlaufen und den Boden überfluten.

47

Eines Nachmittags, kurz bevor ich mit der wöchentlichen Inventur fertig war, erhielt ich einen dringenden Anruf von Aquilino Entrialgo.

Aquilino und César Rodríguez waren sofort einverstanden gewesen, mich nach meiner Rückkehr nach Kuba wieder im Encanto einzustellen. Aus eigener Erfahrung verstand Aquilino meine Sehnsucht nach der Insel und fragte nicht weiter nach den Gründen.

»Und, Junge? Wie viele Schals haben wir verkauft?«, scherzte er zur Begrüßung.

Ich sah aus dem Fenster und lächelte. Die Sonne schien mit einer solchen Kraft vom Himmel, dass sich die schwitzenden Passanten – die Frauen mit ihren Sonnenschirmen und die Männer mit ihren Strohhüten – in den Schatten flüchteten.

»Die verkaufen sich wie warme Semmeln«, witzelte ich. »Dank des Encanto wird kein Bewohner Havannas eine Erkältung bekommen.«

»Hör zu, Patricio! Heute müssen wir die Öffnungszeit um eine Stunde verlängern. Für einen wichtigen Kunden.«

»Natürlich. Darf ich fragen, um wen es geht?«

»Um Che. Ernesto Guevara.«

Als der letzte Kunde gegangen war, wurde es still im Encanto, während wir alle uns auf die Ankunft des Comandante vorbereiteten.

Die Verkäuferinnen tuschelten miteinander, als erwarteten wir einen Filmstar, und auch die männlichen Verkäufer waren sichtlich gespannt. Überzeugte Anhänger wie Nely standen kurz davor, vor Aufregung einen Herzinfarkt zu bekommen. Allerdings gab es auch Ausnahmen. Don Gato und noch ein paar andere nostalgische Batista-Freunde weigerten sich, länger zu bleiben, und wollten nach Hause gehen. Ich gab ihnen die Erlaubnis, denn ich hatte keine Lust auf irgendwelche politischen Debatten oder darauf, dass Che unhöflich empfangen und bedient wurde.

»Ich würde mir lieber die Hand abschneiden, als diesen Schlächter damit zu begrüßen!«, rief Silvestre kampfeslustig aus.

»Was redest du da? Der Comandante ist ein Held!«, rief ein anderer.

»Ein Held, der seine Gegner erschießen lässt!«

»Diese Kriegsverbrecher!«

Ich erstickte die Diskussion im Keim.

»Schluss jetzt! Außerhalb des Encanto darf jeder seine Meinung haben. Hier drin ist dieser Mann ein Mensch wie jeder andere, und wie alle unsere Kunden werden wir ihn mit Respekt behandeln.«

Doch als Che durch die Tür trat, war sofort jedem klar, dass er kein Mensch wie jeder andere war. Er sah genauso aus wie auf den vielen Fotos in den Zeitungen, trug seine Militäruniform und hatte eine Zigarre im Mund. Sein langes Haar und der Bart verliehen ihm etwas Löwenhaftes, Wildes. Doch das Beeindruckendste an ihm war sein Blick. Seine Augen strahlten einen Stolz und eine Energie aus, dass allein seine Gegenwart einschüchternd wirkte. Der Mann schien innerlich zu kochen.

Ich gab ihm höflich die Hand und stellte fest, dass seine Handflächen rau und voller Schwielen waren. Diese Hände hatten mehr als ein Leben hinter sich.

»Herzlich willkommen, Comandante, was können wir für Sie tun?«, sagte ich zur Begrüßung.

»Ich brauche eine neue Jacke.«

»Natürlich. Wenn Sie mir bitte folgen würden.«

Che ließ sich von mir zum *salón inglés* geleiten. Als er vorbeiging, nahmen die anwesenden Männer Haltung an und die Frauen warfen ihm sehnsüchtige Blicke zu. Der Comandante grüßte freundlich und schüttelte unzählige Hände. Unser Weg durch das Kaufhaus dauerte endlos lange. Jeder wollte ein Stück von ihm haben: einen Blick, ein Wort, eine Geste … Wie bei jeder Berühmtheit war das, was für ihn ganz normal war, für diese Leute eine legendäre Begegnung, von der sie einmal ihren Nachfahren erzählen würden.

Nach seinem Triumphzug durch El Encanto erreichten Che und ich den *salón inglés* und waren endlich allein.

»Was für eine Jacke suchen Sie?«

»Nichts Besonderes. Einfach eine Jacke, die mich vor Wind und Regen schützt.«

Während er noch redete, bemerkte ich es. Eine winzige Kleinigkeit. Doch nachdem ich es einmal entdeckt hatte, konnte ich den Blick nicht mehr davon abwenden.

Ernesto Che Guevara hatte ein Stück Salat am Schneidezahn!

Ich fühlte ein Lachen in mir aufsteigen. Und je mehr ich mich bemühte, es zu unterdrücken, desto drängender wurde es. Che sah mich erstaunt an.

»Was ist?«, fragte er.

»Entschuldigen Sie, Comandante …«, stammelte ich. »Señor Guevara … Es ist nur, dass …«

Je nervöser ich wurde, desto mehr musste ich lachen. Und das Schlimmste war, dass mein Lachen offensichtlich ansteckend war, denn Ches Lächeln wurde immer breiter. Und je deutlicher er dabei seine Zähne zeigte, desto auffälliger wurde das Salatblättchen, woraufhin ich noch mehr lachen musste.

»Los, raus damit«, beharrte er.

»Sie haben da … ein Stück Salat am Zahn«, brachte ich schließlich heraus.

Che betrachtete sich im Spiegel der Umkleidekabine, und zu meiner großen Erleichterung fing auch er an zu lachen.

»Das muss noch vom Mittagessen sein! Kannst du dir vorstellen, dass mir den ganzen Nachmittag über keiner was gesagt hat? Und ich habe mit der ganzen Regierung zusammengesessen! Diese Schwachköpfe!«, rief er aus, ohne wirklich verärgert zu sein.

»Das dürfen Sie ihnen nicht übel nehmen. Es ist nicht gerade leicht, einer lebenden Legende mitzuteilen, dass sie Salat am Zahn hat.«

Meine Worte brachten ihn erneut zum Lachen.

»Und du? Wie ist dein Name?«

»Patricio.«

»Ich bin keine lebende Legende, Patricio! Du siehst ja, auch ich hab schon mal Salat am Zahn. Genauso wie auch ich schwitze, rülpse und furze. Ich bin einfach nur ein ganz normaler Mann, dem die richtige Kleidung fehlt und der eine Jacke braucht.«

Es war unverkennbar, dass er es absolut ernst meinte. Und in diesem Moment hatte ich ein ungutes Vorgefühl, das so zutreffend war wie niemals sonst in meinem Leben. Ich spürte, dass diese Bescheidenheit, diese Volksnähe eines Tages der Untergang dieses Mannes sein würde. Es mag sein, dass sich andere Revolutionäre sehr schnell an das gute Leben gewöhnten und den Dschungel gegen einen bequemen Sessel eintauschten, aber nicht er. Dieser Mann würde sein Schicksal erfüllen, bis zum Sieg oder bis in den Tod. Meine Gedanken ließen mich kurz erschaudern, doch dann verbannte ich sie aus meinem Kopf. Es war nicht meine Aufgabe, über sein Leben zu philosophieren, sondern dass er als zufriedener Kunde dieses Kaufhaus verließ.

»Na, dann schauen wir mal, dass wir die perfekte Jacke für Sie finden«, gab ich lächelnd zurück.

Wie sich herausstellte, war die perfekte Jacke eine aus schwarzem Leder mit Reißverschluss. Und Che war so glücklich damit, dass er sie gleich anbehielt.

Im folgenden Jahr explodierte der französische Frachter *La Coubre* im Hafen von Havanna. Castro und Guevara beschuldigten die CIA der Sabotage und führten die Losung *Patria o muerte!* – Vaterland oder Tod! – ein. Doch für mich war dieser Tag aus anderen Gründen ein historischer. Als sich die Explosion ereignete, saß ich gerade mit Ernesto auf dem Balkon und fütterte ihn. Eine Rauchsäule stieg in den Himmel auf, und mein Sohn deutete mit seinem Händchen darauf und sagte zum ersten Mal »Papa«.

Einige Monate später verhängten die Vereinigten Staaten ihr Wirtschaftsembargo und versetzten das Heer in permanente Alarmbereitschaft. Die Revolution sorgte auch in meiner Ehe für anhaltende Diskussionen. Als die Blockade verhinderte, dass ich Milchpulver für das Fläschchen unseres Kindes oder seine Lieblingskekse bekam, wurde ich wütend.

»Was sind schon ein paar Kekse, wenn wir dafür die Freiheit errungen haben?«, sagte Nely.

»Das ist ein schwacher Trost für unser Kind«, gab ich zurück.

»Ernesto wird lernen, dass man sich nicht wegen ein paar Süßigkeiten an die USA verkaufen sollte.«

»Er ist nur ein Kind, das seine Kekse haben will, Nely. Er ernährt sich von Milch und Keksen und nicht von Politik.«

»Die Blockade wird ja nicht ewig dauern.«

»Und wenn er irgendwann mal Medikamente braucht? Ist dir das dann im Namen der Revolution auch egal?«

»Du bist gemein!«

Der Streit dauerte an, während Nely ein Foto von Che ausschnitt. Es war von Alberto Korda aufgenommen worden und zeigte den Guerillero mit unergründlichem Blick bei der Trauerfeier für die Explosionsopfer der *La Coubre*. Er trug die schwarze Lederjacke, die er im Encanto als »ganz normaler Mann« gekauft hatte. Und wenn er selbst sich auch nicht für eine lebende Legende hielt, war die Geschichte doch gerade dabei, ihn dazu zu machen.

48

»Es heißt, dass alle Geschäfte verstaatlicht werden sollen«, meinte Guzmán, während wir in La Pekinesa zusammensaßen.

Auch ich hatte davon gehört. In der Tat hatte das Encanto daraufhin in der Presse eine große Anzeige geschaltet, um die Gunst der neuen Regierung zu erlangen. Diese zeigte ein Foto von Fidel Castro und dazu den Text: *Ewiger Dank den Helden, die uns befreit haben*.

»Na ja, ich halte das für eine gute Idee, Kamerad«, entgegnete Grescas.

»Nenn mich nicht Kamerad, das machen nur die Fidelisten.«

»Genau das bin ich. Und ich bin stolz drauf! Ich sage dir eins: Die Spanier könnten froh sein, wenn sie einen Fidel hätten, der diesem galicischen Mistkerl zeigen würde, wo's langgeht!«

»Der Faschismus und der Kommunismus sind beide gleich schlimm.«

»Red keinen Blödsinn. Du wirst doch nicht eine Diktatur mit der Macht in den Händen des Volkes vergleichen!«

»Des Volkes? Die Geschäfte werden in den Händen der Castristen enden, zumindest mit der Zeit. Diese Freiheitshelden sind eine Bande von Opportunisten.«

»Das darfst du aber zu keinem Kubaner sagen … Du weißt ja: Kubanern rutscht leicht mal die Hand aus!«, warnte Grescas.

Am 13. Oktober geschah schließlich das, was Guzmán vorausgesagt hatte, als der neue Präsident Osvaldo Dorticós und der Ministerpräsident Fidel Castro ein Gesetz unterzeichneten, laut dem alle Industrieunternehmen und Geschäfte Kubas enteignet und verstaatlicht wurden. Darunter auch Kaufhäuser wie El Encanto oder das Fin de Siglo.

Das neue Gesetz brachte viele Veränderungen mit sich, und eine der ersten war, dass die Finanzen und sämtliche geschäftlichen Aktivitäten einem Komitee vorgelegt werden mussten. Auch wenn unsere Aufmerksamkeit den Kunden gegenüber nicht nachließ, passten die luxuriösen Produkte, die im Encanto verkauft wurden, nicht zur politischen Idee der revolutionären Austerität. Außerdem brachte die Blockade alles durcheinander. Und obwohl unsere treuen Kunden weiterhin kamen, gab es immer weniger exklusive Produkte. Es war nur eine Frage der Zeit, dass unser einst so edles Kaufhaus zu einem reinen Versorgungslager wurde.

Für mich war der Anfang vom Ende erreicht, als Manet beschloss, das Encanto zu verlassen und nach New York zu gehen, um dort als Modeschöpfer zu arbeiten.

»Bitte gehen Sie nicht, Maestro!«, flehte ich ihn an. »Ist Ihnen denn nicht bewusst, dass die hochnäsigen New Yorkerinnen ihre Kleider niemals mit der gleichen Anmut tragen werden wie die hübschen Kubanerinnen?«

Manet lächelte traurig.

»Sieh dich doch um, Patricio. Die Frauen hier in Havanna kleiden sich längst nicht mehr in der stolzen Farbenpracht glanzvoller Tage, sondern eintönig wie die Spatzen.«

Als ich an jenem Tag von der Arbeit kam, setzte ich mich an der Avenida auf eine Bank und betrachtete die vorübergehenden Menschen. Ich musste Manet recht geben. Die typische bunte Kleidung der Kubaner war verschwunden; seit der Revolution trugen auch normale Menschen nur noch eintönige Uniformfarben: braun, grau und beige.

Nachdem Manet in die USA gegangen war, stiegen im Encanto die Bestellungen von olivgrünem Stoff schlagartig an. Und in kürzester Zeit hatten die Angehörigen des Militärs und ihre Sympathisanten sämtliche Vorräte aufgebraucht.

Immerhin brachte Fidel Castros Machtübernahme auch das Versprechen mit sich, die Machenschaften der Mafia zu beenden. Die wenigen bedeutenden Mafiosi, die die Insel noch nicht verlassen hatten, versammelten sich im Calypso, ihrer letzten Bastion, die das neue System bisher in Ruhe gelassen hatte. Bis eines Nachts beide Welten aufeinandertrafen.

Die Auseinandersetzung begann damit, dass ein paar Milizsoldaten am Eingang des Clubs von Césars Türstehern nicht eingelassen wurden.

»Kein Eintritt für Bartträger!«

»Wieso, Junge? Wir sind sauber, unsere Stiefel geputzt und die Mäntel sind neu.«

»Mir gefällt dein Gesicht nicht, das ist das Problem.«

»Jetzt mach kein Theater, Freund. Wir wollen nur ein paar Daiquiris trinken«, sagte einer der Soldaten, kurz davor, die Geduld zu verlieren.

»Dann trinkt die doch in der Kaschemme, in der ihr wohnt.« Der Türsteher spuckte dem Soldaten vor die Füße.

Das war der Tropfen, der das Fass zum Überlaufen brachte. Die Soldaten und die Türsteher lieferten sich eine Schlägerei, bei der es genauso heftig zuging wie in den Saloons der amerikanischen Wild-West-Filme.

»Du verdammter Hurensohn! Ich nehm dich gleich mit zur Wache!«

»Nimm deine dreckigen Flossen von mir!«

Die Fidelisten waren in der Überzahl und den Türstehern überlegen. Doch inzwischen hatte der Lärm an der Tür für Panik unter den Gästen gesorgt, und César höchstpersönlich kam heraus, um die Sache zu regeln.

»Was ist das Problem?«, fragte er.

»Na ja, dass Ihre Leute hier eine Weile in der Zelle sitzen werden«, entgegnete der Soldat.

»Ich möchte mit Ihrem Vorgesetzten sprechen«, verlangte César aufsässig. »Rufen Sie Comisario Heredia an!«

»Heredia wurde entlassen. Jetzt sind wir die Polizei und lassen uns nur vom Volk etwas sagen!«

César änderte die Taktik und zog einen Geldschein aus seiner Brieftasche.

»Ich bin sicher, dass sich die Sache regeln lässt«, meinte er jovial.

»Allerdings. Sobald Leute wie Sie begreifen, dass sich die Dinge geändert haben.«

»Leute wie ich? Was soll das heißen?«

César war vor Wut rot angelaufen. Ein paar Monate zuvor hätte er sein Gegenüber auf der Stelle umgebracht, mitten am Tag und ohne dass es ihn gestört hätte, dass Dutzende Zeugen anwesend waren. Doch so, wie die Dinge nun standen, ohne korrupte Polizisten und Richter, die ihn schützten, konnte er nicht mehr einfach so straflos Leute umlegen.

»Der Abschaum, der unter Batista tun und lassen konnte, was er wollte.«

Der Soldat sprach aus, was in der Stadt bereits ein offenes Geheimnis war: César war nicht mehr unantastbar wie ein Gott.

Die Gerüchte über seine schwächelnde Position machten eifrig die Runde, und seine Feinde umzingelten ihn wie die Aasgeier. César war ein verletzter Löwe. Was man dabei jedoch nicht vergessen durfte, war, dass gerade ein verletzter Löwe besonders gefährlich ist.

49

Der 15. März war immer der Tag, an dem der Schlussverkauf begann. Doch dieser Schlussverkauf im Jahr 1961 würde, wie wir vermuteten, sicher der letzte sein. Während die Gemüter auf der Straße sich über die politische Lage erhitzten, hatte sich das Encanto zu einem wahren Minenfeld entwickelt. Jeder Angestellte hatte eine Meinung, und die gegenseitige Abneigung der Unterstützer der Revolution und ihrer Gegner verschärfte sich. Dabei war Don Gato derjenige, der den alten Zeiten unter Batista am heftigsten nachtrauerte.

»Diese Scheißkommunisten! Zu dem Mist, den sie bereits angerichtet haben, wird noch mehr kommen!«, schimpfte er aufgebracht.

»Du hast wohl was gegen soziale Gerechtigkeit, mein Freund! Denn jetzt gehört der Laden hier dem arbeitenden Volk.« Nely machte jedes Mal den Fehler, ihm zu widersprechen.

»Wogegen ich etwas habe, ist, dass die Regierung jeden Monat darüber entscheidet, ob sie unsere Verträge verlängert. Und dass unsere Rente in die Taschen dieses bärtigen Verbrechers und seiner Freunde wandert!«

»Der einzige Verbrecher ist Batista, der mit eingeklemmtem Schwanz und Millionen von Dollars das Weite gesucht hat!«, gab Nely zurück.

Doch nicht nur Don Gato spuckte große Töne. Es gab Gerüchte, dass sein Sohn Silvestre sich dem Movimiento de

Recuperación del Pueblo angeschlossen hatte, einer konterrevolutionären Gruppe von Castro-Gegnern, die von Washington aus von der CIA kontrolliert und von Präsident Eisenhower persönlich geleitet wurde. Die Mitglieder dieser Gruppierung verübten Gewalttaten in ganz Havanna, und in ihrer Gegenwart war es besser, keine Scherze zu machen.

Letzteres galt auch für die wenigen vermögenden Bürger, die in Havanna geblieben waren. Vor allem sie deckten sich während des Schlussverkaufs des Encanto mit den knappen Luxusgütern ein, die uns noch geblieben waren.

Die Geschäftseröffnung am Tag des Schlussverkaufs war immer ziemlich aufregend. Die Kunden standen seit dem frühen Morgen vor der Tür Schlange, und sobald sie eingelassen wurden, stürzten sie mit einer Begeisterung herein, wie man sie bei Kindern findet, die in den Bächen nach Kaulquappen jagen. Die Sanitäterin des Kaufhauses hatte an diesen Tagen immer besonders viel zu tun: Bänderzerrungen, umgeknickte Fußknöchel, blaue Flecken oder Schrammen, weil die Leute sich gegenseitig schubsten oder gegen das Mobiliar stießen. Zum Glück regte sich niemand über die Vorfälle auf – sie gehörten zu dem Spaß irgendwie dazu.

Doch dieser letzte Schlussverkauf war anders. Die Leute waren aggressiv wie die Kampfhunde und mit harmloser Schnäppchenjägerei hatte dies nichts mehr zu tun. In der angriffslustigen Menge, die hereinströmte, entdeckte ich auch Marita und Gloria. Während Marita sich mit kräftigen Ellbogenstößen einen Weg zu einem Verkaufstisch bahnte, auf dem die letzten Seidentücher angeboten wurden, kam Gloria zu mir herüber. Hinter uns warf gerade ein Pulk von Kunden, die um die letzten Taschen kämpften, mit großem Getöse ein Regal um.

»Unsere Welt geht zugrunde«, sagte ich fassungslos.

»Das ist das Ende einer Ära«, stimmte Gloria mir zu.

»Machst du dir Sorgen?«

Gloria zuckte mit den Schultern und sah mich dann komplizenhaft an.

»Weißt du, was Albert Einstein dazu gesagt hat? Dass Politik die Gegenwart ist, eine Gleichung aber für die Ewigkeit. Es klingt vielleicht egoistisch, aber solange man mich mit meinen Büchern in Ruhe lässt, ist es mir egal, wer an der Macht ist.«

Marita sah vorwurfsvoll zu uns herüber. Es passte ihr überhaupt nicht, dass Gloria und ich miteinander redeten, jedoch kam sie nicht herüber, weil sie dann auf eine der letzten Taschen aus Kalbsleder hätte verzichten müssen. Ich sah mich um.

»Ist César auch hier?«

Gloria schüttelte den Kopf. »Er ist in New York und bemüht sich um die Hilfe seiner amerikanischen Freunde, damit er das Calypso behalten kann.«

Ich nickte. Die Revolution hatte auch das Ende der großen Clubs mit sich gebracht, die in »familiärer« Hand waren. Hotels und Casinos wurden verstaatlicht, und seit Batista aus Kuba geflohen war, hatten die Mafiosi den Einfluss auf die Regierung verloren. Sogar Meyer Lansky hatte das Havana Riviera Hotel aufgeben müssen.

»Was willst du kaufen?«, fragte ich Gloria.

»Mein Parfüm. So viel wie du davon organisieren kannst.«

Während ich mich darum kümmerte, mehrere Schachteln mit dem Lilien-Parfüm aus den Schränken zu holen, kam Daniela vorbei, um Guten Tag zu sagen. Erst im letzten Moment sah ich, dass sie einen kleinen Jungen dabeihatte, der sich hinter ihrem Rock versteckte. Es war Gabriel. Der Kleine sah mich schüchtern aus seinen blauen Augen an, und mich überflutete eine Welle von Trauer und Zärtlichkeit. Er hielt eine Streichholzschachtel in der Hand, und ich ging in die Knie, um mit ihm auf gleicher Höhe reden zu können.

»Was hast du denn da mitgebracht, Gabriel?«

»Einen Käfer.«

»Zeigst du ihn mir?«

Der Junge sah mich nachdenklich an und entschied dann wohl, dass er mir vertrauen konnte, denn er öffnete die Schachtel. Darin befand sich ein grün glänzender Käfer von der Größe eines Knopfs. Bevor das Tier entwischen konnte, schloss Gabriel die Schachtel rasch wieder.

»Weißt du, was Käfer fressen?«, fragte er mich.

»Früchte?«, riet ich. »Ehrlich gesagt habe ich keine Ahnung.«

»Ich auch nicht. Meinst du, sie mögen Pommes frites?«

»Ganz bestimmt.«

»Dann werde ich ihm Pommes frites geben, damit er wächst und so groß wird wie ein Pferd. Anschließend zähme ich ihn und lege ihm Zügel an, damit ich auf ihm reiten kann!«, rief er begeistert aus.

Seine Freude war ansteckend, und wir lachten.

»Er hat eine Menge Fantasie«, sagte ich stolz.

»Er war schon immer ein Träumer«, meinte Gloria und flüsterte mir anschließend ins Ohr: »Wie sein Vater. Hoffen wir, dass er glücklicher wird …«

Als ich die drei so vor mir sah, kam mir plötzlich der Gedanke, dass Gloria, Daniela und Gabriel meine zweite Familie waren. Gott und die Gesellschaft mochten entschieden haben, dass man nur eine Familie haben konnte, aber in meinem Herzen wusste ich, dass wir in einem Paralleluniversum jede Sekunde unseres Lebens teilten.

Doch dann holte mich die Realität wieder ein. Nely und Ernesto tauchten auf, um mich zum Mittagessen abzuholen. Meine Frau begrüßte mich mit einem Kuss und reichte mir den Kleinen.

»Ist das Ernesto? Der ist ja schon richtig groß geworden!«, sagte Gloria. »Darf ich ihn mal nehmen?«

»Sicher.«

Sie nahm meinen Sohn auf den Arm und liebkoste ihn wie ihr eigenes Kind.

»Was für niedliche Pausbacken du hast, süßer kleiner Mann!«

Ernesto genoss Glorias Zärtlichkeiten und reagierte mit einem glücklichen Glucksen. Gloria küsste seine Händchen und drückte seine nackten Füße.

»Du hast genauso kalte Füße wie dein Vater«, rutschte es ihr in diesem Moment heraus, und ich hoffte inständig, dass Nely diesen Kommentar überhört hatte.

Doch Nely starrte Gloria überrascht an und zog dann die Augenbrauen zusammen.

»Das stimmt«, sagte sie misstrauisch. »Patricio hat immer kalte Füße.«

Es folgte eine Stille, die eisiger war, als meine Füße je kalt sein konnten, und die Lage verschlimmerte sich von Sekunde zu Sekunde, da weder Gloria noch ich eine passable Erklärung geben konnten.

»Woher wissen Sie das von meinem Mann?«

Gloria schluckte und sah mich hilfesuchend an. Doch auch ich wusste nicht, was ich sagen sollte. In diesem Moment hörten wir, wie Daniela aufschrie. Gabriel hatte in ihren Armen das Bewusstsein verloren.

Erschrocken eilten wir zu den beiden hinüber. Daniela, die nicht wusste, was sie tun sollte, hielt ihren kleinen Bruder auf dem Schoß und fächelte ihm Luft zu.

»Er ist plötzlich zusammengesackt. Zum Glück konnte ich ihn auffangen, bevor er auf den Boden fiel.«

»Bewegen Sie ihn nicht. Das ist sicher ein Hitzschlag. Ich hole die Sanitäterin«, sagte Nely.

Gloria und ich knieten uns neben Gabriel hin. Der Junge war bleich und hatte weiße, blutleere Lippen.

»Er hat schon seit mehreren Tagen über Schwindel geklagt«, meinte Gloria besorgt, »aber ich habe dem weiter keine Bedeutung zugemessen.«

»Es ist sicher nichts Ernstes.«

Celia, die Sanitäterin, kam sofort und untersuchte den Jungen vorsichtig. Sie nahm seinen Puls, horchte seine Brust ab und versuchte erfolglos, ihn wieder zu Bewusstsein zu bringen.

»Ich glaube, es ist besser, wir rufen einen Krankenwagen«, sagte sie schließlich.

Kurz darauf betraten die Sanitäter das Kaufhaus und bahnten sich ihren Weg durch die Kunden. Als sie den Jungen auf die Trage legten, rutschte ihm die Streichholzschachtel aus der Hand und fiel zu Boden.

Der Käfer krabbelte aus seinem Gefängnis und verschwand unter dem Tisch mit den Krawatten.

50

Der Krankenwagen brachte Gabriel in das Krankenhaus an der Avenida Carlos III. Wir hatten gehofft, dass man ihn gleich wieder entlassen würde, doch die Bewusstlosigkeit schien eine ernstere Ursache zu haben. Die Ärzte untersuchten ihn, konnten den Grund jedoch zunächst nicht feststellen.

Zwei Tage vergingen, an denen Gabriel im Krankenhaus bleiben musste. Wir alle waren äußerst beunruhigt. Marita versuchte, César zu erreichen, doch der war inzwischen aus seinem Hotel in New York abgereist und nach Las Vegas weitergefahren – vermutlich um sich dort mit den Mafia-Bossen der Westküste zu treffen.

Gloria versuchte Ihre Schwägerin davon zu überzeugen, ihrem Bruder nichts zu sagen.

»Denkst du nicht, dass er das Recht hat zu erfahren, wenn sein Sohn im Krankenhaus ist?«, fuhr Marita sie an.

»Warum sollten wir ihn unnötig beunruhigen? Von den Staaten aus kann er ch nichts tun, außer sich Sorgen zu machen. Und wenn er nach Havanna zurückkommt, ist Gabriel längst wieder gesund«, argumentierte Gloria.

»Und wenn nicht?«

»Jetzt mal den Teufel nicht an die Wand!«

»Vielleicht willst du ja nur vor ihm verheimlichen, dass dieser lausige Verkäufer ständig bei dem Kind im Krankenhaus hockt.«

Marita schoss ihren Giftpfeil ab, und Gloria zuckte kurz zusammen. Sie hatte mir erzählt, dass Marita schon immer den Verdacht gehegt hatte, dass ich Gabriels Vater sein könnte, und dieser Kommentar ließ keinen Zweifel daran.

»Dann sag es ihm doch«, erwiderte Gloria, die beschlossen hatte, sich nicht einschüchtern zu lassen. »Sag es ihm, wenn du unbedingt für Ärger sorgen willst. Aber vergiss nicht, dass ein solcher Skandal den Ruf der gesamten Familie Valdés beschädigen würde, allen voran den deines Bruders. Und wir wissen ja, wie verständnisvoll César reagiert, wenn er in Rage gerät, nicht wahr, meine liebe Schwägerin?«

Marita biss sich auf die Lippen. Gloria hatte den Spieß umgedreht.

»Oder aber …«, fuhr Gloria fort, »wir schweigen und wahren den Schein. Immer schön das Gesicht wahren – hast du mir das nicht selbst gesagt?«

Marita schnaubte und senkte den Kopf.

»Ich hoffe nur, dass wir es eines Tages nicht bereuen werden.«

Wenn Césars Abwesenheit etwas Gutes hatte, dann, dass ich viel Zeit bei meinem Sohn im Krankenhaus verbringen konnte. Gloria, Daniela und ich wechselten uns ab, damit der Junge nie allein war und Angst hatte. Krank zu sein war »stinklangweilig«, meinte Gabriel. Doch mit ein wenig Fantasie ließ sich das schnell ändern. Und daran mangelte es weder meinem Sohn noch mir. Wenn wir zusammen in seinem Krankenzimmer waren, dann wurden die Spritzen Dinosaurier-Moskitos, die Verbände gehörten zu ägyptischen Mumien und die Watte war verzauberte Zuckerwatte. Der

Mann im Nebenbett, der nach einem Unfall zwei Gipsbeine hatte, war in Wahrheit ein Zentaur, der sich hatte operieren lassen, um nur noch Mensch und nicht mehr Pferd zu sein. Und die Krankenschwestern waren gute oder böse Feen, je nachdem, wie groß die Schmerzen waren, die ihre Spritzen verursachten.

Schließlich teilte uns der zuständige Arzt mit, dass es eine Diagnose gebe. Doctor Juan Cruz war ein Mann mittleren Alters mit Hängebacken und Triefaugen, was ihm ein hundeähnliches Aussehen verlieh. Er war einer der besten Ärzte von ganz Kuba und hatte Gabriels Herz erobert, da er ihn jedes Mal, wenn er kam, um ihn zu untersuchen, mit seinem Stethoskop spielen ließ. Wegen seiner Kompetenz und seiner Gewissenhaftigkeit hatte er unser vollstes Vertrauen.

Doctor Cruz bat uns in sein Sprechzimmer, wo er uns einen Platz anbot und ohne Umschweife zu reden begann.

»Gabriel leidet unter einer sehr seltenen Blutkrankheit«, erklärte er. »Mir ist bisher erst ein Mal ein ähnlicher Fall untergekommen. Die Krankheit nennt sich Thalassämie oder Mittelmeeranämie.«

Gloria und ich hielten uns an der Hand, um uns gegenseitig Mut zu machen.

»Und was kann man dagegen tun?«, fragte ich mit belegter Stimme.

»Normalerweise empfehle ich Bluttransfusionen, doch in Gabriels Fall ist die Krankheit zu massiv. Es gibt noch eine andere Behandlungsmöglichkeit, in die Sie jedoch keine allzu große Hoffnungen legen sollten. Sie ist noch in der Erprobungsphase und wurde von einem französischen Arzt namens Georges Mathé in einem Krankenhaus in New York durchgeführt. Dabei geht es um eine Knochenmarktransplantation.«

»Bitte lassen Sie uns das versuchen!«, flehte Gloria.

»Dabei gibt es noch ein Problem, nämlich dass der Knochenmarkspender ein naher Verwandter sein muss. Möglichst ein männlicher. Was Gabriel angeht, wäre das im geeignetsten Fall sein Vater. Doch wie ich hörte, ist Gabriels Vater derzeit außer Landes, richtig? Die Sache eilt. Wie schnell könnte er zurück sein?«

Gloria und ich wechselten einen Blick. Wir mussten uns entscheiden, ob wir unser Geheimnis wahren oder Gabriels Leben retten wollten. Der Entschluss war schnell getroffen und bedurfte nur weniger Worte.

»Ich bin sein biologischer Vater«, gestand ich.

Der Arzt schwieg eine Weile. Ich fürchtete schon, dass er uns verurteilen oder eine spitze Bemerkung machen würde, doch stattdessen nickte er nur und sagte lächelnd:

»Dann haben wir Glück. Und Gabriel hat eine Chance.«

Als Gloria und ich das Sprechzimmer verlassen hatten, fielen wir uns verzweifelt in die Arme. Uns beiden zitterten so heftig die Knie, dass wir, hätten wir uns nicht gegenseitig festgehalten, zu Boden gesunken wären.

Doctor Cruz legte die Operation auf den übernächsten Tag. Er selbst wollte sie durchführen. Während Gloria nach dem Gespräch mit dem Arzt das Krankenhaus verließ, um etwas zu essen und sich ein wenig auszuruhen, ging ich zu Gabriel ins Zimmer.

Als ich ihm erzählte, dass er operiert werden müsste, sah er mich mit großen ängstlichen Augen an.

»Wird es wehtun?«, fragte er.

»Du wirst gar nichts davon mitbekommen. Und weißt du was? Ich werde auch operiert. Also müssen wir beide nun sehr tapfer sein.«

»Wenn du tapfer bist, bin ich es auch.«

»So gefällt mir das. Ich habe dir etwas mitgebracht.«

Ich gab ihm seine Streichholzschachtel.

»Da ist etwas drin, was dir gefallen wird. Aber du darfst sie erst nach der Operation öffnen.«

Der Kleine sah mich aufgeregt an.

»Ein neuer Käfer?«

»Möglicherweise. Vielleicht ist es aber auch ein Elefant«, sagte ich mit verschwörerischer Stimme.

»Aber ein Elefant passt doch nicht in eine Streichholzschachtel!«

»Magische Elefanten schon. Aber ich glaube, es ist etwas anderes.«

»Ein Drache?«

»Vielleicht.«

»Oder ein Walfisch?«

»Könnte sein.«

»Stimmt es, dass du mein richtiger Vater bist?«

Der plötzliche Themenwechsel, der in Gesprächen mit Kindern nicht selten ist, brachte mich aus der Fassung, und ich wusste im ersten Moment nicht, was ich sagen sollte. Dann entschloss ich mich zur Wahrheit.

»Es stimmt, Gabriel. Woher weißt du es?«

»Ich habe gehört, wie meine Mama mit meiner Schwester darüber gesprochen hat. Sie dachten, dass ich schlafe, aber ich hatte nur die Augen zu. Ist es ein Geheimnis?«

Ich nickte.

»Findest du es gut, dass ich dein Vater bin?«

Der Kleine überlegte kurz, bevor er antwortete.

»Ist meine Mama dann noch immer meine Mama?«

»Sicher.«

»Und meine Schwester meine Schwester?«

»Deine Mama und deine Schwester werden immer deine Mama und deine Schwester sein.«

Diese Antwort schien ihn zufriedenzustellen.

»Dann ist es gut«, erklärte er gelassen.

Ich gab ihm einen Kuss und deckte ihn zu. Bevor er einschlief, schüttelte er die Streichholzschachtel und hielt sie an sein Ohr.

»Ich hoffe, es ist ein Drache«, sagte er.

Am Abend vor der Operation war Nely noch wach, als ich nach Hause kam. Sie saß in der Küche und wartete auf mich.

Seit Gabriel im Krankenhaus war, hatten wir kaum ein Wort miteinander geredet. Wenn ich zu Hause eintraf, schlief sie in der Regel schon – oder tat zumindest so –, und tagsüber gingen wir uns aus dem Weg.

Wir beide wussten, dass uns das schwierigste Gespräch erwartete, das wir in unserer Ehe bisher geführt hatten. Und wir wussten auch, dass wir es nicht länger hinausschieben konnten. Nachdem ich mich zu ihr an den Küchentisch gesetzt hatte, ergriff Nely das Wort.

»In den Filmen finden die Frauen immer Lippenstiftflecke am Hemdkragen ihres Mannes oder die Zettel der Reinigung und erkennen daran, dass er fremdgeht. Doch die Wirklichkeit ist viel einfallsreicher. Woher wusste diese Frau, dass du immer kalte Füße hast?«

Das war ein seltsames Gespräch am Vorabend einer lebensgefährlichen Operation, die ich vielleicht nicht überleben würde. Wie ein zum Tode Verurteilter beschloss ich reinen Tisch zu machen und Nely die Wahrheit zu sagen. Das war das mindeste, was ich ihr schuldig war.

»Gloria und ich haben eine Nacht zusammen im Encanto verbracht«, begann ich.

Nely machte ein Gesicht, als hätte sie in einen Eiswürfel gebissen. Meine Worte verletzten sie tief.

»Ich will keine Details hören«, sagte sie so direkt wie immer. »Bitte lass uns dies nicht schlimmer machen, als es bereits ist. Antworte einfach mit Ja oder Nein. Hattet ihr ein Verhältnis?«

»Das war vor unserer Ehe ...«, versuchte ich die Sache zu erklären.

»Ja oder nein«, unterbrach sie mich.

»Ja.«

»Aber du wusstest, dass sie mit César Valdés verheiratet ist?«

»Ja.«

»Und dieses Kind im Krankenhaus, das mit den blauen Augen, ist es deins?«

»Ja.«

Es war ein Gemetzel. Jedes Wort, das aus meinem Mund kam, war ein Dolchstoß, der sein Ziel nicht verfehlte.

»Liebst du mich?«, fuhr Nely fort.

»Ja.«

»Liebst du sie auch?«

»Ja.«

»Mehr als mich?«

Ich antwortete nicht. Denn ich wusste, dass diese letzte Frage und das »Ja«, das darauf folgen würde, der tödliche Stich sein würde, der sie mitten ins Herz traf.

Doch ich musste gar nichts sagen, Nely hatte die Antwort längst in meinen Augen gesehen. Ohne ein weiteres Wort wandte sie den Blick ab.

Den Rest der Nacht verbrachte ich in Ernestos Zimmer und hielt meinen Kleinen im Arm. Der Gedanke, ihn womöglich vaterlos zurückzulassen, quälte mich, doch die Würfel waren gefallen. Hätte er mein Knochenmark gebraucht, hätte ich mich genauso entschieden. Als es hell wurde, ließ ich Ernesto in seinem Bettchen zurück und machte mich auf den Weg ins Krankenhaus.

Die folgenden Tage verschwammen im Nebel. Einem schläfrigen Nebel mit vielen Nadeln. Nadeln in meinen Armen und vor allem in meinem Rücken. Als ich in den Operationssaal gebracht wurde, roch die Anästhesiemaske nach Apfelsaft und Wasserstoffperoxid. Ich atmete ein, und vor meinen Augen drehten sich blutrote Spiralen, bis ich das Bewusstsein verlor.

Als ich wieder erwachte, wusste ich nicht, ob Minuten oder Jahre vergangen waren. Ich hatte einen trockenen Mund und war nicht in der Lage, zu sprechen oder die Augen zu öffnen.

Also konzentrierte ich mich aufs Hören, vielleicht würde mir ja ein Geräusch verraten, ob Tag oder Nacht war. Ich horchte nach den Krankenschwestern, vernahm jedoch nur das Brummen der Busse auf der Straße, woraus ich schloss, dass es Tag sein musste. Ich hörte auch das Lachen und die Schläge einiger Kinder, die draußen Baseball spielten. Und als ich leise stöhnte, spürte ich eine kühle Hand auf meiner heißen Stirn.

»Ganz ruhig … Alles ist gut … Ganz ruhig …«

Es roch nach Schmetterlingslilien und ich wusste, dass Gloria bei mir war.

»Und Gabriel?«, murmelte ich mit schwerer Zunge.

»Ruht sich aus. Die Operation ist gut verlaufen.«

Nachdem ich das gehört hatte, versank ich wieder im Nebel.

In den nächsten Tagen wurde Gloria zu meiner Verbindung mit der Welt. Sie versorgte mich mit Essen und Küssen, während ich wieder zu Kräften kam. Und die Tatsache, dass es auch Gabriel immer besser ging, war meine beste Medizin.

Allmählich ging es mir besser, und in den letzten Tagen meines Krankenhausaufenthaltes kamen auch Grescas und Guzmán vorbei, um mich zu besuchen. Leider hatten sie keine guten Neuigkeiten. Sie waren bei Nely gewesen, um ihr die Nachricht zu bringen, dass ich die Operation überstanden hatte. Doch Nely hatte nicht einmal die Tür aufgemacht.

Angesichts meines betrübten Gesichts bemühten sie sich, über angenehmere Dinge zu sprechen. Grescas und Ajo erwarteten ihr fünftes Kind, sodass nun der Buchstabe E an der Reihe war.

»Wisst ihr schon, wie es heißen soll?«, fragte ich.

»Elena, wenn es ein Mädchen wird, und Eduardo, wenn es ein Junge wird. Und wir kommen dem Zacarías immer näher.« Grescas grinste stolz.

Ich sah zu Guzmán hinüber.

»Und was ist mit Reina und dir? Wann bekommt ihr denn endlich mal Nachwuchs?«

»Das muss noch warten, denn auch bei uns gibt es eine Neuigkeit: Reina und ich werden in die Staaten auswandern. Nach Miami. Und wisst ihr was? Es ist mir gelungen, Rita zu kontaktieren, und sie erwartet uns schon mit offenen Armen.«

Wir waren sprachlos. Grescas, der Überraschungen hasste, verpasste Guzmán einen Schlag in den Nacken.

»Was soll der Quatsch? Du kannst doch nicht einfach die Revolution verraten!«, schimpfte er. »Willst du wirklich den Yankees in den Arsch kriechen?«

»Jetzt ist der richtige Moment, um zu gehen«, verteidigte sich Guzmán. »Bevor die Lage hier noch schwieriger wird.«

»Schwierig? Schule für alle, jeder hat ein Dach über dem Kopf, gute medizinische Versorgung, eine Gratis-Fahrkarte, um zur Arbeit zu fahren ...« Grescas schüttelte den Kopf.

»Vielleicht irre ich mich, aber ich glaube nicht, dass das Modell hier erfolgreich sein wird.«

»Du bist ein Vaterlandsverräter!«

»Du als Asturier willst mir was von Patriotismus erzählen? Darf ich dich daran erinnern, dass ich der Einzige von uns bin, der auf Kuba geboren wurde.«

Ich unterbrach das Wortgefecht, indem ich meinen beiden Freunden in die Arme kniff.

»Jetzt hört schon mit dem Blödsinn auf! Wollt ihr wirklich zulassen, dass die Scheißpolitik uns auseinanderbringt?« Ich sah die beiden an. »Uns? Die wir alles geteilt haben: die Läuse, den Hunger, schlaflose Nächte und triumphale Siege? Wir sind doch die drei Musketiere, oder nicht?«

Guzmán und Grescas blickten sich an wie zwei reuige Kinder und schüttelten sich dann zum Zeichen der Versöhnung die Hände.

»Für immer!«, sagten sie im Duett.

Mit einiger Mühe richtete ich mich auf, und wir umarmten uns zu dritt.

Kurze Zeit später wurde ich entlassen, und mein erster Weg führte mich, begleitet von Gloria, zu Gabriel. Er musste noch ein paar Tage länger im Krankenhaus bleiben, doch Doctor Cruz versicherte uns, dass er außer Gefahr war. Dank meiner Knochenmarkspende ließ die Mittelmeeranämie stetig nach. Sobald mein Sohn mich sah, nahm er die Streichholzschachtel von seinem Nachttisch.

»Können wir sie jetzt öffnen?«, fragte er aufgeregt.

»Können wir.«

Allerdings würde ihn eine unschöne Überraschung erwarten, denn die Schachtel war leer, weil das Ganze nur ein Trick von mir gewesen war, damit er vor lauter Neugierde die Angst vor der Operation vergaß. Ich bereitete mich darauf vor, sein enttäuschtes Gesicht zu sehen, doch Gabriel öffnete die Schachtel und stieß einen Freudenschrei aus.

»Ein Drache! Ich wusste es!«

Nun war die Überraschung auf meiner Seite.

»Aber die Schachtel ist doch leer.«

»Weil es ein unsichtbarer Drache ist.«

Gloria und ich sahen uns an und lachten.

»Du bist eben ein Träumer wie dein Vater«, sagte Gloria, nachdem sie uns beiden einen Kuss gegeben hatte.

In diesem glücklichen Moment wussten wir nicht, dass der echte Drache uns bereits erwartete. César war nach Kuba zurückgekehrt.

51

Gloria

Die Unwetter, die über Havanna hereinbrechen, sind meistens nicht so schlimm wie andernorts in den Tropen. Sie sind eine Art Natur-Oper, ein beeindruckendes Schauspiel, das sich in mehreren Akten abspielt. Die Aufführung findet üblicherweise am frühen Nachmittag zur Zeit der Siesta statt. Die ersten Anzeichen bestehen darin, dass die Zikaden verstummen und die Regenwürmer an die Oberfläche kriechen, gefolgt von dem Geruch nach feuchter Erde, der sich überall verbreitet, obwohl der Himmel noch blau ist. Dann kommt ein Wind auf, der in die Bäume fährt und die Blätter rauschen lässt, bis er schließlich zu einem Sturm wird, der den Männern die Hüte vom Kopf fegt und die Röcke der Frauen auffliegen lässt. Das Unwetter kündigt sich mit lautem Donner an, der wie Kriegstrommeln klingt. Der Himmel färbt sich von grau zu anthrazit, und die Wolken wollen mit Macht das Wasser loswerden, das sie in sich tragen. Das ist der Moment, wenn die Mütter an den Fenstern erscheinen, um ihre Kinder ins Haus zu rufen – »Kommt rein, sonst werdet ihr klatschnass!« –, und die Tiermamas ihre Kleinen im Nacken packen und zurück in den Bau bringen.

Und dann kommt der Regen.

Ein heftiger, wilder, gnadenloser Regen, der in mangokerngroßen Tropfen niedergeht und so dicht ist, dass man die Hand nicht vor den Augen sieht. Der Himmel wird so dunkel, als wäre es Nacht. Die Autos auf den Straßen halten an oder werden irgendwo untergestellt, und in den Häusern kommen die Menschen vor den Fenstern zusammen, um hinauszuschauen. Die Mutigen und Verrückten – wie Marita und ich an jenem denkwürdigen Tag auf dem Dach – baden im Regenguss. Der Höhepunkt des Unwetters hält nur etwa zehn Minuten an, in denen so viele Blitze zu sehen sind, dass man meint, das Ende der Welt wäre gekommen. Und dann verschwindet es so schnell wieder, wie es gekommen ist. Auf einen Schlag hört es auf zu regnen, die Wolken lösen sich auf, und der Himmel erstrahlt wieder in einem hellen Türkisblau. Havanna ist frisch und sauber, und nur die Pfützen verraten, dass wenige Momente zuvor die Sintflut niedergegangen ist.

So plötzlich wie ein Wolkenbruch am frühen Nachmittag kehrte auch César wieder in mein Leben zurück. Als ich nach Hause kam, packten die Dienstboten gerade seine Koffer aus.

»Und wo ist mein Mann?«, fragte ich.

»Wir sollen Ihnen ausrichten, dass er im Calypso ist, *miss*. Er kommt gegen Mittag zurück«, erklärte eines der Dienstmädchen.

Der Anblick seiner Kleidung auf dem Bett ließ mich vor Angst erstarren. Obwohl César in den Staaten gewesen war, hatte er Augen und Ohren hier in Havana gehabt, und Patricio und ich waren nicht gerade diskret gewesen, was die Besuche im Krankenhaus anging. Ob er davon erfahren hatte? Um das herauszufinden, hatte ich keine andere Wahl, als meinen Stolz hinunterzuschlucken und mich an Havannas größte Klatschbase zu wenden: meine Schwägerin.

Marita und ihr Mann wohnten ebenfalls in Miramar, in einem Haus im kalifornischen Stil mit einem großen Innenhof und einem Schwimmbad. Marita empfing mich in einem weißen Kleid und dazu passenden Baumwollhandschuhen. Ich wunderte mich ein wenig über ihre Kleidung, denn es war extrem heiß. Allerdings maß ich dem Ganzen keine große Bedeutung bei. Marita war so verrückt, dass ihr die neueste Mode schon immer wichtiger gewesen war als der gesunde Menschenverstand.

»César ist wieder da«, sagte ich.

»Ich weiß«, entgegnete Marita. »Er war schon hier, um sich nach den Neuigkeiten zu erkundigen.«

»Hast du ihm erzählt, dass Patricio sich hat operieren lassen, um Gabriel zu retten?«

Marita schüttelte den Kopf.

»Er weiß nichts.«

Mir fiel ein riesengroßer Stein vom Herzen. Meine Schwägerin war einmal mehr ihrem Wahlspruch treu geblieben: Immer schön den Schein wahren.

»Bloß nicht das Gesicht verlieren, was?«, sagte ich, um sie zu ärgern.

»Ich bin nicht zu Scherzen aufgelegt. Das ist das letzte Mal, dass ich für dich lüge. Du musst selbst wissen, ob es sich lohnt, das, was du hast, aufs Spiel zu setzen«, erklärte sie missmutig. »Und jetzt geh mir aus den Augen!«

Als ich nach Hause zurückkehrte, war César schon wieder da und begrüßte mich mit einem langen Kuss, der mir den Magen umdrehte.

»Ich habe schon gehört, dass Gabriel krank war.«

»Ja, er war im Krankenhaus, aber die Ärzte haben ihn wieder gesund gemacht. Wir wollten dich nicht beunruhigen«, erklärte ich ausweichend. »Erzähl mir lieber – wie war es in den Staaten?«

César winkte ab und nahm sich eine Zigarre.

»Übel. Luciano und Lansky sind aus dem gleichen Holz geschnitzt: deine besten Freunde, solange alles gut läuft, doch wenn sich die Sache mal umdreht, lassen sie einen im Stich.«

»Wir werden schon zurechtkommen«, meinte ich, um irgendetwas zu sagen. »Kopf hoch.«

»Danke, Gloria.«

Dass er mich Gloria nannte, anstatt bei einem der Kosenamen, die er sonst für mich benutzte, hätte mich warnen sollen. Doch in diesem Moment war ich einfach so erleichtert, dass ich mir nichts dabei dachte.

An diesem Nachmittag nahm Daniela ihren Bruder mit zu einem Strandausflug nach Kawama, der Verlängerung von Varadero auf der Halbinsel Hicacos. Ich beschloss, eine lange Siesta zu machen, doch kaum hatte ich die Augen geschlossen, riss mich ein hässlicher Albtraum wieder aus dem Schlaf, in dem Patricio und ich in einer Lawine umkamen. Verstört stand ich auf und ging nach unten, um mir in der Küche einen Kamillentee zu machen. Als ich am Salon vorbeiging, sah ich, dass César Besuch von zwei Männern hatte. Beide wandten mir den Rücken zu, sodass ich ihre Gesichter nicht sehen konnte. Die drei mussten schon länger gesprochen und viel geraucht haben, denn durch den Raum waberte eine dichte Rauchwolke. Ich wollte gerade weitergehen, als ein Satz von César mich abrupt innehalten ließ.

»Ich will, dass nur noch ein Haufen Asche übrig bleibt, verstanden?«

Eilig versteckte ich mich hinter der Tür, um zu lauschen. Ich spähte noch einmal in den Salon und erkannt nur, dass es sich bei den beiden Besuchern um einen älteren und einen jüngeren Mann handelte. Der Jüngere trug ein Hemd, das ihm am Rücken klebte vor Feuchtigkeit, und der Ältere hatte graues Haar.

»Wenn ich es mache, muss ich danach sofort von der Insel verschwinden«, erklärte der Jüngere gerade.

»Mein Sohn hat recht«, stimmte ihm der Ältere zu.

César nickte. »Ein Schiff wird auf dich warten.«

»Und ich brauche Geld, damit auch meine Familie Kuba verlassen kann«, forderte der Jüngere.

»Darauf kannst du zählen«, versprach mein Mann. »Aber nur unter einer Bedingung: Patricio Rubio muss im Kaufhaus sein, wenn es passiert.«

Ich bekam eine Gänsehaut. Für einen Moment dachte ich, dass meine Fantasie mir einen Streich gespielt hätte, doch César hatte Patricios Namen unmissverständlich ausgesprochen, und zwar mit einem derartigen Hass in der Stimme, dass ich mich in meinem schlimmsten Albtraum glaubte.

Als der ältere Mann sich jetzt vorbeugte, um sein Glas nachzufüllen, erkannte ich ihn. Sein Schnurrbart und sein nervöses Verhalten waren unverwechselbar. Er arbeitete auch im Encanto, und Patricio, der ihm den Spitznamen Don Gato gegeben hatte, verstand sich nicht besonders gut mit ihm. Seinen Sohn meinte ich auch schon mal im Kaufhaus gesehen zu haben.

»Ich dachte, wir wollen den Fidelisten eins auswischen«, meinte Don Gato nach einem Räuspern, »und nun soll das Feuer einen Mord vertuschen.«

César lachte böse.

»Jede Revolte fordert ihren Preis. Ich bin sicher, dass Silvestre, was das angeht, mit mir einer Meinung ist.«

Er lachte und die beiden stießen mit ihren Gläsern an, um den Handel zu besiegeln. Anschließend zog César einen Beutel aus der Tasche, den er dem jungen Mann gab.

»Gehen wir das Ganze noch mal durch«, sagte mein Mann. »In dem Beutel ist C4, ein Plastiksprengstoff, der so gefährlich ist, dass du besser auf ihn achtgeben solltest als auf deinen Schwanz. Du aktivierst zuerst den einen Block und versteckst ihn unter zwei Stoffrollen. Dann machst du das Gleiche mit dem zweiten Block in einem anderen Regal. Patricio ist dafür zuständig, den *salón inglés* zu schließen, deswegen wird er als Letzter dort sein, ansonsten musst du dir etwas einfallen lassen, um ihn da zu halten.«

»El Encanto wird brennen wie das Höllenfeuer.«

Ich presste mir die Hand vor den Mund, um nicht zu schreien. Ich musste Patricio warnen. Der Polizei Bescheid geben. Ich musste irgendetwas unternehmen, und zwar sofort. Leise hastete ich den Flur in Richtung Hintertür entlang. Ich nahm den Ersatzschlüssel des Autos aus der Kommode und rannte in den Garten hinaus. Als ich im Auto saß und den Schlüssel ins Schloss stecken wollte, riss jemand die Tür auf und schlug mir auf den Kopf, sodass ich vornüber aufs Steuer fiel.

Staubpartikel tanzten im hereinfallenden Sonnenlicht.

Als ich wieder zu mir kam, lag ich in meinem Bett, am Fußende saß César. Mein Kopf dröhnte, und mir war schwindelig. Benommen tastete ich nach oben und fühlte die schmerzhafte Beule an meinem Hinterkopf. Ich stöhnte auf und brauchte einen Moment, um mich zu orientieren.

Dann erinnerte ich mich wieder an das Gespräch, das César mit den beiden Männern im Salon geführt hatte, und war mit einem Schlag hellwach. Patricios Leben war in Gefahr!

»Wie ungeschickt von dir, die Treppe runterzufallen, meine Süße«, meinte César, und seine Stimme triefte vor Grausamkeit.

Ich versuchte den Kopf zu heben und musste ein paarmal blinzeln, weil mir immer wieder schwarz vor Augen wurde. César saß immer noch am Fußende des Bettes und weiter hinten sah ich Marita, die auf einem Sessel an der Tür wachte. Ich wollte mich aufrichten und merkte erst da voller Panik, dass ich ans Bett gefesselt war.

»Ich weiß, dass du gehört hast, worüber wir gesprochen haben, also mach keine Dummheiten!«, drohte mir César. »Eigentlich besser so, dann brauche ich es dir nicht zu erzählen.«

»Ich habe keine Ahnung, wovon du sprichst«, log ich. Ich war so leise gewesen, sie konnten mich nicht gehört haben.

»Gloria, bitte. Dein Parfüm hat dich verraten. Ich habe es sofort gerochen, als du dich dem Salon genähert hast.«

Sein überlegener Tonfall machte mich wütend, und zum ersten Mal, seit ich ein Mädchen gewesen war, nahm ich kein Blatt vor den Mund.

»Du hast eben eine Nase wie ein Trüffelschwein.«

César erstarrte, denn er war stets eine unterwürfige Haltung von mir gewohnt. »Und es ist mehr als nur dein Geruchssinn. Du bist ein Schwein von Kopf bis Fuß!«, schleuderte ich ihm entgegen.

Mein Mann holte aus und gab mir eine heftige Ohrfeige. Doch ich spürte keinen Schmerz. Ich war so in Rage, dass ich ihn wohl noch weiter beschimpft hätte, selbst wenn er mich in Stücke geschnitten hätte. Doch da gab es etwas, was mehr schmerzte als Césars Schläge: der Verrat meiner Schwägerin.

»Du hast gesagt, dass du ihm nichts erzählt hast«, beschuldigte ich Marita.

Meine Schwägerin sah zu Boden.

»Er hat es gleich nach seiner Ankunft erfahren. Eine Schwester aus dem Krankenhaus hat ihm erzählt, dass Patricio Gabriels Vater ist.«

»Stell dein Licht nicht so unter den Scheffel, kleine Schwester. Denn alles andere hat sie mir erzählt«, fügte César hinzu und sah mich mit höhnischem Blick an. »Dass du seit Jahren in Patricio verliebt bist, dass du mit ihm fliehen wolltest … Sie hat gesungen wie ein Vögelchen.«

Ich ignorierte César und redete weiter mit meiner Schwägerin.

»Ich dachte, du willst um jeden Preis den Schein wahren?«

Marita öffnete den Mund, um etwas zu sagen, doch César kam ihr zuvor.

»Das wollte sie auch. Sei nicht so hart mit ihr, sie hatte keine Wahl. Sie hat sich so lange widersetzt, bis ich die Zange herausgeholt habe. Ich wusste gar nicht, dass ihr so gute Freundinnen seid.«

Marita zog den linken Handschuh aus. An ihrer Hand fehlten zwei Fingernägel. Die Arme war den Tränen nah und wagte nicht, ihren Bruder anzusehen. Ich war so wütend, dass ich César hätte erwürgen können. Meine Schwägerin hatte versucht mich zu schützen, und das war die Strafe gewesen.

»Du bist ein Monster, César!«, sagte ich laut und spuckte in seine Richtung.

»Ach ja? Meine Frau setzt mir Hörner auf, wird von meiner hinterhältigen Schwester gedeckt, und ich bin das Monster?«

Bei mir brannten alle Sicherungen durch.

»Ja, du bist das Monster. Du widerliches Stück Scheiße, du perverses Schwein, du Hurensohn!«, schrie ich.

»Oho! Ich muss dir wohl den Hintern versohlen. Wie damals, als du noch ein kleines Mädchen warst, erinnerst du dich? Aber vorher habe ich noch einiges zu erledigen.«

Er stand auf.

»Wenn du ein Mann bist, dann töte mich und lass Patricio in Ruhe!«, forderte ich.

»Nein, mein Schatz, das wäre zu einfach. Zuerst muss ich mich um diese kleine Ratte kümmern. Und dann schau ich mal, was ich mit euch beiden Hübschen mache.«

»Du willst El Encanto niederbrennen, nur um *einen* Menschen aus dem Weg zu räumen?«

»Bedank dich dafür bei unserer neuen Regierung, denn die ist daran schuld, dass ich ihm nicht einfach eine Kugel in den Kopf jagen kann. Wobei es so mehr Spaß macht, denn sie werden den Brand den Anticastristen anhängen. Und nebenbei wird dein Liebster wie ein Würstchen im Feuer grillen.«

»Es werden noch andere Angestellte sterben.«

»Die Scheißangestellten interessieren mich einen Dreck! Sollen sie brennen wie die Fackeln!«

»Du dreckiger Feigling! Weichei! Widerliche Memme!«

Ich beschimpfte ihn, bis mir Schaum vor dem Mund stand. Es war eine groteske Situation, da ich an Händen und Füßen gefesselt war, mich jedoch so befreit fühlte wie nie zuvor. Mein Leben mit César war vorbei. Ich hatte keine

Angst mehr vor ihm und dachte nicht daran zu schweigen, selbst wenn es mich das Leben kosten würde.

»Bei meinen Großeltern und meinen Eltern, die in Frieden ruhen mögen, schwöre ich, dass ich nie mehr zulassen werde, dass du jemandem Schaden zufügst!«, schrie ich.

»Ach ja? Nun, das wirst du kaum verhindern können, denn du wirst schlafen wie ein Baby.«

César zog ein Fläschchen mit Schlafmittel hervor. Ich versuchte, mich zu winden, doch meine Hände und Füße waren mit Seidentüchern fest an die Bettpfosten gebunden. Ohne mein Aufbegehren zu beachten, hielt er mir die Nase zu, bis ich schließlich Luft holen musste, schüttete den gesamten Inhalt des Fläschchens in meinen Mund und wartete, bis ich alles geschluckt hatte.

Dann wischte er sich die Hand an der Hose ab und wandte sich an Marita.

»Wenn du deinen Arsch retten willst, dann achte darauf, dass sie hier drin bleibt. Wenn ich mit Patricio fertig bin, werde ich entscheiden, was ich mir ihr und ihrem Scheißbalg mache. Vielleicht ertränke ich es einfach wie eine Straßenkatze …«

Ich versuchte zu schreien, als es plötzlich schwarz um mich wurde.

Ich kam zu mir, weil mir speiübel war. Mit einem leichten Triumphgefühl stellte ich fest, dass mein Körper gegen die Tabletten aufbegehrte und ich mich übergeben musste. Es fiel mir schwer, einen einigermaßen klaren Kopf zu bekommen, aber dann hatte ich nur noch einen Gedanken.

Das Encanto! Ich musste dorthin, bevor das Kaufhaus in die Luft flog!

Ich begann zu schreien und riss an meinen Fesseln. Marita stand von ihrem Sessel an der Tür auf und kam zum Bett herüber.

»Du brauchst dich gar nicht erst anzustrengen, ich habe den Dienstboten für heute freigegeben. Wir sind allein. Und bitte schrei nicht so, ich bekomme Kopfschmerzen.«

»Du musst mich losbinden!«

»Das kann ich nicht …«

»Mach schnell, wir dürfen keine Zeit verlieren!«

»Du bist für all das verantwortlich!«, schrie sie mich an. »Wenn du dich nicht in diesen Verkäufer verliebt hättest! Wenn du dich einfach nur so verhalten hättest, wie es sich gehört! War dein Leben denn so schlecht? Jetzt müssen wir beide für den Mist, den du verbrochen hast, bezahlen!«

Ich musste sie zur Vernunft bringen. Patricios Leben hing davon ab.

»Marita«, sagte ich sanft und sah ihr in die Augen, »wir müssen etwas tun, sonst sind wir für einen Mord verantwortlich. Und wer weiß, wer noch alles bei der Explosion stirbt.«

»Nein, Gloria. Wenn er in der Lage war, mir die Fingernägel auszureißen, zieht er mir bei lebendigem Leib die Haut ab, wenn ich dich gehen lasse.«

»Aber es ist doch keine Lösung, sich zu verstecken, Marita. Dafür hast du doch nicht so gelitten!«

»Du wirst mich nicht dazu bringen, dich loszubinden.«

»Bitte hör mir zu … Patricio wird sterben. Hilf mir noch ein Mal, bitte! Ich habe mich an unsere Abmachung gehalten, ich hab ihn in all den Jahren nicht gesehen. Aber das mit Gabriel war höhere Gewalt.«

»Halt den Mund!«

»Wenn du es nicht für Patricio tust, dann denk an Gabriel … Er ist unschuldig, er kann doch nichts dafür. Er ist nur ein Kind, um Gottes willen!«

»Sei still!«

»Bitte, Marita!« Ich flehte sie an, von ganzem Herzen. »Er wird ihn ausweiden, wie es die Löwen mit den Jungen ihrer Rivalen machen. Meinen kleinen Jungen … Bitte, lass mich gehen!«

Von meinen eigenen Worten erschöpft, schloss ich die Augen. Tränen liefen mir übers Gesicht, und ich konnte sie nicht wegwischen, weil ich noch immer an den Handgelenken gefesselt war. Plötzlich merkte ich jedoch, dass der Druck nachließ. Marita hatte mich losgebunden.

»César wird mich in der Luft zerreißen«, seufzte sie.

Sie befreite auch meine andere Hand und meine Fußgelenke, und ich sprang aus dem Bett und umarmte meine Schwägerin mit einer Dankbarkeit, wie ich sie in meinem ganzen Leben noch nicht empfunden hatte.

»Kehr zurück zu deinem Mann und versteck dich!«, befahl ich ihr. »Ich werde zur Polizei gehen und César anzeigen. Er wird dir nichts tun, das verspreche ich.«

Ich verließ das Haus, als wäre der Teufel hinter mir her. In kurzer Zeit würde das Encanto für diesen Tag die Türen schließen. Und das war der Moment, an dem der Sprengsatz explodieren sollte.

52

Ich nahm den Wagen und fuhr, so schnell es der Verkehr zuließ, ins Stadtzentrum. Als ich mich der Calle Galiano näherte, sah ich eine dunkle Rauchwolke in den Himmel aufsteigen. Die Leute drängten sich auf der Straße, sodass ich mit dem Wagen nicht mehr vorankam. Ich ließ das Auto stehen und rannte die letzten beiden Häuserblöcke zum Kaufhaus hinüber.

Dort erwartete mich ein Bild des Grauens: Das Encanto stand in hellen Flammen. Dunkle Rauchwolken drangen in großen rußigen Spiralen aus den Fenstern und hüllten das Gebäude in einen schwarzen Nebel. Durch die offenen Fenster war wie böse funkelnde Katzenaugen der orangefarbene Schein des Feuers zu sehen. Der Rauch schwärzte die Fassade, und die Fundamente knirschten und knackten. Das Haus verendete wie ein lebendes Wesen.

Verzweifelt bahnte ich mir einen Weg durch die Menge der entsetzten Passanten. Es strömten immer noch Menschen aus dem Kaufhaus, und die, die bereits in Sicherheit waren, hatten sich auf dem gegenüberliegenden Gehsteig versammelt. Ich eilte sofort zu ihnen.

»Was ist passiert?«, fragte ich.

»Es hat eine Explosion gegeben«, antwortete eine Angestellte mit rußverschmiertem Gesicht.

»Ist noch jemand drinnen?«

»Ich weiß nicht, alles ist voller Rauch.«

Ich ließ den Blick über die kleine Gruppe schweifen. Patricio war nicht unter ihnen. Das konnte nur bedeuten, dass er noch im Gebäude war. Bevor ich einen klaren Gedanken fassen konnte, rannte ich auf das brennenden Gebäude zu. Ich musste ihn dort herausholen!

»Was macht die Frau da?«, hörte ich jemanden hinter mir sagen. »Ist sie verrückt geworden?«

»Haltet sie auf!«, rief eine andere Stimme.

Ein paar Männer stellten sich mir in den Weg, doch ich stieß sie mit aller Kraft zur Seite. Dann nahm ich all meinen Mut zusammen, um ein letztes Mal El Encanto zu betreten.

Gleich hinter der Tür umfing mich dichter Rauch, der zäh wie Melasse war. Ich konnte nichts mehr sehen und spürte beim Einatmen ein heftiges Brennen in der Kehle und in den Lungen. Ich hatte noch das Seidentuch am Handgelenk, mit dem César mich ans Bett gefesselt hatte, und schlang es mir um Mund und Nase. Ich versuchte so flach wie möglich zu atmen.

Allmählich gewöhnten sich meine Augen einigermaßen an den Rauch, und ich gewann die Orientierung wieder. Durch die dichten Schwaden kämpfte ich mich zur Kosmetik- und Accessoireabteilung vor. Die Dekoration auf den Verkaufstischen wirkte unwirklich. Ich ließ die Aufzüge hinter mir und rannte ins Treppenhaus.

Als ich in den ersten Stock kam, verbrannte ich mir die Hand an der Klinke. Ich öffnete die Tür mit einem Tritt und sah die ersten Flammen. Die Stoffe in den Regalen brannten lichterloh, und an den Schaufensterpuppen züngelten die Flammen hoch wie auf einem Scheiterhaufen. Es war ein infernalischer Anblick, der mich einen Moment zögern ließ. Vielleicht hatte ich vorschnell gehandelt. Möglicherweise war es Patricio gelungen, zu entkommen, und ich setzte unnötig mein Leben aufs Spiel, ohne an Daniela oder Gabriel zu denken. Vor Angst war ich mit einem Mal wie gelähmt, doch dann hörte ich plötzlich etwas. Eine gedämpfte Stimme, die um Hilfe rief.

Patricio.

Seine Hilfeschreie wischten alle Bedenken beiseite. Ich stürzte an den Flammen vorbei und rief immer wieder seinen Namen.

»Hier, in der Umkleidekabine!«, hörte ich ihn wieder.

Ich kämpfte mich bis zu den Kabinen vor. Plötzlich spürte ich einen furchtbaren Schmerz an den Beinen. Mein Rock hatte Feuer gefangen, und ohne zu überlegen, riss ich ihn herunter und lief weiter.

Ich zog meine Bluse aus, wickelte den Stoff um meine Hand und rüttelte wie wahnsinnig am Griff der Umkleidekabine, hinter der Patricio von innen gegen die Tür hämmerte.

»Sie ist abgeschlossen!«, schrie ich.

»Der Ersatzschlüssel ist im Lagerraum!«

Immerhin befand sich der Lagerraum im selben Stock, aber die Hitze, die mich umgab, wurde immer sengender. Ich hustete und schwankte, doch ich ließ nicht zu, dass die Angst mich lähmte. Für Patricio war ich bereit, durch die Hölle zu gehen.

»Ich hol den Schlüssel!«, rief ich. »Halte durch, mein Liebster!«

Das war der Moment, in dem Patricio merkte, dass ich es war.

»Gloria?«, rief er ungläubig. »Bist du das?«

»Ja, Liebster!«

»Geh sofort raus! Hörst du?«

»Nein. Wir gehen zusammen!«

Es war so glühend heiß, dass jeder Atemzug brannte. Bevor ich das Lager betrat, ging ich in den Waschraum und tauchte das Tuch in Wasser, bevor ich es mir wieder vors Gesicht band.

Während ich weiterlief und dem Feuer auswich, warf mir eine Schaufensterpuppe, deren Kleider nur noch verbrannte Fetzen waren, ein verzerrtes Lächeln zu. Ich fürchtete, in der Hitze ohnmächtig zu werden. Als ich den kleinen Raum erreichte, war ich kurz davor, das Bewusstsein zu verlieren. Doch dann dachte ich an meine Kinder. Wer würde sie schützen, wenn ich nicht mehr da war? Nein! Ich würde nicht hier im Encanto sterben und zulassen, dass César sein grausames Spiel gewann! Eine Welle des Zorns stieg in mir auf und gab mir neue Energie. Ich riss den Schlüssel vom Brett und rannte wieder zurück durch das flammende Inferno, zurück zu den Umkleidekabinen, wo Patricio wartete.

Das Feuer war inzwischen bis zu den Wänden vorgedrungen, und die brennende Tapete löste sich in einem Glut- und Ascheregen. Ich schrie auf, und meine Lungen füllten sich mit Rauch. Plötzlich hörte ich nichts mehr, und ein entsetzliches Brennen im Brustkorb nahm mir den Atem. Ich sank zu Boden, und im letzten Moment gelang es mir noch, den Schlüssel unter der Tür durchzuschieben.

Dann hüllte die Dunkelheit mich ein, und die Welt um mich herum verschwand.

53

Patricio

Ich würde gern sagen, dass ich einen Verdacht hatte, dass ich die Katastrophe irgendwie erahnt hätte, doch das wäre gelogen. Es war ein Tag wie jeder andere, die Öffnungszeit im Encanto ging dem Ende zu. Ich räumte das Schneideratelier auf und bereitete die Bestellungen für den nächsten Tag vor. Als Don Gato mich zu den Umkleidekabinen rief, ging ich in aller Ruhe hinüber. Ich sah, dass sein Schnurrbart vor Schweiß glänzte, maß dem aber keine weitere Bedeutung bei und schob es auf die Hitze.

»Es tut mir leid«, stammelte er, als ich zu ihm kam. »Das hast du wirklich nicht verdient, aber ich muss an meine Familie denken.«

Ich wollte ihn gerade fragen, wovon er sprach, als ich ohne Vorwarnung plötzlich heftig gestoßen wurde. Don Gatos Sohn Silvestre hatte sich hinter der Tür einer anderen Kabine versteckt und fiel brutal über mich her. Ich stürzte zu Boden.

»Was tust du denn da?«, röchelte ich.

»Ich soll dir von César viele Grüße ausrichten!«, rief Silvestre.

Ich wehrte mich mit aller Kraft, während allmählich in mein Bewusstsein vordrang, was die Nennung dieses Namens bedeutete: Das war das Ende. Seit dem Tag, als ich als kleiner Schuhputzer Césars weiße Schuhe beschmutzt hatte, waren unsere Schicksale auf ungute Weise miteinander verknüpft gewesen. Und nun entlud sich die Spannung zwischen uns mit unvorhersehbarer Wucht.

Silvestre versetzte mir einen Schlag gegen die Schläfe, und ich wurde ohnmächtig.

Ein durchdringender Knall ließ mich wieder zu Bewusstsein kommen. Entsetzt rappelte ich mich auf. Ich war in der Umkleidekabine eingeschlossen, und die Tür aus massivem Holz gab unter meinen Schlägen nicht nach. Wütend und voller Angst rief ich um Hilfe und rüttelte immer weiter an der Tür, bis ich die zweite Explosion hörte.

Vor Schreck fiel ich zu Boden. Nach dem lauten Knall der Detonation hörte ich ein Pfeifen in meinen Ohren. War das eine Bombe? Das ist doch nicht möglich!, dachte ich und bemühte mich, nicht in Panik zu verfallen. Eine dritte Explosion nahm mir den letzten Zweifel. Jemand jagte gerade das Kaufhaus in die Luft, und ich musste aus meinem Gefängnis entkommen, ansonsten würden mich die Flammen verschlingen.

Noch einmal hämmerte ich wie verrückt gegen die Tür, bis ich bemerkte, dass durch die Türritze Rauch aufstieg. In der Kabine hing ein zurückgelassenes Hemd, das ich mir wie ein Tuch vors Gesicht band, um mich, so gut es ging, zu schützen.

Wie ein Kaninchen in der Falle sitzend schrie ich um Hilfe, bis ich vollkommen heiser war. Erschöpft lehnte ich mich gegen die Wand und schloss die Augen. Mein einziger Trost war, dass Nely an diesem Tag keinen Dienst hatte und mit Ernesto zu Hause in Sicherheit war. Wic cs aussah, würde ich sie nie wiedersehen.

Doch dann kam mir ein noch erschreckenderer Gedanke in den Sinn. Hatte Silvestre nicht gesagt, dass sie im Auftrag von César handelten? War der Anschlag auf das Kaufhaus und auf mich seine Rache, weil er von Gloria und mir erfahren hatte? Der Gedanke, dass Gloria oder Gabriel in Gefahr waren, war noch schlimmer, als an diesem Ort gefangen zu sein.

Und zu sterben, ohne zu wissen, ob es ihnen gutging, war das Entsetzlichste, was ich mir vorstellen konnte!

Also schrie und hämmerte ich weiter gegen die Tür. Bis ich plötzlich in der Ferne eine Stimme hörte. Eine Stimme, die meinen Namen rief.

»Ich bin in der Umkleidekabine!«, schrie ich.

Jemand schlug gegen die Tür, und ich tat das Gleiche von der anderen Seite. Die Person, die mich zu befreien versuchte, rüttelte an der Klinke.

»Der Ersatzschlüssel ist im Lagerraum!«

»Ich hol ihn!«, hörte ich. »Halte durch, mein Liebster!«

In diesem Moment erkannte ich ihre Stimme. Oder hatte ich schon Halluzinationen?

»Gloria?«, rief ich ungläubig. »Bist du das?«

»Ja, Liebster!«

Die unbändige Freude darüber, sie zu hören, wich einer entsetzlichen Angst. Was machte sie hier? Sie musste sich sofort in Sicherheit bringen!

»Geh sofort raus! Hörst du?«

»Nein. Wir gehen zusammen!«

Ich begann vor Angst zu keuchen. Das Schlimmste war, dass ich nichts anderes tun konnte, als zu warten. Einige Minuten später, die mir wie eine Ewigkeit vorkamen, sah ich, dass der Schlüssel unter der Tür durchgeschoben wurde.

Mit einem glücklichen Schrei hob ich ihn auf und öffnete die Tür. Doch bei dem Anblick, der sich mir bot, als ich mein kleines Gefängnis verließ, blieb mir beinahe das Herz stehen.

Gloria lag reglos auf dem Boden, ihr Gesicht war schwarz von Ruß, und sie hatte nur noch ein paar Fetzen am Leib. Ich versuchte verzweifelt, sie zu Bewusstsein zu bringen, doch sie reagierte nicht.

Ich nahm sie auf die Arme und rannte zur Treppe hinüber. Die Flammen züngelten hoch bis zur Decke und Trümmer fielen um uns herum krachend zu Boden. Das Knarren der Balken und der Säulen kündigte an, dass das Gebäude kurz davor war, zusammenzubrechen.

Wir erreichten das Erdgeschoss und wurden von einer schwarzen Rauchwolke eingehüllt, die mir die Sicht nahm. Die Hitze war unerträglich, und der Schweiß lief mir in die Augen. Wieder krachte ein brennender Balken herunter. Uns blieb keine Zeit mehr. Ich stolperte blind voran und betete, dass ich die richtige Richtung einschlug. Irgendwann sah ich die Glastüren des Eingangs vor mir. Wir hatten es geschafft! Ich warf mich gegen die Türen und verließ mit Gloria in meinen Armen das Encanto, ohne noch einmal zurückzuschauen.

Auf der Straße herrschte Chaos. Gruppen von Menschen schleppten Eimer mit Wasser, um zu verhindern, dass das Feuer sich auf die Nachbargebäude ausbreitete. Feuerwehrmänner, Soldaten und Kaufhausangestellte kämpften Hand in Hand gegen die Flammen. Meine Beine gaben nach, und ich fiel auf den Gehsteig. Gloria, die ich immer noch in meinen Armen hielt, atmete nicht mehr. Irgendjemand sagte mir, ich solle durchhalten, ein Krankenwagen sei unterwegs. Ich vergrub mein Gesicht in ihrem Haar und flüsterte ihr ins Ohr:

»Ohne dich ist mein Leben wertlos, Gloria! Lass mich nicht allein, bitte! Wenn du mich hören kannst, drück meine Hand.«

Doch Glorias Hand lag leblos in meiner und rührte sich nicht. Meine Hoffnung schwand, und ich versuchte, mich an die Mund-zu-Mund-Beatmung aus dem Erste-Hilfe-Kurs zu erinnern, den jeder Angestellte des Encanto absolvieren musste. Glorias Lippen schmeckten nach Asche. Ich fing an zu weinen, und meine Tränen hinterließen helle Spuren auf ihrer rußgeschwärzten Haut. Ihr langes Haar war kratzig wie Stahlwolle. Ich hielt zwei Finger an ihren Hals. Sie hatte keinen Puls. Es war alles umsonst gewesen. Gloria war tot.

In diesem Augenblick, am Abend des 13. April 1961, starb auch etwas in mir. Meine Seele verließ mich zusammen mit der Frau, die ich liebte, um nicht mehr zurückzukehren. Wir hatten alles versucht, wir hatten gekämpft, geliebt und doch verloren. Das Glück war uns nicht beschieden gewesen.

Ich saß auf der Straße wie betäubt und merkte nicht einmal, wie die Sanitäter Glorias leblosen Körper sanft aus meinen Armen nahmen.

Ich blieb sitzen mit leeren Händen und starrte auf eine Welt, die nicht mehr die meine war. Sekunden später fiel das Gebäude von El Encanto mit einem ohrenbetäubenden Krachen in einem Regen aus glühendem Schutt in sich zusammen. Wie bei einem Vulkanausbrauch erhob sich eine Wolke aus Rauch und Asche und hüllte die Häuser und Menschen in eine unheilvolle Dunkelheit. Die Leute um mich herum schrien und brachten sich in Sicherheit, ich jedoch rührte mich nicht. Denn meine Welt war bereits zerstört.

54

Ich weiß nicht, wie lange ich auf dem Boden sitzen blieb. Vielleicht hätte ich den Rest meines Lebens dort verbracht, wenn nicht jemand gekommen wäre, der mich zum Aufstehen zwang: Daniela.

Sie packte energisch meine Hand und half mir, mich vom Boden zu erheben. Zusammen rannten wir davon, um uns vor den immer noch herunterfallenden Trümmern in einer Seitenstraße in Sicherheit zu bringen.

»Was machst du hier?«, fragte ich Daniela. »Wo ist Gabriel?«

»Zu Hause. Ich habe im Radio gehört, dass El Encanto in Flammen steht.«

»Daniela, hör mir gut zu, das ist jetzt sehr wichtig: Lass nicht zu, dass César sich deinem Bruder nähert«, beschwor ich sie.

»Ich verstehe gar nichts mehr, Patricio. Wo ist meine Mutter? Ich habe meine Tante angerufen, und sie meinte, dass sie bei dir sei.«

Ich wusste nicht, was ich sagen sollte. Gerade wollte ich ihr eine Lüge erzählen, die die grausame Wahrheit verschleierte, als ich hinter mir eine Stimme hörte, die mehr wie das Knurren eines Raubtiers klang und die mir schon immer eine Gänsehaut verursacht hatte.

»Deine Mutter ist tot.«

César war zu uns in die Gasse getreten. Seine grünen Augen glänzten wie das Feuer, das das Kaufhaus verschlungen hatte.

Mein ewiger Rivale hielt eine Pistole in der Hand, deren Mündung auf mich gerichtet war.

»Sie ist gestorben, weil sie diesem Mistkerl das Leben retten wollte. Und weißt du, was die Ironie an der Sache ist? Dass sie es völlig umsonst gemacht hat, weil ich ihm jetzt auf der Stelle eine Kugel in den Kopf jagen werde. Mir ist egal, wenn ich dafür ins Gefängnis komme.«

Ich hätte zu Tode erschreckt sein müssen. Doch Gloria hatte außer meinem Herzen auch meine Ängste mitgenommen. Anstatt mich einschüchtern zu lassen, starrte ich meinen Widersacher herausfordernd an.

»Ja, zu schade. Du hättest uns beiden viel Ärger erspart, wenn du mich schon vor Jahren erschossen hättest.«

»Wie bitte?« Meine Furchtlosigkeit irritierte ihn für einen Moment.

»Vor fünfzehn Jahren habe ich als Schuhputzer vor der Tür deines Clubs gearbeitet. Und als ich deine Schuhe poliert habe, habe ich aus Versehen die falsche Schuhcreme genommen. Schon damals wolltest du mir das Licht ausblasen.«

César sah mich an, als wäre ich eine Ameise.

»Ich würde gern behaupten, dass ich mich daran erinnere, aber das wäre gelogen. Glaubst du, dass jemand wie ich sich an einen kleinen Schuhputzer erinnert? Ich bin der König von Havanna und du bist ein … Nichts.«

»Na, dann kann man nur hoffen, dass du diesmal besser zielst als damals im Calypso.«

»Wie bitte?«, fragte er erneut.

»Ich habe das Besteck auf dich geworfen, erinnerst du dich nicht, im Calypso? Als du den schwarzen Trompeter erschossen hast.«

»Du Scheißkerl …«

»Aber vor allem habe ich deine Frau glücklich gemacht und deine Tochter. Wozu du wohl niemals in der Lage sein wirst.«

César sah mich hasserfüllt an. An seinem verzerrten Gesicht erkannte ich zu meiner Genugtuung, dass meine Worte ihm größere Schmerzen bereiteten, als er mir mit seiner Pistole jemals würde zufügen können.

»Weißt du«, knurrte er. »Eigentlich wollte ich dir in den Kopf schießen, aber jetzt ist mir ein Bauchschuss lieber. Damit du elendig und langsam verreckst.«

Eine ruhige Stimme unterbrach unseren Disput. Wir hatten Danielas Gegenwart vollkommen vergessen und wandten uns überrascht um. Wie sie in ihrem leuchtend roten Trägerkleid dort stand, war Daniela das lebende Abbild eines Racheengels. Sie hatte eine Pistole in der Hand und zielte auf ihren Vater. Ihrem Gesicht war ihre Entschlossenheit anzusehen.

»Du wirst nicht schießen!«, befahl sie ihrem Vater.

César war kurz verblüfft, bemühte sich jedoch blitzschnell wieder, die Situation unter Kontrolle zu bekommen.

»Daniela, mach keinen Unsinn! Wo hast du die Waffe her?«

»Ich habe sie im Haus von Urgroßmutter Lala gefunden«, entgegnete Daniela. »Sie hat Urgroßvater Justo gehört, der damit in der Schlacht auf dem Hügel von San Juan gekämpft hat.«

César wirkte nicht sonderlich beeindruckt.

»So sieht sie auch aus. Das alte Ding funktioniert nie im Leben.« Er lachte höhnisch.

»Ja, das habe ich mir auch gedacht«, sagte Daniela. »Und deswegen habe ich sie in einem Geschäft, das auf alte Waffen spezialisiert ist, reparieren lassen.«

Ich überlegte kurz, ob sie bluffte, aber das hätte nicht zu Daniela gepasst. Wenn sie mit etwas drohte, meinte sie es auch ernst. Was das anging, war sie so gnadenlos wie ihr Vater.

»Steck das Ding weg, und mach, dass du nach Hause kommst!«

»Du hast mir gar nichts zu befehlen.«

»Ich bin dein Vater und kann, verdammt noch mal, tun, was ich will!«

Daniela ließ sich nicht einschüchtern und hielt die Pistole weiterhin entschlossen auf ihn gerichtet.

»Wenn du Patricio etwas antust, töte ich dich.«

César spuckte auf den Boden aus.

»Du bist genauso eine Nutte wie deine Mutter. Ich schäme mich dafür, dass du meine Tochter bist.«

»Das ist gut. Denn das Letzte, was ich sein will, ist deine Tochter.«

César hatte genug. Entschlossen, mir das Gehirn wegzupusten, drückte er auf den Abzug.

Der Schuss hallte in der engen Gasse wie ein Donnerschlag.

Ich schloss die Augen und bereitete mich auf den Schmerz vor, wenn die Kugel in meinen Schädel eindringen würde, doch stattdessen taten mir die Handflächen weh, in die ich in der Anspannung die Fingernägel gegraben hatte.

Als ich die Augen wieder öffnete, lag César auf dem Boden. Er hatte auf mich geschossen, das schon, aber nicht getroffen, weil Daniela zuerst auf ihn geschossen hatte. Sie hielt noch immer die Pistole auf ihn gerichtet, während weißer Rauch aus dem Lauf drang.

Langsam gingen wir beide zu César hinüber, der gerade seinen letzten Atemzug tat. Aus der Einschusswunde an seinem Hals strömte das Blut.

Daniela sah auf ihren Vater herunter. »Lala erwartet dich schon, Papito«, sagte sie. »Und sie wird dafür sorgen, dass du niemals in den Himmel kommst.«

Und so hauchte der große César von seiner eigenen Tochter verflucht auf dem schmutzigen Boden einer kleinen Gasse in Havanna sein Leben aus.

Daniela und ich umarmten uns. Als ich sie in den Armen hielt, bebten ihre Schultern, und für ein paar Sekunden war sie wieder das kleine Mädchen, dem ich gezeigt hatte, wie man Schattenfiguren an die Wand warf, damit es seinen toten Hund nicht länger beweinen musste. Daniela war hart, ja, jedoch kein Monster wie ihr Vater, der töten konnte, ohne etwas dabei zu empfinden. Als ich ihre Tränen sah, zögerte ich nicht eine Sekunde. Ich würde nicht zulassen, dass diese junge Frau, die ich wie eine Tochter liebte, wegen Mordes ins Gefängnis kam. Schnell entwand ich ihr die Pistole.

»Was tust du da?«, protestierte sie.

Ich legte ihr einen Finger unter das Kinn, damit sie mir in die Augen sah. Wir hatten nicht viel Zeit. Der Schuss hatte ein paar Leute von der Hauptstraße angelockt, und in der Ferne waren die Sirenen der Polizei bereits zu hören.

»Hör mir gut zu: Ich war es, der geschossen hat!«

Daniela schüttelte den Kopf. Sie hatte den Moment der Schwäche überwunden und war wieder ganz ruhig.

»Das stimmt aber nicht.«

»Doch. Ich habe auf den Abzug gedrückt.«

Ich legte einen Finger auf ihre Lippen, damit sie nicht mehr widersprach.

»Du hast niemanden getötet, Daniela. Du wirst deswegen nicht auch nur eine schlaflose Sekunde verbringen. Dein Leben wird ein gutes sein. Ein Leben, in dem du tun wirst, was du möchtest, ohne irgendjemandem eine Erklärung zu geben. Du wirst studieren und reisen und dich verlieben und so glücklich sein, dass dein Herz vor Freude explodieren wird. Und das wirst du für mich tun und für deine tote Mutter. Versprichst du mir das?«

Daniela nickte. Sie verstand, welches Geschenk ich ihr machte, und nahm es an.

»Ich verspreche es«, flüsterte sie.

Ich gab ihr einen Kuss auf die Stirn und atmete ein letztes Mal den Duft ihres Haars ein.

»Pass auf deinen Bruder auf. Ich liebe dich, kleine Kaulquappe.«

In einigem Abstand hatten sich ein paar Schaulustige versammelt und starrten zu uns herüber. Sie alle hatten mich mit der Pistole in der Hand gesehen, und wenn die Polizei die Zeugen befragen würde, würde niemand daran zweifeln, dass ich der Mörder war. Ich nickte Daniela ein letztes Mal zu, und dann rannte ich los, so schnell ich konnte, denn nun gab es kein Zurück mehr.

Mein erstes Ziel war meine Wohnung. Das war wahrscheinlich das Dümmste, was ich tun konnte – die Polizei würde schnell herausfinden, wer ich war, und als Erstes dort nach mir suchen –, doch ich musste Nely und Ernesto in Sicherheit bringen.

Zum Glück besaß ich den falschen Pass noch, den Grescas vor Jahren für meine gescheiterte Flucht mit Gloria organisiert hatte, und ich war fest entschlossen, ihn zu benutzen, um Kuba so schnell wie möglich zu verlassen. Nely und Ernesto würden mich wohl oder übel begleiten müssen.

Als ich ins Wohnzimmer trat, saß meine Frau vor dem Radio und hörte die neuesten Nachrichten. Sie erstarrte vor Schreck, als sie mich mit den vom Feuer versengten Kleidern und dem rauchgeschwärzten Gesicht sah.

»Es stimmt also«, sagte sie. »El Encanto ist abgebrannt.«

So schnell ich konnte, zog ich die verbrannte Kleidung aus und ein frisches Hemd und eine saubere Hose an.

»Wir müssen weg von hier«, sagte ich nur.

»Wir müssen ins Krankenhaus, du musst dich behandeln lassen.«

Ich nahm einen Koffer und begann ihn mit dem Erstbesten zu füllen, was mir in die Finger kam. Kleidung, Waschsachen, das wenige Geld, das wir im Haus hatten … Ein Wust an Dingen, die völlig ungeordnet waren und nicht zusammenpassten.

»Verstehst du nicht? Wir müssen Kuba verlassen. Ich kann es dir jetzt nicht erklären, aber die Polizei ist hinter mir her.«

Nely sah mich gleichzeitig erschreckt und voller Widerwillen an.

»Dürfte ich fragen, was du angestellt hast?«

Ich hatte nicht die Zeit, ihr alles zu erzählen, was passiert war, und packte einfach meinen Koffer weiter.

»Das, was geschehen ist, ist geschehen. Ich werde dir alles erzählen, das verspreche ich, aber jetzt müssen wir so schnell wie möglich von hier weg. Nimm den Kleinen.«

»Ich werde nirgendwohin gehen«, erklärte Nely und verschränkte die Arme vor der Brust.

»Ich kann nicht ohne euch gehen …«

»Das wirst du wohl müssen, denn Ernesto und ich bleiben hier. Mein Sohn wird in einem freien Land aufwachsen, und du wirst das nicht verhindern.«

Bevor Nely etwas tun konnte, ging ich zu Ernestos Bettchen und nahm ihn heraus. In seinem kleinen weißen Baumwollpyjama war mein Sohn ein warmes Bündel Mensch, das nach Puder und Eau de Cologne roch. Der Kleine spürte meine Unruhe und begann zu weinen. Ich wiegte ihn gegen meinen Bauch gedrückt, wie er es am liebsten mochte, bis er sich beruhigt hatte und zu lachen begann.

»Verdammt, gib ihn mir!«, befahl Nely.

»Nely«, entgegnete ich mit dem Kind auf dem Arm, »wir können, wo immer du willst, ein neues Leben anfangen.«

»Raus!«, rief sie wütend.

»Bitte tu das nicht!«

»Gib das Kind her oder ich rufe die Polizei!«

Ich konnte es nicht glauben. Hatte ich Nely so tief verletzt? In meiner Angst um Ernesto, um sie, um mich hielt ich unseren Sohn umklammert. Nun war ich derjenige, der weinte, und nach den traurigsten Momenten meines Lebens hörte ich die gandenlose Stimme meiner Frau, die zum Telefon gegangen war.

»Polizei? Mein Mann«, sie nannte meinen Namen, als ob ich ein Fremder wäre, »ist auf der Flucht vor Ihnen, Sie finden ihn hier in der Calle Egido Nummer siebzehn«, sagte sie in den Hörer.

Ernesto umfasste meinen Finger mit seinen weichen Händchen, als Nely auflegte. Die Kaltblütigkeit, mit der sie mich verraten hatte, würde ich nie vergessen.

»Ich wollte nicht, dass es so endet. Es tut mir leid, Nely, es tut mir so leid«, sagte ich.

»Ich habe dich geliebt, Patricio, aber du hast mich die ganze Zeit hintergangen, du warst nie fair zu mir. Und jetzt geh, ich will dich nicht mehr sehen.«

Am Boden zerstört trat ich auf Nely zu und übergab ihr den Kleinen, der ängstlich seine Augen rollte und leise wimmerte.

»Mein Sohn, ich komme wieder«, versprach ich. »Bitte vergiss deinen Papa nicht.«

Ernesto sah mich mit seinen großen braunen Augen an, ohne meine Worte zu verstehen.

»Darf ich ihm einen Kuss geben? Bitte.«

»Mach, was du willst. Denn du wirst ihn nie wiedersehen!«, sagte Nely unwirsch.

Ich hörte nicht auf das, was sie sagte. Ich konzentrierte mich auf den Kleinen, küsste sein Gesichtchen und seine Hände und flüsterte ihm ins Ohr:

»Vergiss mich nicht.«

Ich herzte meinen kleinen Sohn, bis ich in der Ferne die Polizeisirenen hörte. Dann überließ ich ihn seiner Mutter und verließ eilig und für immer mein Haus.

55

Ein Leben auf der Flucht ist weder romantisch noch aufregend, wie es in Filmen oft dargestellt wird. Im Gegenteil, es ist traurig und vor allem extrem langweilig. Am Abend des Tages, an dem El Encanto abbrannte und ich Kuba verlassen musste, nahm ich ein Schiff in die Dominikanische Republik, da es das erste Ziel war, was mir am Ticketschalter angeboten wurde. Nachdem ich im Hafen von Santo Domingo angekommen war, beschloss ich, große Städte zu meiden, und gelangte in ein Dorf namens Bonao. Dort fand ich eine Arbeit als Passionsfruchtpflücker auf einer Plantage und versteckte mich an diesem Ort zwei Jahre lang vor der Welt.

Das Leben auf der Plantage war hart, aber mich tagsüber müde zu arbeiten war genau das, was ich brauchte, um die Nächte in meiner Baracke nicht mit Grübeleien zuzubringen. Je erschöpfter mein Körper war, desto besser gelang es mir, mein Gehirn auszuschalten und nicht an Ernesto, Nely, Gabriel und Daniela zu denken … und vor allem nicht an Glorias Tod.

Nachdem zwei Jahre vergangen waren, wagte ich es, mein Versteck zu verlassen, und reiste weiter nach Miami. In Miami Beach besuchte ich Guzmán, der sich wie geplant dort niedergelassen hatte. Reina und er hatten ihr Schuhgeschäft, das ebenfalls Zapatería Garbo hieß, in dem malerischen Viertel Little Havanna eröffnet, das uns Exilkubanern eine neue Heimat bot. Mein Freund empfing mich herzlich und erleichterte mir den Neuanfang, wo er nur konnte. Er mietete für mich eine kleine Wohnung in der Calle Ocho, gab mir Arbeit in seinem Geschäft und bot mir seine Schulter, damit ich mich ausweinen konnte.

Ich freute mich, Rita wiederzusehen, die noch immer wunderschön war. Die ehemalige Tänzerin aus dem Calypso hatte ein Modegeschäft eröffnet und einen sehr blonden und sehr sympathischen Amerikaner geheiratet. Sie war Mutter eines kleinen Jungen, den sie Franklin genannt hatte.

Mich in Little Havanna niederzulassen rief in mir ein seltsames Gefühl hervor, eine Mischung aus Vertrautheit und Fremdartigkeit. Die Straßen und Plätze sahen genauso aus wie in Havanna, voller kleiner Lebensmittelläden und Garküchen, in denen schwarze Köchinnen singend köstliche *costillas de cerdo fritas*, die hier Sparerips hießen, zubereiteten. Die Straßen waren mit bunten Wandbildern geschmückt, und an den Lichtmasten hingen kleine Laternen, als wollten die Einwohner eine fröhliche Version ihrer kubanischen Heimatstadt nachbauen – so wie sie sie in ihrer Jugendzeit gekannt hatten. Wir alle kamen aus Kuba, und es war schön, am späten Nachmittag, wenn die Hitze allmählich nachließ, den Leuten dabei zuzusehen, wie sie an den Straßenecken und in den Parks zum Dominospiel oder einfach, um sich zu unterhalten, zusammensaßen. Manchmal hatte ich das Gefühl, wieder in Havanna zu sein … Bis ich zur Calle Veinte kam und die Illusion zerstört wurde, denn dort erwartete mich statt des Malecón, hinter dem sich das Meer erstreckte, nur der Miami River.

In der Zapatería Garbo lief stets ein kleiner Fernseher, der die aktuellen kubanischen Nachrichten brachte, und so erfuhren wir die Neuigkeit von Ches Tod, der in den Bergen Boliviens aufgespürt und erschossen worden war, während wir Schuhe verkauften.

»Der arme Kerl. Sie haben ihn gejagt wie einen Hasen«, meinte Guzmán bekümmert.

Seine Reaktion überraschte mich, denn Guzmán war, soweit ich mich erinnerte, nie ein Anhänger der Revolution gewesen.

»Ich habe gar nicht gewusst, dass du zu seinen Fans gehörst.«

»Das tue ich nicht. Aber wenn man überlegt, dass er sich genau wie Fidel in einer schicken Villa in Havanna einen dicken Bauch hätte anfressen können … Er hat das Leben im Freien nie gegen ein bequemes Büro getauscht. Und allein das ist bewundernswert.«

In dieser Nacht lag ich noch lange wach, weil ich daran denken musste, wie Che Guevara im Encanto seine Lederjacke gekauft hatte, und ich fragte mich plötzlich, ob er sie wohl getragen hatte, als er starb? Denn wenn dem so war, dann hätte ihn die Jacke wenigstens bis zu diesem Moment vor Wind und Wetter geschützt.

Die nächsten zwanzig Jahre vergingen wie im Flug. Guzmáns Schuhgeschäft war so erfolgreich, dass er in Florida mehrere Filialen eröffnete, eine in Boca Ratón, eine in Orlando und eine in Tampa. Was nicht schlecht war für einen ehemaligen Schuhputzer, dessen einziger großer Traum es einmal gewesen war, die Schuhe seiner Kunden zum Glänzen zu bringen. Reina und er hatten eine Tochter, Leslie, die das Geschäft ihres Vaters übernahm, als dieser in den Ruhestand ging.

Guzmán und Grescas hielten immer noch Kontakt, indem sie sich schrieben, miteinander telefonierten oder sich hin und wieder gegenseitig besuchten. Grescas und Ajo hatten es nicht geschafft, mit ihren Kindern bis zum Ende des Alphabets zu kommen, aber immerhin waren sie mit ihrem Sohn Hilario bis zum Buchstaben H gelangt. Dann hatte Ajo ihrem Mann mitgeteilt, dass sie genug davon habe, ein Kind nach dem anderen zu bekommen, und dass nun Schluss sei.

Ihre Kinder wuchsen in einem ganz anderen Kuba auf, als wir es kennengelernt hatten. Um die Familie zu ernähren, lernten sie in La Pekinesa alle das Kochen und eröffneten private Garküchen in ihren Wohnungen. Und diese einfachen kleinen Küchen der »hijos del asturiano« – der Kinder des Asturiers – waren in ganz Havanna bekannt.

Was mich anging, so kam ich zurecht. Mein Leben war zerstört worden, aber ich bemühte mich, aus dem, was mir geblieben war, das Beste zu machen. Da ich dazu verdammt war, das traurige Leben eines von der Justiz gesuchten Flüchtlings zu führen, war mir nichts anderes übrig geblieben, als einen falschen Namen zu benutzen. Ich wohnte weiterhin in der kleinen Wohnung in der Calle Ocho, und mit dem Geld, das ich für meine Arbeit in Guzmáns Schuhgeschäft bekam, gelang es mir, einen eigenen kleinen Laden zu eröffnen, ein Eisenwarengeschäft, La Ventajosa. Bald hatte ich einen treuen Kreis an Stammkunden. Es war nicht mein Ziel, reich zu werden, sondern das Einzige zu tun, was ich konnte: Dinge zu verkaufen und etwas Freude daran zu haben.

Im Laufe der Jahre lernte ich einige Frauen kennen. Manche nur für das Abenteuer einer Nacht. Andere blieben für ein paar Wochen oder Monate an meiner Seite. Mit einer von ihnen, Betty, einer Mulattin mittleren Alters, die als Friseuse arbeitete und ein liebes Mädchen war, deren Beine sich sehen lassen konnten, gelang es mir sogar, mehrere Jahre die Wohnung zu teilen. Doch am Ende waren alle meine Beziehungen zum Scheitern verurteilt. Es lag an mir. Ich war nicht in der Lage, mich wirklich auf jemanden einzulassen. Auch wenn ich mit jemandem zusammen war, weilte ich in Gedanken doch immer in der Vergangenheit bei Gloria.

An dem Tag, an dem Betty mich verließ, saß ich in der Küche und las die Zeitung, als eine Meldung meine Aufmerksamkeit erregte. Auf einem Grundstück am Stadtrand von Havanna hatten Bauarbeiter, die dort eine Apartmenthausanlage errichteten, ein Skelett gefunden. Die Nachricht stand wegen eines eigenartigen Details auf der Titelseite: Der Schädel des Toten war vom Körper abgetrennt und in seinem Mund steckte eine Trompete.

Als Betty von der Arbeit nach Hause kam, fand sie mich weinend am Küchentisch vor. Ich war nicht in der Lage, ihr den Grund für meine Traurigkeit zu erklären, woraufhin sie ein verzweifeltes Seufzen ausstieß, das mir bewusst machte, dass sie es satt hatte, mit meinen Geheimnissen zu leben und meine Verschlossenheit zu ertragen. An diesem Abend aßen wir *roba vieja* – kubanischen Rindfleischeintopf – vor dem Fernseher, und später liebten wir uns schweigend. Als ich eingeschlafen war, nutzte sie die Gelegenheit, um ihre Sachen zu packen und meine Wohnung zu verlassen. Ihre Nachricht, die sie zum Abschied hinterließ, war eindeutig: *Ich hoffe, dass es dir eines Tages gelingen wird, dich von den Geistern der Vergangenheit zu befreien.*

Betty war die letzte Frau, mit der ich eine Beziehung einging.

Ich überlegte, ob ich Rita erzählen sollte, dass Franklins Überreste gefunden worden waren, doch letztendlich fehlte mir der Mut. Denn wenn ich daran dachte, wie Rita mir mit ihrem Lächeln und ihrem liebevollen Blick die Tür öffnen würde, wollte ich ihr das Herz nicht mit einer solchen Nachricht schwer machen. Franklin war ein Geist nicht nur ihrer, sondern auch meiner Vergangenheit. Eines Tages hatte ich an seiner Seite Mut bewiesen ... Zu zweit war es uns gelungen, Rita zu retten. Er hatte diese Tat mit seinem Leben bezahlt, ich hingegen hatte es nicht geschafft, diesen Impuls der Rebellion gegen die Mächtigen zu nutzen.

In Havanna befand sich zwischen dem Malecón und der Calle San Lázaro das Reiterstandbild von Antonio Maceo, der wegen seiner Hautfarbe »der bronzene Titan« genannt wurde. Maceo war der einzige Mulatte unter den Generälen im Unabhängigkeitskrieg, der die Mambisen, die kubanischen Freiheitskämpfer, anführte und für die Abschaffung der Sklaverei kämpfte. Als praktizierender Freimaurer, Eigentümer einer Finca von neun Caballerías – was etwa hundertzwanzig Hektar entspricht – und dem Kopf der gescheiterten Guerra Chiquita – dem Kleinen Krieg der Unabhängigkeitsbewegung –, war Maceo eine der Schlüsselfiguren in der Geschichte Kubas und ein Nationalheld. Doch um sein Reiterstandbild in Havanna entstand in den 1980er Jahren, nach der Mariel-Bootskrise, in der circa 125.000 Kubaner über den Hafen der Stadt Mariel nach Florida flohen, eine seltsame Legende. Gerüchten zufolge hatte das Standbild immer in Richtung Meer gewandt gestanden, bis Fidel Castro, in der Befürchtung, dass seine Landsleute auf dumme Gedanken kommen könnten, es umdrehen ließ, sodass es nicht länger in Richtung der Vereinigten Staaten blickte. Das war nur ein Witz, doch dahinter verbarg sich eine traurige Wahrheit: Die Flut der Kubaner, die die Insel verließen, war unaufhaltsam. Und genau zu der Zeit, als alle um jeden Preis Havanna verlassen wollten, um nach Miami zu gehen, machte ich mich auf den umgekehrten Weg: von Miami nach Havanna.

Erst im Jahr 1981 – zwanzig Jahre nach meiner Flucht, als das Verbrechen, der Mord, den ich angeblich begangen hatte, verjährt war – wagte ich es, nach Kuba zurückzukehren. Doch Havanna war nicht mehr die Stadt, die ich gekannt hatte. Die Gebäude fielen zusammen. Die Autos waren zwar noch aus meiner Zeit, bewegten sich jedoch vorwärts wie altersschwache Dinosaurier. Die Hotels waren nur noch Hüllen mit bröckelnden Fassaden und die Zimmer darin alt und leer. In den Schwimmbädern gab es kein Wasser. Die einst so glanzvollen Straßen waren kahl und reizlos. Das bunte pulsierende Havanna von damals gab es nur noch in meiner Erinnerung. Doch auch an mir war die Zeit nicht spurlos vorübergegangen.

Als Erstes machte ich mich auf die Suche nach Ernesto. Nely und er lebten nicht mehr in der Wohnung von vor zwanzig Jahren, doch mithilfe ein paar redseliger Nachbarinnen war es nicht schwierig, seine neue Adresse herauszufinden. Mit klopfendem Herzen klingelte ich an der Tür der Wohnung meines Sohnes, und mir öffnete ein langhaariger junger Mann, der nur eine kurze Hose trug, während sein nackter Oberkörper mit gelben Farbflecken verschmiert war. In der einen Hand hielt er eine Farbdose, in der anderen eine Zigarette.

»Ernesto Eduardo Rubio?«, fragte ich ihn leise.

Der junge Mann sah mich fragend an, mit einem Gesichtsausdruck, den ich von meinem Spiegelbild her kannte. Genau wie ich hob er unbewusst die rechte Augenbraue, wenn ihn etwas irritierte.

»Ich glaube, da sind Sie hier falsch. Ich bin Ernesto Bravo«, sagte er.

Ich atmete tief durch, bevor ich verkündete:

»Und ich bin Patricio, dein Vater.«

Ernesto war völlig verblüfft. Wie zwei Salzsäulen standen wir uns gegenüber.

»Darf ich dich umarmen?«, fragte ich ihn schließlich.

»J-ja, sicher«, entgegnete er, noch immer von meinem plötzlichen Auftauchen überrascht.

Wir umarmten uns ungeschickt, und ich spürte, wie Ernesto auf Abstand ging. Zwar versuchte ich mir einzureden, dass es daran lag, dass sein nackter Oberkörper voller Farbe war und er mich nicht schmutzig machen wollte, doch das Wahrscheinlichere war, dass es ihm widerstrebte, einen Fremden zu umarmen, egal, wie eng er mit ihm verwandt war.

Nachdem mein Sohn die erste Überraschung überwunden hatte, bat er mich herein. Er lebte mit einer sehr hübschen jungen Frau namens Adela zusammen, deren Kleidung ebenfalls voller Farbe war und die gerade eine Bohnensuppe kochte. Die beiden erklärten mir, dass sie Graffiti-Künstler seien und mit ihren Wandbildern die Revolution unterstützten.

Sosehr Ernesto es auch zu verbergen versuchte, merkte ich doch, dass er mir gegenüber angespannt war. Genau wie als kleines Kind verstand er nicht, was vorging, war jedoch so gut erzogen, dass er sich bemühte, freundlich zu mir zu sein. Wir unterhielten uns ein paar Stunden, und ich erfuhr, dass Nely sich nach meinem Weggang neu verliebt hatte, in einen Tischler namens Raúl Bravo, der Ernesto mit aufgezogen und ihm seinen Namen gegeben hatte. Meine Frau und ihr neuer Ehemann lebten in Cañoverde, einem kleinen Ort in der Nähe von Matanzas, von dem aus Nely die Federación de Mujeres Cubanas – die kubanische Frauenvereinigung – der Region leitete. Nely hatte Ernesto nie gesagt, warum ich weggegangen war, sondern ihm nur erzählt, dass ich im Ausland Arbeit gefunden und die Öffnung des Hafens Camarioca genutzt hatte, um die Insel zu verlassen, sodass ich als Vaterlandsverräter nicht mehr hatte zurückkehren können. Eine Geschichte, die keinen Sinn machte, da ich ja Spanier war und nicht Kubaner, die Ernesto jedoch akzeptiert und niemals hinterfragt hatte. Ich überlegte, ob ich ihm die ganze Wahrheit erzählen sollte, hatte aber den Eindruck, dass es ihn nicht wirklich interessierte. In seinen Augen hatte er andere Eltern, und ich war nur ein loses Ende seiner Kindheit.

Mein Sohn verabschiedete sich von mir mit einer liebevolleren Umarmung als der, mit der er mich begrüßt hatte, und wir versprachen, in Kontakt zu bleiben. Ein paar Jahre hielten wir uns daran, was sich in Weihnachtsgrüßen und Anrufen zu Ernestos Geburtstag erschöpfte. Es hatte Nely zwanzig Jahre gekostet, doch sie hatte ihre Drohung wahr gemacht. Mit der Zeit auf ihrer Seite war es ihr gelungen, mir meinen Sohn zu entfremden. Wobei ich nun, ein halbes Leben später, feststellte, dass ich ihr nicht böse war. Ernesto war ein gesunder, glücklicher junger Mann, wie ich es mir für ihn gewünscht hatte. Und was Nely anging, fühlte ich mich zu alt, um ihr etwas vorzuwerfen. Schließlich hatte ich es ihr schwer genug gemacht, indem ich sie geheiratet hatte, obwohl ich eine andere liebte. Ich freute mich, dass sie sich ein neues Leben aufgebaut hatte, und hoffte, dass ihr Tischler sie so liebte, wie ich einst Gloria geliebt hatte.

Mein nächster Besuch galt Grescas in La Pekinesa. Das Haus und die Bodega in der Callo Obispo waren noch intakt, was in der täglich vor sich hin bröckelnden Stadt eine Riesenleistung war. Die Fassade des Hauses war nicht mehr eidottergelb, sondern von einem faden Dunkelgrau, doch die Balkone mit den schmiedeeisernen Geländern waren noch heil. In seinen Briefen hatte Grescas mir mitgeteilt, dass die Witwe des Hausbesitzers, nachdem dieser in Macao gestorben war, Grescas das Haus geschenkt hatte, jedoch unter dem Vorbehalt, das Zimmer unter dem Dach für sie frei zu halten, damit sie ein paar Wochen im Jahr in Havanna verbringen konnte. Daran hatte mein Freund sich stets gehalten, sodass die Familie mindestens einmal im Jahr Kost und Logis mit der alten Chinesin teilte, die Grescas' Kinder »Nana Mei Ling« nannten.

Ich trat in den Garten, und der Duft der Bäume und des Wassers im Karpfenbrunnen erfrischte mich und belebte meinen Geist. An der hölzernen Bar ließ ich mich auf einem Hocker nieder.

Eine junge Frau, die Grescas' kräftige Statur und das verschmitzte Lächeln ihrer Mutter geerbt hatte, begrüßte mich und kam zu mir, um mich zu bedienen. Ich nahm an, dass es sich um Alba, Grescas' älteste Tochter, handelte.

»Guten Tag«, sagte sie, »was kann ich Ihnen bringen?«

»Einen Forajido bitte.«

Die junge Frau sah mich verblüfft an.

»Was soll denn das für ein Getränk sein?«

»Frag deinen Vater, der weiß es.«

»Papa! Hier ist jemand, der einen Forajido möchte!«, rief die junge Frau zum Haus hinüber.

Grescas beugte sich aus dem Fenster im ersten Stock. Als er mich sah, lächelte er mich mit einem breiten Grinsen an.

»Patricio! Verdammt, ist das zu glauben!« Er lachte.

»Alza el rabu, marinín!«, rief ich aus. *»Alabí, alabá, alabí, bon, ban!* Niemand gewinnt gegen Marino de Luanco, und wenn es doch passiert …«

»… kann das nur Zufall sein!«, vollendete Grescas den Satz, während er mich umarmte und mit seinen Bärentatzen beinahe erdrückte.

Die Zeit hatte meinen Freund mit einem stattlichen Bauch und einem grau melierten Kosakenbart ausgestattet. Wenn er als junger Mann schon ein Schrank gewesen war, war er nun zu einem regelrechten Büffel geworden. Ich gab die Umarmung zurück, wobei ich mich bemühte, nicht zu ersticken, und betete, dass er mir keine Rippe brach.

»Was, zum Teufel, machst du denn hier? Ist in Miami alles in Ordnung?«

»Alles gut, keine Sorge.«

»Und Guzmán?«

»Immer noch so besserwisserisch wie früher. Er lässt dich grüßen und hat mir ein Geschenk für dich mitgegeben, das ich im Koffer habe, ein Paar Lederschuhe in der Größe deiner ›Riesenquanten‹, wie er gesagt hat.«

Grescas lachte noch einmal donnernd, verpasste mir einen Rippenstoß und küsste mich mitten ins Gesicht.

»Du ahnst ja gar nicht, wie sehr ich diesen Zwerg vermisse! Und du … Du bist ein Idiot! Warum hast du mir nicht vorher gesagt, dass du kommst?«

»Ich bin nur ein paar Tage hier. Und ich muss dich um einen Gefallen bitten.«

»Was auch immer.«

»Würdest du mir helfen, Glorias Grab zu finden?«

Grescas und ich verbrachten die folgenden Tage suchend auf dem Columbus-Friedhof. Dieser war der drittgrößte Friedhof der Welt und ein unermessliches Feld für zwei arme Teufel wie uns, die ein Grab unter Tausenden suchten. Leider gab es niemanden, der mir sagen konnte, ob meine Gloria dort begraben war. Sowohl Daniela als auch Gabriel mussten Kuba verlassen haben, denn wen wir auch fragten und sosehr wir auch nachforschten, war keine Spur von ihnen zu finden. Das einzige Familienmitglied, über das ich etwas in Erfahrung bringen konnte, war Marita. Dank der Klatschspalten in den Zeitschriften hatte ich herausgefunden, dass sie und ihr reicher Zuckerbaron bei einem Flugzeugunglück auf der Insel Antigua ums Leben gekommen und ihre sterblichen Überreste niemals gefunden worden waren.

Während Grescas und ich die Grabreihen abschritten, flehte ich das Schicksal an, mir ein Zeichen zu schicken. Dass einer der vielen steinernen Engel mir einen Hinweis gäbe, wo ich das Grab der Frau finden konnte, die ich mein Leben lang geliebt hatte. Ich fragte Totengräber, Priester und sonstige Bewohner dieser Schattenwelt, doch niemand erinnerte sich an eine Gloria Valdés. Das Schicksal hingegen hatte offenbar beschlossen, mir einen makabren Streich zu spielen, denn an meinem letzten Tag in der Stadt stießen wir auf das Grab von César Valdés.

Zunächst konnten wir gar nicht glauben, dass dies Césars letzte Ruhestätte war. Der gefürchtete Mafia-Boss, der ganz Havanna in Angst und Schrecken versetzt hatte, war in einem der ärmlichsten Bereiche des Friedhofs im Schatten eines mickrigen Tamarindenbaums beerdigt worden. Sein Grabstein war eine billige, verwitterte Steinplatte. Blumen gab es keine.

Als wir uns sicher waren, dass es sich tatsächlich um das Grab jenes Césars handelte, der uns das Leben zur Hölle gemacht hatte, öffnete Grescas seine Hose und urinierte ungeniert auf die Grabplatte.

»He, du Dreckskerl, da kannst du mal sehen, was all die Macht und das Geld dir gebracht haben!«, meinte er.

Ich fühlte keine Genugtuung, als ich Césars Grab sah, eigentlich empfand ich gar nichts, doch ich war froh, dass Gloria nicht neben ihm bestattet worden war. Wo immer sie sich auch befand, war es mir ein großer Trost zu wissen, dass sie nicht neben dem ihr so verhassten Mann liegen musste. Auf dem Weg zum Ausgang kamen wir am Grab von *La Milagrosa* vorbei, wo die Leute vor der Skulptur »Die Wundertätige« Schlange standen, um das marmorne Kind zu berühren.

»Tja, alter Freund. Es tut mir leid, dass wir deine Gloria nicht gefunden haben«, meinte Grescas und legte mir seinen Arm um die Schultern.

»Ist nicht schlimm. Denn weißt du was? Ich glaube, ich muss nicht auf einen Friedhof gehen, um mich an sie zu erinnern …«

So beendeten wir unsere Suchaktion nicht an einem Grab, sondern an der Esquina del Pecado. Auf der Fläche, die nach dem Brand von El Encanto zurückgeblieben war, war ein Park errichtet worden, der einer der im Feuer gestorbenen Verkäuferinnen zu Ehren Fe del Valle hieß.

Ich kaufte eine Rose und legte sie ungefähr an der Stelle auf den Gehsteig, an der Gloria in meinen Armen gestorben war. Ich würde gern behaupten, dass der Park eine wunderbare Hommage an das Encanto und all seine Geschichten war, doch das wäre gelogen. Die wenigen unscheinbaren Bäume und die harten Metallbänke, auf denen man Rückenschmerzen bekam, wenn man sich daraufsetzte, verdienten die Bezeichnung »Park« eigentlich überhaupt nicht. Die schäbige Anlage war ein Treffpunkt von Bettlern und Herumtreibern, die dort entlangschlurften und mit ihren Füßen den Staub aufwirbelten.

In unsere Erinnerungen versunken blieben wir dennoch auf einer der Bänke sitzen, bis es dunkel wurde. Und ich schäme mich nicht zuzugeben, dass ich ein paarmal von meinen Gefühlen überwältigt wurde und Grescas meine Hand nehmen musste, um mich zu trösten. Denn letztendlich hatte ich auf diesem Stückchen Erde geweint und gelacht und mehr erlebt, als ich es je für möglich gehalten hätte. Dort hatte ich mich verliebt, mit der Frau meiner Träume geschlafen und einen Sohn gezeugt. Und das war nur meine Geschichte, doch jenes Kaufhaus hatte das Leben Tausender Menschen bewegt. Allein deswegen würde das Encanto an dieser Stelle immer existieren, auch wenn es für die Menschen, die hier vorübergingen, nicht zu sehen war.

EPILOG

Patricio

Jener Morgen im Februar 2005 begann wie ein ganz normaler Tag. Wie immer weckten mich die Schmerzen in meinen Knochen und das Miauen der Katzen, und wie an jedem Tag war das Erste, was ich sah, als ich die Augen öffnete, die Palme, die von meinem Schlafzimmerfenster eingerahmt wurde. Auf diese Weise reiste ich für einen Moment in Gedanken nach Kuba, bevor ich in die Wirklichkeit zurückkehrte. Und meine Wirklichkeit war: eine Wohnung am Stadtrand von Madrid, und eine Palme, die ich selbst im Innenhof des Gebäudes gepflanzt hatte. Zum Glück lag meine Wohnung im ersten Stock, und die schöne Palme hatte nur ein paar Monate gebraucht, um bis zu meinem Fenster hinaufzuwachsen. Meine Nachbarn hielten dies für ziemlich überspannt, für eine Verrücktheit des Alters. Aber was wussten sie schon.

Es gefiel mir, mich selbst zu betrügen und mir auszumalen, ich wäre in Havanna statt in Madrid, auch wenn diese Illusion nur wenige Sekunden dauerte.

Als ich fünfundsechzig Jahre alt wurde, war ich mit dem Geld, das ich für den Verkauf meiner Eisenwarenhandlung bekommen hatte, nach Spanien zurückgekehrt. Die ersten Jahre verbrachte ich in Asturien, doch die *terruña* – meine Heimat – ließ mich eher sehnsüchtig an die Vergangenheit denken, als mich glücklich zu machen. So landete ich schließlich in Madrid, das als Großstadt mehr Zerstreuung bot und mich von meinen Erinnerungen ablenkte. Kurz zuvor hatten Guzmán und Reina ihre Schuhgeschäfte ihrer Tochter überlassen und waren nach Key West gezogen, in ein Häuschen direkt an der Inselspitze, also geografisch genau an dem Punkt, der Kuba am nächsten lag, ohne Kuba zu sein. Guzmán machte immer diesen Witz, dass sie sich, wenn Grescas sich an den Eingang der Bucht stellte und übers Meer zu Guzmáns Veranda schaute, gegenseitig zuwinken könnten. Meine beiden Freunde waren genauso alt wie ich, doch wir wussten das Glück zu schätzen, dass wir unseren siebzigsten Geburtstag mit den Füßen auf dem Boden und nicht unter der Erde feiern konnten und immer noch Freunde waren, auch wenn wir uns alle an einem anderen Ort befanden.

Nachdem ich mit einem Seufzen aufgestanden war, folgte die tägliche Routine: duschen, rasieren, frühstücken, die Pflanzen gießen, die Katze kraulen und das Haus verlassen, um zum Seniorentreff zu fahren. Ich hatte vor, den Tag mit den üblichen Verdächtigen – Paquito, Agustín und Roque – beim Dominospiel zu verbringen. Einen ganz normalen Tag also, denn für alte Leute hält das Leben im Allgemeinen keine Überraschungen mehr bereit, diese sind den jungen Menschen vorbehalten.

Doch das sollte sich als Irrtum erweisen. Denn plötzlich, an diesem Morgen, der wie ein ganz gewöhnlicher Tag begann, änderte sich mein Leben.

Alles begann mit einem Duft. Dem Duft nach Schmetterlingslilien und einigen anderen geheimen Ingredienzen, die ein Parfümeur vor langer Zeit mit ins Grab genommen hatte. Als ich ihn roch, katapultierten mich meine Erinnerungen mit einem Schlag zum Malecón. Obwohl ich mich in einem U-Bahn-Wagen in Madrid befand, spürte ich, wie mein Haar vom Wind zerzaust wurde, und schmeckte das Salz auf meinen Lippen. Ich hörte das Knattern der Cabriolets, das Kreischen der Möwen und konnte beinahe die angenehme Erfrischung in der Kehle spüren, die der Genuss eines kühlen Forajido mit sich brachte, den ich später am Abend mit Grescas und Guzmán in La Pekinesa trank. Ich reckte sehnsüchtig den Hals und atmete tief ein. Ich wollte noch mehr davon.

Die nächste Duftwelle brachte mich in die glanzvolle Eingangshalle des Encanto, in die unablässig die mit Blumenkleidern und eleganten Hüten bekleideten Frauen hereinströmten. Darunter eine in einem roten Kleid. Die Schönste von allen. Die Wichtigste von allen.

Von Gefühlen übermannt, die mir einen plötzlichen Schwindel verursachten, schloss ich die Augen. Erst jetzt bemerkte ich, dass das Meersalz auf meinen Lippen in Wahrheit von meinen Tränen herrührte. Ich hatte lautlos zu weinen begonnen, und dicke Tränen liefen über meine faltigen Wangen bis zu meinem Mund hinab. Die Erinnerungen hatten ihre Klauen in mein Herz geschlagen.

Es war jener Duft. Der Duft, von dem ich gedacht hatte, dass er schon seit Jahrzehnten nicht mehr existierte. In diesem U-Bahn-Waggon trug jemand ein Parfüm, das ich fünfzig Jahre lang nicht mehr gerochen hatte. Es war das Parfüm von El Encanto, daran gab es keinen Zweifel!

Eilig erhob ich mich. Ich musste den Ursprung des Dufts ergründen. Eine Frau und ein Mann im Anzug sahen mich verwundert an. Ich schätze, dass ich ein seltsames Bild bot:

ein alter Mann von siebenundsiebzig Jahren, der mit erhobener Nase, wie ein Jagdhund in der Luft schnüffelnd, durch den U-Bahn-Waggon irrte.

Meine Nase führte mich zu einem hübschen jungen Mädchen. Einer Jugendlichen mit dunklem Haar und Sommersprossen im Gesicht, die eine über dem Knie zerrissene Jeans trug und ein Piercing in der Nase hatte. Sie konzentrierte sich gerade auf ihr Handy, in das sie eine Nachricht eintippte. Ich setzte mich neben sie und atmete tief ein. Kein Zweifel, der Duft entströmte ihrem Hals und ihrem Haar.

Doch wer war dieses Mädchen, das ein Parfüm trug, das zuletzt vor fünfzig Jahren in Havanna verkauft worden war?

»Nächste Station Iglesia«, verkündete der Lautsprecher im Wagen.

Das Mädchen erhob sich, um auszusteigen, und in einem Impuls folgte ich ihr und stieg hinter ihr aus dem Zug.

»Entschuldige!«

Das Mädchen drehte sich um und sah mich an. Sie hatte wunderschöne blaue Augen.

»Ja?«

»Das klingt jetzt vielleicht ziemlich verrückt, aber du riechst nach Schmetterlingslilien.«

Das klang wohl wirklich ziemlich verrückt, denn sie sah mich an, als hätte ich nicht mehr alle Tassen im Schrank.

»Wie bitte?«

»Das ist eine Blume, die in Havanna wächst. Ihr Duft war der Hauptbestandteil des Parfüms eines früher einmal sehr berühmten Kaufhauses. Ich habe ihn seit fünfzig Jahren nicht mehr gerochen.«

Sie lächelte mich an und zuckte mit den Schultern.

»Er stammt aus einem alten Parfümflakon meiner Tante.«

»Du duftest nach einer anderen Ära. Nach einer Zeit, die es nicht mehr gibt.«

Wir standen uns gegenüber, ohne zu wissen, was wir sagen sollten. Das Mädchen sah unauffällig auf die Uhr. Man merkte, dass sie eigentlich gehen musste, aber nicht unhöflich sein wollte.

»Ach bitte, bleib noch einen Augenblick!«, bettelte ich wie ein kleines Kind. »Wenn du gehst, dann geht El Encanto mit dir.«

Ich spürte, wie mir die Tränen wieder in die Augen traten. Sichtlich gerührt hielt das Mädchen mir ihr Handgelenk hin, damit ich daran riechen konnte. Ich näherte meine Nase ihrer hellen Haut und schloss die Augen. Nach einem halben Jahrhundert war Gloria wieder an meiner Seite. Wir küssten uns auf der Dachterrasse des Kaufhauses, während alle anderen gebannt vor dem Fernseher saßen. Umarmten uns am Froschbrunnen im urwaldhaften Garten des Tropicana. Liebten uns im Encanto in jener Nacht, in der der Strom ausgefallen war.

»Die Frau meines Lebens hat dieses Parfüm benutzt«, sagte ich. »Sie hieß Gloria Valdés und kam aus Havanna. Und sie hatte Sommersprossen genau wie du«, stammelte ich. »Aber das ist alles lange her.« Als ich die Augen wieder öffnete, lächelte das Mädchen mich an. »Ich heiße Leire. Haben Sie Lust auf einen Kaffee? Ich lade Sie ein.«

Wir verließen die U-Bahn-Haltestelle durch den Ausgang an der Iglesia Santa Isabel und gingen in Richtung Plaza de Alonso Martínez die Calle Santa Engracia entlang. Das Mädchen nahm Rücksicht auf meinen schwerfälligen Schritt und passte sich meinem langsamen Tempo an. An der Plaza Chamberí bot sie mir ihren Arm, als ich über einen losen Pflasterstein fast gestolpert wäre. Ich nahm das Angebot dankend an. Denn mit ihrem wunderbaren Parfüm und ihren guten Manieren hatte ich sie gleich ins Herz geschlossen.

»Ich möchte Ihnen etwas zeigen«, sagte sie ein bisschen geheimnisvoll. »Mehr kann ich Ihnen aber im Moment nicht verraten. Denn ich möchte nicht, dass Sie sich falsche Hoffnungen machen.«

»In meinem Alter hat man eh nicht mehr viele Hoffnungen«, versuchte ich zu scherzen.

Wir gingen noch ein gutes Stück die Straße entlang, bis wir zu einem Haus kamen, das gegenüber dem Monasterio de la Visitación lag. Es war ein sehr ungewöhnliches Gebäude, eine Art eckiger Bogen mit Wohnungen, durch den man in einen kleinen Garten und zur Eingangstür gelangte. Das Mädchen ging voraus, und zusammen nahmen wir den Aufzug in den vierten Stock. Sie zog einen Schlüssel aus ihrer Tasche, und wir betraten die Wohnung.

Dort wurde ich von einer weiteren Wolke meines Lieblingsparfüms empfangen. Einen Moment hatte ich das Gefühl, das Encanto zu betreten, aber wir befanden uns in einer eleganten alten Wohnung mit hohen Decken, freigelegten Deckenbalken, hellen Wänden und knarrendem Parkettboden. Zwei große Bananenpflanzen, die die Wohnungstür flankierten, verliehen dem Ort koloniales Flair. Aus den hinteren Räumen war das Trillern eines Papageis zu hören, was das Gefühl, plötzlich in den Tropen gelandet zu sein, verstärkte.

»Bitte warten Sie hier einen Moment, ich sage meiner Tante nur kurz Bescheid, dass ich Besuch mitgebracht habe«, bat Leire mich.

Im Eingangsbereich wartend sah ich mich um. An den Wänden hingen eine gerahmte Fotografie des Castillo del Morro und ein Bild der Cachita, der Virgen de la Caridad del Cobre, der Schutzpatronin Kubas. Zweifellos wohnte hier eine kubanische Familie. Ich wurde von zwei kugelrunden kleinen Hunden begrüßt, Mischlingen, die keiner Rasse zuzuordnen waren und mich schwanzwendelnd umsprangen, weil ich ihnen Beachtung schenkte. Ich streichelte sie, als ich plötzlich eine Stimme hörte, die genau wie der Duft des Parfüms tief in mein Herz drang.

»Patricio!«

Es war Daniela. Sie war Ende fünfzig und hatte graue Strähnen, doch ihre heiteren grünen Augen waren unverkennbar. Wir starrten uns völlig überrascht an. Ich weiß nicht mehr, wer den ersten Schritt tat, doch plötzlich lagen wir uns in den Armen und weinten, lachten und hüpften vor Freude.

»Was machst du denn hier?«, rief Daniela aus und wischte sich die Tränen weg. »Wie ist das möglich?«

»Wir haben uns zufällig in der U-Bahn kennengelernt«, erklärte Leire. »Ich dachte, dass du Patricio Rubio sein könntest, als du von dem Feuer und von Gloria Valdés gesprochen hast. In unserer Familie bist du so etwas wie eine Legende.«

»Ist Leire deine Tochter?«, fragte ich Daniela.

»Meine Nichte. Sie ist Gabriels Tochter.«

Dieses Mädchen war meine Enkelin. Mein Herz fing an zu rasen, es klopfte eindeutig zu schnell für mein Alter. Ich merkte, wie mir schwindelig wurde, und meine Knie begannen zu zittern. Daniela und Leire musste aufgefallen sein, wie blass ich plötzlich war, denn sofort waren sie an meiner Seite und fassten mich an den Armen.

»Setzen wir uns erst mal«, sagte Leire lächelnd.

Nach einer Weile und einigen Tassen Kaffee hatten meine Wangen wieder ihre normale Farbe angenommen. Wir saßen im Wohnzimmer, das ein kleiner Dschungel mit vielen tropischen Pflanzen war, die überall in Töpfen wuchsen.

»Meine Urgroßmutter Lala hatte einen wunderschönen Garten«, erklärte Daniela lachend. »Ich denke, das ist meine Art, sie zu ehren.«

Die beiden Hunde liefen um unsere Füße herum, während Daniela und Leire meine Hände drückten. Zum Glück hatten sie den Ventilator an der Decke eingeschaltet, der für frische Luft sorgte, die ich dringend brauchte, um keinen erneuten Schwächeanfall zu erleiden.

»Seit ich ein kleines Mädchen war, weiß ich, dass du mein Großvater bist«, erklärte Leire. »Mein Vater und meine Tante haben mir die Geschichte immer wieder erzählt.«

»Wohin bist du nach deiner Flucht aus Kuba gegangen?«, wollte Daniela wissen.

»Zunächst in die Dominikanische Republik. Danach war ich viele Jahre über in Florida, wo mich ein Freund unterstützt hat. Und später habe ich mich in Madrid niedergelassen.«

»Warst du noch einmal in Havanna?«, wollte Leire wissen.

»Etwa zwanzig Jahre nachdem ich die Insel verlassen hatte. Als ich sicher sein konnte, dass das Verbrechen verjährt war.«

Ich sah Leire unsicher an, da ich nicht wusste, inwieweit sie informiert war, doch meine Enkelin schenkte mir einen komplizenhaften Blick.

»Keine Sorge. Ich weiß, dass es meine Tante war, die César Valdés erschossen hat.«

»Ich habe nach euch gesucht, euch aber nicht gefunden«, sagte ich.

»Auch wir mussten Kuba verlassen.« Daniela seufzte tief. »Mein Vater hatte viele Freunde, aber er hatte sich auch viele Feinde gemacht, die seinen Tod mögicherweise genutzt hätten, um sich an seinen Kindern zu rächen. Also haben wir das, was noch an Geld da war, genommen und sind ziemlich bald nach Argentinien gegangen. Gabriel ist dort aufgewachsen.«

»Was macht er heute?«

»Er ist Luftfahrtingenieur und arbeitet bei Aerolíneas Argentinas, der argentinischen Fluggesellschaft«, erklärte Leire. »Er hat geheiratet, meine Mutter Nadia, und ich wurde geboren. Als ich noch klein war, wurde er nach Madrid versetzt, weshalb wir hierhergezogen sind.«

Ich drückte Leires Hand noch ein bisschen fester, als ob ich fürchtete, dass meine gerade gefundene Enkelin wieder verschwinden könnte, wenn ich sie losließ.

»Ich habe eine Enkelin!«, murmelte ich gerührt. »Wenn ich es auch noch nicht glauben kann.« Leire küsste mich auf die Wange, wobei ihre junge Haut sanft die meine berührte, die mit den Jahren rau wie Leder geworden war. »Das alles ist einfach unglaublich! Und fast zu viel für so einen alten Mann wie mich.« Ich wandte mich erneut Daniela zu. »Und was ist mit dir, kleine Kaulquappe? Hast du geheiratet?«

Daniela lachte und küsste mich auf die andere Wange.

»Nein, aber ich habe alles getan, was du mir gesagt hast. Ich habe studiert und in der Forschung gearbeitet, bin gereist und habe das Leben in jeder Hinsicht genossen. Inzwischen arbeite ich nur noch ehrenamtlich in einem Tierheim. Das macht mir sehr viel Freude.«

Sie lachte, und ich sah sie gerührt an. Gloria wäre so stolz auf sie gewesen. Beim Gedanken an Gloria hatte ich plötzlich einen Knoten im Hals. Ich nahm einen Schluck Tee, bevor ich weitersprach.

»Seit einem halben Leben quält mich eine Frage: Wo ist Gloria beerdigt? Ich bin in Havanna den ganzen Columbus-Friedhof entlanggegangen, konnte aber kein Grab mit ihrem Namen entdecken.«

Daniela und Gloria tauschten einen bedeutungsvollen Blick.

»Mein Gott. Natürlich, du weiß ja gar nicht …«

»Was?«

»Dass Gloria noch lebt.«

Als Daniela diesen Satz sagte, blieb um mich herum die Zeit stehen. Die Teetasse entglitt meinen Händen und zerschellte auf dem Boden, und die beiden Hunde sprangen zu Tode erschreckt zur Seite. Fünfzig Jahre lang war mein Schmerz über Glorias Tod so intensiv gewesen, dass ich möglichst nicht an sie gedacht hatte, um überleben zu können. Doch nun, als ich erfuhr, dass sie noch lebte, stiegen alle Erinnerungen in mir auf und bahnten sich ihren Weg aus meinem Herzen, wo ich sie jahrelang verschlossen hatte: ihre Hände in den meinen, während unsere Körper vor Glück explodierten wie ein Stern; das zärtliche Gefühl, wenn ich mit den Fingern über ihren Rücken strich, die Milchstraße ihrer Sommersprossen nachfuhr; ihr süßer Atem an meinem Hals; ihr weiches Haar, in das ich mein Gesicht vergrub; unsere heimlichen Küsse, alle und jeden einzelnen von ihnen.

»Das ist nicht mögich«, stammelte ich. »Sie ist bei dem großen Brand in meinen Armen gestorben. Sie hat nicht mehr geatmet, ich habe es selbst überprüft.«

»Als sie in den Krankenwagen gebracht wurde, da hat sie nicht mehr geatmet, das stimmt. Doch auf dem Weg zum Krankenhaus ist es den Sanitätern gelungen, sie zu reanimieren. Es war ein echtes Wunder. Sie hat tagelang um ihr Leben gekämpft. Beinahe hätte die Rauchvergiftung sie ins Grab gebracht, doch am Ende hat sie es geschafft. Wir sind dann zu dritt nach Argentinien gegangen, Gloria, Gabriel und ich. Und damit uns Césars Feinde nicht aufspüren konnten, hat sie wieder ihren Mädchennamen benutzt: Beiro.«

»Und wie geht es ihr?«, fragte ich aufgeregt.

»Sie hat manchmal Probleme mit der Lunge, und die Arthrose in den Gelenken macht ihr im Winter zu schaffen, aber du kennst ja das Sprichwort: Totgesagte leben länger. Abgesehen von den Zipperlein des Alters ist sie frisch wie eine Rosenblüte. Tatsächlich arbeitet sie, wenn sie sich kräftig genug fühlt, noch heute als Beraterin für das Observatorium.«

»Was sagst du da?«

»Ja. Das weißt du noch gar nicht. Gloria hat einen neuen Stern entdeckt. Sie hat ihn ihr halbes Leben lang beobachtet und studiert, bis wir sie davon überzeugen konnten, ihre Aufzeichnungen an die Royal Astronomical Society und die Internationale Astronomische Union zu schicken. Wie sich herausgestellt hat, war der Stern noch nicht offiziell verzeichnet und wurde nach ihr benannt: Gloria.«

»Wo ist sie? Noch immer in Argentinien? Oder ist sie nach Kuba zurückgekehrt?«, fragte ich atemlos.

Sämtliche Zellen meines Körpers schrien danach, mit Gloria zusammen zu sein. Nun, da ich wusste, dass sie noch lebte, brannte jede Sekunde, in der ich nicht bei ihr sein konnte, in meiner Brust. Ich fürchtete zu erfahren, dass sie am anderen Ende der Welt wohnte, und plante im Geiste schon, auf der Stelle ein Taxi zu nehmen und in ein Flugzeug nach Cochinchina zu steigen – trotz der Tiger und allem –, um so schnell wie möglich bei ihr zu sein. Doch Daniela und Leire lächelten nur.

»Gloria lebt in der Wohnung über uns.«

Gloria

In meinen Träumen bin ich nicht alt. Meine Hände sind nicht voller Falten und meine Sommersprossen nicht verblasst. Mein Haar ist so blauschwarz und glänzend wie das Gefieder der Raben. Ich bin in wunderschöne Modellkleider von Christian Dior gekleidet, die sich an meine Wespentaille schmiegen. Wenn ich träume, bin ich jung und hübsch, und Daniela und Gabriel sind meine geliebten Kinder. Meine Eltern sind noch am Leben und führen ihre *dulcería* in la Habana Vieja. Lala wohnt in einem Haus mit einem verwunschenen Garten voller Kräuter für ihre *santería*-Zaubereien. Wir alle leben in einem Kuba, wie es vielleicht nie existiert hat und in dem nur die schönsten Dinge aus all den Jahren enthalten sind. Wenn man alt ist, wird die Zeit zu einer Mischung an Empfindungen und Erinnerungen, die einem geblieben sind.

In dem Havanna meiner Träume ist El Encanto niemals abgebrannt.

Patricio und ich haben uns nie getrennt. Wir leben zusammen in einem Haus, dessen Schlafzimmer wie die Wohnabteilung des Encanto aussieht, jenes wunderbaren Kaufhauses, in dem wir uns kennenlernten und in dem wir uns in einer magischen Nacht, als der Strom ausfiel und ganz Havanna in Dunkelheit lag, zum ersten Mal geliebt haben. Von wem ich niemals träume, ist César. Nicht ein einziges Mal. Ich nehme an, dass das Lalas Werk ist, die vom Himmel aus meine Träume mit ihren Zaubereien beschützt.

Die Uhr an der Wand zeigt mit einer fröhlichen Melodie die Zeit an. Es ist Mittag, und ich verbringe die Siesta auf meiner Wohnzimmercouch. Gott weiß, dass ich gleich aufstehen werde, um wie jeden Nachmittag Daniela zu besuchen. Vielleicht machen wir einen Spaziergang zur Plaza de Chamberí und setzen uns im La Contenta auf die Terrasse, um eine Cola zu trinken. Danach könnten wir zum Supermarkt gehen, um Seehechtfilets zu kaufen, und sie zum Abendessen panieren. Möglicherweise finde ich irgendwo gemahlenen Mais, um ein paar *tamalitos* zu machen. Wenn Leire zu Hause ist, bringe ich ihr dann welche. Und auch von dem *pan de gloria* – den süßen Röllchen –, die ich gestern gemacht habe. Das Kind bekommt viel zu selten *pan de gloria*. Ich wünschte, sie hätte das von meiner Mutter probieren können! Am Abend, wenn ich wieder zu Hause bin, werde ich ein wenig fernsehen. Ich glaube, es kommt diese Sendung, in der Prominente das Tanzbein schwingen. Und anschließend gehe ich auf die Dachterrasse zu meinem Teleskop hinauf. Der Stern, der nun Gloria heißt, leuchtet seit ein paar Nächten stärker als sonst, und ich würde gern herausfinden, warum.

Ich versuche aufzustehen, doch mir tut der Rücken weh, und ich beschließe, die Siesta noch ein wenig auszudehnen. Deshalb bin ich, als ich seine Stimme höre, davon überzeugt, dass ich träume.

»Hallo, Gloria, Liebste.«

Mein Name aus seinem Mund. Ich bin mir so sicher, dass es sich um einen Traum handelt, dass ich gar nicht auf den Gedanken komme, die Augen zu öffnen.

»Patricio, bist du das?«

Seine Hand nimmt meine, und ich habe das Gefühl, dass mein Herz stehen bleibt. Meine Haut erinnert sich. Vielleicht schlafe ich. Vielleicht bin ich auch gestorben und sofort in den Himmel gelangt.

»Genau der, wie er leibt und lebt.«

Der Klang seiner Stimme sorgt dafür, dass die Schmerzen in meinen Knochen verschwinden. Seit Jahren, seit Jahrzehnten habe ich mich nicht mehr so lebendig gefühlt.

»Das ist unmöglich«, sage ich und halte die Augen geschlossen, damit es noch andauert. »Das muss ein Traum sein.«

»Das ist kein Traum. Öffne deine Augen.«

Ich kann nicht. Ich will nicht. Ich wage es nicht.

»Ich habe Angst, dass du nicht mehr da bist, wenn ich sie öffne«, gestehe ich.

»Ich werde da sein, *mi amor*. Aber ich warne dich, denn ich bin alt geworden.«

»Na ja, genau wie ich. Faltig wie eine Schildkröte.«

»Du bist wunderschön. Öffne die Augen, Liebste.«

»Nur wenn du mir versprichst, dass wir uns nie wieder trennen werden.«

Patricio drückt meine Hand so fest, dass ich fürchte, meine Knochen, die so zerbrechlich sind wie das Skelett eines Vogels, könnten mit einem Knacken brechen. Ich höre, dass er sich neben mich aufs Sofa setzt, und spüre die Wärme seines Körpers.

»Nie mehr«, sagt er. »Wir haben ein ganzes Leben dafür gebraucht, aber nun sind wir endlich zusammen.«

»Das Leben hat uns dieses Geschenk gemacht, um es ertragen zu können und nicht aufzugeben.«

»Das ist lustig, denn genau das hast du zu mir gesagt, als wir uns kennengelernt haben: ›Aber du bist doch nicht einer von denen, die gleich aufgeben …‹«

Patricio küsst mich, bevor ich wieder etwas sagen kann, und ich spüre die Formationen der Sterne am Himmel, die sich über unseren Köpfen gebildet haben, um dies alles möglich zu machen. Es ist mein Schicksal, Patricio hier und jetzt zu küssen. Ich habe mit dem Universum meinen Frieden geschlossen.

»Aber wir sind so alt …«, protestiere ich.

»Aber uns bleibt noch Zeit«, flüstert Patricio. »Und wir werden jede Sekunde nutzen. Trau dich, meine Gloria, sieh mich an.«

Ich öffne die Augen.

Patricio, mein Patricio, lächelt mich an.

DANK

Als Erstes möchte ich mich bei Marcela Serras Güell und bei Pepe López Jara bedanken. Ohne sie gäbe es dieses Buch nicht. Vielen Dank auch an meinen Verlag, Editorial Planeta, und an Joaquín Álvarez de Toledo für das Vertrauen in mich.

Ein besonderes Dankeschön an Josep Cister, für alles.

An Ana Rosa Semprún, Miryam Galaz und das ganze Team von Espasa, die diesen Traum haben Wirklichkeit werden lassen.

Vielen Dank an El Corte Inglés, für die Unterstützung und das freundliche Entgegenkommen, besonders an Jesús Nuño de la Rosa. Seine Eindrücke und Ratschläge waren eine unglaubliche Bereicherung.

Danke an Adrián Guerra und Nuria Valls für ihre Hilfe.

Danke an meine Eltern, meine Familie und meine Freunde. Ihr seid wunderbar, dass ihr es mit mir aushaltet.

Und zum Schluss ein dankbares Augenzwinkern für all die Angestellten von El Encanto, denen es mit ihren Geschichten gelungen ist, dieses besondere Kaufhaus für immer am Leben zu erhalten.

ISBN 978-3-85179-421-2

Titel der spanischen Originalausgabe:
El Encanto

Umschlaggestaltung: Christina Krutz, Biebesheim am Rhein
Satz: Christine Paxmann • text • konzept • grafik, München
Druck und Bindung: GGP Media GmbH, Pößneck

www.thiele-verlag.com